D1204933

MARGARET MORGAN
and
MARY MORGAN PEDLOW
Memorial
RIVERSIDE PUBLIC LIBRARY

SOLTEROS TÓXICOS

DANIELLE STEEL

SOLTEROS TÓXICOS

Traducción de
Rosa Benavides Alonso

PLAZA & JANÉS

Título original: *Toxic Bachelors*

Primera edición en U.S.A.: septiembre, 2007

Printed in Spain – Impreso en España

ISBN: 978-0-307-39183-4

BD 9 1 8 3 4

Para Beatrix, Trevor, Todd, Nick, Samantha,
Victoria, Vanessa, Maxx y Zara, mis hijos,
absolutamente maravillosos. Su cariño, sus risas,
su bondad y su alegría son la luz de mi vida.
Para Sebastian, el mejor regalo de Navidad posible.
Sois todos los mejores regalos que Dios ha podido
hacerme, y le doy las gracias todos los días
por el prodigio de vuestro amor.
Con todo mi cariño

D. S.

ÉL DIJO/ELLA DIJO

Él dijo que siempre me estimaría.
Ella dijo que me querría eternamente.

Él dijo que sería mi compañero.
Ella dijo que sería mi mejor amiga.

Él dijo que escucharía mis historias.
Ella dijo que reiría mis chistes.

Él dijo que siempre me escucharía.
Ella dijo que siempre me hablaría.

Él dijo que siempre me abrazaría.
Ella dijo que siempre me daría la mano.

Él dijo que siempre dormiría conmigo.
Ella dijo que siempre me daría un beso por la noche.

Él dijo que siempre me querría.
Ella dijo que jamás me dejaría.

DONNA ROSENTHAL, pintora

1

El sol brillante calentaba la cubierta del yate *Blue Moon*. Eran sesenta metros de líneas exquisitas y elegantes de un diseño extraordinario. Piscina, helipuerto, seis lujosos camarotes para invitados, una suite de cine y una tripulación de dieciséis personas de trato impecable. El *Blue Moon* y su propietario aparecían en las revistas de navegación del mundo entero. Charles Sumner Harrington se lo había comprado a un príncipe saudí hacía seis años. Su primer yate, un velero de veinte metros, lo había adquirido cuando tenía veintidós, y se llamaba *Dream*. Veinticuatro años más tarde seguía disfrutando de la vida a bordo tanto como antes.

A los cuarenta y seis, Charles Harrington sabía que era un hombre afortunado. Había llevado una vida cómoda, al menos en apariencia. A los veintiuno había heredado una enorme fortuna y la había administrado con gran responsabilidad durante los veinticinco años siguientes. Su profesión consistía en gestionar sus propias inversiones y la fundación de su familia. Charlie era consciente de que pocas personas en el mundo tenían tanta suerte como él, y había hecho mucho para mejorar la situación de los más desfavorecidos, tanto por mediación de la fundación como a título personal. También era consciente de que tenía una tremenda responsabilidad, e incluso cuando era más joven pensaba en los demás antes que en sí mismo. Era especialmente sensible a los jóvenes y niños desprotegidos. La fundación realizaba una labor impresionante en el terreno de la educación; proporcionaba asistencia médica a los indigentes, sobre todo en los países en desarrollo, y también se dedicaba a la prevención del maltrato infantil para los críos de los barrios deprimidos. Charles Harrington era un gran personaje pero al mismo tiempo llevaba a cabo su labor filantrópica calladamente, a través de la fundación, o de forma anónima siempre que podía. Era humanitario y sumamente generoso a la par que serio, pero también reconocía, entre bromas y veras, que estaba muy malcriado, y no intentaba justificar su forma de vida. Podía permitírselo, y todos los años se gastaba millones en el bienestar de los demás y una considerable cantidad en sí mismo. No estaba casado, no tenía hijos, le gustaba vivir bien y, cuando procedía, compartía gustosamente aquella vida de lujo con sus amigos.

Todos los años, sin excepción, Charlie y sus dos amigos más íntimos, Adam Weiss y Gray Hawk, pasaban el mes de agosto en su yate, navegando por el Mediterráneo, y se quedaban donde les apetecía. Llevaban diez años haciendo ese viaje, y habrían hecho casi cualquier cosa con tal de no perdérselo, porque era lo que más les gustaba en el mundo. Todos los años, el primero de agosto, así cayeran chuzos de punta, Adam y Gray iban en avión a Niza y pasaban un mes en el *Blue Moon*, tal como lo habían hecho en el barco anterior. Charlie solía pasar también el mes de julio en la embarcación, y a veces no volvía a Nueva York hasta mediados o finales de septiembre. Podía solucionar fácilmente los asuntos de la fundación y de sus negocios desde el barco, pero agosto estaba dedicado por completo al placer. Y aquel año no iba a ser distinto.

Charlie estaba desayunando en la cubierta de popa, mientras el yate se balanceaba suavemente, fondeado en el puerto de Saint Tropez. Había trasnochado y había vuelto a las cuatro de la mañana. A pesar de todo, se había levantado temprano, si bien sus recuerdos de la noche anterior eran un tanto borrosos. Solía pasarle cuando iba en compañía de Gray y Adam. Eran un trío tremendo, pero no le hacían daño a nadie. No tenían que rendirle cuentas a nadie, porque ninguno de los tres estaba casado y de momento tampoco tenían novia. Hacía tiempo que habían llegado a un acuerdo: que estuvieran en la situación en la que estuviesen, siempre irían al barco solos, a pasar el mes como solteros, entre hombres, y a divertirse. No tenían que dar explicaciones ni poner excusas a nadie, y los tres trabajaban mucho durante el resto del año, cada cual a su manera: Charlie en sus obras de filantropía, Adam en la abogacía y Gray en su pintura. Charlie decía que se ganaban sobradamente el mes de vacaciones y que se merecían aquel viaje anual.

Dos eran solteros por decisión propia. Charlie insistía en que no era su caso. Se empeñaba en que su soltería se debía a la casualidad y a la mala suerte. También aseguraba que quería casarse, pero que aún no había encontrado a la mujer adecuada, a pesar de llevar toda la vida buscándola. Pero seguía buscando, sin parar, meticulosamente. En su juventud había estado a punto de casarse en cuatro ocasiones, y en cada una de ellas había ocurrido algo que lo había obligado a suspender la boda, muy a su pesar.

La primera mujer con la que se había prometido se acostó con su mejor amigo tres semanas antes de la boda, algo que provocó una auténtica explosión en su vida. Y, por supuesto, no le quedó más remedio que suspender la boda. Su segunda novia aceptó un trabajo en Londres inmediatamente después del compromiso. Charlie viajaba continuamente para verla; ella trabajaba en el *Vogue* británico y apenas tenía tiempo para estar con él, mientras Charlie la esperaba pacientemente en el apartamento que había alquilado con el propósito de pasar tiempo juntos. Dos meses antes de la boda, la chica reconoció que quería seguir trabajando y que no se veía renunciando a su profesión cuando se casaran, algo muy importante para Charlie. Él pensaba que su esposa debía quedarse en casa y tener hijos. Como no quería casarse con una mujer dedicada a su profesión, decidieron separarse, amistosamente, claro, pero supuso una gran decepción para él. Entonces tenía treinta y dos años, y seguía decidido a buscar a la mujer de sus sueños. Un año más tarde se convenció de haberla encontrado. Era una chica fantástica, dispuesta a abandonar sus estudios de medicina por él. Fueron juntos a Sudamérica, por asuntos de la fundación, y visitaron a niños de países en desarrollo. Compartían tantas cosas que al cabo de seis meses de haberse conocido se prometieron. Todo iba bien hasta que Charlie se dio cuenta de que su prometida era inseparable de su hermana gemela y esperaba que la llevaran a todos lados con ellos. Charlie y la hermana gemela se cayeron fatal desde el principio, y cada vez que se veían mantenían acaloradas e interminables discusiones. Charlie estaba seguro de que jamás se llevarían bien, pero hasta extremos alarmantes. También renunció en aquella ocasión, y su futura esposa lo aceptó. Su hermana era demasiado importante para ella como para casarse con un hombre que realmente la detestaba. La chica se casó con otro al cabo de un año, y la hermana se instaló con la pareja, lo cual convenció aún más a Charlie de que había hecho bien. El compromiso más duradero de Charlie había tocado a su fin hacía cinco años, y de una forma desastrosa. La chica quería a Charlie, pero ni siquiera tras consultar con expertos matrimoniales accedió a tener hijos. Aunque aseguraba que lo amaba, siguió en sus trece. Al principio Charlie pensaba que podría convencerla, pero como no lo consiguió, se separaron, como amigos. Charlie siempre acababa así, sin excepción. Había conseguido ser amigo de todas las mujeres con las que había salido. Cada Navidad le llegaba una avalancha de postales de mujeres a las que había amado en su momento, que habían decidido no casarse con él y lo habían hecho con otros hombres. A juzgar por las fotografías de ellas y sus familias, a primera vista todas parecían iguales: mujeres guapas, rubias, distinguidas, de familias aristocráticas, que habían ido a colegios como es debido y se habían casado con hombres como es debido. Le sonreían desde sus tarjetas navideñas, con sus prósperos maridos al lado y sus hijos rubiecitos a su alrededor. Seguía en contacto con muchas de ellas; todas querían a Charlie y lo recordaban con mucho cariño.

Sus amigos Adam y Gray no paraban de decirle que se dejara de debutantes y chicas de la alta sociedad y fuera en busca de una mujer «de verdad», cuya descripción variaba según sus respectivas versiones, pero Charlie sabía muy bien lo que quería: una mujer de buena familia, con dinero, culta e inteligente, que compartiera sus valores, sus ideales y sus orígenes aristocráticos. Para él era muy importante. Su familia se remontaba al siglo XV, en Inglaterra, su fortuna había ido acumulándose en el transcurso de muchas generaciones y, al igual que su padre y su abuelo, él había estudiado en Princeton. Su madre había acudido a la escuela de la señorita Porter y había estado en un internado europeo, como su hermana, y él quería casarse con una mujer como ellas. Era una actitud arcaica, e incluso esnob en cierto sentido, pero Charlie sabía lo que quería y lo que necesitaba. Él también era anticuado en ciertos aspectos, con unos valores muy tradicionales. Políticamente era conservador, respetable, y si de vez en cuando tenía alguna aventurilla, siempre lo hacía con educación y discreción. Era un caballero de pies a cabeza, y un hombre elegante y distinguido hasta la médula, además de atento, amable, generoso, encantador. Tenía unos modales exquisitos, y las mujeres lo adoraban. Hacía tiempo que las mujeres se lo disputaban en Nueva York y en los múltiples sitios a los que viajaba y en los que tenía amigos. Todo el mundo quería a Charlie: era imposible no quererlo.

Casarse con Charles Harrington habría sido un golpe maestro para cualquiera; pero, al igual que el apuesto príncipe del cuento de hadas, había recorrido el mundo entero en busca de la mujer adecuada, de la mujer perfecta, y solo encontraba mujeres preciosas que al principio parecían atractivas y encantadoras pero siempre tenían un defecto imperdonable que lo echaba para atrás justo antes de llegar al altar. A ellas las hundía tanto como a él. Todos sus planes de casarse y tener hijos habían fallado. A los cuarenta y seis años seguía soltero, y no por su culpa, según decía. Dondequiera que se escondiera la mujer perfecta, él estaba decidido a encontrarla, y tenía la certeza de que la encontraría, tarde o temprano. Lo que no sabía era cuándo. Y, a pesar de tantas impostoras que se hacían pasar por mujeres perfectas, él era capaz de detectar los defectos imperdonables en cada ocasión. Lo único que lo consolaba era no haberse casado con quien no debía. No iba a permitir que eso ocurriera, y se sentía agradecido de que hasta la fecha no hubiera ocurrido. Siempre estaba pendiente de esos defectos, y era implacable. Sabía que la mujer adecuada tenía que estar en alguna parte, y que sencillamente aún no la había encontrado, pero que algún día daría con ella.

Se hallaba sentado con los ojos cerrados y la cara al sol, mientras dos camareras le servían el desayuno y la segunda taza de café. La noche anterior había bebido varios martinis y antes champán, pero se sentía mejor tras haber nadado un poco antes de sentarse a desayunar. Nadaba con gran energía y practicaba el surf con habilidad. En Princeton había sido capitán del equipo de natación. A pesar de su edad le encantaban los deportes. Esquiaba estupendamente, jugaba al squash en invierno y al tenis en verano. El deporte no solo contribuía a mantenerlo sano, sino que gracias a él tenía el cuerpo de un hombre mucho más joven. Era increíblemente apuesto: alto, delgado, con una cabellera rubia a la que no asomaban las escasas canas que habían aparecido en el transcurso de los años. Tenía los ojos azules y, tras un mes en el barco, estaba muy bronceado. Era un hombre extraordinariamente guapo, y, en cuestión de mujeres, las prefería rubias, altas, delgadas y aristocráticas. No solía pensar en ello, pero su madre y su hermana eran altas y rubias.

Su madre era de una belleza espectacular, y su hermana había sido estrella del tenis en la universidad hasta que lo dejó para ocuparse de él. Sus padres habían muerto en un choque frontal durante unas vacaciones en Italia, cuando él tenía dieciséis años. Su hermana, que tenía veintiuno, había abandonado Vassar en el primer curso y había vuelto a casa para asumir las responsabilidades familiares en ausencia de sus padres. A Charlie aún se le llenaban los ojos de lágrimas al pensar en su hermana. Ellen decía que acabaría sus estudios cuando los empezara él, al cabo de dos años. Era un sacrificio que estaba más que dispuesta a hacer por su hermano. Era una mujer extraordinaria, y Charlie la adoraba. Pero cuando se fue a la universidad, aunque él no lo sabía y su hermana no le dijo nada, Ellen estaba enferma. Consiguió ocultarle la gravedad de su enfermedad durante casi tres años. Decía que tenía demasiado que hacer en la fundación para volver a la universidad, y él le creyó. En realidad tenía un tumor cerebral, contra el que luchó valientemente. Los médicos habían decidido desde el principio que no se podía operar, debido a su localización. Ellen murió a los veintiséis años, unos meses antes de que Charlie se graduara en Princeton. Nadie asistió a su ceremonia de graduación. Con sus padres y su hermana muertos, se quedó prácticamente solo en el mundo, con una inmensa fortuna y un gran sentido de la responsabilidad por todo lo que le habían dejado sus padres. Se compró el primer velero poco después de acabar los estudios y viajó por todo el mundo durante dos años. Raro era el día en que no pensara en su hermana y en todo lo que había hecho por él. Incluso había abandonado la universidad y había estado a su lado en todos los sentidos hasta el día de su muerte, igual que habían hecho antes sus padres. En su vida familiar siempre habían reinado la armonía y el cariño. Lo único malo de los primeros años de su vida fue que todas las personas que lo querían y a las que él quería habían muerto y lo habían dejado solo. Lo que más temía era volver a querer a alguien y que también muriera.

Cuando regresó de su viaje alrededor del mundo en el yate tenía veinticuatro años. Fue a la Escuela de Administración de Empresas de Columbia, donde realizó un máster y aprendió a gestionar sus inversiones y a dirigir la fundación. Se hizo adulto de la noche a la mañana y asumió todas las responsabilidades de su entorno. Jamás había defraudado a nadie. Sabía que ni sus padres ni Ellen lo habían abandonado a propósito, pero se había quedado solo en el mundo, sin familia, a muy temprana edad. Gozaba de extraordinarias ventajas en lo material, y de unos cuantos amigos muy bien elegidos, pero sabía que hasta que encontrase a la mujer apropiada para él estaría solo en muchos aspectos. No pensaba conformarse con menos de lo que creía merecer, una mujer como su madre y como Ellen, una mujer que lo apoyara hasta el final. No reconocía el hecho de que lo hubieran dejado solo y aterrorizado, o al menos no con frecuencia. No había sido culpa de ellos, sino del maldito destino. Por eso era tan importante encontrar a la mujer apropiada, con la que pudiera contar en todo momento, que fuera una buena madre para sus hijos, una mujer casi perfecta en todos los sentidos. Tenía una importancia vital para él, y merecía la pena esperar.

—¡Ay, Dios! —oyó gemir a alguien a sus espaldas en la cubierta.

Se echó a reír al oír aquella voz. Abrió los ojos y vio a Adam en pantalones cortos blancos y camiseta azul claro sentándose a la mesa, frente a él. Una camarera le sirvió una taza de café muy cargado, y Adam tomó varios sorbos antes de decir algo más.

—Pero ¿qué demonios bebí anoche? Creo que me han envenenado.

Tenía el pelo oscuro, los ojos casi del color del ébano, y no se había molestado en afeitarse. Era de complexión mediana, hombros anchos y facciones duras. No era un hombre apuesto como Charlie, pero sí inteligente, divertido y atractivo, y a las mujeres les encantaba. Lo que le faltaba de actor de cine lo compensaba con inteligencia, poder y dinero. Había ganado mucho durante los últimos años.

—Creo que sobre todo bebiste ron y tequila, pero eso después de la botella de vino de la cena.

Habían tomado un Château Haut-Brion a bordo, antes de ir a Saint Tropez a dar una vuelta por los bares y discotecas. No era muy probable que Charlie encontrase allí a la mujer perfecta, pero había muchas otras para pasar el rato.

—Y creo que la última vez que te vi en la discoteca antes de marcharme estabas bebiendo brandy —añadió.

—No me extrañaría. Para mí que lo que me deja hecho polvo es el ron. En el barco me hago alcohólico todos los años. Si bebiera tanto en Nueva York, me quedaría sin trabajo.

Adam Weiss hizo un gesto de dolor, se puso las gafas oscuras y sonrió.

—Eres una influencia espantosa para mí, Charlie, pero un gran anfitrión. ¿A qué hora llegué?

—A eso de las cinco, creo.

El tono de Charlie no denotaba ni admiración ni reproche. No juzgaba a sus amigos. Solo quería que se divirtieran, y siempre lo hacían, los tres. Adam y Gray eran los mejores amigos que había tenido jamás, y los unía un vínculo más fuerte que la simple amistad. Los tres hombres se consideraban hermanos, y habían pasado muchas cosas juntos en el transcurso de los últimos diez años.

Adam había conocido a Charlie justo después de que Rachel se divorciara de él. Rachel y él se habían conocido en segundo curso y habían ido a la facultad de derecho de Harvard juntos. Ella se licenció con summa cum laude y aprobó el examen para el título de abogada a la primera, aunque nunca había llegado a ejercer como tal. Adam tuvo que intentarlo dos veces, pero era un abogado estupendo y le había ido muy bien. Formaba parte de un bufete especializado en representar a estrellas de rock y deportistas de élite, y le encantaba su trabajo. Rachel y él se casaron al día siguiente de la graduación con total aprobación de las respectivas familias, que se conocían de Long Island. A pesar de que los padres de ambos eran amigos, Rachel y él no se habían conocido hasta la universidad. Adam no quería tener trato con las hijas de los amigos de sus padres, así que conoció a Rachel por su cuenta, aunque supo quién era desde el primer día. Le pareció la chica perfecta para él.

Cuando se casaron lo tenían todo en común, y una vida de felicidad por delante. Rachel se quedó embarazada durante la luna de miel y en dos años tuvo dos hijos, Amanda y Jacob, que contaban ya catorce y trece años, respectivamente. El matrimonio duró cinco años. Adam estaba siempre muy ocupado con su trabajo, haciendo carrera, y volvía a casa a las tres de la mañana, tras haber ido a un concierto o alguna prueba deportiva con sus clientes y los amigos de estos; pero, a pesar de las tentaciones que lo rodeaban (y eran muchas), siempre le había sido fiel a Rachel. Sin embargo, ella se cansó de pasar las noches sola y se enamoró del pediatra de sus hijos, a quien conocía desde el instituto, y tuvo una aventura con él mientras Adam se dedicaba a ganar dinero a espuertas para la familia. Pasó a ser socio del bufete tres meses antes de que Rachel lo dejara, tras decirle que estaría perfectamente sin ella. Se llevó a los niños, los muebles, la mitad de sus ahorros y se casó con el médico en cuanto se hubo secado la tinta del certificado de divorcio. Adam seguía odiándola al cabo de diez años, y apenas podía ser educado con ella. Lo último que quería era volver a casarse y que le pasara lo mismo. Casi se había muerto de tristeza cuando Rachel se marchó con los niños.

Durante la década siguiente había evitado cualquier riesgo de relación seria saliendo con mujeres a quienes doblaba la edad y con la décima parte de su inteligencia, fáciles de encontrar en el medio en el que trabajaba. A sus cuarenta y un años salía con mujeres de veinte a veinticinco, modelos, aspirantes a actriz, fans, la clase de mujeres que rodean a las estrellas de rock y los deportistas. En la mitad de los casos apenas recordaba sus nombres. Era franco con todas, y generoso. Cuando las conocía les decía que no volvería a casarse jamás, y que lo que hacían era por pura diversión. Nunca le duraban más de un mes, como mucho. A Adam solo le interesaba cenar unas cuantas veces, irse a la cama con ellas y pasar página. Rachel le había robado el corazón y lo había tirado en un contenedor de basura. Solo hablaba con ella cuando no le quedaba más remedio, cada vez con menos frecuencia a medida que los chicos se iban haciendo mayores. En la mayoría de las ocasiones le enviaba escuetos correos electrónicos sobre sus asuntos comunes o pedía a su secretaria que la llamara. No quería saber nada de ella, como tampoco quería una relación seria con nadie. Adam idolatraba su libertad, y por nada en el mundo la pondría en peligro otra vez.

Su madre había dejado de quejarse porque estuviera soltero, o casi, y también había dejado de intentar presentarle a una «buena chica». Adam tenía exactamente lo que quería: un grupito surtido y rotatorio de amiguitas para entretenerse. Si quería hablar con alguien, llamaba a sus amigos. En su opinión, las mujeres estaban para el sexo, la diversión y para mantenerlas a distancia. No tenía la menor intención de volver a sentirse demasiado cercano a nadie para que le hicieran daño otra vez. A diferencia de Charlie, él no buscaba a la mujer perfecta. Lo único que quería era la perfecta compañera de cama mientras durase, con suerte no más de dos semanas, y a eso se atenía. No quería relaciones serias. Solo era serio con sus hijos, su trabajo y sus amigos. Y a las mujeres que había en su vida no las consideraba amigas. Rachel era su archienemiga, su madre era la cruz con la que tenía que cargar, su hermana una pesada y las mujeres con las que salía, prácticamente unas desconocidas. En la mayoría de las ocasiones se sentía más contento, más seguro y más cómodo con hombres, sobre todo con Charlie y Gray.

—Pues creo que anoche lo pasé muy bien —dijo Adam con una sonrisa avergonzada—. Lo último que recuerdo es estar bailando con un montón de brasileñas que no hablaban ni palabra de inglés, pero hay que ver cómo se movían. Yo bailé la samba como un poseso, y debí de tomarme como quinientas copas. Eran increíbles.

—Y tú también —replicó Charlie riéndose, y los dos volvieron la cara hacia el sol.

Se estaba bien, incluso con el dolor de cabeza de Adam. Adam era tan pendón como trabajador. En aquellos momentos era el abogado más valorado en su campo, y estaba continuamente estresado y nervioso. Tenía tres móviles y un busca y se pasaba la vida en reuniones o volando en su avión privado para ver a sus clientes. Representaba a una serie de personajes famosos, todos los cuales se metían en líos con una frecuencia preocupante, pero a Adam le encantaba lo que hacía y tenía más paciencia con sus clientes que con todos los demás, salvo con sus hijos, que lo eran todo para él. Ellos eran lo más agradable en su vida.

—Creo que quedé con dos de ellas para esta noche —dijo Adam, sonriendo al recordar a las bellezas brasileñas—. No entendían ni una palabra de lo que les decía. Tendremos que volver esta noche, a ver si andan por allí.

Adam empezaba a resucitar tras dos tazas de café cuando apareció Gray, con gafas oscuras y la melena blanca alborotada, de punta. Muchas veces la llevaba así, pero parecía quedarle especialmente bien cuando se sentó gruñendo a la mesa, en bañador y una camiseta limpia pero llena de manchurrones de pintura.

—Estoy demasiado viejo para esto —dijo, aceptando agradecido una taza de café mientras abría una pequeña botella de Unterberg.

El sabor amargo le asentó el estómago tras los excesos de la noche anterior. A diferencia de Adam y Charlie, no estaba en perfecta forma física. Era larguirucho y flaco y tenía aspecto de desnutrido. Cuando era un chaval parecía sacado de un cartel de niños famélicos. De mayor, simplemente estaba muy delgado. Era pintor y vivía en el West Village, donde pasaba meses enteros trabajando en cuadros intrincados, preciosos. Se las arreglaba para sobrevivir, aunque a duras penas, si vendía dos al año. Y, como Charlie, no se había casado ni tenía hijos. Gozaba de gran respeto en el mundo artístico, pero nunca había tenido éxito en el mercado. No le importaba. El dinero no significaba nada para él. Como les decía a sus amigos, lo único que le importaba era la integridad de su obra. Les ofreció un poco de Unterberg a Adam y Charlie, pero ambos torcieron el gesto y negaron con la cabeza.

—No sé cómo puedes beber eso —dijo Adam, haciendo una mueca por el olor—. Funciona, pero prefiero la resaca a beberme esa porquería.

—Es estupenda. Funciona. Quizá deberíais ponérmela por vena, si vamos a seguir bebiendo así. Siempre se me olvida lo mal que sienta. ¿Nos admitirían ya en Alcohólicos Anónimos? —dijo Gray mientras se tomaba la Unterberg de un trago, después el café y a continuación atacaba un plato de huevos.

—Eso suele pasar la segunda semana, no la primera —replicó Charlie, contento.

Le encantaba estar con sus amigos. A pesar de los excesos iniciales, solían sumirse en una rutina más tranquila tras los primeros días. No era tan terrible como lo pintaban Adam y Gray, si bien todos habían bebido y se habían divertido mucho la noche anterior, bailando con desconocidas, observando a la gente y disfrutando de la mutua compañía. Charlie siempre estaba deseando pasar aquel mes con ellos. Era el punto culminante del año, y también para sus amigos. Vivían desde meses antes expectantes, y disfrutaban de los recuerdos durante los meses siguientes. Era toda una década de viajes como aquellos, y se reían con las anécdotas de las locuras que hacían siempre que se veían.

—Me parece que este año nos hemos adelantado un poco, con una noche como la de ayer. Yo ya tengo el hígado tocado. Lo noto —comentó Gray con expresión de preocupación, mientras terminaba los huevos y se tomaba una tostada para acabar de asentar el estómago. Aún le martilleaba la cabeza, pero se sentía mejor con la Unterberg. Adam no podría haberse enfrentado a semejante desayuno. Era evidente que las cervezas que Gray tomaba religiosamente todos los días cuando estaba a bordo le funcionaban y, por suerte, ninguno de ellos se mareaba—. Yo soy mayor que vosotros, y si no paramos un poco, me vais a matar. O a lo mejor lo hará el baile. Joder, estoy en muy mala forma.

Gray acababa de cumplir los cincuenta, pero parecía bastante mayor que sus amigos. Charlie tenía un aspecto juvenil a pesar de sus cuarenta y tantos años, lo que le quitaba cinco o diez de encima; Adam solo tenía cuarenta y uno y se encontraba en una condición física extraordinaria. Estuviera donde estuviese, y por mucho trabajo que tuviera, iba todos los días al gimnasio. Decía que era la única forma de librarse del estrés. Gray nunca se había cuidado: dormía poco, comía menos y vivía para su trabajo. Se pasaba horas y horas ante el caballete, y no hacía otra cosa que pensar, soñar y respirar arte. No era mucho mayor que los otros dos, pero representaba su edad, sobre todo por su rebelde mata de pelo blanco. Las mujeres que conocía lo encontraban guapo y amable, al menos una temporada, hasta que pasaban de él.

A diferencia de Charlie y Adam, a Gray no se le ocurría ir detrás de las mujeres, y hacía muy pocos esfuerzos en ese sentido, por no decir ninguno. Él se movía en el mundo del arte, ajeno a todo lo demás. Como palomas mensajeras, las mujeres llegaban hasta él, y siempre había sido así. Era un auténtico imán para las mujeres que Adam llamaba neuróticas, y Gray no lo contradecía. Todas las mujeres con las que salía acababan de dejar de tomar medicación o empezaban a tomarla inmediatamente después de liarse con él. A todas las había maltratado el anterior novio o marido, que seguía llamándolas tras haberlas dejado tiradas. Gray invariablemente las rescataba, y aunque no lo atrajeran demasiado o le causaran problemas, mucho antes de acostarse con ellas les ofrecía un sitio donde vivir «solo unas semanas, hasta que encontraran algo». Y finalmente, lo que encontraban era a él. Acababa cocinando para ellas, dándoles alojamiento, cuidándolas, buscándoles médicos y terapeutas, metiéndolas en un programa de rehabilitación o desenganchándolas él mismo. Les daba dinero, con lo cual se quedaba aún más en la indigencia que antes de haberlas conocido. Les ofrecía refugio, consuelo y bondad. Hacía prácticamente cualquier cosa que tuviera que hacer y que ellas necesitaran, siempre y cuando no tuvieran hijos. Los niños eran lo único con lo que Gray no podía. Siempre lo habían aterrorizado. Le traían a la memoria su propia infancia, de la que no guardaba un recuerdo agradable. Al estar con niños y familias volvía a comprender con dolor la profunda disfunción de su familia.

Las mujeres con las que Gray se relacionaba no parecían malvadas al principio y le aseguraban que no querían hacerle daño. Eran desorganizadas, casi siempre histéricas y su vida un absoluto desastre. Las historias con ellas duraban desde un mes hasta un año. Les conseguía trabajo, las pulía, les presentaba gente que las ayudaba, e indefectiblemente, si no acababan en el hospital o en alguna institución, se iban con otro. Nunca había deseado casarse con ninguna, pero se acostumbraba a ellas, y cuando lo abandonaban se sentía decepcionado una temporada. Era el cuidador por antonomasia y, como todos los padres dedicados a sus hijos, esperaba que los polluelos abandonaran el nido. Le asombraba que en cada ocasión el abandono le resultara difícil y traumático. Raramente salían de su vida con elegancia. Le robaban cosas, sufrían ataques y se ponían a gritar hasta el extremo de que los vecinos llamaban a la policía, le rajaban los neumáticos si tenía coche en aquel momento, le tiraban sus cosas por la ventana o montaban algún follón que le producía vergüenza o dolor. Raramente le daban las gracias por el tiempo, el dinero y el cariño que tan generosamente les había prodigado. Y al final, cuando se marchaban, sentía un enorme alivio. A diferencia de Adam y Charlie, a Gray no lo atraían las mujeres jóvenes. Las mujeres que le gustaban solían tener cuarenta y tantos años y un grave trastorno psíquico. Gray decía que le gustaba su vulnerabilidad y que le daban lástima. Adam le había propuesto que trabajara para la Cruz Roja, o para un centro benéfico, donde podría cuidar a la gente cuanto quisiera en lugar de convertir su vida amorosa en el teléfono de la esperanza de las cuarentonas con enfermedades mentales.

—No lo puedo evitar —replicaba Gray tímidamente—. Siempre pienso que si no las ayudo yo, nadie lo hará.

—Ya, claro. Pues tienes suerte de que una de esas chifladas no haya intentado matarte mientras dormías.

Un par de ellas lo habían intentado pero, por suerte, no lo habían conseguido. Gray tenía una necesidad irrefrenable de salvar el mundo y de rescatar mujeres con necesidades acuciantes. Esas necesidades siempre acababan cubriéndolas otros, no Gray. Casi todas las mujeres con las que había salido lo habían abandonado por otro hombre. Y cuando se marchaban aparecía otra mujer en situación catastrófica que le ponía la vida patas arriba. Era un viaje en la montaña rusa al que se había acostumbrado en el transcurso de los años. Jamás había vivido de otra forma.

A diferencia de Charlie y Adam, de familias tradicionales, respetables y conservadoras (la de Adam vivía en Long Island y la de Charlie en la Quinta Avenida, de Nueva York), Gray había vivido en todo el mundo. La pareja que lo había adoptado al nacer formaba parte de uno de los grupos más conocidos de la historia del rock. Se había criado, si se podía llamar así, entre las grandes estrellas de rock de la época, que le pasaban porros y botellas de cerveza cuando solo contaba ocho años. Sus padres también habían adoptado a una niña. A él le habían puesto Gray, a ella Sparrow, y cuando Gray tenía diez años, los padres habían «renacido» y se habían retirado de la música. Primero fueron a la India, después a Nepal, se establecieron en el Caribe y pasaron cuatro años en la Amazonia, viviendo en un barco. Lo único que Gray recordaba era la pobreza que habían visto y a los nativos que habían conocido, más que los años de infancia con las drogas, pero también recordaba algo de eso. Su hermana se hizo monja budista y volvió a India, para socorrer a las masas hambrientas de Calcuta. Cuando contaba dieciocho años Gray abandonó el barco, en todos los sentidos, y se fue a pintar. Su familia aún tenía dinero, pero él prefirió intentar arreglárselas solo y pasó varios años estudiando en París hasta que regresó a Nueva York.

Por entonces sus padres se habían trasladado a Santa Fe, y cuando Gray tenía veinticinco años habían adoptado un bebé navajo a quien impusieron el nombre de Boy. Fue un proceso complicado, pero la tribu accedió a dejarlo marchar. A Gray le parecía buen chaval, pero la diferencia de edad era tan grande que apenas lo vio mientras crecía. Los padres adoptivos murieron cuando Boy tenía dieciocho años y el muchacho volvió con su tribu. Eso había ocurrido hacía siete años, y aunque Gray sabía dónde estaba su hermano, nunca se habían puesto en contacto. Recibía una carta de Sparrow desde la India cada dos años. Nunca se habían llevado demasiado bien, al haber pasado sus años de infancia sobreviviendo a los caprichos y las extravagancias de sus padres. Gray sabía que Sparrow había dedicado mucho tiempo a buscar a sus padres biológicos, quizá para intentar poner algo de normalidad en su vida. Los había encontrado en algún lugar de Kentucky, vio que no tenían nada en común con ella y no volvió a verlos. Gray nunca había sentido el menor deseo de conocer a los suyos, quizá sí cierta curiosidad, pero bastante tenía con sus padres adoptivos, y no necesitaba añadir más personas desequilibradas a la mezcla. Los chiflados con los que se relacionaba eran más que suficiente, y las mujeres con las que salía, otro tanto de lo mismo. Los conflictos que compartía con ellas, y que trataba de solucionar, eran más numerosos que los que había visto mientras se hacía mayor; le resultaban conocidos y se sentía cómodo con ellos. Y de una cosa estaba convencido: que no quería tener hijos y hacerles lo mismo que le habían hecho a él. Tener hijos era algo para los demás, como Adam, que podía criarlos como es debido. Gray sabía que no podía, porque no tenía un modelo parental que seguir, ni una auténtica vida familiar que imitar, nada que ofrecerles, o eso le parecía a él. Lo único que quería era pintar, y lo hacía muy bien.

Fuera cual fuese su mezcla genética, quienesquiera que fueran sus padres biológicos, Gray tenía un enorme talento, y aunque nunca le había reportado grandes beneficios, siempre lo habían respetado como pintor. Incluso los críticos reconocían que era pero que muy bueno. Sencillamente no era capaz de llevar una vida ordenada durante el tiempo suficiente como para ganar dinero con su trabajo. Cuanto habían ganado sus padres durante los primeros años se lo habían gastado en drogas y en viajar por todo el mundo. Estaba acostumbrado a no tener nada y no le importaba. Y cuando tenía algo, se lo regalaba a otros a los que consideraba más necesitados. Y lo mismo le daba estar en el lujoso yate de Charlie que muerto de frío en su estudio del barrio del antiguo matadero neoyorquino. Poco le importaba que hubiera alguna mujer en su vida. Lo que le importaba era su trabajo, y sus amigos.

Había comprobado hacía bastante tiempo que, aunque a veces lo atraían las mujeres y aunque le gustaba tener un cuerpo cálido en su cama para reconfortarlo en las noches frías, eran todas unas dementes, o al menos las que pasaban por su vida. A nadie le cabía duda de que si una mujer estaba con Gray, lo más probable era que estuviera loca. Era una maldición que él aceptaba, una fuerza irresistible tras la infancia que había pasado. Creía que la única forma de romper el hechizo, o la maldición que le había sobrevenido por su familia adoptiva, era negarse a transmitir ese modo de vida angustioso a un hijo suyo. Muchas veces decía que lo que podía aportar al mundo era la promesa de no tener hijos. No había roto esa promesa, y sabía que jamás la rompería. Decía que era alérgico a los niños, y que a los niños les pasaba lo mismo con él. Al contrario que Charlie, Gray no andaba en busca de la mujer perfecta; solo le habría gustado encontrar a una, algún día, que estuviera cuerda. Mientras tanto, las que encontraba le procuraban emociones y un toque humorístico, a él y a sus amigos.

—Bueno, ¿qué vamos a hacer hoy? —preguntó Charlie, mientras los tres se recostaban en sus respectivas tumbonas tras el desayuno.

El sol ya estaba alto, era casi mediodía y el tiempo inmejorable. Hacía un día realmente precioso. Adam dijo que quería ir a Saint Tropez a comprar regalos para sus hijos. A Amanda siempre le encantaba lo que le llevaba, y Jacob se conformaba con cualquier cosa. Los dos querían a su padre con locura, pero también querían a su madre y a su padrastro. Rachel y el pediatra habían tenido dos hijos más, de cuya existencia Adam fingía no saber nada, aunque sí sabía que Amanda y Jacob les tenían cariño y los querían como hermanos. Adam no quería saber nada de ellos. No había llegado a perdonar a Rachel por su traición, y jamás la perdonaría. Hacía años que había llegado a la conclusión de que, a la menor oportunidad, todas las mujeres eran auténticas arpías. Su madre no paraba de incordiar a su padre y le faltaba al respeto. Su padre respondía a la continua andanada de insultos con el silencio. Su hermana era más sutil que su madre y conseguía cuanto quería a base de lloriqueos. En las raras ocasiones en las que no lo conseguía se ponía hecha una fiera y enseñaba los dientes. En opinión de Adam, la única forma de tratar a una mujer consistía en que fuera tonta, mantenerla a distancia y pasar página rápidamente. Había que seguir moviéndose, y así todo iría bien. Solo se quedaba tranquilo o bajaba la guardia en el barco, con Charlie y Gray, o con sus hijos.

—Las tiendas cierran a la una para el almuerzo —le recordó Charlie—. Podemos ir esta tarde.

Adam se acordó de que no volvían a abrir hasta las tres y media o las cuatro, y todavía era demasiado pronto para comer. Acababan de desayunar y, tras los excesos de la noche anterior, solo había tomado un panecillo y un café. Tenía el estómago delicado, había padecido de úlcera hacía unos años y raramente comía mucho. Era el precio que pagaba, de buena gana, por un trabajo tan estresante. Tras tantos años de negociar contratos para deportistas y estrellas de primera categoría, le encantaba su profesión y disfrutaba con ella. Se encargaba de sacarlos de la cárcel bajo fianza, de meterlos en los equipos que querían, de firmar las giras de conciertos, de negociar sus divorcios, pagar la pensión alimenticia a sus antiguas amantes y firmar acuerdos para el mantenimiento de los hijos nacidos fuera del matrimonio. Con todo eso siempre estaba ocupado, estresado y contento. Y por fin tenía vacaciones. Se tomaba dos al año: el mes de agosto en el barco de Charlie, un compromiso sagrado para él, y una semana en invierno también con él, en el Caribe. Gray nunca iba en esas ocasiones, porque guardaba malos recuerdos del Caribe de cuando había vivido allí con sus padres, y decía que por nada del mundo volvería. Y a finales de agosto pasaba una semana viajando por Europa con sus hijos. Como siempre, se reuniría con ellos al final de la travesía en el barco. Su avión los recogería en Nueva York, haría escala en Niza para recogerlo a él, y después se irían los tres a pasar una semana en Londres.

—¿Qué os parece si zarpamos y anclamos cerca de la playa? Después podemos ir a almorzar al Club 55 en la lancha —propuso Charlie, y los otros dos asintieron. Era lo que solían hacer en Saint Tropez.

Charlie tenía todos los juguetes imaginables para sus invitados: esquís acuáticos, motos acuáticas, un velero pequeño, tablas de windsurf y equipo de submarinismo. Pero lo que más les gustaba era hacer el vago. Dedicaban la mayor parte del tiempo a comer, cenar, beber, las mujeres y nadar un poco. Y a dormir mucho, sobre todo Adam, que siempre llegaba agotado y decía que únicamente dormía como Dios manda en el barco de Charlie, en agosto. Era la única época del año en la que no tenía preocupaciones. Le enviaban faxes desde el despacho todos los días, y correos electrónicos, y los revisaba, pero sus secretarias, ayudantes y socios sabían que en agosto no había que molestarlo más de lo absolutamente imprescindible. Y ¡ay de ellos si lo hacían! Era la única temporada en la que Adam abandonaba el control del bufete e intentaba no pensar en sus clientes. Cualquiera que lo conociera bien y que supiera cuánto trabajaba sabía que necesitaba aquel descanso. Su trato resultaba mucho más agradable cuando volvía en septiembre. Superaba sin esfuerzo las siguientes semanas, incluso los siguientes meses, gracias a los buenos momentos pasados con Gray y Charlie.

Los tres se habían conocido por sus actividades filantrópicas. La fundación de Charlie estaba organizando una función benéfica con el fin de recaudar fondos para una casa de acogida para mujeres y niños maltratados en el Upper West Side. El presidente intentaba localizar a una estrella del rock dispuesta a actuar desinteresadamente y se puso en contacto con Adam, representante del artista en cuestión. Adam y Charlie almorzaron juntos para tratar el asunto y descubrieron su admiración mutua. Cuando tuvo lugar la función, ya se habían hecho amigos.

Adam consiguió que su representado donara el millón de dólares de la actuación, algo insólito. En la misma ocasión se subastó un cuadro donado por Gray, obra suya, lo que le supuso un gran sacrificio, puesto que equivalía a los ingresos de seis meses. A continuación se ofreció a pintar un mural en la casa de acogida financiada por la fundación de Charlie. Fue entonces cuando conoció a Charlie, que los invitó a Adam y a él a cenar en su apartamento para darles las gracias. Los tres hombres no podían ser más diferentes, pero aun así descubrieron vínculos entre ellos: las causas que defendían y el hecho de no estar casados ni manteniendo una relación seria en aquellos momentos. Adam acababa de divorciarse. Charlie había roto recientemente su segundo compromiso de boda e invitó a los dos al barco que poseía entonces, en el que tenía pensado pasar su luna de miel, para que le hicieran compañía durante el mes de agosto. Pensó que un viaje con sus dos nuevos amigos le serviría de distracción, y resultó incluso más agradable de lo que se esperaba. Lo pasaron estupendamente. La chica con la que Gray había estado saliendo había intentado suicidarse en junio y se había marchado con uno de los alumnos de Gray en julio. En agosto, Gray se sintió muy aliviado al poder salir de la ciudad, y muy agradecido por la oportunidad que le brindaba Charlie. En aquellos momentos andaba aún peor de dinero que de costumbre. Y Adam había pasado una primavera tremenda, con las lesiones de dos deportistas de élite y la cancelación de una gira de una banda de fama internacional que acabó en una docena de pleitos.

El viaje en el barco de Charlie fue perfecto, y desde entonces lo repetían anualmente. El de este año prometía ser igual: Saint Tropez, Montecarlo para jugar un poco, Portofino, Cerdeña, Capri y dondequiera que les apeteciera detenerse por el camino. Solo llevaban dos días en el barco, y los tres estaban ilusionados.

Charlie disfrutaba plenamente de la compañía de sus amigos, y ellos de la suya. Y el *Blue Moon* era el emplazamiento ideal para compartir diversión y travesuras.

—Entonces, ¿qué, chicos? ¿Comemos en el Club 55 y nadamos un poco antes? —insistió Charlie, para poder contarle los planes al capitán.

—Pues claro. Venga —replicó Adam poniendo los ojos en blanco al oír su móvil francés, al que no hizo el menor caso. Ya atendería el mensaje más tarde. Mientras estaba en Europa, solo se llevaba un teléfono, lo cual suponía una mejora enorme en comparación con la serie de artilugios y papeles con los que cargaba en Nueva York—. Es mucho trabajo, pero alguien tiene que hacerlo —añadió sonriente.

—¿A alguien le apetece un Bloody Mary? —preguntó Charlie con fingida inocencia mientras hacía un gesto al camarero indicándole que se marchaban.

El sobrecargo, un apuesto joven neozelandés que había estado pendiente todo el rato, asintió con la cabeza y desapareció para comunicárselo al capitán y hacer la reserva para el almuerzo. No le hacía falta preguntar nada. Sabía que Charlie querría desembarcar a las dos y media para comer. La mayoría de las veces prefería almorzar a bordo, pero el ambiente de Saint Tropez resultaba demasiado tentador, y todo personaje medianamente importante iba a comer al Club 55 y a cenar a Spoon.

—El mío que sea un Bloody Mary virgen —dijo Gray sonriendo al camarero—. He pensado que puedo retrasar unos días mi ingreso en rehabilitación.

—Pues el mío que sea picante y fuertecito, y pensándolo bien, de tequila —dijo Adam con una amplia sonrisa, ante lo que Charlie se echó a reír.

—Yo voy a tomar un Bellini —dijo Charlie. Era un combinado de champán y zumo de melocotón, una forma sosegada de empezar un día de libertinaje.

A Charlie le encantaban los habanos y el buen champán, y había una buena provisión de ambos en el barco.

Los tres hombres se relajaron bebiendo en la cubierta mientras se alejaban del puerto, a motor, evitando cuidadosamente las embarcaciones más pequeñas y los barquitos llenos de turistas que contemplaban boquiabiertos el barco y le sacaban fotos. En el extremo del puerto se había congregado la habitual multitud de paparazzi a la espera de la llegada de yates para ver quién iba a bordo. Seguían a los famosos en motos, acosándolos sin cesar, y tomaron una última foto del *Blue Moon* mientras se alejaba, suponiendo, sin equivocarse, que aquel superyate volvería por la noche. En la mayoría de las ocasiones fotografiaban a Charlie mientras paseaba por la ciudad, pero él raramente daba pábulo a los chismorreos de los tabloides. Aparte de la opulencia y el tamaño de su yate, Charlie llevaba una vida relativamente tranquila y evitaba a toda costa los escándalos. Simplemente era un hombre muy rico de viaje con dos amigos, de los que ningún lector de los tabloides había oído hablar. A pesar de las grandes estrellas que conocía y a las que representaba, Adam siempre se mantenía en segundo plano. Y Gray Hawk no era más que un pintor medio muerto de hambre. Eran tres hombres solteros, amigos íntimos, dispuestos a divertirse durante el mes de agosto.

Estuvieron nadando media hora antes del almuerzo. Después, Adam se montó en una de las motos acuáticas para dar una vuelta y gastar un poco de energía, mientras Gray dormía en cubierta y Charlie se fumaba un habano. Era una vida perfecta. A las dos y media se subieron a la lancha para comer en el Club 55. Como ocurría con frecuencia, allí estaba Alain Delon, y también Gerard Dépardieu y Catherine Deneuve, sobre la que los tres amigos hablaron largo y tendido. Todos coincidieron en que seguía siendo guapísima, a pesar de su edad. Respondía al tipo que le gustaba a Charlie, solo que era considerablemente mayor que las mujeres con las que salía, que por lo general no sobrepasaban los treinta, cuando no eran incluso más jóvenes. Raramente salía con mujeres de su edad. Pensaba que las mujeres de cuarenta y tantos eran para los hombres de sesenta, o de más edad. Y a Adam le gustaban muchísimo más jóvenes.

Gray dijo que él habría sido feliz con Catherine Deneuve, a cualquier edad. Le gustaban las mujeres de su edad, o incluso algo mayores, si bien Catherine Deneuve no podía ser candidata, porque parecía completamente normal y relajada hablando y riendo con sus amigos. La mujer que andaba buscando Gray, o en la que se habría fijado, estaría llorando calladamente en un rincón, o hablando entre sollozos por el móvil, con expresión angustiada. La chica que Adam tenía en mente sería unos diez años mayor que su hija adolescente, y a él le tocaría pagarle unos implantes de pechos y una operación de nariz. Para Charlie, la chica de sus sueños iba adornada por una aureola y llevaba zapatitos de cristal, pero en la ocasión definitiva, cuando sonaran las campanadas de medianoche, ella no saldría corriendo, ni desaparecería; se quedaría en el baile, prometería no abandonarlo jamás y bailaría entre sus brazos eternamente. Aún albergaba la esperanza de encontrarla, algún día.

2

El capitán fondeó el *Blue Moon* en el extremo del muelle de Saint Tropez aquella tarde. Supuso toda una hazaña, porque no era fácil encontrar sitio en temporada alta. Debido a su tamaño, tenía que estar en primera fila, y en cuanto lo amarraron Charlie se arrepintió de haber entrado en el puerto con el barco en lugar de haber ido en la lancha, como prefería hacer. Los paparazzi se abalanzaron en tropel, atraídos por las dimensiones del yate. Hicieron un montón de fotografías a los tres hombres cuando entraban en un coche que los estaba esperando. Charlie no les hizo caso, y Adam tampoco, pero Gray saludó con la mano.

—Pobres diablos. Qué forma tan asquerosa de ganarse la vida —se compadeció, mientras Adam, que detestaba a la prensa, gruñía.

—Parásitos. Buitres. Eso es lo que son —dijo.

La prensa creaba continuamente problemas a sus clientes. Había recibido una llamada de su despacho aquella misma tarde. Habían sorprendido a uno de sus clientes saliendo de un hotel con una mujer que no era su esposa, y se había armado la de Dios es Cristo. La airada esposa había llamado diez veces al bufete y amenazaba con el divorcio. No era la primera vez que su marido lo hacía, y ella quería un acuerdo de divorcio carísimo o cinco millones de dólares para seguir casada con él. Todo muy bonito. A Adam ya no le sorprendía nada. Lo único que quería en aquel momento era encontrar a las chicas brasileñas y bailar samba hasta la madrugada. Ya se ocuparía de todas las demás estupideces cuando volviera a Nueva York. De momento no tenía el menor interés en los tabloides ni en las infidelidades de sus clientes. Ya lo habían hecho antes y volverían a hacerlo muchas veces. Era su tiempo, no el de ellos. Tiempo de descansar. Había desconectado su contador.

Fueron a comprar a la ciudad, durmieron la siesta y cenaron en el Spoon del hotel Byblos, donde apareció una espectacular supermodelo rusa con pantalones de seda blanca y un minúsculo bolero de cuero, desabrochado y sin nada debajo. Todo el restaurante le vio los pechos, y parecían encantados. A Charlie le divirtió, y Adam se rió.

—Tiene unos pechos increíbles —comentó Gray mientras pedían la cena y un vino excelente.

—Sí, pero no son auténticos —dijo Adam con ojo clínico, impertérrito pero también divertido.

Había que tener valor para sentarse a cenar en un restaurante con las tetas fuera, aunque no era la primera vez que veían una cosa así. El año anterior había entrado en un restaurante una chica alemana con una blusa de malla tan transparente que apenas se notaba, y todo el mundo se quedó sin respiración. Ella estaba allí tan tranquila cenando, hablando, riendo y fumando, prácticamente desnuda de cintura para arriba, y a todas luces disfrutando del revuelo que causaba.

—¿Cómo sabes que no son auténticos? —preguntó Gray con interés.

La chica tenía unos pechos grandes y firmes, con los pezones respingones. A Gray le habría encantado dibujarlos, y ya estaba un poco achispado. Habían estado bebiendo Margaritas en el barco antes de salir, como comienzo de otra noche de disipación y libertinaje.

—Tú créeme —contestó Adam con seguridad—. Yo ya llevo pagados unos cien pares. No, cien y medio. Hace un par de años salí con una chica que solo quería uno. Decía que el otro estaba bien, y que solo quería que el más pequeño fuera a juego.

—Es curioso —dijo Charlie, divertido; cató el vino e hizo un gesto de asentimiento al sumiller. Era bueno, más que bueno. Era un Lynch-Bages de una cosecha excelente—. En lugar de llevártelas a cenar y a ver una película, ¿las invitas a pechos nuevos?

—No, cada vez que salgo con una aspirante a actriz se descuelga con que le pague un par nuevo. Es más fácil que discutir sobre el asunto. Después se van tranquilamente, si les gusta lo que les han puesto.

—Antes los hombres les regalaban a las mujeres collares de perlas o pulseras de diamantes a modo de premio de consolación, y ahora les regalan implantes, o eso parece —replicó Charlie secamente.

A las mujeres con las que salía Charlie jamás se les habría ocurrido pedirle que les regalara pechos nuevos ni ninguna de las cosas que costeaba Adam. Si los ligues de Charlie se hacían algún arreglillo, ellas sufragaban los gastos, y ni siquiera se hablaba del tema. No tenía noticia de que ninguna de las mujeres con las que había salido se hubiera sometido a cirugía estética. A las chicas de Adam, como las llamaban Gray y él, las habían remodelado de pies a cabeza. Y las mujeres de Gray requerían una lobotomía o sedación más que otra cosa. Gray les había costeado terapeutas, programas de rehabilitación, loqueros y minutas de abogados por órdenes de alejamiento a los anteriores hombres de sus vidas, que las acosaban o amenazaban con matarlas, a ellas o a él. Al final iba a resultar que lo de los implantes resultaba más sencillo. Después de la operación de estética, las mujeres de Adam le daban las gracias y desaparecían. Las de Gray siempre se quedaban una temporada, o lo llamaban cuando el nuevo hombre en su vida empezaba a maltratarlas. Raramente estaban con Gray más de un año. Las trataba demasiado bien. Las mujeres de Charlie siempre acababan como amigas y lo invitaban a sus bodas después de que él las dejaba al haber sacado a la luz su imperdonable defecto.

—A lo mejor yo debería probar con eso —dijo Charlie, riendo con la copa de vino en la mano.

—¿Qué vas a probar? —preguntó Gray con expresión de perplejidad. La rusa y sus pechos lo tenían mareado.

—Pagar los implantes. Podría ser un bonito regalo de Navidad, o de boda.

—Sería de mal gusto —replicó Adam, moviendo la cabeza—. Ya es bastante con que lo haga yo. Las chicas con las que tú sales tienen demasiada clase para pedirte que les regales unas tetas.

Las mujeres con las que salía Adam lo necesitaban para abrirse camino como actrices o modelos. A Adam le daba igual lo de la clase, e incluso le habría supuesto un impedimento. Para él, las mujeres con las que salía Charlie solo le habrían dado quebraderos de cabeza. Al contrario que Charlie, él no quería quedarse colgado de nadie, mientras que Gray dejaba que las cosas pasaran, porque no tenía planes en firme sobre nada, y vivía la vida tal y como llegaba. Adam lo tenía todo programado y planeado.

—Sería un regalo más original, desde luego. Yo estoy harto de regalarles objetos de porcelana —dijo Charlie, sonriendo entre el humo del puro.

—Confórmate con no tener que pagarles la pensión alimenticia y la pensión de los niños. La porcelana es mucho más barata, puedes creerme —replicó Adam en tono cortante.

Había dejado de pasarle la pensión alimenticia a Rachel cuando ella volvió a casarse, pero su ex mujer se había llevado la mitad de lo que él tenía, y seguía aportando una cuantiosa suma para el mantenimiento de sus hijos, algo que no le importaba en absoluto. Pero se arrepentía de haberle concedido tanto a Rachel en el divorcio. Lo había puesto en un buen aprieto hacía diez años, cuando se divorciaron, y eso que él ya era socio del bufete. Se llevó mucho más de lo que a su juicio se merecía. Sus padres habían contratado a un abogado estupendo. Y Adam seguía guardándole rencor al cabo de diez años. No había llegado a reponerse del daño que le había hecho, y probablemente nunca lo superaría. En su opinión, estaba muy bien pagar implantes, pero no una pensión alimenticia. Nunca jamás.

—Pues, si a eso vamos, a mí me parece terrible que haya que regalarles nada —intervino Gray—. Yo preferiría regalarle algo a una mujer porque quiero, en lugar de pagarle el abogado, el terapeuta o un arreglo de nariz —añadió con aire inocente.

Teniendo en cuenta lo poco que Gray tenía, siempre que se enrollaba con alguien acababa soltando una fortuna en comparación con lo que ganaba, a pesar de lo cual siempre quería ayudarlas. Era como la Cruz Roja a la hora de salir con alguien. Adam era el trapichero, que establecía límites claros e imponía compensaciones. Charlie era el príncipe azul, atento y romántico. Claro que Gray decía que él también era romántico, pero las mujeres con las que se relacionaba no lo eran; estaban demasiado desesperadas y necesitadas para que les importara el romanticismo. Pero le habría gustado un poco de romanticismo en su vida, si lograba liarse con una mujer cuerda, algo que parecía cada día más improbable. Adam aseguraba que no le quedaba ni una sola célula romántica en el cuerpo y se enorgullecía de ello. Decía que prefería el buen sexo al mal romance.

—¿Y por qué no se puede tener todo? —preguntó Gray, empezando con la tercera copa del excelente vino—. ¿Por qué no sexo y romance al mismo tiempo, e incluso alguien que te quiera y a quien tú quieras?

—A mí me suena estupendo —dijo Charlie.

Pero, en su caso, quería que la mezcla incluyera sangre azul. Reconocía sin ambages que en cuestión de mujeres era un esnob. Adam le tomaba el pelo diciéndole que no quería mancillar su sangre con la de una campesina. A Charlie no le gustaba cómo lo expresaba Adam, pero ambos sabían que era verdad.

—Pues yo creo que los dos estáis en la nubes —declaró Adam con cinismo—. El romanticismo es lo que lo jode todo. Solo sirve para que uno se lleve una decepción, que todos acaben cabreándose y se monte la de Dios es Cristo. Si sabes que solo va de sexo y de pasarlo bien, no le haces daño a nadie.

—Ya. Entonces, ¿cómo es que todas tus chicas se cabrean cuando se largan? —preguntó Gray con sencillez. Y tenía su punto de razón.

—Porque las mujeres nunca creen lo que uno les dice. En cuanto les digo que no pienso casarme jamás, se lo toman como un reto y se ponen a buscar el vestido de boda. Por lo menos, yo soy sincero. Si no me creen, es su problema. Yo lo digo muy claro, y si no me quieren hacer caso, allá ellas. Pero Dios sabe que lo digo, bien alto y bien claro.

Esa era otra de las ventajas de salir con mujeres muy jóvenes. A las chicas de veintidós años normalmente no les interesaba casarse, sino pasarlo bien, hasta que empezaban a rondar los treinta, y entonces empezaban a preocuparse por cómo iban las cosas a su alrededor. Las más jóvenes querían ir a bares y clubes, comprarse ropa y cargarlo a la cuenta de Adam, ir a conciertos y restaurantes caros. Si se las llevaba a Las Vegas un fin de semana, cuando tenía que ver a algún cliente, a las chicas les parecía que estaban en el mismísimo paraíso.

Sin embargo, la familia de Adam tenía una actitud distinta. Su madre no paraba de acusarlo de que salía con putas, sobre todo cuando veía a su hijo en los tabloides. Adam la corregía y le explicaba que eran actrices y modelos, lo cual, según su madre, eran una y la misma cosa. A su hermana le daba un poco de vergüenza cuando salía el tema de conversación en las reuniones familiares, pero nada más. A su hermano le parecía gracioso, pero llevaba años diciéndole que ya iba siendo hora de que sentara la cabeza. A Adam le importaba un comino lo que pensara su familia. Él pensaba que sus vidas eran terriblemente aburridas. La suya no lo era. Y en cada ocasión se reafirmaba en su convicción de que le tenían envidia porque él lo pasaba bien y ellos no. Sus padres no lo envidiaban, pero no aprobaban su conducta por una cuestión de principios. Y como era de esperar, bien porque rechazaba a Adam o simplemente para fastidiarlo, su madre se había puesto de parte de Rachel, o eso pensaba a veces Adam. A su madre Rachel le caía bien, y también su nuevo marido, y siempre le recordaba a Adam que veía a su ex mujer y que mantenía contacto con ella porque era la abuela de los niños. En cualquier discusión o pelea, la madre siempre se ponía en contra de Adam. No lo podía evitar. Era el espíritu de la contradicción y tenía que oponerse a todo como fuera. Adam sospechaba que, a pesar de todo, lo quería, pero que parecía sentir la necesidad de criticarlo y de hacerle la vida imposible. Hiciera lo que hiciera, a su madre no le gustaba.

Su madre seguía echándole a él la culpa del divorcio e insistía en que tenía que haberle hecho algo espantoso a Rachel para que lo hubiera abandonado por otro. Nunca le había demostrado cariño a su hijo por el hecho de que su esposa lo hubiera engañado con otro y lo hubiera dejado. Era culpa de Adam. Bajo tantas críticas y descalificaciones, Adam sospechaba que se sentía orgullosa de lo mucho que su hijo había logrado, pero ella nunca lo reconocía.

Eran más de las once cuando salieron del restaurante y se fueron a dar una vuelta por Saint Tropez. Las calles estaban abarrotadas, y había gente en los cafés, restaurantes y bares al aire libre. De varios clubes nocturnos salía una música atronadora. Pasaron a tomar una copa en Chez Nano y después entraron en Les Caves du Roy, a la una, cuando empezaba a animarse la cosa. Por todas partes había mujeres con blusas de espalda al aire, vaqueros ceñidos, vestiditos y camisas transparentes, pelo hábilmente alborotado y sandalias de tacón muy sexy. Adam se sentía como un niño delante de una pastelería, e incluso Charlie y Gray estaban disfrutando. Gray era mucho más tímido a la hora de ligar. Normalmente eran las mujeres quienes iban en su busca. Y Charlie era infinitamente más selectivo, pero le encantaba observar el ambiente.

Hacia la una y media ya estaban bailando los tres, aún relativamente sobrios. Las chicas brasileñas no aparecieron, pero a Adam no le importó. Bailó al menos con una docena de mujeres y al final se quedó con una jovencita alemana que le dijo que sus padres tenían una casa en Ramatuelle, una localidad cercana a Saint Tropez. Parecía como de catorce años, hasta que se puso a bailar con Adam, porque entonces empezó a saltar a la vista que sabía lo que se hacía y lo que quería y que era bastante mayor. Lo que quería era a Adam. Poco menos que le hizo el amor en la pista. Ya eran más de las tres de la mañana, y Charlie empezó a bostezar. Gray y él volvieron al barco minutos después. Adam dijo que él se iría por su cuenta, puesto que aquella noche habían atracado en el muelle, y Charlie le dio una radio por si acaso tenía que llamar. Adam asintió y siguió bailando con la chica alemana, que era pelirroja y dijo llamarse Ushi. Adam le guiñó un ojo a Charlie cuando Gray y él salieron, y Charlie sonrió. Adam se estaba divirtiendo, y mucho.

—¿Qué vamos a hacer mañana? —preguntó Gray mientras se dirigían al barco.

Seguía oyéndose la música, pero en el barco había tranquilidad, una vez que cerraron las puertas. Charlie le ofreció un brandy a Gray antes de acostarse, pero Gray dijo que no podía con más. Fueron a cubierta y estuvieron un rato fumando puros, observando a la gente que pasaba por el muelle o que charlaba en los yates cercanos. Saint Tropez era la ciudad de la fiesta continua; parecía que la gente estaba despierta toda la noche.

—Yo había pensado que fuéramos a Portofino, o a lo mejor pararnos en Montecarlo.

Al cabo de pocos días el jolgorio de Saint Tropez resultaba aburrido, a menos que uno tuviera amigos, y ellos no los tenían. Era divertido ir a los restaurantes y los clubes nocturnos, pero había muchos otros sitios a los que querían ir, algunos tan alegres como Saint Tropez, y otros un poco más tranquilos. Montecarlo era más elegante y sobrio, y a los tres les gustaba ir al casino.

—A lo mejor Adam quiere quedarse un par de noches más para ver a esa chica alemana —dijo Gray, preocupado por su amigo. No quería echarle a perder la diversión ni el posible idilio. Charlie lo conocía mejor y tenía una actitud más cínica. Si realmente conocía a Adam, y si los anteriores viajes servían de algo, con que pasara una noche con ella sería más que suficiente.

Eran casi las cuatro cuando Charlie y Gray se fueron a sus respectivos camarotes. Había sido una noche larga, pero también divertida. Charlie se quedó dormido inmediatamente, y ninguno de los dos oyó a Adam cuando volvió a las cinco de la mañana.

Charlie y Gray estaban desayunando en la cubierta de popa cuando aparecieron Adam y Ushi, sonrientes. La chica pareció avergonzarse, pero solo un poco, al ver a los otros dos hombres.

—Buenos días —dijo cortésmente, y Charlie pensó que aparentaba dieciséis años a plena luz del día. No iba maquillada, pero tenía una figura espectacular en vaqueros y una camiseta ceñida, con las sandalias doradas de tacón en la mano y la cabellera pelirroja larga y tupida. Adam la rodeaba con un brazo.

La camarera les preguntó qué querían desayunar, y Ushi se empeñó en que solo muesli y café. Adam pidió beicon, huevos y tortitas. Parecía de muy buen humor, y sus dos compañeros intentaban no dirigirse sonrientes miradas de complicidad.

Los cuatro charlaron amigablemente, y en cuanto Ushi hubo terminado de desayunar, el sobrecargo llamó un taxi. Adam la llevó a dar una vuelta por el barco, y mientras la acompañaba al taxi, a la chica le hacían los ojos chiribitas.

—Te llamaré —prometió Adam con vaguedad, y le dio un beso. Había sido una noche inolvidable, pero sus dos amigos sabían que Adam se olvidaría muy pronto de la chica y que al cabo de un año, si se les antojaba, tendrían que recordársela.

—¿Cuándo? ¿Vas a ir a la discoteca esta noche? —preguntó Ushi mientras Adam se quedaba unos momentos junto al taxi.

—A lo mejor nos marchamos —dijo en respuesta a la segunda pregunta, pero no a la primera.

Ushi le había dado su número de teléfono en Ramatuelle y le había dicho que pasaría allí todo el mes de agosto. Después volvería a Munich con sus padres. También le había dado su dirección en Alemania, porque Adam le había dicho que iba allí con frecuencia por cuestión de negocios. Ushi le había dicho que tenía veintidós años y que estudiaba medicina en Frankfurt.

—Si nos quedamos, pasaré por la discoteca, pero lo dudo.

Intentaba ser mínimamente honrado con las mujeres con las que se acostaba y no darles falsas esperanzas, pero él también sabía que no podía hacerse demasiadas ilusiones. Aquella chica alemana, una perfecta desconocida, había ligado con él en una discoteca, habían pasado la noche juntos, a sabiendas de que lo más probable era que no volviera a verlo. Iba en busca de lo mismo que él, y al menos por una noche había conseguido lo que quería. Y también Adam. Había pasado una noche estupenda, pero a plena luz del día no cabía duda de que eran dos perfectos desconocidos, y que difícilmente volverían a verse. Ambos tenían las reglas bastante claras.

Adam le dio otro beso cuando la chica estaba a punto de subir al taxi, y ella se quedó unos momentos con expresión soñadora, y dijo:

—Adiós... Gracias...

Y Adam volvió a besarla.

—Gracias a ti, Ushi —le susurró Adam, dándole unas palmaditas en el trasero.

La chica se subió al taxi, saludó con la mano y desapareció. Otra diversión de una noche. Era una forma de pasar el tiempo, e indudablemente daba realce a sus vacaciones. El cuerpo de la chica era mucho mejor sin ropa, tal y como había sospechado Adam.

—Bueno, ha sido una bonita sorpresa —comentó Charlie con sonrisa irónica, al tiempo que Adam volvía a sentarse a la mesa del desayuno—. Me encanta que los invitados desayunen con nosotros, sobre todo si son tan guapas. ¿Crees que deberíamos marcharnos antes de que sus padres vengan con una escopeta?

—No creo —replicó Adam sonriendo satisfecho. De vez en cuando le gustaba hacer del yate de Charlie una especie de fiesta—. Tiene veintidós años y estudia medicina. Y no es virgen.

Aunque a Adam le costara reconocerlo, Ushi parecía más joven de lo que era.

—Qué desilusión —dijo Charlie en tono de broma, al tiempo que encendía un puro.

En verano, mientras estaba en el barco, a veces fumaba habanos incluso después del desayuno. Lo que más disfrutaban de la vida, aquellos tres amigos, era poder hacer lo que quisieran, por muy solos que se sintieran a veces. Era una de las grandes ventajas de estar solteros. Comían cuando les venía en gana, vestían como querían, bebían cuanto les apetecía y pasaban el tiempo con quienes querían. No había nadie a quien tuvieran que rendir cuentas, incordiar, molestar, pedir disculpas, a quien acoplarse ni con quien adquirir un compromiso. Lo único que tenían era los unos a los otros, y de momento era todo cuanto querían. Para los tres, en aquella época la vida era perfecta.

—A lo mejor te encontramos una virgen en el próximo puerto en que nos paremos —añadió—. Por aquí me parece que no se encuentran fácilmente.

—Muy gracioso —replicó Adam, sonriendo y satisfecho por su conquista de la noche anterior—. Lo que te pasa es que tienes envidia. Por cierto, ¿dónde nos vamos a parar?

A Adam le encantaba la libertad con la que iban de un sitio a otro; era como llevar la casa o el hotel a cuestas. Podían vivir rodeados de lujos, decidir su itinerario y cambiarlo en cualquier momento, mientras les servía la tripulación, de trato impecable. Para los tres amigos, aquello era el paraíso. Era precisamente lo que le gustaba a Charlie de tener un yate y la razón por la que pasaba el verano y varias semanas del invierno en él.

—¿Dónde os apetece ir? —preguntó Charlie—. Yo había pensado en Mónaco o Portofino.

Tras una larga discusión se decidieron por Mónaco, y Portofino al día siguiente. Montecarlo estaba prácticamente a tiro de piedra, a dos horas de Saint Tropez. Portofino estaba a unas ocho horas de viaje. Tal y como esperaba Charlie, Gray aseguró que a él le daba igual y Adam dijo que le apetecía ir al casino de Montecarlo.

Abandonaron el muelle justo después del almuerzo, que consistió en un excelente bufet de mariscos. Cuando se marcharon eran casi las tres, después de haberse detenido un rato para nadar, y después se dedicaron a dormitar en las tumbonas mientras se dirigían a Mónaco. Cuando llegaron estaban dormidos como troncos, y el capitán y la tripulación anclaron hábilmente el *Blue Moon* en el muelle, con defensas para protegerse de posibles golpes de las demás embarcaciones. Como siempre, el puerto de Montecarlo estaba lleno de yates tan grandes como el *Blue Moon* o más.

Charlie se despertó a las seis, vio dónde estaban y que sus amigos seguían durmiendo. Fue a su camarote a ducharse y cambiarse de ropa, y Gray y Adam se despertaron a las siete. Tras los placeres de la noche anterior, era comprensible que Adam estuviera agotado, y Gray no tenía costumbre de trasnochar tanto. Cuando viajaban juntos tardaba unos cuantos días en adaptarse a aquella vida nocturna. Pero, cuando salieron a cenar, los tres se sentían descansados.

El sobrecargo les había pedido un coche y les había hecho reserva en el Louis XV, donde cenaron espléndidamente, en un entorno mucho más serio que el del restaurante de la noche anterior en Saint Tropez. Los tres iban de chaqueta y corbata. Charlie llevaba un traje de lino de color crema, con camisa a juego, Adam vaqueros, blazer y mocasines de piel de cocodrilo sin calcetines. Gray se había puesto una camisa azul, pantalones de color caqui y una blazer vieja. Con el pelo blanco, parecía el mayor del trío, pero tenía una elegancia incontestable; a pesar de la corbata roja, y llevara lo que llevase, se notaba que era artista. Se pasó la cena gesticulando, hablándoles animadamente sobre su juventud. Les describió la tribu de nativos con los que había vivido durante una breve temporada en la Amazonia. Era un buen contador de cuentos, pero para él aún constituía una pesadilla de la infancia, mientras otros chicos iban al colegio, montaban en bicicleta, repartían periódicos por las casas y asistían a bailes organizados por la escuela. En lugar de eso, él había vivido entre los pobres de la India, en un monasterio budista de Nepal y había leído las enseñanzas del Dalai Lama. No le habían dejado disfrutar de su niñez.

—Pero qué queréis que os diga... Mis padres estaban mal de la cabeza, pero supongo que por lo menos no eran aburridos.

Adam pensaba que su juventud había sido más que normal y corriente y que no había comparación entre lo que Gray contaba y lo que él había vivido en Long Island. Charlie raras veces hablaba de su infancia. Había sido previsible, respetable y tradicional hasta la muerte de sus padres, y después desgarradora, aún más cuando murió su hermana, al cabo de cinco años. No le importaba hablar sobre ello con su terapeuta, pero sí con los amigos. Sabía que tenían que haber ocurrido cosas divertidas antes de la gran tragedia, pero ya no las recordaba: solo se había quedado con la tristeza. Le resultaba más fácil atenerse al presente, salvo cuando su terapeuta se empeñaba en que recordase. E incluso en esas ocasiones suponía una auténtica lucha evocar tantas cosas sin sentirse destrozado. Todo lo que poseía en el mundo, todas las comodidades que tenía no compensaban las personas que había perdido, ni la vida familiar que había desaparecido al mismo tiempo que ellas. Y, por mucho que lo intentaba, no lograba recrear aquella vida. Siempre acababan por escapársele la estabilidad y la seguridad de la familia y alguien que crease ese vínculo con él. Los dos hombres con los que viajaba eran lo más parecido a una familia en su vida actual y durante los veinticinco años desde la muerte de su hermana. Nunca había sentido tanta soledad como entonces, con el dolor de saberse solo en el mundo, sin nadie que lo quisiera ni se preocupara por él. Ahora al menos tenía a Adam y a Gray. Y sabía que, pasara lo que pasase, siempre tendría a uno de ellos a su lado, o a los dos, como ellos lo tendrían a él. A los tres les proporcionaba gran consuelo. Los unía un vínculo inquebrantable de confianza, cariño y amistad, y eso era inestimable.

Pasaron largo rato tomando café, fumando puros y hablando de sus vidas y, en el caso de Adam y Grey, de su infancia. A Charlie le llamaba la atención observar de qué forma tan diferente procesaban las cosas. Gray había aceptado hacía tiempo que sus padres adoptivos eran caprichosos y egoístas y, en consecuencia, ineptos como padres. Nunca había tenido sensación de seguridad en su juventud, ni un verdadero hogar. Habían ido de un continente a otro, siempre en busca de algo, sin encontrarlo jamás. Él los comparaba con los israelitas perdidos en el desierto durante cuarenta años, pero sin columna de fuego que los guiara. Y cuando se asentaron en Nuevo México y adoptaron a Boy, Gray hacía tiempo que se había marchado. Había visto a su hermano en sus escasas visitas a casa, pero se había negado a establecer fuertes vínculos con él. No quería nada en su vida que lo atara a sus padres. La última vez que había visto a Boy fue en el funeral de estos, y después le perdió la pista a propósito. En ocasiones se sentía culpable, pero se negaba a pensar demasiado en ello. Acabó desprendiéndose de los últimos vestigios de una familia que únicamente le había causado dolor. Para él, la palabra «familia» solo evocaba dolor. De vez en cuando se preguntaba qué habría sido de Boy tras la muerte de sus padres. En cualquier caso, seguro que estaría mejor que con la vida que había llevado con aquellos progenitores tan irresponsables. Hasta entonces se había resistido a la necesidad de sentirse responsable de él. Pensaba que a lo mejor se ponía en contacto con él algún día, pero aún no había llegado el momento, y dudaba de que llegara. Era mejor que Boy quedara como un recuerdo del pasado remoto, una parte de su vida de la que Gray no quería saber nada, si bien recordaba a su hermano como un buen chiquillo.

Por otra parte, Adam sentía gran amargura hacia sus padres. Su versión de los hechos, en pocas palabras, era que su madre era una arpía y su padre un simple pelele en sus manos. Estaba enfadado con los dos por lo que habían aportado a su vida, o más bien lo que no habían aportado, y por la deprimente vida familiar. Decía que lo único que recordaba de su infancia era la continua mala leche de su madre, que no paraba de incordiar a todo el mundo y se cebaba en él, porque era el pequeño, y que lo trataban como a un intruso por haber llegado demasiado tarde a la vida de sus padres. Su recuerdo más vívido era el de su padre, cuando no volvía a casa del trabajo. ¿Quién podría criticarlo? En cuanto se marchó a Harvard, a los dieciocho años, Adam no volvió a vivir en su casa. Ya era bastante con pasar las vacaciones con ellos. Aseguraba que la desagradable atmósfera que se respiraba en la casa había provocado un distanciamiento irreparable entre los tres hijos. Lo único que habían aprendido de sus padres era a criticar, a menospreciarse, a encontrarse defectos los unos a los otros, a sentir lástima los unos de los otros por sus respectivas vidas.

—En nuestra familia no había respeto. Mi madre no respetaba a mi padre, y creo que él la odia, aunque jamás lo reconocería, y entre los hermanos tampoco hay ningún respeto. Mi hermana me parece una aburrida y me da lástima, mi hermano es un gilipollas y un pedante y su mujer es como mi madre, y todos piensan que estoy rodeado de canallas y de putas. No respetan lo que hago, y ni siquiera quieren saber a qué me dedico. Solo les interesa saber con qué mujeres salgo, y no quién soy. Solo los veo en bodas, funerales y fiestas de guardar, y ojalá no tuviera que hacerlo, pero no se me ocurre ninguna excusa. Rachel lleva a los niños a verlos, así que yo no tengo que hacerlo. A ellos les cae mejor ella que yo, y siempre ha sido así. Incluso les parece bien que se casara con un cristiano, siempre y cuando eduque a los niños en el judaísmo. Según ellos, Rachel no puede hacerle daño a nadie, pero yo todo lo contrario. Y ahora, supongo que ya solo les doy por saco. Me da igual.

Su tono denotaba una gran amargura.

—Pero sigues viéndolos —comentó Gray con interés—. A lo mejor es que te importan. A lo mejor necesitas que te acepten, o quieres que te acepten. En ese caso, bien. Lo que pasa es que a veces tenemos que reconocer que nuestros padres no son capaces, que sencillamente no tenían ese amor que tanto necesitábamos cuando éramos niños, porque no les salía de dentro. Al menos los míos. Bastante tuvieron con las drogas cuando eran jóvenes, y después con ir en busca del Santo Grial o lo que fuera. Estaban locos. Creo que nos querían a mi hermana y a mí, a su manera, pero no sabían ser padres. Cuando adoptaron a Boy, mi hermano, sentí lástima de él. Tendrían que haberse comprado un perro cuando nosotros nos marchamos de casa, pero se sentían solos y por eso se llevaron al niño.

»Mi pobre hermana está en la India, Dios sabe dónde, viviendo en la calle con los pobres, porque es monja. Siempre quiso hacerse pasar por asiática, y ahora cree que lo es. No tiene ni idea de quién es, y nuestros padres tampoco. Ni yo, hasta que me alejé de ellos, y todavía me sigo cuestionando quién demonios soy. Creo que al final esa es la clave para todos nosotros: ¿quiénes somos, en qué creemos, cómo vivimos, es esta la vida que queremos llevar? Yo me lo pregunto todos los días, y no siempre tengo respuestas, pero al menos intento encontrarlas sin hacerle daño a nadie.

»Estoy convencido de que el problema de que las personas como mis padres tengan hijos o que los adopten es que no tienen por qué hacerlo. Es una farsa. A mí me pasa lo mismo, y por eso no quiero hijos ni nunca los he querido. Pero intento convencerme de que mis padres hicieron lo que pudieron, por mucho que para mí fuera horrible. Es que no quiero provocar el mismo sufrimiento, ni herir a nadie por la necesidad de reproducirme. En mi caso, creo que es mejor que no lo lleve más adelante, por la sangre y la locura.

Siempre se había sentido muy responsable con lo de no tener hijos, y no se arrepentía de su decisión. Se sentía completamente incapaz de cuidar de unos hijos y de cubrir sus necesidades. La sola idea de establecer un vínculo con ellos o que fueran a depender de él lo aterrorizaba. No quería decepcionarlos, ni que esperaran de él más de lo que podía ofrecerles. No quería hacer daño ni defraudar a nadie, como le había ocurrido a él en su juventud. No se le había pasado por la cabeza que en realidad las mujeres que rescataba y de las que se ocupaba continuamente eran como criaturas, como pájaros con las alas rotas. Sentía una imperiosa necesidad de cuidar de alguien, y ellas satisfacían esa necesidad. Adam pensaba que sería buen padre, porque era un hombre amable, inteligente y con sólidos valores morales, pero Gray no estaba de acuerdo con él.

—¿Y tú, Charlie? —preguntó Adam, que era más osado a la hora de irrumpir por puertas sagradas y traspasar límites, allí donde ni siquiera los ángeles se atrevían a pisar. Adam siempre hacía preguntas dolorosas, que daban que pensar—. Cuando eras pequeño, ¿tu familia era normal? Gray y yo competimos por los padres más asquerosos del año, y no sé quiénes ganarían el primer premio, si los suyos o los míos. Desde luego, los míos eran mucho más tradicionales, pero no tenían mucho más que ofrecerme que los suyos.

Habían bebido bastante, y Adam le preguntó abiertamente a Charlie, sin cortarse, por la etapa de su juventud. No había secretos entre ellos, y Adam siempre había sido muy abierto y lo contaba todo, al igual que Gray. Charlie tenía un carácter más reservado y no demasiado comunicativo en cuanto a su pasado.

—La verdad, mi familia era perfecta —respondió Charlie con un suspiro—. Eran cariñosos, generosos, comprensivos... Mi madre era la mujer más cariñosa y sensible del mundo, además de inteligente, divertida y guapísima. Y mi padre era una bellísima persona. Yo lo consideraba un héroe, mi modelo en todos los sentidos. Eran maravillosos, como maravillosa fue mi infancia, pero se me murieron. Y todo acabó. Dieciséis años de felicidad, y de repente mi hermana y yo nos quedamos solos en una casa enorme, con un montón de dinero, criados que se ocupaban de nosotros y una fundación que ella tuvo que aprender a dirigir. Dejó Vassar para ocuparse de mí, y lo hizo maravillosamente durante dos años, hasta que me fui a la universidad. No tenía otra vida más que yo, y creo que ni siquiera salió con nadie durante esa época. Después me fui a Princeton, y ella ya estaba enferma, aunque yo no me enteré hasta más tarde, y después murió. Las tres mejores personas del mundo, muertas. Al oíros a vosotros me doy cuenta de la suerte que tuve, no por el dinero, sino por la clase de personas que eran. Fueron unos padres maravillosos, y Ellen estupenda. Pero las personas mueren, se marchan. Ocurren cosas, y de repente un mundo desaparece y todo cambia. Preferiría haber perdido el dinero que a ellos, pero no se puede elegir. Hay que jugar con las cartas que se reparten. Hablando de lo cual, ¿alguien se apunta a la ruleta? —preguntó en tono jovial, cambiando de tema, y los otros dos asintieron en silencio.

Era una historia muy triste, y Gray y Adam sabían que probablemente por eso Charlie nunca había mantenido una relación permanente. Debía de darle miedo que esa persona muriese, se marchase o lo abandonase. Él también lo sabía. Lo había hablado miles de veces con su terapeuta, pero no servía de nada. Por muchos años que acudiera a la terapia, sus padres habían muerto cuando él tenía dieciséis, y el último miembro de su familia que le quedaba, su hermana, había sufrido una muerte horrible cuando él contaba veintiuno. Después de aquello, le costaba trabajo confiar en nada ni en nadie. ¿Y si quería a alguien y ese alguien moría o lo abandonaba? Era más fácil descubrir sus defectos imperdonables y largarse antes de que lo dejaran a él. Aun con una familia perfecta cuando era pequeño, la muerte de sus padres y su hermana cuando era tan joven lo había condenado a una vida de terror para siempre jamás. Si se atrevía a volver a querer a alguien, seguro que moriría o lo abandonaría, e incluso si no lo hacía, o parecía una persona en la que se podía confiar, siempre se corría ese riesgo. La mera posibilidad aún lo aterrorizaba, y no estaba dispuesto a ofrecer su corazón a nadie sin estar seguro al ciento por ciento. Quería todas las garantías posibles. Y hasta la fecha, no había conocido a ninguna mujer con garantías, solo con la bandera roja, que le metía el miedo en el cuerpo. Por eso, si bien con suma educación, siempre acababa abandonándolas. Aún no había encontrado a ninguna por la que mereciera la pena arriesgarse, pero estaba seguro de que algún día la encontraría. Adam y Gray no estaban tan seguros. A los dos les parecía que Charlie seguiría siempre solo. Los tres encajaban a la perfección, porque todos estaban convencidos de lo mismo. Emparejarse durante algo más que una temporada suponía para los tres un riesgo excesivo. Era una maldición que les habían impuesto sus respectivas familias, y que ninguno de ellos podía borrar ni exorcizar. La desconfianza y el temor con los que vivían eran los regalos que les habían dejado sus familias.

Charlie jugó al bacará mientras Gray observaba a Adam jugando a la veintiuna, y después los tres jugaron a la ruleta. Charlie le dejó algo de dinero a Gray, que ganó trescientos dólares apostando al negro. Le devolvió los cien dólares que le había dado Charlie, que insistió en que se lo quedara todo.

Cuando volvieron al barco eran las dos de la mañana, una hora temprana para ellos, y se fueron inmediatamente a sus respectivos camarotes. Había sido un día agradable y relajado entre amigos. Partirían para Portofino al día siguiente. Charlie le había dicho al capitán que salieran del muelle antes de que ellos se levantaran, alrededor de las siete. Así llegarían a Portofino a última hora de la tarde, y les daría tiempo de dar una vuelta. Era una de sus paradas preferidas en el viaje veraniego. A Gray le encantaban el arte y la arquitectura del lugar, y sobre todo le gustaba la iglesia de la colina. A Charlie le gustaban el relajado ambiente italiano, los restaurantes y la gente. Era un sitio excepcionalmente bonito. A Adam le fascinaban las tiendas, y el hotel Splendido en lo alto de la colina, que se asomaba al diminuto puerto. También le gustaban las preciosas chicas italianas que conocía todos los años allí, así como las de otros países que iban de turismo. Para todos ellos tenía un toque mágico, y al acostarse en sus camarotes aquella noche sonrieron antes de quedarse dormidos, pensando en la llegada a Portofino al día siguiente. Como cada año, el mes que pasaban juntos en el *Blue Moon* era como un trocito del paraíso.

3

Llegaron a Portofino a las cuatro de la tarde, justo cuando estaban abriendo las tiendas después del almuerzo. Tuvieron que fondear fuera del puerto, porque la quilla del *Blue Moon* era demasiado profunda y las aguas del puerto demasiado superficiales. Había gente nadando alrededor de sus barcos, y lo mismo hicieron Adam, Gray y Charlie cuando se despertaron de la siesta. A las seis llegaron varios yates, también de gran tamaño, y se respiraba una atmósfera festiva. La tarde estaba preciosa, dorada. Cuando se aproximó la hora de la cena, ninguno quería bajar del barco, pero decidieron que debían hacerlo. Se sentían contentos y relajados, disfrutando del ambiente, y además la comida a bordo siempre era deliciosa. Pero los restaurantes de la ciudad también eran buenos. Había varios sitios magníficos para comer, muchos de ellos en el puerto, entre las tiendas. Las tiendas de Portofino eran incluso más sofisticadas que las de Saint Tropez: Cartier, Hermès, Vuitton, Dolce & Gabbana, Celine y diversos joyeros italianos. El lujo se veía por todas partes, a pesar de que la ciudad era diminuta. Todo se centraba en el puerto, y la campiña y los acantilados que se alzaban por encima de los barcos eran una maravilla. La iglesia de San Giorgio y el hotel Splendido parecían colgados de las dos colinas a ambos lados del puerto.

—Cómo me gusta todo esto —dijo Adam con una amplia sonrisa, contemplando el movimiento a su alrededor.

Un grupo de mujeres acababa de saltar al agua sin la parte de arriba del bañador desde un barco cercano. Gray ya había sacado un cuaderno y se había puesto a dibujar y Charlie estaba sentado en cubierta, con expresión de felicidad, fumando un puro. Era el puerto que prefería de toda Italia. No tenía prisa por continuar el viaje. Lo prefería incluso a los puertos de Francia. Resultaba mucho más fácil estar allí, sin tener que esquivar a los paparazzi de Saint Tropez ni abrirse paso entre las multitudes que atestaban las calles al salir y entrar de bares y discotecas. En Portofino había una atmósfera mucho más rural, con el encanto, la despreocupación y la pintoresca belleza de Italia. A Charlie le encantaba, y también a sus dos amigos.

Los tres llevaban vaqueros y camiseta cuando fueron a la ciudad a cenar. Tenían reserva en un restaurante encantador cerca de la plaza, al que habían ido varias veces los años anteriores. Los camareros los reconocieron en cuanto entraron; estaban bien informados sobre el *Blue Moon.* Les dieron una magnífica mesa fuera, desde la que podían observar a la gente que pasaba. Pidieron pasta, mariscos y un vino italiano sencillo pero bueno. Gray estaba hablando sobre la arquitectura local cuando lo interrumpió una voz femenina desde la otra mesa.

—Siglo doce —se limitó a decir para corregir lo que acababa de explicar Gray.

Había dicho que el castillo de San Giorgio había sido construido en el siglo XIV, y volvió la cabeza para ver quién había hablado. Una mujer alta, de aspecto exótico, estaba sentada a una mesa cercana a la suya, con una camiseta roja, amplia falda de algodón blanco y sandalias. Llevaba el pelo oscuro recogido en una larga coleta que le caía por la espalda, y tenía los ojos verdes y piel morena. Y, cuando Gray se volvió a mirarla, estaba riéndose.

—Perdón —dijo—. Ha sido una grosería. Es que da la casualidad de que sé que es del siglo doce, no del catorce, y creí que debía decirlo. Pero estoy de acuerdo con usted, y es uno de mis edificios preferidos en Italia, aunque solo sea por el panorama, que considero el mejor de Europa. El castillo fue reconstruido en el siglo dieciséis y construido en el doce, no en el catorce —repitió, y sonrió—. Y también la iglesia de San Giorgio.

Reparó en las manchas de pintura de la camiseta de Gray e inmediatamente comprendió que era pintor. Había conseguido dar la información sobre el castillo sin parecer pedante, sino entendida y graciosa, y además pidió disculpas por haber interrumpido la conversación de la mesa vecina.

—¿Es historiadora del arte? —preguntó Gray con interés.

Era una mujer muy atractiva, pero no joven ni con los requisitos necesarios según el criterio de Gray o Charlie. Aparentaba unos cuarenta y cinco años, quizá menos, y estaba con un nutrido grupo de europeos que hablaban en italiano y francés. Ella había estado hablando con fluidez en ambos idiomas.

—No —contestó a la pregunta de Gray—. Solamente una metomentodo que viene aquí todos los años. Dirijo una galería de arte en Nueva York.

Gray la miró con los ojos entrecerrados y cayó en la cuenta de quién era. Se llamaba Sylvia Reynolds, y era muy conocida en el mundillo artístico de Nueva York. Había lanzado a varios pintores contemporáneos a los que se consideraba importantes. La mayor parte de lo que vendía eran obras de vanguardia, muy diferentes de lo que hacía Gray. No había visto nunca a Sylvia, pero había leído mucho sobre ella y le impresionaba como personaje. Ella lo miró con interés y una cálida sonrisa, y también a los otros dos hombres que estaban sentados a la mesa. Parecía llena de vida, entusiasmo y energías. En un brazo llevaba un montón de pulseras de plata y turquesa, y todo en ella parecía denotar estilo.

—¿Es usted pintor? ¿O se ha manchado al pintar su casa?

Era cualquier cosa menos tímida.

—Seguramente las dos cosas —contestó Gray, devolviéndole la sonrisa y tendiéndole una mano—. Soy Gray Hawk.

Le presentó a sus amigos; ella les sonrió y después volvió a sonreír a Gray. Respondió inmediatamente a aquel nombre.

—Me gusta su obra —dijo con un cálido tono de alabanza—. Perdone por haberlo interrumpido. ¿Están en el Splendido? —preguntó con interés, desentendiéndose momentáneamente de sus amigos europeos.

En el grupo había muchas mujeres atractivas, varios hombres muy apuestos, y una joven muy guapa que estaba hablando en francés con el hombre sentado a su lado. Adam se había fijado en ella cuando se sentaron, y no sabía qué pensar del hombre, si sería su padre o su marido. Parecían mantener una relación muy íntima, y esa parte del grupo era evidentemente francés. Sylvia debía de ser la única estadounidense, pero no parecía importarle. Se manejaba igualmente bien en francés, italiano e inglés.

—No, estamos en un barco —le explicó Gray en respuesta a la pregunta de dónde se alojaban.

—Qué suerte. Uno de esos enormes, supongo —dijo en tono burlón.

No lo dijo en serio, y al principio Gray se limitó a asentir, sin contestar. Sabía que estaba bromeando, y Gray no quería presumir. Parecía una mujer agradable, y tenía fama de serlo, a pesar de su éxito.

—En realidad hemos venido desde Francia en un bote de remos, y esta noche vamos a poner una tienda de campaña en la playa —intervino Charlie jovialmente, y ella se rió—. A mi amigo le da vergüenza contárselo. Hemos reunido dinero, lo justo para la cena, pero no nos llega para el hotel. Lo del barco era para impresionarla. Miente más que habla, sobre todo cuando una mujer le parece atractiva.

La mujer se rió, y los demás sonrieron.

—Pues en ese caso me siento halagada. Se me ocurren peores sitios que Portofino para poner una tienda de campaña. ¿Viajan los tres juntos? —le preguntó a Charlie, curiosa ante aquellos tres hombres tan atractivos.

Era un trío interesante. Gray tenía aspecto de pintor, Adam parecía actor, y Charlie podía ser director o propietario de un banco. Le gustaba adivinar a lo que se dedicaba la gente, y en este caso no andaba muy descaminada. Adam tenía algo teatral y duro, y resultaba fácil imaginarlo en un escenario. Charlie parecía muy correcto, incluso con vaqueros, camiseta y mocasines de Hermès sin calcetines. No se los imaginaba como *playboys*. Los rodeaba un halo que parecía indicar que eran hombres acaudalados. Le resultaba más fácil hablar con Gray, porque él había iniciado la conversación, que ella había escuchado, y le había gustado lo que decía sobre la arquitectura y el arte locales. Aparte del error sobre la fecha de construcción del castillo, todo lo que Gray había dicho era inteligente y correcto, y saltaba a la vista que sabía mucho de arte.

Los amigos de Sylvia habían pagado la cuenta y estaban a punto de marcharse. Todos se levantaron; Sylvia hizo otro tanto y, al rodear la mesa, sus tres nuevos amigos se fijaron en sus espléndidas piernas. Los del otro grupo miraron y Sylvia los presentó como si conociera a Gray y a sus compañeros más de lo que realmente los conocía.

—¿Van a volver al hotel? —le preguntó Adam a Sylvia.

La chica francesa había estado mirándolo, y Adam había llegado a la conclusión de que el hombre que la acompañaba era su padre, porque estaba coqueteando abiertamente con Adam y no mostraba gran interés por nadie más.

—Dentro de un rato. Primero vamos a dar una vuelta. Por desgracia, las tiendas están abiertas hasta las once, y hago auténticos estragos todos los años. No puedo resistirme —contestó Sylvia.

—¿Le gustaría tomar una copa más tarde? —preguntó Gray, armándose de valor. No iba detrás de ella, pero le caía bien. Era tranquila, abierta y cálida, y quería hablar más con ella sobre el arte local.

—¿Por qué no se vienen todos al Splendido? —propuso Sylvia—. Nos pasamos la mitad de la noche en el bar, y seguro que nos quedamos allí hasta las tantas.

—Iremos —confirmó Charlie, y Sylvia fue a reunirse con sus amigos.

—¡Gol! —exclamó Adam en cuanto Sylvia no pudo oírlo, y Gray negó con la cabeza.

—Tú no, imbécil. Yo. ¿No te has fijado en la chica francesa al otro extremo de la mesa? Estaba con un plasta que yo pensaba que es su marido, pero no lo creo. Me estaba haciendo ojitos.

—¡Por lo que más quieras! —exclamó Gray, poniendo los ojos en blanco—. Todavía te dura lo de anoche. ¡Estás obsesionado!

—Pues sí. Es muy guapa.

—¿Quién? ¿Sylvia Reynolds?

Gray parecía sorprendido; no era el tipo de Adam. Tenía el doble de edad de las mujeres que solían gustarle. Estaba más en la línea de Gray, pero no tenía ningún interés romántico por ella, solo artístico, y como posible contacto. Era una mujer sumamente importante en el mundo artístico de Nueva York. Charlie dijo que al principio no la había reconocido, pero que ya sabía perfectamente quién era.

—No, la joven —lo corrigió Adam—. Es una monada. Parece bailarina, pero en Europa nunca se sabe. Siempre que conozco una monada, resulta que estudia medicina, derecho, ingeniería o física nuclear.

—Más te vale portarte como es debido. A lo mejor es hija de Sylvia.

Eso no habría detenido a Adam. Cuando se trataba de mujeres, era muy audaz y no tenía conciencia ni remordimientos... hasta cierto punto, claro. Pero pensaba que todas las mujeres eran blanco de acoso y derribo, a menos que estuvieran casadas. Ahí se cortaba, pero en nada más.

Como el resto de personas que estaban en el puerto, después de cenar dieron una vuelta por la plaza y las tiendas, y cerca de la medianoche subieron al hotel. Y, como había previsto Sylvia, todo su grupo se encontraba en el bar, riendo, hablando y fumando, y cuando vio entrar a los tres hombres, los saludó con la mano y una amplia sonrisa. Volvió a presentarlos a sus amigos, y a Adam le vino muy bien que el asiento junto al de la chica que le gustaba estuviera libre. Adam le preguntó si podía sentarse. Ella le sonrió y asintió. Hablaba inglés estupendamente, pero por el acento Adam se dio cuenta de que era francesa. Sylvia le explicó a Gray que la joven con la que estaba hablando Adam era su sobrina. Charlie se sentó entre dos hombres, uno italiano y otro francés, y al cabo de unos minutos hablaban animadamente sobre la política estadounidense y la situación de Oriente Medio. Era una de esas conversaciones típicamente europeas que van al meollo del asunto, sin tonterías, en las que cada cual expresa abiertamente su opinión. A Charlie le encantaba ese tipo de charlas, y al poco tiempo, Sylvia y Gray también hablaban animadamente, pero sobre arte. Sylvia había estudiado arquitectura y había vivido en París veinte años. Se había casado con un francés y llevaba diez años divorciada.

—Cuando nos divorciamos, yo no tenía ni idea de qué hacer ni de dónde vivir. Él era pintor, y yo no tenía ni un céntimo. Quería volver a casa, pero ya no tenía casa a la que volver. Me crié en Cleveland, hacía tiempo que mis padres habían muerto, y no vivía allí desde la época del instituto, así que me fui a Nueva York con mis dos hijos. Conseguí trabajo en una galería del SoHo y en cuanto pude abrí una por mi cuenta, con poquísimo dinero, y aunque no podía creerlo, empezó a ir bien. Y así van las cosas, diez años después de haber vuelto allí, todavía al frente de la galería. Mi hija está estudiando en Florencia, y mi hijo está haciendo un máster en Oxford. Y yo me digo que qué demonios hago en Nueva York. —Hizo una breve pausa y le sonrió—. Háblame de tu obra.

Gray le explicó el camino que había seguido durante los últimos diez años y sus motivaciones. Sylvia entendió perfectamente a qué se refería cuando Gray le habló de las influencias en sus cuadros. A pesar de que no era la clase de arte que ella mostraba en su galería, Sylvia respetaba enormemente la postura y las obras de Gray que había visto unos años antes. Gray dijo que su estilo había cambiado considerablemente, pero a Sylvia le gustaba su obra anterior. Descubrieron que habían vivido a escasas manzanas de distancia en París prácticamente al mismo tiempo, y Sylvia dijo sin avergonzarse que tenía cuarenta y nueve años, si bien aparentaba unos cuarenta y dos. La rodeaba un halo cálido y sensual. No parecía estadounidense, ni francesa; con el pelo recogido hacia atrás y aquellos ojos verdes resultaba muy exótica, quizá sudamericana. Parecía sentirse a gusto consigo misma, con quien era. Era solo un año más joven que Gray, y sus vidas habían ido en paralelo en muchas ocasiones. También le gustaba pintar, pero dijo que no se le daba muy bien, que lo hacía por entretenerse. Sentía un profundo respeto por el arte.

Todos se quedaron allí casi hasta las tres, y entonces los del *Blue Moon* se levantaron.

—Bueno, nos marchamos —dijo Charlie.

Lo habían pasado muy bien aquella noche. Él había mantenido una conversación con los otros hombres durante horas. Gray y Sylvia no habían parado de hablar todo el rato, y aunque la sobrina de Sylvia era innegablemente una chica muy guapa, Adam se enfrascó en una conversación con un abogado de Roma y disfrutó del acalorado debate incluso más que de coquetear con la chica. Fue una noche estupenda para todos y los invitados se despidieron con pesar.

—¿Os gustaría pasar el día en el barco mañana? —preguntó Charlie, dirigiéndose a todo el grupo, y ellos asintieron sonrientes.

—¿Todos en un bote de remos? —replicó Sylvia en tono burlón—. Bueno, supongo que podemos hacer turnos.

—Intentaré encontrar algo más adecuado para mañana —prometió Charlie—. Os recogemos en el puerto a las once.

Les anotó el teléfono del barco, por si había cambio de planes. Se despidieron como si ya fueran grandes amigos, y el trío parecía encantado mientras bajaba la cuesta hacia la lancha que los esperaba en el puerto. Era eso precisamente lo que les gustaba de viajar juntos. Se divertían y conocían a personas interesantes. Los tres coincidieron en que aquella noche había sido una de las mejores que habían pasado.

—Sylvia es una mujer increíble —comentó Gray en tono de admiración, y Adam se echó a reír.

—Bueno, por lo menos sabes que no te atrae —dijo Adam cuando llegaron al puerto.

La lancha los esperaba con dos miembros de la tripulación. Estaban de servicio a todas horas cuando Charlie y sus amigos se encontraban en el barco.

—¿Cómo sabes que no me atrae? —preguntó Gray, divertido—. Bueno, la verdad es que no, pero me gusta su cabeza. Lo he pasado muy bien hablando con ella. Es increíblemente honrada e inteligente con el mundillo del arte de Nueva York. No es ninguna imbécil.

—Ya lo sé. Me di cuenta cuando hablaba contigo, y si sé que no te atrae es porque no está loca. Parece de lo más normal. No la amenaza nadie, no me da la impresión de que soporte que nadie la maltrate ni de que se le hayan acabado las recetas de la medicación para la psicosis. No creo que te vayas a enamorar de ella, Gray. Ni de coña —dijo Adam.

Sylvia no tenía nada que ver con las mujeres con las que solía enrollarse Gray. Parecía muy cabal, totalmente cuerda, más cuerda que la mayoría de las mujeres, la verdad.

—Nunca se sabe —dijo Charlie en tono filosófico—. En un sitio tan romántico como Portofino pueden ocurrir cosas de lo más románticas.

—No tan romántico, a no ser que esa mujer tenga un ataque de nervios mañana a las once —replicó Adam.

—Sí, a lo mejor tiene razón —dijo Gray con toda sinceridad—. Siento una terrible debilidad por las mujeres que necesitan ayuda. Cuando el marido de Sylvia la abandonó y se fue con otra, ella se trasladó con sus hijos a Nueva York, sin un céntimo. Dos años más tarde dirigía una galería de arte, que ahora es de las más conocidas de la ciudad. Esa clase de mujeres no necesitan que las rescate nadie.

Gray se conocía muy bien, como lo conocían sus amigos, pero Charlie mantenía la esperanza, como siempre, incluso sobre sí mismo.

—Pues no te vendría mal un cambio —dijo Charlie, sonriendo.

—Preferiría ser su amigo —repuso Gray con sensatez—. La amistad dura más.

Mientras volvían al barco, Charlie y Adam le dieron la razón; después se despidieron y cada cual se fue a su camarote. Había sido una noche estupenda.

Mientras los tres amigos estaban terminando de desayunar, el grupo subió a bordo. Charlie los llevó por todo el barco y poco después se hicieron a la mar. Estaban todos impresionados por el lujo de la embarcación.

—Charlie me ha contado que viajáis los tres juntos durante un mes todos los años. Qué maravilla —dijo Sylvia, sonriendo a Gray mientras los dos tomaban Bloody Mary sin alcohol.

Gray había llegado a la conclusión de que sería más divertido hablar con Sylvia estando sobrio. Ninguno de los tres amigos tenía problemas con el alcohol, pero pensaban que cuando estaban en el barco bebían demasiado, como adolescentes traviesos que se hubieran librado de sus padres. Con Sylvia, ser adulto parecía un reto. Era tan inteligente y ejercía tal control sobre todo que no quería sentirse embotado cuando hablaba con ella. Estaban enfrascados en una conversación sobre los frescos italianos del Renacimiento cuando el barco se detuvo y fondeó.

Al cabo de unos minutos todo el mundo se había puesto el bañador y se lanzaba al agua, retozando como críos. Dos amigos de Sylvia se fueron a hacer esquí acuático, y Gray vio a Adam en una de las motos acuáticas con la sobrina de Sylvia.

Estuvieron nadando y jugando casi hasta las dos, y a esa hora la tripulación había preparado un bufet estupendo, a base de pasta y mariscos. Comieron divinamente, con vino italiano, y a las cuatro seguían sentados a la mesa, charlando animados. Incluso Adam se vio obligado a pensar un poco con la sobrina de Sylvia, que estaba estudiando ciencias políticas en París y tenía intención de hacer el doctorado. Al igual que su tía, no se la podía tomar a broma. Su padre era ministro de Cultura, y su madre cirujana del tórax. Sus dos hermanos eran médicos, ella hablaba cinco idiomas y estaba pensando en especializarse en derecho tras el doctorado en ciencias políticas. Incluso pensaba dedicarse a la política. No era la clase de chica que le fuera a pedir implantes. Lo que quería era una conversación inteligente, y eso a Adam le chocaba. No tenía costumbre de tratar con mujeres de esa edad tan directas como ella, ni tan serias con sus estudios. Charlie se rió de él al pasar a su lado; la chica le hablaba sobre mercados monetarios y Adam parecía nervioso. Lo tenía pendiente de un hilo, o contra las cuerdas, como reconoció Adam más tarde, compungido. A pesar de la edad de la chica, él no estaba a su altura.

Sylvia y Gray se pasaron toda la arte hablando de arte, interminablemente, y parecían encantados. Pasaron de una época de la historia a otra, trazando paralelismos entre la política y el arte. Charlie los contemplaba con aire paternal, asegurándose de que la tripulación los hacía sentirse a gusto en el barco y de que sus invitados tenían cuanto deseaban.

Hacía un día tan bonito que decidieron quedarse en el barco y cenar allí, a invitación de Charlie. Ya casi era medianoche cuando se aproximaron lentamente al puerto, tras nadar a la luz de la luna. Gray y Sylvia dejaron de hablar de arte y se dedicaron a disfrutar del agua. Ella nadaba muy bien y parecía muy diestra en todas las cosas que hacía, tanto si se trataba de deportes como de arte. Gray jamás había conocido a una mujer como Sylvia. Volvieron nadando al barco, y Gray pensó que ojalá estuviera en mejor forma física. Era algo que normalmente no le preocupaba. Pero el estado de Sylvia era estupendo, y cuando volvieron a bordo ni siquiera jadeaba. Para una mujer de su edad, o incluso más joven, estaba preciosa en biquini, pero no parecía darle importancia, a diferencia de su sobrina, que no había parado de coquetear con Adam. Su tía no había hecho ningún comentario; comprendía que la chica ya era mayor y libre de hacer lo que quisiera. No tenía por costumbre gobernar las vidas ajenas. Su sobrina debía gobernar su propia vida.

Antes de marcharse, Sylvia le había preguntado a Gray si le gustaría ir con ella a San Giorgio a la mañana siguiente. Había estado allí en varias ocasiones, pero no se cansaba de ver el edificio, porque apreciaba algo nuevo cada vez que iba. Gray aceptó con mucho gusto, y quedaron en verse en el puerto a las diez. Sylvia se lo propuso sin doble sentido, simplemente por el vínculo de la afición al arte que los unía. Dijo que iban a marcharse al día siguiente, y Gray se alegró de poder verla una vez más.

—Qué gente tan simpática —comentó Charlie cuando se hubieron marchado, y Adam y Gray le dieron la razón. Habían pasado un día y una noche fantásticos, con conversaciones fascinantes, nadando, un montón de comida y unos nuevos amigos extraordinariamente inteligentes y atractivos en todos los sentidos—. La sobrina de Sylvia no va a pasar la noche aquí, ¿no? ¿Qué pasa? ¿La has eliminado de la lista? —le preguntó a Adam en tono burlón.

Adam respondió, apesadumbrado:

—Me parece que no soy lo suficientemente listo para llevármela al huerto. Con esa chica, mis estudios en Harvard quedan a la altura del instituto. En cuanto nos metimos en el tema del derecho, de los daños legales según el sistema jurídico de Estados Unidos y la ley constitucional en comparación con el sistema legal de Francia, me sentí como un perfecto cretino. Por poco se me olvida que quería tirarle los tejos, y cuando caí en la cuenta, estaba agotado. Le da cien mil vueltas a todos los tíos que conozco. Tendría que enrollarse con un catedrático de derecho de Harvard, no conmigo.

Le había recordado un poco a Rachel cuando eran jóvenes, cuando ella era tan inteligente y se había licenciado en derecho summa cum laude por Harvard, y la semejanza lo había dejado cortado. Decidió entonces no seguir intentando nada con ella;

le suponía demasiado esfuerzo, y además ya se había olvidado de más de la mitad de las cosas que ella le había preguntado. Había mantenido un combate intelectual durante todo el día y toda la noche; a Adam le gustó y le dio que pensar, pero se sentía cansado y viejo. Ya no le funcionaba la cabeza así. Resultaba más fácil regalar a las chicas implantes y narices nuevas que intentar luchar contra sus cerebros. Lo hacía sentirse un poco inferior, su ego se desinflaba y no era precisamente un afrodisíaco para él. Le pasaba justo lo contrario que a Gray, que había disfrutado con las conversaciones con la tía de la chica y se sentía lleno de energías por la información que habían compartido y lo que había aprendido de ella. Sylvia sabía mucho sobre muchos temas, sobre todo arte, que era su pasión, como la de Gray. Pero Gray no quería sexo con ella, aunque la encontraba guapísima y atractiva. Lo único que quería era conocerla mejor y charlar cuantas horas pudiera. Le encantaba haberla conocido.

Los tres hombres tomaron una última copa de vino y fumaron puros en cubierta antes de irse a sus camarotes, contentos y relajados tras un día divertido en el barco. No habían hecho planes para el día siguiente, y Adam y Charlie dijeron que dormirían hasta tarde. Gray ya estaba entusiasmado ante la idea de ver la iglesia con Sylvia. Se lo contó a Charlie mientras bajaban la escalera, y a su anfitrión pareció agradarle. Sabía que Gray llevaba una vida solitaria y pensaba que Sylvia sería buena amiga para él y que le resultaría útil conocerla. Llevaba tanto tiempo luchando con su pintura y tenía tanto talento que Charlie esperaba que empezara a abrirse camino y que Sylvia pudiera presentarle a las personas adecuadas del mundillo artístico de Nueva York. Quizá no tuviera una historia romántica con ella ni fuera la clase de mujer que lo atraía, pero pensaba que sería una buena amiga. A él también le había gustado hablar con Sylvia. Era culta y estaba bien informada, sin resultar pretenciosa ni pedante. Charlie la consideraba una mujer muy interesante, y le sorprendía que no estuviera vinculada a ninguno de los hombres del grupo. Era la clase de mujer hacia la que muchos hombres, sobre todo europeos, se sentirían atraídos, si bien tenía como quince años más que las mujeres con las que salía él y apenas le sacaba tres años. La vida no era justa en ese sentido, sobre todo en Estados Unidos, y Charlie lo sabía. Las mujeres de veintitantos y treinta y tantos años estaban muy cotizadas, y lo que contaba era la juventud. Una mujer de la edad de Sylvia era algo especial que atraía a muy pocos, a hombres que no percibieran como una amenaza su inteligencia y sus aptitudes. En la mayoría de los casos, la clase de chicas con las que salía Adam solían considerarse mucho más deseables que una mujer con la entidad y el intelecto de Sylvia. Charlie sabía que en Nueva York había muchas mujeres como ella, demasiado inteligentes y con demasiado éxito para su propio bien, que acababan solas. Dudaba que hubiera un hombre esperándola en Nueva York o París ni ningún otro sitio. Sylvia transmitía la sensación de ser independiente y sin compromiso y de que le gustaba. No parecía importarle lo más mínimo, y saltaba a la vista que no iba con deseos de ligue, ni con ellos ni con nadie. Charlie le expresó esta opinión a Gray mientras se fumaban un puro en el barco.

A la mañana siguiente, subiendo la colina hacia la iglesia de San Giorgio, Gray comprobó que Charlie tenía razón con respecto a Sylvia.

—¿No estás casada? —le preguntó Gray con cierta cautela, y también con curiosidad, sobre todo por lo que ella sabía de la iglesia. Sylvia era una mujer interesante, y él quería ser amigo suyo.

—No, pero lo estuve —respondió ella sosegadamente—. Al principio me encantó, pero no tengo muy claro si volvería a hacerlo. A veces pienso que lo que quiero es más el modo de vida y el compromiso que al hombre en sí mismo. Mi marido era pintor y un narcisista de pies a cabeza. Él lo era todo. Yo lo adoraba, casi tanto como él se adoraba a sí mismo. Para él no existían nadie ni nada más —dijo con toda naturalidad. No tenía un tono amargo; simplemente había terminado con aquel asunto, y Gray lo notó en su voz—. Ni los niños, ni yo, ni nadie. Era él y solamente él. Y al cabo del tiempo, eso aburre. De todos modos, aún seguiría casada con él si no me hubiera dejado para irse con otra. Tenía cincuenta y cinco años cuando me dejó, yo treinta y nueve, y según él, estaba hecha un asco. La chica con la que se fue tenía diecinueve. La verdad, para mí fue un golpe. Se casaron y tuvieron tres hijos más en tres años, y después también la dejó a ella. Al menos yo le duré más. Lo tuve veinte años, y ella cuatro.

—Supongo que la dejó por una cría de doce, ¿no? —le espetó Gray, enfadado no por él, sino por ella. Le parecía algo espantoso, sabiendo lo que ya sabía de Sylvia, que había vuelto a Nueva York sin un céntimo, con dos hijos y sin ninguna ayuda del marido.

—No. La última tenía veintidós, demasiado mayor para él. Yo también tenía diecinueve cuando nos casamos y estudiaba en París. Las dos últimas eran modelos.

—¿Ve a tus hijos?

Sylvia titubeó antes de contestar y negó con la cabeza. La respuesta debió de resultarle dolorosa.

—No. Los vio dos veces en nueve años, y a ellos les resultó difícil. Murió el año pasado. Eso deja sin resolver un montón de cosas para mis hijos, como por ejemplo si significaban algo para él. Para mí fue muy triste. Yo lo quería, pero eso es lo que pasa con los narcisistas. Al fin y al cabo, solo se quieren a sí mismos, no les sale de dentro querer a nadie más.

Lo dijo con sencillez, con lástima pero sin rencor.

—Creo que yo he conocido mujeres así —replicó Gray. Ni siquiera intentó explicarle a Sylvia qué extremos de locura había soportado en su vida amorosa. Le habría resultado imposible, y probablemente se habría reído de él, como todos los demás. Para él, la locura era algo cotidiano en su vida doméstica—. ¿Y nunca quisiste volver a intentarlo con otra persona?

Sabía que se estaba metiendo donde no lo llamaban, pero le daba la impresión de que a ella no le importaba. Sylvia era extraordinariamente honrada y abierta, y Gray admiraba esas cualidades. Tenía la sensación de que no había oscuros secretos, planes ocultos ni confusión en su cabeza sobre sus sentimientos, sus deseos o sus creencias. Pero inevitablemente habrían quedado cicatrices. A su edad, todo el mundo las tenía; nadie estaba exento.

—No, no he querido volver a casarme. No le veo mucho sentido, a mi edad. No quiero más hijos, al menos no míos, aunque no me importaría si fueran hijos de otra persona. El matrimonio es una institución respetable, y yo creo en él, al menos para esos objetivos, pero ya no sé si creo en él para mí. Probablemente no. No creo que tuviera valor para repetir. Después de divorciarme viví con un hombre durante seis años. Era una persona extraordinaria, y un gran artista, escultor. Sufría terribles depresiones y se negaba a recibir tratamiento. Era alcohólico, y su vida un desastre. De todos modos yo lo quería, pero era algo imposible, sencillamente imposible.

Sylvia guardó silencio y Gray observó su cara. Su expresión denotaba una angustia latente, y él quería saber por qué. Tenía la sensación de que, para conocerla, también tenía que saber aquello.

—¿Lo dejaste? —preguntó, de nuevo con cierta cautela, como cuando iban camino de la iglesia.

—No, no lo dejé, y quizá debería haberlo hecho. Quizá hubiera dejado de beber, o hubiera tomado la medicación, o quizá no. Es difícil saberlo.

Sylvia parecía triste, pero también tranquila, como si hubiera aceptado una tragedia terrible y una pérdida inevitable.

—¿Te dejó él?

Gray no podía imaginarse a nadie haciendo semejante cosa, y desde luego, no dos veces. Pero había personas muy extrañas en el mundo, que perdían oportunidades, se hacían daño a sí mismas y destruían vidas. No se podía hacer nada por ellas. Lo había aprendido en el transcurso de los años.

—No. Se suicidó, hace tres años —respondió Sylvia en voz baja—. Tardé mucho tiempo en superarlo, en aceptar lo que había ocurrido, y también lo pasé mal cuando el año pasado murió Jean-Marie, el padre de mis hijos. Fue como volver a vivirlo todo; eso es lo que pasa con el dolor. Pero ocurrió, y yo no pude cambiar nada, a pesar de lo mucho que lo quería. Ya no podía más, y yo no pude hacerlo por él. Es muy duro vivir en paz con una cosa así.

Pero, por su tono de voz, Gray comprendió que lo había conseguido. Había pasado por muchas cosas y había llegado hasta el otro extremo. Solo con mirarla, Gray sabía que era una mujer con voluntad de sobrevivir. Sintió deseos de rodearla con los brazos, de abrazarla, pero no la conocía lo suficiente y no quería compartir su pena. No tenía derecho a hacerlo.

—Lo siento —dijo con dulzura y toda la emoción que sentía. Tras las mujeres dementes con las que había estado, que transformaban cualquier momento en un drama, al fin conocía a una cuerda que había vivido auténticas tragedias y se había negado a dejarse destruir. Si acaso, había aprendido de ellas y había madurado.

—Gracias.

Sylvia le sonrió mientras entraban en la iglesia. Se quedaron sentados en silencio largo rato y después recorrieron la iglesia, por dentro y por fuera. Era un hermoso edificio del siglo XII, y ella le señaló cosas en las que Gray no se había fijado nunca, a pesar de haber estado allí muchas veces. Pasaron otras dos horas hasta que empezaron a bajar tranquilamente hacia el puerto.

—¿Cómo son tus hijos? —preguntó Gray con interés. Le despertaba curiosidad la Sylvia madre, tan independiente e íntegra como parecía. Suponía que sería buena madre, aunque no le gustaba pensar en ella en esos términos. Prefería pensar en ella tal y como la conocía, como su amiga.

—Inteligentes, encantadores —contestó Sylvia con honradez, orgullosa y sonriente—. Mi hija es pintora y estudia en Florencia. Mi hijo es especialista en historia de la antigua Grecia. En algunos sentidos es como su padre, pero gracias a Dios tiene un corazón más noble. Mi hija ha heredado su talento, pero nada más de esa parte del banco genético. Se parece mucho a mí. Es capaz de muchas cosas. Espero que algún día se haga cargo de la galería, pero no estoy segura. Tiene su propia vida, pero la genética es algo alucinante. En mis hijos veo a nosotros dos y una mezcla de lo que ellos son en sí mismos. Pero la historia y la ascendencia son omnipresentes, incluso en los sabores de los helados que les gustan o los colores que prefieren. Después de haber criado dos hijos, siento un profundo respeto por la genética. No estoy segura de que lo que hagamos como padres tenga ninguna influencia.

Entraron en un pequeño establecimiento y Gray invitó a Sylvia a tomar un café. Se sentaron, y entonces Sylvia le dio la vuelta a la tortilla.

—Bueno, ahora cuéntame tú. ¿Por qué no tienes mujer ni hijos?

—Tú acabas de decirlo. Cuestión de genética. Me adoptaron, no tengo ni idea de quiénes eran mis padres ni lo que yo voy a transmitir. Me horroriza. ¿Y si entre mis antepasados hubiera un asesino en serie? ¿Acaso quiero cargarle a alguien una cosa así? Además, de niño llevé una vida de locos. Crecí pensando que la infancia era una especie de maldición, y no podría hacerle el mismo daño a nadie.

Le contó un poco sobre su infancia. La India, Nepal, el Caribe, Brasil, la Amazonia. Parecía un atlas mundial, una vida dirigida por unos padres que no tenían ni idea de lo que hacían, que se habían perdido en las drogas y por último habían encontrado a Dios. Era demasiado para explicarlo con un par de cafés, pero Gray hizo lo posible, y Sylvia empezó a sentir una gran curiosidad.

—Pues en tu historia familiar tiene que haber habido un gran artista, y no estaría mal que lo transmitieras.

—Pero puede haber otras cosas, sabe Dios qué. Durante toda mi vida he conocido a personas muy locas, mis padres y la mayoría de las mujeres con las que he estado. No me habría gustado tener un hijo con ninguna de ellas.

Hablaba con total honradez, como lo había hecho Sylvia con él.

—Eso está mal, ¿eh?

Le sonrió. Gray no le había dicho nada que la asustara. Lo único que sentía por él era una profunda compasión. Había llevado una vida difícil de niño, y después se había complicado las cosas, por decisión propia. Pero los comienzos no los había elegido él. Había sido el regalo del destino.

—Mal, no. Peor. —Le devolvió la sonrisa—. Me he dedicado a tareas de salvamento toda la vida, sabe Dios por qué. Pensaba que era mi misión en la vida, para expiar mis múltiples pecados.

—Yo pensaba lo mismo. Mi amigo escultor era un poco así. Yo quería solucionárselo todo, arreglárselo todo, y al final no pude. Nunca se puede hacer por otra persona. —Como él, lo había aprendido a golpes—. Es curioso que cuando alguien nos trata mal, nos sentimos responsables y cargamos con su culpa. Nunca he llegado a comprenderlo, pero al parecer funciona así —dijo en tono juicioso. Saltaba a la vista que había pensado mucho en el asunto.

—Eso es lo que he empezado a sentir yo —replicó Gray, como arrepentido. Le daba vergüenza admitir lo desequilibradas que habían sido las mujeres de su vida, y que después de lo que había hecho por ellas, todas, casi sin excepción, lo habían dejado por otro. De una forma ligeramente menos extrema, la experiencia de Sylvia no era tan diferente de la suya, pero ella parecía más sana que él.

—¿Sigues alguna terapia? —preguntó Sylvia con toda normalidad, como le habría preguntado si ya había estado en Italia.

Gray negó con la cabeza.

—No. Leo muchos libros de autoayuda, y soy muy espiritual. He pagado como un millón de horas de terapia a las mujeres con las que he estado, pero a mí nunca se me ha ocurrido ir. Pensaba que yo estaba bien y que ellas estaban locas. A lo mejor es al revés. En un momento dado hay que plantearse por qué uno se relaciona con personas así. No se puede sacar nada en limpio. Están demasiado jodidas.

Sonrió y Sylvia se echó a reír. Había llegado a la misma conclusión que él, razón por la que no había mantenido ninguna relación seria desde el suicidio del escultor. Había tardado unos dos años en resolverlo, con una terapia intensiva. Incluso había salido unas cuantas veces con alguien en los últimos seis meses, una vez con un pintor más joven que ella que era simplemente un niño mimado, y dos veces con hombres que le sacaban veinte años. Pero después se dio cuenta de que ya no estaba para esos trotes, y que una diferencia de veinte años era excesiva. Los hombres de su edad querían mujeres más jóvenes. Después tuvo una serie de desafortunadas citas a ciegas. Había llegado a la conclusión de que, al menos de momento, estaba mejor sola. No le gustaba, y echaba en falta dormir con alguien, acurrucarse junto a alguien por la noche. Con sus hijos fuera, los fines de semana eran terriblemente solitarios, y se sentía demasiado joven para tirar la toalla, pero estaba indagando con su terapeuta la posibilidad de que no apareciera nadie más, y ella quería sentirse a gusto en tal situación. No quería que nadie volviera a ponerle la vida patas arriba. Las relaciones eran demasiado complicadas, y la soledad demasiado dura. Se encontraba en una encrucijada de su vida, no era ni joven ni vieja, pero sí demasiado mayor para conformarse con el hombre que no le convenía y demasiado joven para resignarse a estar sola el resto de su vida, pero había comprendido que esto último podía ocurrir. La asustaba un poco, pero también la asustaba otro desastre u otra tragedia. Trataba de vivir el día a día, razón por la que no había ningún hombre en su vida y viajaba con amigos. Se lo contó a Gray de la forma más sencilla posible, sin parecer desesperada, penosa, desamparada ni confusa. Simplemente era una mujer que intentaba resolver su vida, perfectamente capaz de valerse por sí misma. Gray se quedó largo rato mirándola mientras la escuchaba y movió la cabeza.

—¿Parece demasiado terrible, o una locura? —preguntó Sylvia—. A veces me lo planteo.

Era tan exasperantemente honrada con él, tan fuerte y vulnerable a la vez, que lo dejó sin defensas. Jamás había conocido a nadie como ella, ni hombre ni mujer, y lo único que deseaba era conocerla mejor.

—No, no parece demasiado terrible. Duro sí, pero real. La vida es dura y real. A mí me parece que estás muy en tus cabales. Más cuerda que yo, sin duda. Y no preguntes por las mujeres con las que he salido; están todas internadas en uno u otro sitio, donde deberían haber estado cuando las conocí. No sé por qué se me ocurrió creer que podía jugar a ser Dios y cambiar todo lo que les había ocurrido, que en la mayoría de los casos era obra suya. No sé por qué pensaba que merecía esa tortura, pero dejó de ser divertido hace tiempo. No puedo hacerlo más veces. Prefiero estar solo.

Lo decía en serio, sobre todo después de lo que le había contado Sylvia. La soledad era infinitamente mejor que estar con las chifladas con las que se había relacionado. Era una vida solitaria, pero al menos con sentido. Admiraba a Sylvia por lo que estaba haciendo y aprendiendo, y quería seguir su ejemplo. Mientras la escuchaba, no sabía si quería que fuera la mujer para él o simplemente una amiga. Cualquiera de las dos cosas le parecía bien. Al mirarla se dio cuenta de lo guapa que era, pero por encima de todo valoraba su amistad.

—A lo mejor podríamos ir al cine cuando volvamos a Nueva York —propuso Gray con cierta reserva.

—Pues sí, me gustaría —repuso Sylvia sin problemas—. Pero te advierto que tengo un gusto espantoso para el cine. Mis hijos no quieren ir conmigo. Detesto las películas extranjeras, las de arte y ensayo, el sexo, la violencia, los finales tristes o las gilipolleces gratuitas. Me gustan las películas que entiendo, con final feliz, que me hagan reír, llorar y mantenerme despierta. Si quieres hablar sobre el significado a la salida, será mejor que vayas con otra persona.

—Estupendo. Podemos ver reposiciones de *Yo quiero a Lucy* en la tele y alquilar películas de Disney. Tú traes las palomitas y yo alquilo las películas.

—Trato hecho.

Sylvia le sonrió. Gray la acompañó hasta el hotel y al despedirse le dio un abrazo y las gracias por la maravillosa mañana que había pasado en su compañía.

—¿De verdad te marchas mañana? —preguntó, con expresión preocupada.

Quería volver a verla antes de que los dos abandonaran Portofino. Y si no, en Nueva York. Estaba impaciente por llamarla cuando volviera. Jamás había conocido a una mujer como ella, a ninguna con la que hubiera sentido deseos de hablar. Había dedicado demasiado tiempo a rescatar mujeres para buscar a alguna que pudiera ser su amiga. Y Sylvia Reynolds era esa persona. Le parecía una locura, a los cincuenta años, en Portofino, pero le daba la impresión de que había encontrado a la mujer de sus sueños. No tenía ni idea de qué diría Sylvia si le contaba ese detalle. Probablemente saldría corriendo y llamaría a la policía. Se preguntó si alguna de las mujeres con las que había salido le habría contagiado la locura o si siempre había estado tan chiflado como ellas. Sylvia no estaba chiflada. Era guapa e inteligente, vulnerable, honrada, auténtica.

—Sí, nos marchamos mañana —contestó Sylvia tranquilamente, también triste por dejar a Gray, lo que la ponía un poco nerviosa. Aunque a su terapeuta le había dicho que estaba preparada para conocer a alguien, ahora que lo había conocido solo quería echar a correr antes de que volvieran a hacerle daño. Pero ella también quería volver a verlo antes de que eso sucediera. Le sonrió, con un extraño tira y afloja en su cabeza—. Vamos a pasar el fin de semana en Cerdeña, después tengo que ir a París a ver a unos pintores y la semana siguiente la pasaré con mis hijos, en Sicilia. Volveré a Nueva York dentro de dos semanas.

—Yo, dentro de tres —replicó Gray, mirándola radiante—. Creo que nosotros también iremos a Cerdeña este fin de semana.

Si Charles y Adam estaban de acuerdo, él también quería marcharse de Portofino en cuanto se fuera Sylvia.

—Pues es una suerte —dijo Sylvia sonriente, sintiéndose joven de nuevo—. ¿Por qué no venís los tres a cenar con nosotros en el puerto esta noche? Buena pasta y vino malo, no de la clase a la que vosotros estáis acostumbrados.

—No creas. Si vienes a cenar a mi casa, te serviré el matarratas que suelo beber yo.

—Yo llevaré el vino. —Volvió a sonreírle—. Tú puedes cocinar. Yo soy un desastre en la cocina.

—Bien. Me alegra que haya algo que no sepas hacer. Según dicen, cocino medianamente bien: pasta, tacos, burritos, estofado, carne rellena, ensaladas, crema de cacahuete y gelatina, tortitas, huevos revueltos, macarrones con queso... Eso es todo.

—Tortitas. Me encantan. A mí siempre se me queman y no hay quien se las coma.

Se echó a reír y Gray sonrió al pensar en cocinar para ella.

—Estupendo. *Yo quiero a Lucy* y tortitas. ¿Qué clase de helado para el postre? ¿De chocolate o de vainilla?

—De menta con trocitos de chocolate, de moras o de nueces con plátano —contestó Sylvia con firmeza.

Empezaba a gustarle cómo se sentía con Gray. Le daba miedo pero al mismo tiempo se sentía a gusto. La montaña rusa de la vida. No montaba en ella desde hacía tiempo, y de pronto se dio cuenta de lo mucho que la había echado en falta. Hacía años que no conocía a un hombre que la atrajera, y aquel sí la atraía.

—Vaya por Dios. Helado de diseño. ¿Qué tiene de malo el helado de vainilla?

—Si te vas a poner así, yo llevaré el helado y el vino.

—Y no te olvides de las palomitas —le recordó Gray. No sería nada de lujo, pero sabía que lo pasaría bien. Como con todo lo que hiciera con ella, como haber ido a San Giorgio aquel día. Había estado muy bien—. ¿A qué hora es la cena de esta noche? —preguntó mientras volvía a abrazarla. Fue un gesto amistoso, nada que pudiera asustarla ni comprometerlos a algo más que una cena relajada en casa de Gray. Lo demás ya se descubriría y se decidiría más adelante, si a los dos les parecía bien. Gray así lo esperaba.

—A las nueve y media, en Da Puny. Hasta entonces.

Sylvia sonrió, se despidió con la mano y entró en el hotel. Gray bajó con brío hasta el puerto, donde lo esperaba la lancha con un miembro de la tripulación. Fue sonriendo todo el camino hasta el barco, y seguía sonriendo cuando Charlie lo vio subir a bordo. Era la una, y lo estaban esperando para comer.

—Mucho tiempo has pasado en una iglesia con una mujer que apenas conoces —comentó Charlie con gesto pícaro al ver a su viejo amigo—. ¿Te has declarado?

—A lo mejor debería haberlo hecho, pero resulta que no. Además, tiene dos niños, y sabes que detesto a los niños.

Charlie se echó a reír ante semejante respuesta, y no pudo tomársela en serio.

—No son niños, son adultos. Además, Sylvia vive en Nueva York, y los chicos en Italia e Inglaterra. Creo que estás a salvo.

—Sí, puede, pero los hijos siempre siguen siendo hijos, tengan la edad que tengan.

Los asuntos familiares no era precisamente lo que más le gustaba a Gray, y Charlie lo sabía. Gray les dijo lo de la invitación a cenar aquella noche, y a todos les pareció bien, pero Adam se puso más serio que Charlie con Gray.

—¿Habéis empezado a enrollaros o algo? —le preguntó con aire suspicaz.

Gray hizo como si se lo tomara a broma. No estaba dispuesto a compartir sus sentimientos con ellos. Todavía no había pasado nada. Le gustaba Sylvia, y esperaba que también él a ella. No había nada que decir.

—Ojalá. Tiene unas piernas preciosas, pero un defecto imperdonable, desde mi punto de vista.

—¿Y en qué consiste? —preguntó Charlie con mucho interés. Los defectos de las mujeres lo fascinaban, lo obsesionaban.

—Está cuerda. Me temo que no es mi tipo.

—Ya lo sabía yo —apostilló Adam.

Gray les dijo que el grupo de amigos de Sylvia salía hacia Cerdeña al día siguiente, algo que también les gustó. Portofino era muy agradable, pero todos coincidieron en que resultaría menos divertido cuando los demás se marcharan. Charlie propuso que zarparan aquella noche después de cenar. Si partían a medianoche, podían llegar a Cerdeña la noche siguiente, a la hora de cenar. Sería divertido volver a ver a aquel grupo en Porto Cervo y pasarían un fin de semana estupendo. Y, en caso de que cambiara de opinión, Adam tendría una oportunidad más de hacer otra intentona con la sobrina de Sylvia. Pero, aun sin eso, disfrutarían de la compañía del grupo. Encajaban estupendamente.

Charlie explicó los planes al capitán, quien accedió a organizar a la tripulación. Las travesías nocturnas eran más cómodas para los pasajeros, pero más duras para la tripulación, a pesar de lo cual las hacían con frecuencia. El capitán dijo que dormiría mientras Charlie y sus invitados cenaban y que zarparían en cuanto volvieran a bordo. Llegarían a Cerdeña al día siguiente, con tiempo de sobra para la cena.

Gray se lo contó a Sylvia aquella noche, y ella le sonrió, preguntándose qué les habría dicho a los demás y un poco avergonzada por la atracción que sentía hacia él. Hacía años que no sentía nada parecido, y no estaba dispuesta a que Gray se enterase, pero se daba cuenta de que sus sentimientos eran correspondidos, que a él también le gustaba. Volvía a sentirse como una niña.

Después de cenar pasaron un buen rato. Sylvia estaba sentada enfrente de Gray, pero nada de lo que dijo ni de lo que hizo desveló lo que sentía por él. Cuando se despidieron le dio un beso en ambas mejillas, como a los otros dos, y quedaron en verse para cenar en el Club Náutico de Porto Cervo la noche siguiente. Gray se volvió a mirarla mientras se alejaban, pero ella no. Iba hablando animadamente con su sobrina; se pararon a comprar un helado en la plaza, y Gray volvió a observar que Sylvia tenía un cuerpo precioso. Y además, un cerebro extraordinario. No sabía qué le gustaba más.

—Le gustas —comentó Adam mientras subían a la lancha.

Le recordaba la época del instituto, y Charlie se rió de los dos.

—A mí también me gusta —replicó Gray como sin darle importancia al sentarse y mirar hacia el *Blue Moon*, que los estaba esperando.

—Quiero decir que le gustas de verdad. Creo que quiere irse a la cama contigo.

—No es esa clase de mujer —replicó Gray impertérrito, queriendo proteger a Sylvia de los comentarios de Adam. De repente le parecieron irrespetuosos.

—A mí no me vengas con esas. Es una mujer muy guapa, y con alguien tendrá que acostarse. Podrías ser tú perfectamente. ¿O te parece demasiado mayor? —preguntó Adam, y Gray negó con la cabeza.

—No es que sea demasiado mayor, sino que está demasiado cuerda. Ya te lo he dicho.

—Sí, supongo que sí. Pero incluso a las mujeres cuerdas les gusta que se las tire alguien.

—Lo tendré en cuenta, por si acaso conozco a otra —repuso Gray, sonriendo a Charlie, que lo observaba con interés. También él empezaba a preguntarse si habría algo entre ellos.

—No te preocupes. No la vas a conocer.

Adam se echó a reír mientras los tres subían a bordo del *Blue Moon*. Después, Charlie les sirvió una copa de coñac antes de acostarse. Mientras estaban sentados en la popa, la tripulación levó anclas y zarparon. Gray se quedó un rato contemplando el rielar de la luna sobre el agua, pensando en Sylvia en su habitación del hotel y deseando estar allí. No creía que pudiera tener tanta suerte como para que le ocurriese una cosa así, pero a lo mejor algún día sí. En primer lugar habían quedado para tomar tortitas y helado en Nueva York. Y después... quién sabe. Antes, el fin de semana en Cerdeña. Por primera vez desde hacía mucho tiempo volvía a sentirse como un chaval. Un chaval de cincuenta y un años, con una chica de cuarenta y nueve absolutamente increíble.

4

En Cerdeña lo pasaron tan bien como esperaban, con Sylvia y sus amigos. Se les unieron otras dos parejas italianas en Porto Cervo, y Charlie los invitó a todos al barco, a almorzar y cenar, a hacer esquí acuático y nadar. Gray y Sylvia tuvieron la oportunidad de conocerse mejor, aun con todos los demás a su alrededor. Y, tras observarlos durante todo el fin de semana, Adam llegó a la conclusión de que solo eran amigos. Charlie no estaba tan convencido, pero se guardó de expresar sus opiniones. Sabía que si Gray quería contarle algo, lo haría. También él habló bastante con Sylvia. Hablaron sobre la fundación de Charlie, sobre la galería de Sylvia y los pintores a los que representaba. Saltaba a la vista que le encantaba su trabajo, y también que le gustaba su amigo Gray. Y que a Gray le gustaba ella. Charlaron tranquilamente en varias ocasiones, nadaron juntos, bailaron en discotecas y se rieron mucho. Al acabar el fin de semana, todos se consideraban grandes amigos. Y cuando Sylvia y su grupo se marcharon, Charlie y sus dos amigos se fueron a Córcega un par de días. Estaban un poco hartos de Cerdeña, y además, no habría sido tan divertido sin los demás. Gray habló con Sylvia antes de que ella tomara el barco, y le dijo que la llamaría en cuanto volviera a Nueva York. Ella le sonrió, le dio un abrazo y les deseó buen viaje a todos.

De Córcega fueron a Isquia, y a continuación a Capri. Después subieron por la costa occidental de Italia, volvieron a la Riviera francesa a pasar la última semana y fondearon en Antibes. Fue increíble, como siempre que estaban juntos. Fueron a restaurantes y discotecas, pasearon, nadaron, fueron de tiendas, conocieron gente, bailaron con muchas mujeres y se hicieron amigos de desconocidos. Y una de las últimas noches cenaron en el Eden Roc. Todos coincidieron en que había sido un viaje perfecto.

—Deberías venir a San Bartolomé este invierno —le dijo Adam a Gray. Él siempre iba a pasar una semana o dos con Charlie por Año Nuevo. Gray decía que a él le bastaba con un mes en el barco durante el verano, y todos sabían por qué detestaba el Caribe. Le traía malos recuerdos.

—A lo mejor algún día —respondió Gray, y Charlie dijo que ojalá lo hiciera.

La última noche siempre resultaba un poco nostálgica; no les gustaba nada tener que despedirse y volver a la vida real. Adam iba a pasar una semana en Londres con Amanda y Jacob, y los iba a llevar un fin de semana a París, donde se alojarían en el Ritz. Supondría una suave transición tras la vida de lujo en el *Blue Moon.* Gray iría en avión de Niza a Nueva York, sin escalas, lo que iba a suponerle un cambio tremendo: volver a su estudio en un edificio sin ascensor en el antiguo distrito del Matadero, que se había puesto de moda, a pesar de lo cual su casa seguía siendo tan incómoda como siempre. Pero al menos era barata. Estaba deseando volver para llamar a Sylvia. Pensó en llamarla desde el barco, pero no quería hacer llamadas caras a costa de Charlie, porque le parecía una grosería. Sabía que había vuelto la semana anterior, tras el viaje a Sicilia con sus hijos. Charlie se iba a quedar en Francia otras tres semanas, en el barco, para disfrutar de la soledad, pero siempre se sentía solo cuando sus dos amigos se marchaban. No le gustaba verlos partir.

Por la mañana Gray y Adam fueron al aeropuerto en la limusina que había alquilado el sobrecargo. Charlie los saludó con la mano desde la popa, triste por su marcha. Eran sus mejores amigos, buenas personas. A pesar de sus rarezas y sus cuelgues, de los comentarios de Adam sobre las mujeres y su debilidad por las jovencitas, Charlie sabía que los dos eran buena gente y a él le importaban mucho, como él a ellos. Habría hecho cualquier cosa por ellos, y sabía que sus amigos también por él. Eran como los tres mosqueteros, uno para todos y todos para uno.

Adam llamó a Charlie desde Londres para darle las gracias por el fantástico viaje, y al día siguiente Gray le envió un correo electrónico para decirle otro tanto. Había sido el mejor viaje, sin duda alguna. Por increíble que parezca, sus viajes mejoraban todos los años. Conocían gente fantástica, iban a sitios fabulosos y cada año disfrutaban más de su mutua compañía. Gracias a eso, Charlie pensaba a veces que no le iría tan mal en la vida si no llegaba a conocer a la mujer adecuada. Si tal era el caso, al menos tendría como amigos a dos hombres extraordinarios. La vida podía ser peor.

Pasó las dos últimas semanas en el barco atendiendo asuntos con el ordenador, preparando reuniones que se celebrarían tras su regreso y elaborando una lista de cosas de las que debía encargarse el capitán para el mantenimiento del barco. En noviembre harían el crucero por el Caribe, y a Charlie le habría encantado ir. Lo relajaba mucho, pero aquel año tenía demasiadas cosas entre manos. La fundación había donado casi un millón de dólares a una nueva casa de acogida para niños, y quería ver cómo se gastaba. Cuando al fin dejó el barco, la tercera semana de septiembre, ya estaba preparado para todo. Quería ver a sus amigos y volver a su despacho. Había estado fuera casi tres meses. Era hora de volver a casa, aunque no supiera muy bien qué significaba eso. En realidad, significaba un apartamento vacío, un despacho en el que conservar las tradiciones de su familia, asistir a juntas y reuniones, pasar tiempo con sus amigos y asistir a cenas y actos culturales. Nunca significaba una persona que lo estuviera esperando, ni nadie con quien compartir su vida. Cada vez parecía menos probable que fuera a encontrar a esa persona, pero incluso si no la encontraba, tenía que volver a casa. No tenía otro sitio adonde ir. No podía esconderse de la realidad continuamente, refugiado en su barco. Y, además, Gray y Adam estaban en Nueva York. Los llamaría en cuanto volviera allí, a ver si querían ir a cenar a algún sitio. Al fin y al cabo, ellos eran como volver a casa, los hermanos que quería, y se sentía agradecido de tenerlos.

El vuelo hasta Nueva York transcurrió sin incidentes y, a diferencia de Adam, Charlie viajó en avión comercial. Le parecía que no valía la pena comprarse un avión. Adam viajaba más que él, y en su caso tenía sentido. Por el itinerario que le había enviado la secretaria de Adam, sabía que su amigo volvía aquella noche a Nueva York. Había pasado una semana en Las Vegas, tras el viaje por Europa con sus hijos. Charlie había recibido un correo electrónico de Adam en el que le preguntaba si quería asistir a un concierto con él la semana siguiente. Iba a ser uno de esos macroconciertos que a Charlie le encantaban y que Adam detestaba, o eso decía, y le respondió con un correo electrónico, diciéndole que quería ir. Adam le contestó que se alegraba.

Gray no había dado señales de vida durante las últimas semanas. Charlie suponía que estaría trabajando, perdido en su mundo del estudio tras no haber trabajado durante un mes mientras estaba en el barco. Gray podía desaparecer durante semanas y reaparecer triunfal tras haber vencido una etapa especialmente difícil con un cuadro. Charlie sospechaba que atravesaba una de esas etapas. Tenía pensado llamarlo aquella semana. Y Gray se llevaría una sorpresa al saber de él, como siempre. Perdía por completo la noción del tiempo cuando trabajaba. A veces ni siquiera sabía en qué mes del año estaban, y no abandonaba el estudio durante días o semanas enteras. Así era como trabajaba.

En Nueva York hacía un calor bochornoso, y Charlie llegó a última hora de la tarde. Pasó rápidamente por la aduana, al no tener nada que declarar. De su despacho habían enviado un coche que lo estaba esperando, y mientras se aproximaban al centro lo deprimió la lobreguez de Queens. Todo parecía sucio, la gente parecía acalorada y cansada, y cuando abrió la ventanilla, fue como si el aire contaminado por los humos y los gases de los coches le diera una bofetada apestosa en plena cara. Bienvenido a casa.

Las cosas estaban aún peor cuando llegó a su apartamento. El servicio de limpieza lo había aireado, pero olía a humedad y parecía triste. No había flores, ni señal de vida por ninguna parte. Tres meses era mucho tiempo. El correo lo esperaba en el despacho, lo que no le habían enviado a Francia. Había comida en la nevera, pero nadie para prepararla, y además, no tenía hambre. No había recados en el contestador. Nadie sabía que iba a volver y, lo que era peor, a nadie le importaba. Por primera vez, en aquel apartamento vacío, Charlie se planteó qué iba mal consigo mismo y con sus amigos. ¿Era aquello lo que querían? ¿Era aquello a lo que aspiraba Adam, con sus constantes esfuerzos por no atarse a nadie y salir con jovencitas tontas? ¿En qué demonios estaban pensando? Difícil respuesta a esa pregunta. No se había sentido tan solo como aquella noche en toda su vida.

Durante los últimos veinticinco años había pasado a las mujeres por el tamiz como si fueran harina, en busca de una imperfección minúscula, como una mona que despioja a su hijo. E indefectiblemente la encontraba y tenía una excusa para desecharlas. Y allí estaba, un lunes por la noche, en un apartamento vacío, contemplando Central Park y a las parejas que paseaban por allí cogidas de la mano o mirando los árboles tumbados en la hierba. Sin duda, ninguno de ellos era perfecto. ¿Por qué se conformaban y él no? ¿Por qué todo tenía que ser perfecto en su vida, y por qué no encontraba a una mujer lo suficientemente buena para él? Habían pasado veinticinco años desde la muerte de su hermana, y treinta desde la de sus padres, en Italia. Y durante todos esos años había montado guardia sobre su vida vacía, observando con ojo avizor la llegada de los bárbaros a sus puertas. Muy a su pesar, empezaba a preguntarse si no sería hora de dejar entrar a uno de los bárbaros. Por mucho miedo que le hubiera inspirado hasta aquel momento, quizá al final supondría un alivio.

5

A pesar del deseo de parecer más indiferente, Gray llamó a Sylvia la misma noche que volvió a Nueva York, el primero de septiembre. Era el puente del día del Trabajo, y pensó que a lo mejor estaría fuera. Comprobó aliviado que no era así. Sylvia pareció sorprenderse al oír su voz, y Gray se preguntó si la habría oído mal, o interpretado mal, si estaría haciendo lo que no debía.

—¿Estás ocupada? —preguntó nervioso. Sylvia parecía distraída y no muy contenta.

—No, perdona. Es que se me sale el agua en la cocina y no tengo ni idea de qué hacer con el maldito chisme.

En su edificio todo el mundo se había marchado durante el puente.

—¿Has llamado al vigilante?

—Sí, pero su mujer va a dar a luz esta noche. Y el fontanero al que he llamado dice que no puede venir hasta mañana por la tarde, a doble precio porque estamos en vacaciones. Y el vecino de abajo me ha llamado para decirme que está goteando por el techo de su casa.

Parecía desesperada, algo que al menos le resultaba conocido a Gray. Su especialidad eran las damas en apuros.

—¿Qué ha pasado? ¿Ha empezado así por las buenas o has hecho algo?

La fontanería no era su especialidad, pero tenía idea del funcionamiento mecánico de las cosas, y Sylvia no. Los arreglos de fontanería eran una de las pocas cosas que no sabía hacer.

—Pues... —se rió, avergonzada—, la verdad es que se me cayó un anillo por el fregadero e intenté desmontar el dichoso trasto antes de que acabara en las alcantarillas de Manhattan. Rescaté el anillo, pero no sé qué pasó después que no fui capaz de volver a montarlo rápidamente y tengo una buena inundación. No tengo ni idea de qué hacer.

—Dejar el apartamento. Buscar otro inmediatamente —le propuso Gray, y Sylvia se rió.

—Gracias por tu ayuda. Creía que eras experto en rescates. Ya veo que no.

—Yo soy especialista en mujeres neuróticas, no en fontanería. Tú estás demasiado sana. Avisa a otro fontanero. —De repente se le ocurrió una idea mejor—. ¿Quieres que vaya?

Acababa de llegar del aeropuerto, hacía diez minutos. Sin molestarse siquiera en mirar el correo, había ido directamente al teléfono para llamarla.

—No sé por qué, pero me da la impresión de que tú tampoco sabes qué hacer. Además, estoy hecha un asco. Ni siquiera me he peinado.

Había pasado todo el día en casa, atendiendo el papeleo y haciendo el crucigrama del *Times* del domingo. Era uno de esos días de vagancia, sin nada importante que hacer. A veces era agradable quedarse en la ciudad mientras todos los demás estaban fuera, aunque al final del día la soledad normalmente podía con ella, sin nadie con quien hablar, por lo que le gustó oír la voz de Gray.

—Yo también estoy hecho un asco. Acabo de bajarme del avión. Además, seguro que tú tienes mejor aspecto de lo que crees. —¿Cómo iba a estar ella hecha un asco? Solo se la podía imaginar preciosa, incluso sin peinar—. Mira, tú te peinas y yo me ocupo del fregadero. O yo te puedo peinar y tú ocuparte del fregadero. Podemos hacer turnos.

—Estás loco —replicó Sylvia, divertida. Había sido un domingo de aburrimiento y soledad en un fin de semana festivo, y le encantaba hablar con él—. Vale. Si arreglas el fregadero, yo te invito a pizza. O a comida china, lo que prefieras.

—Decide tú. Yo he comido en el avión. Voy a ponerme la ropa de fontanero y estaré allí dentro de diez minutos. Aguanta hasta entonces.

—¿Estás seguro?

Sylvia parecía un poco avergonzada, pero contenta.

—Estoy seguro.

Era una forma sencilla de volver a verse. Sin angustia, sin preocuparse por ponerse la ropa adecuada, sin las incomodidades de la primera cita. A Sylvia se le inundaba el fregadero y estaba sin peinar. Gray se lavó la cara, se cepilló los dientes, se afeitó, se puso una camisa limpia y salía por la puerta al cabo de diez minutos. Diez minutos después estaba ante la puerta de Sylvia, que vivía en un loft al sur de su casa, en el SoHo. Habían renovado el edificio y tenía un aire muy elegante. Sylvia vivía en la última planta, y las obras de arte que Gray empezó a ver nada más salir del ascensor parecían serias e impresionantes. No eran del mismo estilo que el suyo, pero sabía que eso era lo que Sylvia vendía. Su colección privada contaba con grandes pintores, que a Gray le llamaron la atención inmediatamente. Por el aspecto del apartamento, saltaba a la vista que tenía muy buen gusto.

Sylvia se había tomado las mismas molestias que él: se había lavado la cara, peinado, cepillado los dientes y se había puesto una camiseta limpia. Por lo demás, iba descalza, en vaqueros, y al ver a Gray pareció alegrarse. Le dio un rápido abrazo y lo miró de pies a cabeza.

—No tienes pinta de fontanero.

—Lo siento, es que no he encontrado el mono. Tendrás que conformarte con esto. —Llevaba zapatos buenos y vaqueros limpios—. ¿Has cerrado la llave de paso del agua? —preguntó mientras Sylvia lo llevaba hacia la cocina. Era todo de granito negro y cromo, un sitio precioso, y Sylvia le dijo que ella había diseñado la mayor parte.

—No —contestó Sylvia, perpleja—. No sé cómo se hace.

—Vale —dijo Gray en un murmullo, y se metió debajo del fregadero. Caía un chorro de agua hasta el armario, y Sylvia había puesto toallas en el suelo. Gray se arrodilló para buscar la llave de paso y le pidió a Sylvia una llave inglesa. Ella se la dio, y un minuto más tarde dejó de salir el agua. Problema resuelto, o al menos bajo control, de momento. Gray se levantó con una amplia sonrisa y los pantalones mojados de rodillas para abajo.

—Eres un genio. Gracias. —Sylvia le devolvió la sonrisa y después miró los pantalones—. Vaya, te has puesto perdido. Me ofrecería a secártelos, pero a lo mejor resultaba un poco descarado pedirte que te los quitaras en nuestra primera cita. Ya he perdido un poco la práctica, pero probablemente no es lo más correcto. —Por otra parte, sabía que si no lo hacía lo pasaría mal durante toda la cena con los pantalones empapados. Y además, pensó, y no se equivocaba, que estaría cansado del viaje y que no le apetecía sentirse incómodo—. Bueno, a lo mejor deberíamos dejar a un lado el protocolo de la primera cita por una vez. Quítate los pantalones y los meteré en la secadora. Voy a buscar una toalla. Podemos pedir una pizza.

Volvió a los cinco minutos con una toalla de baño blanca, suave, esponjosa, lujosa. Le indicó el baño de invitados para que se cambiara. Gray salió enseguida con los vaqueros en la mano y la toalla alrededor de la cintura. Tenía un aspecto curioso con la toalla, la camisa y calcetines y zapatos.

—Me siento un poco ridículo —reconoció con una sonrisa avergonzada—, pero supongo que me sentiría más ridículo cenando en calzoncillos.

Sylvia se echó a reír, y Gray la siguió al salón, una habitación enorme llena de cuadros y esculturas. Era una colección increíble. Observó que había varias obras de artistas importantes.

—¡Vaya! Tienes unas cosas fantásticas.

—Llevo años coleccionándolas. Algún día se las dejaré a mis hijos.

Las palabras de Sylvia le recordaron que no era tan sencillo como parecía, al menos para él. La sola mención de los hijos fue como si resonara un trueno. Nunca había querido relacionarse con una mujer que tuviera hijos, pero Sylvia era distinta. Todo en ella era diferente de las mujeres que había conocido, y quizá también lo fueran sus hijos. Al menos, no eran de él. Sentía un terror psicótico hacia los niños, o una especie de fobia. No sabía a ciencia cierta qué significaba, pero sí que no era nada bueno.

—¿Dónde están? —preguntó, mirando a su alrededor con nerviosismo, como si esperase que saltaran de un armario y se abalanzasen sobre él, como serpientes o pit bulls. Sylvia vio su expresión y le hizo gracia.

—En Europa, ¿recuerdas? Donde viven. En Oxford y en Florencia. No vendrán hasta Navidades. Estás a salvo. Aunque a mí me gustaría que estuvieran aquí.

—¿Lo pasaste bien en el viaje con ellos? —preguntó Gray con cortesía mientras Sylvia iba a la cocina para poner la secadora y regresaba al salón.

—Muy bien. ¿Y tú? ¿Qué tal el resto del viaje?

Se sentó en el sofá y Gray en un enorme sillón de cuero negro, frente a ella. Estaba preciosa, descalza y en vaqueros, y Gray feliz de verla, más feliz de lo que se sentía desde hacía años. La había echado en falta, algo que le parecía una locura. Apenas la conocía, pero durante las últimas semanas del viaje no había dejado de pensar en ella.

—Estupendo —contestó Gray, sentado en el sillón de cuero con la toalla enrollada, mientras Sylvia intentaba no reírse al mirarlo. Parecía absurdo, vulnerable y encantador—. Bueno, en realidad no —se corrigió—. Estuvo bien, pero no tanto como en Portofino y Cerdeña contigo. Pensé mucho en ti cuando te fuiste.

—Yo también he pensado en ti —reconoció Sylvia, y le sonrió—. Me alegro de que hayas vuelto. No esperaba que me llamaras tan pronto.

—Yo tampoco. O bueno, sí. Quería llamarte en cuanto volviera.

—Me alegro de que hayas llamado. Por cierto, ¿qué clase de pizza quieres?

—¿Cuál te gusta a ti?

—Todas. De salchichón, pesto, albóndigas, sencilla...

—Pues con todo eso —repuso Gray, mirándola. Sylvia parecía sentirse a gusto en sus dominios.

—Voy a pedirla con todo, menos anchoas. Detesto las anchoas —dijo Sylvia al salir de la habitación.

—Yo también.

Sylvia fue a ver cómo iba la secadora, volvió con los vaqueros de Gray y se los dio.

—Póntelos. Voy a encargar la pizza. Gracias por arreglarme el fregadero.

—No te lo he arreglado —le recordó—. Solo he cortado la llave de paso para que no salga agua. Tendrá que venir un fontanero el martes.

—Ya lo sé.

Le sonrió y Gray fue al cuarto de baño, con los pantalones en la mano. Volvió y le dio la toalla a Sylvia, doblada, y ella pareció sorprenderse.

—¿Pasa algo?

—Que no has dejado la toalla tirada en el suelo. ¿Qué te pasa a ti? Pensaba que era lo que hacían todos los hombres.

Volvió a sonreírle, y él le devolvió la sonrisa. A Gray le había preocupado un poco ver el sobresalto de Sylvia al devolverle la toalla. El apartamento estaba tan impecable que no se le ocurrió otra cosa sino dársela bien doblada.

—¿Quieres que vuelva al baño y la deje en el suelo?

Sylvia negó con la cabeza y llamó para encargar la pizza. Después le ofreció a Gray un vaso de vino. Tenía varias botellas de un excelente vino de California en la nevera y abrió una de ellas. Era Chardonnay, y a Gray le pareció delicioso cuando lo cató.

Volvieron al salón. En esta ocasión Sylvia se sentó junto a Gray en el sofá, no enfrente, al otro lado de la mesita de cristal como antes. Gray sintió la imperiosa necesidad de acercarla más a él, pero aún no estaba preparado para eso, y Sylvia tampoco. Notaba que ambos se sentían incómodos. Apenas se conocían y llevaban varias semanas sin verse.

—A mí tampoco me pareces precisamente normal y corriente —dijo Gray en respuesta al asombro de Sylvia por no haber dejado tirada en el suelo una toalla blanca y limpia—. Si lo fueras, te habría dado una especie de ataque de nervios por lo del agua que se te salía del fregadero, o incluso me habrías dicho que yo tenía la culpa o que tu último novio o tu ex marido está haciendo algo que te aterroriza porque nos quiere ver muertos a los dos. Y en cualquier momento podría subir por la escalera de incendios pistola en mano.

—No hay escalera de incendios —replicó Sylvia como pidiendo perdón y riéndose de lo que acababa de decir Gray. No podía ni imaginarse con qué clase de mujeres se había relacionado, y Gray tampoco lo entendía.

—Eso simplifica las cosas —dijo Gray en voz baja, fascinado—. Me encanta tu casa, Sylvia. Es preciosa, elegante y sencilla, como tú.

No era pretenciosa, ni vistosa, pero todo en ella tenía estilo y una gran calidad.

—A mí también me gusta. Aquí hay un montón de tesoros que significan mucho para mí.

—Lo comprendo —dijo Gray, pensando que Sylvia estaba convirtiéndose para él en un tesoro muy importante.

Al verla de nuevo, se había dado cuenta de que le gustaba aún más que antes. Verla donde vivía tenía un significado muy real. Era distinto de verla en los restaurantes o en el barco de Charlie. Entonces le había parecido guapísima y atractiva, pero en aquellos momentos era más real.

Hablaron de la galería de Sylvia y de los pintores a los que representaba mientras esperaban la pizza.

—Me encantaría ver tu obra —dijo Sylvia pensativamente, y Gray asintió con la cabeza.

—A mí también me gustaría que la vieras, pero no son la clase de cuadros que tú sueles exponer.

—¿Qué galería tienes?

Sylvia sentía curiosidad, porque Gray nunca se lo había mencionado, y él contestó encogiéndose de hombros.

—De momento ninguna. Estaba muy descontento con la última. Tengo que hacer algo para encontrar otra, pero no hay prisas, porque aún no tengo suficientes obras para una exposición.

En ese momento llegó la pizza, y pagó Sylvia, aunque Gray se ofreció a hacerlo. Ella le dijo que eran sus honorarios por haberle solucionado la avería. Se sentaron a la mesa de la cocina, Sylvia apagó las luces, encendió unas velas y sirvió la pizza en unos bonitos platos italianos. Todo lo que hacía y tocaba Sylvia, todo cuanto era suyo desprendía elegancia, estilo, como ella misma, con una sencilla cola de caballo, vaqueros y descalza. Llevaba las mismas pulseras de turquesa que Gray le había visto en Italia.

Estuvieron allí un buen rato, tomando la pizza y el vino y charlando sobre esto y aquello. Sencillamente les gustaba estar juntos, y Sylvia se alegró de que Gray hubiera ido a ayudarla. Eran las diez cuando Gray tuvo que reconocer que empezaba a afectarlo el desfase horario. Entre eso y el vino se estaba quedando dormido. Se levantó de la mesa con pesar y ayudó a Sylvia a meter los platos en el lavavajillas, aunque Sylvia le dijo que ya lo haría ella cuando se marchara. A Gray le gustaba ayudarla, y se dio cuenta de que para ella no era algo habitual. Estaba acostumbrada a hacerlo todo sola, durante toda su vida. Pero resultaba más agradable hacer las cosas juntos, y Gray lamentó tener que marcharse. Le gustaba estar con Sylvia, y cuando se volvió hacia ella, se dio cuenta de que lo estaba mirando.

—Gracias por venir a ayudarme, Gray. Te lo agradezco. La cocina sería una piscina si no hubieras cortado el agua.

—Ya lo habrías averiguado tú. Ha sido una excusa estupenda para verte —dijo Gray con toda sinceridad—. Gracias por la pizza y la buena compañía.

Se acercó, la abrazó y le dio un beso en cada mejilla; después la miró, todavía abrazándola, preguntándose si sería aún demasiado pronto. En sus ojos había un interrogante, al que Sylvia contestó. La acercó hacia sí y sus labios se encontraron, y no se podía saber si ella lo besaba a él o él a ella, pero ya no importaba. Estaban estrechamente abrazados, tras lo mucho que se habían añorado el uno al otro durante las últimas semanas y el vacío en el que habían vivido durante meses y años. Fue un beso inacabable, vivificante, que los dejó sin aliento. Y cuando después Gray la retuvo entre sus brazos, Sylvia apoyó su cara contra la de él.

—Vaya —susurró Sylvia—. No me esperaba que fuera a pasar... Creía que solo habías venido a arreglarme el fregadero.

—Yo sí me lo esperaba —replicó Gray, también en un susurro—. Quise hacerlo en Italia, pero pensé que era demasiado pronto.

Sylvia asintió, sabiendo que probablemente lo hubiera sido. Quería acostarse con él, pero también sabía que era demasiado pronto, según todas las normas. Se conocían desde hacía apenas un mes, y no se veían desde hacía semanas. Cada cosa a su tiempo, se dijo. Aún saboreaba aquel primer beso, y justo cuando estaba pensando en él, Gray volvió a besarla. En esta ocasión fue más apasionado, y, sin poder evitarlo, Sylvia se preguntó cuántas veces habría hecho lo mismo con otras mujeres, cuántos líos habría tenido, cuántas mujeres locas habrían entrado en su vida para que las rescatara, cuántas veces habría acabado con una para volver a empezar con otra. Llevaba toda una vida de relaciones absurdas, como un carrusel de mujeres, mientras que ella solo había amado a dos hombres. Y, además, a él aún no lo amaba, aunque pensaba que podría hacerlo algún día. Había algo en Gray que le hacía desear que se quedara, que no se marchara. Como el hombre que fue a cenar a una casa y ya no se marchó, sino que se mudó allí.

—Debería marcharme —dijo Gray en un tono tan delicado y sensual que solo de escucharlo ella se excitó.

Sylvia asintió con la cabeza, pensando que debía decir que sí, pero no lo dijo. Le abrió la puerta, y Gray vaciló.

—Si mañana abro la llave de paso del agua, ¿vendrás a cerrarla? —susurró Sylvia.

Lo miró con expresión inocente, el pelo un poco alborotado, los ojos soñadores, y él se echó a reír.

—Podría abrirla ahora mismo, y así tendríamos una excusa para que me quedara —repuso Gray esperanzado.

—No me hace falta ninguna excusa, pero creo que no deberíamos —dijo Sylvia con recato.

—¿Y por qué?

Gray estaba jugueteando con el cuello de Sylvia y rozándole tentadoramente la cara con los labios. Ella le pasó las manos por el pelo y lo estrechó contra sí.

—Creo que existen ciertas reglas, no sé dónde, para situaciones como esta. Creo que dicen que no se debe uno acostar con el otro en la primera cita, después de haber comido pizza y arreglado un fregadero.

—Vaya, de haberlo sabido, no habría arreglado el fregadero ni habría comido pizza.

Gray le sonrió y volvió a besarla. No recordaba haber deseado tanto a una mujer, y comprendió que ella lo deseaba igualmente pero pensaba que no debía. Estaba saboreando el momento y disfrutando de él.

—¿Nos vemos mañana? —preguntó Sylvia en voz baja, casi con coquetería, y a Gray le sorprendió darse cuenta de que le gustaba, le gustaba esperarla, aguardar el momento adecuado, fuera cuando fuese. Para él ya había llegado, pero estaba dispuesto a esperar, si así lo prefería Sylvia. Merecía la pena esperarla. Llevaba cincuenta años esperándola.

—¿En tu casa o en la mía? —susurró—. Me gustaría que vinieras a la mía, pero está hecha un asco. Llevo un mes fuera, y no la ha limpiado nadie. A lo mejor este fin de semana. ¿Y si vuelvo aquí mañana a ver qué tal va el fregadero?

La galería estaría cerrada durante el puente del día del Trabajo, y Sylvia tenía pensado trabajar en casa. No tenía nada más que hacer al día siguiente.

—Voy a estar aquí todo el día. Ven cuando quieras. Haré la cena.

—Cocinaré yo. Te llamo por la mañana.

Volvió a besarla y se marchó. Sylvia cerró la puerta y se quedó mirándola en silencio. Gray era un hombre extraordinario, y había sido un momento mágico. Entró en su dormitorio, como si lo viera por primera vez, y se preguntó qué aspecto tendría con Gray en él.

Y cuando Gray salió a la calle y llamó un taxi, tuvo la sensación de que su vida había cambiado por completo en una sola tarde.

6

Gray llamó a Sylvia a las diez de la mañana siguiente. Su apartamento estaba patas arriba, y ni siquiera se había molestado en deshacer la maleta. La noche anterior se había quedado dormido pensando en Sylvia y la llamó nada más despertarse. Ella estaba trabajando con unos papeles y sonrió al oírlo.

Los dos preguntaron lo mismo, qué tal habían dormido. Sylvia había pasado la mitad de la noche en vela, pensando en Gray, y él había dormido como un angelito.

—¿Cómo va el fregadero?

—Bien.

Sylvia sonrió.

—Será mejor que vaya a ver qué pasa.

Ella se echó a reír, y estuvieron charlando unos minutos. Gray dijo que tenía que hacer unas cosas en casa después del viaje, pero se ofreció a llevarle el almuerzo alrededor de las doce y media.

—Pensaba que íbamos a cenar —replicó Sylvia, sorprendida, aunque le había dicho que estaría en casa todo el día, lo cual suponía una invitación tácita pero sincera.

—No creo que pueda esperar tanto —dijo Gray con sinceridad—. He esperado cincuenta años a que tú aparecieras, y a lo mejor me muero si espero nueve horas más. ¿Estás libre a la hora de comer? —preguntó con nerviosismo, y Sylvia sonrió.

Estaba libre para cuanto Gray quisiera. La noche anterior, mientras se besaban, había llegado a la conclusión de que estaba dispuesta a dejar que Gray entrase en su mundo y a compartir su vida con él. No sabía por qué, pero todo en Gray le parecía bien, y quería estar con él.

—Estoy libre. Ven a la hora que quieras.

—¿Llevo algo? ¿Quiche? ¿Queso? ¿Vino?

—Tengo de todo. No hace falta que traigas nada.

Había tantas cosas que quería hacer con él... Pasear por Central Park, dar una vuelta por el Village, ir al cine, ver la televisión en la cama, salir a cenar, quedarse en casa y cocinar para él, ver sus cuadros, enseñarle la galería o simplemente quedarse en la cama abrazándole. Apenas lo conocía, pero al mismo tiempo tenía la sensación de conocerlo desde siempre.

En su estudio, Gray abrió el correo, miró los recibos, sacó la ropa de la maleta al buen tuntún, dejó la mayor parte en el suelo y cogió la que necesitaba. Se duchó, se afeitó, se vistió, firmó rápidamente unos cheques, los echó al correo y entró en la única floristería que encontró abierta. Compró dos docenas de rosas, tomó un taxi y le dio al taxista la dirección de Sylvia. A mediodía llamó al timbre y se quedó esperando a su puerta. Acababa de marcharse el fontanero, y Sylvia abrió los ojos de par en par al ver las rosas.

—¡Dios mío, son preciosas! Gray, no deberías...

Lo decía en serio, porque sabía que era un pintor sin un céntimo, y la derritió aquel gesto de ternura y generosidad. Era un verdadero romántico. Tras toda una vida de narcisistas, al fin había encontrado a un hombre a quien ella le importaba, tanto como él a ella.

—Si pudiera, te enviaría rosas todos los días, pero a lo mejor esta es la última vez durante una temporada —dijo Gray con pesar. Aún tenía que pagar el alquiler y el recibo del teléfono, y el billete a Francia le había salido carísimo. No podía consentir que lo pagara Charlie. Pensaba que lo mínimo que podía hacer era pagárselo él mismo. Esperaba haber ido en el avión de Adam, pero este había volado directamente desde Las Vegas en el viaje de ida y desde Londres, con sus hijos, en el viaje de vuelta—. Quería traerte rosas porque hoy es un día especial.

—Y eso ¿por qué? —preguntó Sylvia, con las rosas en los brazos, mirándolo con unos ojos que parecían enormes. Estaba entusiasmada, y al mismo tiempo asustada.

—Porque hoy es el principio... es cuando empezamos... donde empieza todo. A partir de hoy, ninguno de los dos volverá a ser igual que antes. —La miró, le quitó las rosas y las dejó en la mesa de al lado. Después la tomó entre sus brazos, la besó y la abrazó. Notó que estaba temblando y la miró—. Quiero que seas feliz —dijo con dulzura—. Quiero que esto sea bueno para los dos.

Con el tiempo, quería compensarla por todo el dolor y las decepciones que había sufrido, compensar las afrentas y el absurdo de su propia vida. Era la oportunidad para hacerlo bien y para cambiar las cosas para los dos.

Sylvia colocó las rosas en un jarrón y lo puso en una mesa del salón.

—¿Tienes hambre? —le preguntó mientras volvía a la cocina.

Gray la siguió y se quedó en la puerta, sonriendo. Sylvia estaba preciosa. Llevaba camisa blanca y vaqueros, y sin decir palabra Gray se acercó a ella y empezó a desabotonarle la camisa. Ella se quedó inmóvil, mirándolo. Gray le quitó la camisa delicadamente de los hombros, la dejó caer sobre una silla y se quedó admirando a Sylvia como si fuera una obra de arte o un cuadro que acabara de pintar. Era perfecta. Su piel no mostraba ninguno de los signos de la edad, y su cuerpo era joven, duro y atlético. Hacía tiempo que nadie lo veía. No había habido ningún hombre que reflejase lo que ella era o sentía, ni que se preocupara por lo que necesitaba o deseaba. Sylvia tenía la sensación de llevar miles de años sola, y de repente se le unía Gray. Era como compartir con él un viaje de destino desconocido, pero lo habían iniciado juntos, como compañeros.

Gray la tomó de la mano y la llevó lentamente a su dormitorio. Se tendieron en la cama juntos y se quitaron mutuamente la ropa, con delicadeza. Desnudos, Gray empezó a besarla, mientras la exploraba lentamente y ella lo descubría con las manos y después con los labios. Lo que Gray hizo era fascinante, y el largo y lento despliegue de su deseo por ella le habría resultado insoportable de no ser porque era exactamente lo que Sylvia deseaba. Gray sabía perfectamente qué hacer, dónde ir y cómo llegar hasta allí, como si la conociera desde siempre. Era como una danza que siempre habían sabido bailar juntos, con sus ritmos perfectamente armonizados, sus cuerpos acoplados como dos mitades de un todo. El tiempo pareció detenerse; de repente todo empezó a moverse rápidamente hasta que los dos saltaron juntos hasta la estratosfera, y Sylvia se quedó entre los brazos de Gray, en silencio, sonriendo y besándole.

—Gracias —susurró, y Gray la estrechó entre sus brazos. Sus cuerpos seguían entrelazados, y le sonrió.

—Llevaba toda una vida esperándote —dijo Gray en un susurro—. No sabía dónde estabas... pero siempre he sabido que estabas en alguna parte.

Ella no había sido tan lista; hacía años que había perdido la esperanza de encontrarlo. Había llegado a convencerse de que estaba condenada a pasar sola el resto de su vida. Gray era un regalo que había dejado de esperar hacía tiempo, y que ni siquiera sabía que aún quería. Y de repente estaba allí, en su vida, en su cabeza, en su corazón, en su cama y en cada pliegue de su cuerpo. Gray había pasado a formar parte de su ser para siempre.

Siguieron en la cama hasta que se quedaron dormidos y se despertaron horas más tarde, relajados, saciados, felices. Fueron a la cocina y prepararon juntos la comida, desnudos. Sylvia no sentía ninguna vergüenza con él, ni tampoco Gray con ella, y aunque sus cuerpos ya no eran tan perfectos como antes, se sentían totalmente cómodos el uno con el otro. Llevaron la comida a la cama y no pararon de charlar y reír. Todo entre ellos resultaba sencillo y divertido.

Después se ducharon juntos, se vistieron y dieron un largo paseo por el SoHo. Entraron en varias tiendas, en varias galerías de arte, compraron helado en la calle y lo compartieron. Cuando volvieron a casa de Sylvia eran las seis, tras haber alquilado dos películas antiguas. Se metieron en la cama, las vieron, hicieron el amor, y a las diez Sylvia se levantó y preparó la cena.

—Me gustaría que vinieras mañana a mi casa —dijo Gray cuando Sylvia volvió a la cama con la cena y le dio su plato. Había preparado huevos revueltos con queso y pan tostado. Era el final perfecto para aquel día especial, un día que ninguno de los dos olvidaría jamás. Y aún les quedaba mucho por descubrir.

—Quiero ver tu obra reciente —dijo Sylvia, volviendo a pensar en todo lo anterior.

—Por eso quiero que vengas.

—Si quieres, voy contigo por la mañana. Tengo que estar en la galería a mediodía, pero antes podemos pasar por tu casa.

—Muy bien —dijo Gray, sonriendo.

Acabaron de cenar, apagaron el televisor y se acurrucaron en la cama, abrazados.

—Gracias, Gray —susurró Sylvia.

Gray ya estaba medio dormido, y se limitó a asentir con la cabeza y a sonreír. Sylvia lo besó con dulzura en la mejilla, se apretó más contra él, y al cabo de pocos minutos ambos dormían profundamente, como niños felices y tranquilos.

7

Sylvia se levantó temprano a la mañana siguiente. Al despertarse y ver a Gray dormido a su lado, se sobresaltó, pero enseguida se acurrucó más contra él, sonriendo al rememorar lo sucedido. Si ocurría algo serio entre ellos, supondría un enorme cambio para ella, y aún más para él. En la vida de Gray nunca había habido una mujer normal, y ella llevaba años sin pareja y sin compañero.

Salió de la cama silenciosamente y fue a ducharse. Lo dejó dormir lo más posible y después preparó el desayuno. Lo despertó para servírselo en la cama, en una bandeja. Menuda diferencia con las mujeres a las que Gray había servido, dado de comer, cuidado o administrado medicación porque eran demasiado irresponsables o estaban demasiado destrozadas para ocuparse de sí mismas. La miró sin dar crédito mientras Sylvia colocaba la bandeja en la cama y lo besaba en un hombro. Gray estaba guapo y sexy, allí tumbado en su cama, incluso todo despeinado. A Sylvia le encantaba su aspecto, tan fuerte, interesante y varonil.

—¿Me he muerto y estoy en el cielo o es un sueño? —dijo Gray, poniéndose las manos detrás de la cabeza y sonriéndole—. Creo que nunca he desayunado en la cama, a no ser pizza fría con una servilleta de papel.

Sylvia incluso había colocado en la bandeja un jarroncito

con una rosa. Le gustaba mimarlo. Llevaba tiempo deseando cuidar a alguien, ocuparse de alguien... Durante la mayor parte de su vida adulta había tenido un marido y unos hijos a los que dedicarse, y ahora todos habían desaparecido. La entusiasmaba la idea de malcriar a Gray.

—Perdona que te despierte —dijo.

Eran las diez, y quería pasar por el estudio de Gray, como habían dicho, antes de ir a trabajar. Gray miró el reloj y se quedó pasmado.

—¡Dios mío! ¿A qué hora te has levantado?

—Pues como a las siete. No suelo levantarme tarde.

—Ni yo, pero esta noche he dormido como un angelito. —Le sonrió y se levantó para peinarse y cepillarse los dientes. Volvió al cabo de un minuto y se acomodó en la cama con la bandeja—. Me vas a acostumbrar mal, Sylvia. Me voy a poner gordo de tanto hacer el vago.

Sylvia sospechaba que no corría ese peligro. Le gustaba estar con él y hacer cosas para él. Le dio el periódico, que ya había leído, y se fue a la cocina a tomar café con tostadas. Gray echó un vistazo al periódico y lo dejó. Prefería hablar con Sylvia.

Estuvieron charlando mientras desayunaban, y después Gray se preparó para salir. Se dirigieron a su estudio a las once, cogidos de la mano. Sylvia se sentía como una quinceañera con un nuevo romance, pero hacía tanto tiempo que no se sentía así que disfrutaba de cada minuto. Iba sonriendo mientras caminaban bajo el sol de septiembre, y Gray paró un taxi. Había un trayecto muy corto hasta su estudio, y mientras subían los cuatro tramos de escalera del destartalado edificio de piedra rojiza se disculpó por el desorden antes de entrar en el estudio.

—He estado fuera un mes, y la verdad es que ya estaba hecho un asco antes. Francamente, lleva años hecho un asco —dijo con una amplia sonrisa y un poco sofocado al llegar a su rellano.

Lo mismo que su vida, pero eso no se lo dijo a Sylvia. Para las mujeres con las que salía, él había sido un pilar de estabilidad; pero, en comparación con Sylvia, era un completo desastre.

Ella dirigía una galería de gran éxito, había mantenido dos largas relaciones, había criado a dos hijos normales y sanos hasta la edad adulta, y todo en su vida y su apartamento era impecable, y estaba limpio como los chorros del oro. Cuando Gray abrió la puerta de su apartamento, apenas pudieron entrar. Les impedía el paso una maleta, había paquetes que el conserje había dejado por todos lados y un montón de sobres que se habían caído y desparramado por el suelo. Los recibos que había pagado el día anterior estaban abiertos y desordenados sobre una mesa. Había ropa en el sofá, las plantas se habían secado y todo parecía viejo. Sin embargo, tenía un agradable aire masculino. Los muebles no estaban mal, aunque la tapicería estaba raída. Lo había comprado todo de segunda mano. Había una mesa de comedor redonda en un rincón de la habitación, donde a veces cenaba con sus amigos, y detrás de ella lo que en su día había sido el comedor, transformado en estudio. Para eso había ido Sylvia.

Se dirigió directamente allí mientras Gray intentaba en vano poner un poco de orden, pero comprendió que era inútil. La siguió y se quedó observando su reacción ante la obra que tenía allí. Había tres cuadros apoyados en sendos caballetes. Uno estaba casi acabado, otro acababa de empezarlo cuando se había ido de viaje, y estaba reflexionando sobre los cambios del tercero, porque le parecía que no funcionaba. Y tenía al menos otra docena apoyados contra las paredes. Sylvia se quedó pasmada ante la fuerza y la belleza de aquellas obras. Eran figurativas, de gran meticulosidad, oscuras en la mayoría de los casos, con luces extraordinarias. Había uno de una mujer con un vestido de campesina medieval que parecía de un gran maestro. Eran realmente hermosos, y Sylvia se volvió hacia a él con expresión de admiración y respeto. Eran completamente distintos del material que ella exponía en la galería, muy de moda, joven y nuevo. Sentía verdadera pasión por los artistas emergentes, y lo que ella ofrecía resultaba fácil de ver y divertido para vivir. También vendía las obras de jóvenes pintores de mucho éxito, pero ninguno tenía la técnica, la maestría ni la pericia que mostraba Gray en sus cuadros. Sabía que Gray era un pintor de primera categoría, pero lo que veía en su obra era madurez, conocimiento y una infinita capacidad. Se puso a su lado, deseosa de absorberlo todo, de beberlo todo.

—¡Es absolutamente increíble! —Comprendió por qué solo pintaba dos o tres cuadros al año. Incluso si trabajaba en varios a la vez, como hacían la mayoría de los pintores, debía de llevarle meses enteros, incluso años, terminar cada uno—. Me he quedado con la boca abierta.

A Gray le encantó su reacción. Había una marina fascinante, con la luz del sol reflejada sobre el agua al final del día. Daban ganas de quedarse allí contemplándola para siempre. Sylvia comprendió que Gray necesitaba un galerista importante que viera su obra y lo representase, pero no su galería. Gray sabía qué clase de cuadros vendía Sylvia, pero quería que viera los suyos para que supiera lo que hacía. Sentía gran respeto por sus conocimientos de historia del arte e incluso de arte moderno. Sabía que si reaccionaba favorablemente, a él lo halagaría enormemente. Y tanto si le gustaba como si no, era lo que hacía.

—Tienes que encontrar una galería que te represente, Gray —dijo Sylvia con gravedad. Gray le había dicho que llevaba casi tres años sin que nadie lo representara. Vendía sus cuadros a personas que ya le habían comprado otros y a amigos, como Charlie, que le había comprado varios y también pensaba que eran muy buenos—. Es un crimen que estos cuadros se queden aquí, sin hogar. —Había montones apoyados contra las paredes.

—Detesto a todos los galeristas que conozco. Les importa un comino la obra. Solo les interesa el dinero. ¿Por qué les voy a dar mis cuadros? No se trata del dinero, al menos para mí.

Sylvia lo veía claramente por cómo vivía.

—Pero tienes que comer —lo reprendió con dulzura—. Y no todos los galeristas son tan codiciosos ni tan irresponsables. A algunos les interesa de verdad lo que hacen. A mí, por ejemplo. Quizá yo no venda obras de este calibre, ni de tanta maestría, pero creo en lo que expongo, y en mis artistas. A su manera, también ellos tienen un enorme talento, solo que lo expresan de un modo distinto del tuyo.

—Sé que te importa. Lo llevas escrito en la cara, y por eso quería que vieras mis cuadros. Si fueras como los demás, no te habría invitado aquí. Y además, si fueras como los demás, tampoco me estaría enamorando de ti.

Era una declaración tremenda tras la primera noche juntos, y Sylvia no contestó. Le encantaba estar con él y quería conocerlo mejor, porque para ella también iba en serio, pero todavía no sabía si lo quería. Por entusiasmada que estuviera con él, aún era demasiado pronto. También para él, pero Gray iba más deprisa de lo que ninguno de los dos tenía previsto, y ella también. Ver su obra y comprender que se había atrevido a mostrarse vulnerable ante ella le despertó aún más interés y cariño por él. Lo miró de una forma que no necesitaba de palabras; Gray la tomó entre sus brazos y la besó.

—Me gusta tu obra, Gray —susurró Sylvia.

—No eres mi galerista. Lo que te tiene que gustar soy yo, nada más —replicó Gray en broma.

—Ya estoy llegando a eso —dijo Sylvia con toda sinceridad. En realidad, más rápido de lo que se esperaba.

—Yo también —repuso Gray.

Sylvia se quedó contemplando los cuadros largo rato, como si estuviera en otro planeta. Su cerebro funcionaba a miles de kilómetros por hora.

—Quiero buscarte una galería. Tengo varias ideas. Podemos ir a echar un vistazo a lo que exponen esta semana, a ver qué te parece.

—Lo que yo piense da igual. Depende de lo que piensen ellos. No te preocupes por eso. Bastantes cosas tienes que hacer, y además, de momento no tengo suficientes cuadros para una exposición —dijo Gray con modestia. No quería aprovecharse de los contactos de Sylvia. Lo que sentía por ella era totalmente personal y privado, no tenía nada que ver con el trabajo ni quería que le presentara a nadie, y Sylvia lo sabía.

—A mí no me vengas con que no tienes suficiente para una exposición —replicó Sylvia con energía, a medio camino entre la galerista y la típica madre pesada de un niño prodigio, como si se dirigiera a uno de sus jóvenes pintores. Pero muchas veces tenía que ponerse pesada y darles un empujón. Muy pocos se daban cuenta de su propio talento, y desde luego, nunca los mejores. Los jóvenes fantasmones raramente eran tan buenos—. Mira todo esto —añadió, moviendo los lienzos con delicadeza para ver lo que había en cada montón. Era una maravilla, tan bueno o mejor que los cuadros aún sin terminar de los caballetes.

Una vez acabados, sus cuadros parecían iluminados desde dentro, unos con velas, otros con fuego. Poseían una cualidad luminosa que Sylvia no había visto en ninguna obra reciente. Parecían sacados del Renacimiento, auténticas obras maestras. Y sin embargo daban sensación de modernidad. Lo excepcional era la técnica, algo que se había perdido. Sylvia sabía que Gray había estudiado en París y en Italia, como su hija. En el caso de Gray, sus estudios le habían proporcionado una gran base, y, a juicio de Sylvia, su obra era inspirada y brillante.

—Tanto si te gusta la idea como si no, tenemos que buscarte una galería, Gray.

Era algo que él habría hecho por cualquiera de las mujeres con las que había estado, buscar una galería, un agente, un trabajo, casi siempre con resultados desastrosos. A él nadie le había ofrecido nunca ayuda, salvo quizá Charlie, pero a Gray no le gustaba abusar de nadie, y menos de sus amigos o de las personas a las que quería.

—No necesito una galería, Sylvia. De verdad.

—¿Y si yo te encuentro una que te guste? ¿Al menos irías a verla y a hablar con el galerista?

Lo estaba presionando, pero Gray también la quería por eso. Ella no ganaría nada con aquello; lo único que quería era ayudarlo, como había hecho Gray durante tanto tiempo. Sonrió, y por toda respuesta asintió con la cabeza.

Sylvia ya había decidido a quién llamar. Había al menos tres posibilidades perfectas para él. Y sabía que, si pensaba, se le ocurrirían más, galerías importantes de la zona norte que exponían obras como las de Gray. Desde luego, no galerías del SoHo como la suya. Necesitaba un espacio completamente distinto. También Londres y París. Las galerías que le convenían tendrían conexiones en otras ciudades. En su opinión, ahí debía estar Gray.

—No te preocupes por eso —dijo Gray con dulzura, y lo dijo de corazón—. Ya tienes suficientes cosas entre manos, y no te hace falta meterte en otro proyecto. No quiero que trabajes más. Solo quiero estar contigo.

—Yo también —repuso Sylvia, sonriéndole.

Pero también quería ayudarlo. ¿Por qué no? Lo merecía. Sabía que normalmente a los artistas se les dan fatal los negocios y son incapaces de vender su propia obra. Por eso tienen marchantes, y Gray también necesitaba uno. Estaba decidida a ayudarlo y esperaba mantener una relación con él. Eso aún estaba por ver, pero tanto si ocurría como si no, no había razón para no echarle una mano con sus contactos. Conocía prácticamente a todos los que contaban en el mundo del arte neoyorquino. Había demostrado ser tan honrada y decente que se le abrían las puertas fácilmente. Y, una vez abierta la puerta adecuada, lo demás dependería de Gray. Ella solo quería ser mediadora, un objetivo totalmente respetable, incluso si al final resultaba que eran solo amigos que habían vivido un breve romance.

Sylvia miró su reloj. Era casi mediodía y tenía que ir a la galería. Gray prometió llamarla más tarde mientras se despedían con un beso. Cuando Sylvia bajaba apresuradamente la escalera, Gray le gritó por el hueco: «¡Gracias!», y ella miró hacia arriba con una amplia sonrisa. Lo saludó con la mano y desapareció.

En la galería reinaba el caos de costumbre. Habían llamado dos pintores fuera de sí por su próxima exposición. Un cliente estaba enfadado porque no le había llegado todavía un cuadro. Había llamado otra persona para preguntar por un encargo que le habían hecho. El técnico había sufrido un accidente de moto, se había roto ambos brazos y no podía instalar la próxima exposición. Tenía una cita por la tarde con el diseñador gráfico para preparar el folleto de la próxima exposición. Tenía que entregar en el plazo debido el próximo anuncio para *Artforum*, y el fotógrafo aún no había enviado las fotos de la escultura que debía aparecer en el anuncio. No tuvo tiempo ni para respirar hasta las cuatro, pero en cuanto encontró un momento hizo varias llamadas por lo de Gray. Resultó más fácil de lo que esperaba. Los galeristas a los que llamó confiaban en su reputación, su gusto y su criterio. La mayoría de las personas que conocía pensaban que tenía buen ojo e instinto para el arte de calidad. Dos de los galeristas le pidieron que les enviara diapositivas. El tercero volvía de París aquella noche, y Sylvia le dejó recado de que la llamara. En cuanto terminó esta llamada telefoneó a Gray. Era una mujer con una misión que cumplir. Y en cuanto oyó su voz, Gray se echó a reír. Sylvia parecía un torbellino, y Gray le aseguró que tenía diapositivas, porque si no las tenía, ella enviaría un fotógrafo al estudio.

—Tengo un montón, si eso es lo único que necesitas.

—De momento, sí —contestó Sylvia animadamente, y le dijo que iría un mensajero a recogerlas al cabo de media hora.

—Vaya, no pierdes el tiempo, ¿eh?

—No con obras tan buenas como la tuya. Además... —dijo Sylvia, más tranquila. Para ella no era cuestión de negocios, sino de amor, como tuvo que recordarse—. Además quiero que te ocurran cosas buenas.

—Ya me han ocurrido, en Portofino. Lo demás son añadidos.

—Pues deja que yo me ocupe de los añadidos —repuso Sylvia, segura de sí misma, y Gray sonrió.

—Faltaría más.

Le encantaban tantas atenciones; no estaba acostumbrado a ellas. No quería aprovecharse de Sylvia, pero le fascinaba ver cómo trabajaba y cómo vivía su vida. No era mujer que se arredrase ante los obstáculos ni que aceptase el fracaso o la derrota.

Cuando había una tarea que cumplir, fuera cual fuese, se arremangaba y se ponía manos a la obra.

El mensajero se presentó en la puerta del estudio exactamente a las cuatro y media, le llevó las diapositivas a Sylvia y poco después estaban en manos de los galeristas a los que había llamado, junto con una carta. Sylvia salió de la galería a las seis y en cuanto llegó a casa la llamó Gray para proponerle que cenaran juntos. Quería invitarla a un pequeño restaurante italiano de su barrio. Sylvia se entusiasmó. Era divertido y acogedor y la comida deliciosa y barata, según comprobó con alivio en la carta. No quería que Gray se gastara dinero en ella, pero tampoco quería humillarlo ofreciéndose a pagar. Sospechaba que en el futuro iban a cocinar mucho el uno para el otro. Y después de cenar Gray la acompañó y se quedó en su casa. Estaban cayendo en una placentera rutina.

A la mañana siguiente prepararon el desayuno juntos y Gray se lo sirvió a Sylvia en la cama. Dijo que era su turno. Sylvia nunca había funcionado por turnos en nada, pero en esta ocasión eran compañeros que se mimaban, escuchaban y consultaban mutuamente. De momento todo era perfecto. Le daba miedo pensar en el futuro, o depositar demasiadas esperanzas en que significara más de lo que significaba. Pero, fuera como fuese y durara lo que durase, les iba bien a los dos y eso era lo único que querían. Y el sexo era algo más que maravilloso. Eran lo suficientemente mayores y sensatos y tenían la suficiente experiencia para ocuparse el uno del otro y satisfacerse mutuamente. En su relación nada se movía por el interés. Los dos disfrutaban haciendo feliz al otro, en la cama y fuera de ella. Tras toda una vida de errores, ambos eran sensatos y maduros, como un buen vino que ha reposado durante años, no demasiado añejo aún, pero sí lo suficiente para que resulte intenso y delicioso. Aunque los hijos de Sylvia podían considerarlos viejos, en realidad se encontraban en la edad perfecta para disfrutar el uno del otro y valorarse mutuamente. Sylvia jamás se había sentido tan feliz, y Gray tampoco.

Los dos galeristas a los que Sylvia había enviado diapositivas la llamaron aquel mismo día. Ambos estaban interesados y querían ver muestras de la obra de Gray. El tercer galerista la llamó dos días más tarde, al volver de París, y le dijo lo mismo. Sylvia se lo contó a Gray mientras cenaban aquella noche.

—Creo que puedes elegir —dijo, eufórica.

Gray no daba crédito. En cuestión de días Sylvia lo había sacado de su letargo, había enviado diapositivas de sus cuadros a los sitios adecuados y le había abierto varias puertas.

—Eres una mujer increíble —dijo con una mirada más que expresiva.

—Y tú eres un hombre increíble y un artista extraordinario.

Quedaron en llevar su obra a las tres galerías el sábado por la tarde, en la furgoneta de Sylvia. Y, tal y como había prometido, se presentó ese día por la mañana, vestida con sudadera y vaqueros, y lo ayudó a cargar los cuadros. Tardaron dos horas en meter en el vehículo todo lo que Gray quería llevar, y le dio vergüenza hacer trabajar a Sylvia. Ya había ejercido de hada madrina y no le gustaba que tuviera que servirle también de repartidora, pero ella estaba más que dispuesta.

Se había llevado un jersey y unos zapatos para cambiarse antes de entrar en las galerías en las que los esperaban. Y el asunto acabó a las cinco. A Gray le hicieron ofertas los tres galeristas, tremendamente impresionados por su obra. Aún no podía creer lo que había hecho Sylvia, quien tuvo que reconocer que también estaba muy contenta.

—Qué orgullosa me siento de ti —dijo, radiante. Estaban los dos agotados, pero encantados. Tardaron otras dos horas en subir al estudio todos los cuadros.

Gray aún no había tomado una decisión sobre la galería que iba a elegir, pero la tomó aquella noche, y a Sylvia le pareció la más correcta. Era una galería de la calle Cincuenta y siete, con una importante sucursal en Londres y otra en París, con las que intercambiaba obras. Era perfecto para Gray, dijo con mucha seguridad, complacida con su elección.

—Eres alucinante —dijo Gray, sonriéndole.

Tal era la emoción que sentía por lo que había hecho Sylvia que no sabía si reír o llorar. Estaban sentados en el sofá del salón de su estudio, en el que reinaba un desorden aún mayor que los días anteriores. Llevaba toda la semana pintando, inspirado por las energías de Sylvia, y no se había molestado en arreglarlo. A ella no le importaba y parecía no verlo. A Gray también le encantaba eso de Sylvia; en realidad, no había nada que no le gustara de ella. La consideraba la mujer perfecta, y quería ser el hombre perfecto para ella. Poco podía hacer, salvo estar allí y quererla, que era precisamente lo que deseaba.

—Te quiero, Sylvia —dijo en voz baja, mirándola.

—Y yo también te quiero —repuso ella con dulzura.

Ni siquiera estaba segura de querer decirlo, pero los días y las noches que habían pasado juntos significaban algo. Le gustaban la forma de pensar de Gray y las cosas en que creía. Le encantaban su integridad y lo que defendía. Incluso admiraba su obra. No había necesidad de hacer nada al respecto, no había que tomar ninguna decisión. Lo único que tenían que hacer era disfrutar. Por primera vez en la vida de los dos, con tantas complicaciones, todo resultaba muy sencillo.

—¿Quieres que prepare la cena? —preguntó Sylvia, sonriéndole. Las únicas decisiones que tenían que tomar eran dónde comer y en casa de quién dormir. A Gray le gustaba dormir en el apartamento de Sylvia, y ella lo prefería. El estudio de Gray siempre estaba patas arriba, a pesar de lo cual a Sylvia le gustaba ir allí a ver cómo progresaba su trabajo.

—No —contestó Gray muy convencido—. No quiero que cocines. Quiero que vayamos a celebrarlo. Me has encontrado una galería fantástica, algo que yo no habría hecho. Me habría quedado aquí vagueando.

No era un vago; todo lo contrario, pero sí muy modesto con su obra. Sylvia conocía a muchos pintores como él. Necesitaban a alguien que tomara la iniciativa por ellos y les allanara el camino, y lo había hecho con sumo gusto por Gray, con extraordinarios resultados.

Cenaron en un pequeño restaurante francés en el Upper East Side, con buena comida y buen vino. Fue una auténtica celebración: por ellos, por la nueva galería de Gray, por todo lo que tenían por delante. Y mientras volvían a casa de Sylvia en un taxi hablaron de Charlie y Adam. Gray no había visto a este último desde su vuelta, y ni siquiera lo había llamado. Sabía que Charlie aún no había vuelto, y tampoco lo había llamado. A veces no los llamaba durante bastante tiempo, sobre todo cuando el trabajo lo tenía absorto. Ellos estaban acostumbrados a que desapareciera de la faz de la Tierra y lo llamaban cuando no sabían nada de él durante una temporada. Gray describió la clase de amistad que lo unía a ellos y la bondad que le demostraban. Hablaron de por qué Charlie no se había casado y de por qué Adam no volvería a casarse. Sylvia dijo que le daban un poco de lástima. Charlie le parecía un hombre solitario, y la entristeció lo de su hermana y sus padres, pérdidas terribles e irreparables. Al final, el haberlos perdido lo estaba privando de la posibilidad de ser amado por otra persona, lo que multiplicaba exponencialmente la tragedia que había vivido.

—Él dice que quiere casarse, pero yo no creo que llegue a hacerlo —dijo Gray en tono reflexivo. Ambos coincidían en que Adam era otra historia. Amargado por el abandono de Rachel, enfadado con su madre, lo único que quería eran niñatas tontas y chicas tan jóvenes que podrían haber sido sus hijas. A Sylvia le parecía una vida vacía—. Es un tipo estupendo, cuando lo conoces —dijo Gray, leal a su amigo.

Pero Sylvia no estaba tan convencida. Se apreciaban fácilmente los méritos y las cualidades de Charlie, pero Adam era la clase de hombre que invariablemente la fastidiaba: inteligente, seguro de sí mismo, con éxito y que consideraba a las mujeres simples objetos sexuales y ornamentales. Jamás se le ocurriría salir con una mujer de su edad. No se lo dijo a Gray, pero despreciaba profundamente a los hombres como Adam. Pensaba que lo que le hacía falta era un terapeuta, una buena patada en el culo y una buena lección. Esperaba que cualquier día se la diera una jovencita inteligente, y pensaba que iba a recibirla muy pronto. Gray no lo veía así. Lo consideraba un gran tipo al que Rachel había destrozado al abandonarlo.

—Eso no justifica utilizar a la gente ni menospreciar a las mujeres —replicó Sylvia.

A ella también le habían destrozado el corazón, en más de una ocasión, pero no le había dado por servirse de los hombres como objetos de usar y tirar. Todo lo contrario. Se había apartado para lamerse las heridas y reflexionar sobre cómo y por qué había ocurrido antes de salir de nuevo al mundo. Pero claro, era una mujer. Las mujeres funcionan de una forma distinta de los hombres y llegan a conclusiones distintas. La mayoría de las mujeres que han sido heridas se apartan del mundo para curarse, mientras que los hombres se lanzan de cabeza a él y descargan su venganza sobre los demás. Estaba segura, como decía Gray, de que Adam era amable con las mujeres con las que salía. El problema era que no las respetaba y jamás entendería lo que Gray y ella compartían. Si por él hubiera sido, no habría ocurrido ni habría apostado por que ocurriese. Lo cual le hizo darse cuenta una vez más del milagro que suponía que Gray y ella se hubieran conocido.

Aquella noche se acurrucó contra él en la cama, sintiéndose segura y afortunada. Y si al final Gray se marchaba, al menos habrían disfrutado de aquel momento mágico. Sabía que sobreviviría, pasara lo que pasase. A Gray también le gustaba eso de ella. Era una superviviente, y él había comprobado durante toda una vida que también lo era. Si sus decepciones les habían servido de algo, era para hacerlos más bondadosos, más sensatos y más pacientes. No tenían el menor deseo de herirse mutuamente ni a nadie. Y pasara o no algo más entre ellos, lo cierto era que además de los sueños, la esperanza, el romance y el sexo, se habían hecho amigos y estaban aprendiendo a amarse.

8

—Ya he vuelto. ¿Estás bien? —Charlie llamó a Gray a su estudio el lunes, y parecía preocupado—. Hace semanas que no sé nada de ti. Te he llamado varias veces después de volver, pero siempre salta el contestador, a todas horas —se quejó, y Gray cayó en que probablemente estaba con Sylvia, pero no le dijo nada.

Sylvia y él habían pasado un fin de semana muy feliz, y Charlie no tenía ni idea de lo que había ocurrido desde su vuelta a Nueva York. Cayó en la cuenta de que no tenía noticias de Gray desde poco después de su vuelta a casa. Había recibido un par de correos electrónicos mientras estaba en el barco, pero nada más desde entonces. Por lo general, si todo iba bien en su mundo, Gray avisaba, pero en esta ocasión no lo había hecho.

—Estoy bien —respondió Gray, muy contento—. Es que he estado trabajando mucho.

No le dijo nada de Sylvia, a pesar de que los dos habían decidido durante el fin de semana que ya era hora de que Gray les contara a sus amigos lo que había entre ellos. Sylvia quería esperar un poco para contárselo a sus hijos. Llevaban viéndose casi un mes, y a los dos les parecía que iba en serio. A Sylvia le preocupaba un poco que Charlie y Adam sintieran celos, incluso rencor. Con una relación seria, Gray sería menos accesible, e intuía que no se lo tomarían bien. Gray le aseguraba que no sería así, pero ella no estaba muy convencida.

Gray le contó a Charlie lo de la nueva galería, y Charlie soltó un silbido.

—¿Cómo ha sido? No puedo creer que por fin hayas movido el culo para buscar una galería donde vender tus cuadros. Ya iba siendo hora.

Charlie se alegró enormemente.

—Pues sí, eso mismo pensé yo.

No se lo atribuyó a Sylvia, pero pensaba hacerlo en cuanto viera a Charlie. No quería hablar del asunto por teléfono.

—¿Y si nos vemos para comer un día de estos? No sé nada de ti desde que estuviste en el barco —dijo Charlie. Iba a quedar con Adam aquella misma semana, pero con Gray resultaba más difícil, porque cuando se metía de lleno en su trabajo se aislaba durante semanas enteras. Pero parecía de buen humor, y si había firmado un contrato con una galería importante, las cosas debían de irle bien.

—Estupendo —replicó Gray—. ¿Cuándo te viene bien?

Raramente se mostraba tan dispuesto a quedar con alguien. En la mayoría de las ocasiones había que sacarlo a rastras de su guarida para apartarlo del caballete. Charlie no hizo ningún comentario, pensando que Gray estaba eufórico por su nuevo contrato.

Charlie consultó rápidamente su agenda. Tenía una abrumadora cantidad de reuniones de la fundación, muchas de ellas con almuerzo incluido, pero al día siguiente tenía un hueco a la hora de comer.

—¿Qué te parece mañana?

—A mí me va bien.

—¿En el Club Náutico? —Era el sitio favorito de Charlie para comer, además de otros clubes de los que era miembro. A Gray le parecía un ambiente muy estirado, y también a Adam, pero le seguían la corriente a Charlie.

—De acuerdo —aceptó Gray, un tanto pensativo.

—Pues allí a la una —dijo Charlie, y cada cual volvió a su trabajo.

Gray le dijo a Sylvia a la mañana siguiente que iba a almorzar con Charlie, y ella lo miró por encima del montón de tortitas que Gray acababa de hacer.

—¿Y eso es bueno o malo? —preguntó nerviosa.

—Pues claro que es bueno.

Estaba sentado frente a ella, con su plato de tortitas. Le encantaba cocinar para Sylvia. Él era el jefe de cocina para el desayuno, y Sylvia cocinaba por la noche, cuando no salían a cenar fuera. Todo empezaba a aclararse y a seguir una rutina cotidiana. Gray se iba a su estudio, pero ya no dormía allí. Sylvia se iba a la galería y volvían a verse en su casa alrededor de las seis. Gray solía llevar una botella de vino y algo de comer. El fin de semana había comprado langosta, y les recordó los maravillosos momentos que habían pasado en el barco. No se había mudado oficialmente a casa de Sylvia, pero se quedaba allí todas las noches.

—¿Le vas a contar lo nuestro? —preguntó Sylvia con recelo.

—Pues creo que sí. ¿Te parece bien?

Como sabía que Sylvia era tan independiente, no quería ofenderla.

—Claro que me parece bien —contestó con calma Sylvia—. Lo que no tengo tan claro es que él se lo tome bien. A lo mejor se asusta. Seguramente le caí bien en Portofino, como algo pasajero, pero puede que no le entusiasme la idea de que esto vaya en serio.

Era lo que estaba ocurriendo desde el regreso de Gray, durante las últimas cuatro semanas, y a ellos les iba muy pero que muy bien.

—No digas tonterías. Se alegrará. Siempre ha mostrado interés por las mujeres con las que yo estaba.

Sylvia le puso un café, riéndose.

—Sí, claro, porque no representaban ninguna amenaza para él. Seguro que pensaba que acabarían en la cárcel o en cualquier centro de acogida antes de que causaran demasiados problemas entre vosotros dos.

—¿Qué pasa? ¿Tú quieres causar problemas? —preguntó Gray con curiosidad, casi riéndose.

—Claro que no, pero a lo mejor Charlie lo percibe así. Vosotros tres sois inseparables desde hace diez años.

—Pues sí, y tengo intención de seguir viéndolos. No hay ninguna razón para que no los vea contigo.

—Bueno, a ver qué dice Charlie. Podríamos invitarlo a cenar. La verdad es que ya se me había ocurrido, y también invitar a Adam, si quieres —a pesar de que le caía mucho peor que Charlie—. Lo que pasa es que no me fascina la idea de cenar con mujeres de la edad de mis hijos, o más jóvenes, en el caso de Adam. Pero si a ti te parece buena idea, pues lo hacemos.

Sylvia había adoptado una actitud diplomática.

—¿Y si invitamos a Charlie solo, en principio? —sugirió Gray. Sabía que a Sylvia no le caía bien Adam, y no quería forzar las cosas, al menos de momento, pero sí le gustaba la idea de incluirla en su pequeño grupo de amigos. Formaban una parte importante de su vida, y Sylvia también.

Ambos sabían que incorporar amigos a su mundo privado a la larga redundaría en beneficio de la relación. No podían estar toda la vida solos, viendo películas en la televisión cogidos de la mano o pasando los fines de semana en la cama, aunque a los dos les encantaba y se divertían. Pero necesitaban más personas en su vida. Añadir amigos a la mezcla suponía un paso más hacia una cierta estabilidad entre ellos. Sylvia siempre tenía la sensación de que existía un manual de normas sobre las relaciones y que los demás conocían su contenido mejor que ella. En primer lugar acostarse juntos, después que él pasara la noche contigo, cada vez con mayor frecuencia. En un momento dado, la pareja necesitaba espacio en el armario y en los cajones. Ellos no habían llegado aún a ese punto, y la ropa de Gray estaba colgada en el lavadero. Sylvia sabía que tendría que hacer algo al respecto un día de estos. Después venía la fase de darle la llave, una vez que una está segura de que no quiere salir con nadie más, con el fin de evitar situaciones incómodas si llega en un momento inoportuno. Ya le había dado una copia de la llave, porque no había nadie más en su vida, y a veces Gray entraba en su casa antes de que ella volviera de la galería. Era absurdo hacerlo esperar a la entrada. No tenía muy claro qué venía después de eso. Comprar cosas de comer: Gray ya lo hacía. Compartir los gastos de los recibos. Contestar al teléfono. Desde luego, aún no habían llegado a esa etapa, por si acaso la llamaban sus hijos, que no sabían de la existencia de Gray. Preguntarle si quería vivir con ella, cambiar de dirección, poner su nombre en el buzón y en el timbre. Los amigos formaban parte de todo eso. Era muy importante que les gustaran las mismas personas, al menos algunas. Y, con el tiempo, también tendrían que gustarle sus hijos. Sylvia quería que los conociera, pero sabía que se sentía un poco incómodo con el asunto, porque ya se lo había dicho. También sabía que eso sería lo más fácil. Sus hijos eran estupendos, y estaba segura de que Gray llegaría a quererlos. Lo único que deseaban Emily y Gilbert era la felicidad de su madre. Si veían que Gray se portaba bien con ella y que se querían, se tomarían a Gray como uno más de la familia. Sylvia conocía muy bien a sus hijos.

Aún les quedaba mucho camino por recorrer, pero ya lo habían iniciado. A Sylvia la asustaban algunos de los obstáculos, y todavía no estaba preparada para superarlos, ni tampoco Gray. Pero también sabía que contarle lo suyo a Adam y Charlie supondría un gran avance para Gray. No tenía ni idea de cómo reaccionarían ante la noticia de que entre ellos había algo serio. Confiaba en que Charlie no desanimara a Gray ni lo pusiera en guardia contra sus hijos. Sabía que ese era el talón de Aquiles de Gray. Lo suyo era auténtica fobia a los niños, no solo a tenerlos, sino a mantener una relación con los hijos de otra persona. No parecía comprender que sus hijos ya no eran niños, sino adultos. Le daba auténtico pánico relacionarse con nadie hasta ese punto. A un hombre que se había pasado toda la vida cuidando de algunas de las mujeres con mayores desequilibrios del planeta, lo único que lo aterrorizaba era conocer a sus hijos o relacionarse con ellos. Para Sylvia era un temor totalmente irracional, pero para Gray era algo real, auténtico.

Gray la ayudó a recoger los platos del desayuno y se fue a su estudio. Sylvia tenía que hacer varias llamadas antes de ir a la galería. Quería llamar a Emily y a Gilbert. Con la diferencia horaria, muchas veces era demasiado tarde para llamarlos cuando volvía del trabajo. Todavía no les había contado nada sobre Gray. Ninguno de los dos iba a volver a Estados Unidos hasta las Navidades. Pensaba que había tiempo de sobra, nada menos que tres meses, para ver cómo iban las cosas con Gray. Los dos estaban fuera cuando los llamó aquel día, y les dejó mensajes cariñosos en sus respectivos contestadores. Siempre se mantenía en estrecho contacto con sus hijos.

Cuando Sylvia salió de casa para ir a la galería, Gray ya estaba en el Club Náutico. Les dieron la mesa favorita de Charlie. Era un comedor enorme, muy elegante, con techos abovedados, retratos de los anteriores presidentes y maquetas de barcos protegidos con cristal. A Gray le pareció que Charlie estaba estupendo, bronceado, en forma y relajado.

—Bueno, ¿cómo terminó el viaje? —preguntó Gray para entablar conversación, después de que los dos hubieron pedido ensaladas del chef.

—Bien, pero en realidad no fuimos a ningún sitio después de que tú te marcharas. Yo tenía trabajo, y la tripulación se puso a hacer unas reparaciones. Pero se estaba mejor en el barco que aquí, en mi apartamento. —Últimamente le había resultado deprimente, y se sentía solo e inquieto—. Bueno, cuéntame lo de la galería con la que has firmado el contrato. Es Wechsler-Hinkley, ¿no? —El nombre de la galería impresionaba en el mundo artístico de Nueva York—. ¿Cómo ha sido? ¿Te llamaron o algo? ¿O los llamaste tú? —Charlie estaba muy contento por Gray. Nadie se lo merecía más que él, con su enorme talento. Le dirigió una amplia sonrisa, deseoso de saber lo ocurrido.

—Bueno, me recomendó una persona —repuso Gray con cautela. Sylvia lo había puesto nervioso sobre la posible reacción de Charlie. Sabía que era una tontería, pero lo cierto es que estaba nervioso y que lo parecía.

—¿Quién? —preguntó Charlie con interés. Sin saber por qué, la historia le sonaba un poco rara.

—Pues una persona... bueno, una amiga, una mujer —respondió Gray, sintiéndose como un colegial que tuviera que darle explicaciones a su padre.

—Ah, eso cambia las cosas —dijo Charlie, divertido—. ¿Qué clase de mujer? ¿La conozco? ¿Tienes un nuevo pájaro herido en tu nido últimamente? ¿Que trabaja en una galería y tiene buenos contactos? Si es así, eres muy listo —añadió, lisonjero.

Pero no era eso lo que pensaba. Gray no era capaz de salir con una secretaria que le hubiera pedido a su jefe que lo viera. En el nido de Gray no había un pájaro herido, sino una auténtica luchadora que lo había acogido bajo su ala y echado a volar como un águila.

—No ha sido por listo, sino por suerte.

—No hay suerte que valga en esto, y tú lo sabes —replicó Charlie, como un eco de las palabras de Sylvia—. Tienes un talento extraordinario. Amigo mío, si alguien ha tenido suerte, han sido los de la galería. Pero no has contestado a mi pregunta. —La mirada de Charlie se cruzó con la de Gray y la mantuvo—. ¿Quién es la mujer en cuestión? ¿O es un secreto? —A lo mejor estaba casada. Gray también había pasado por eso, con esposas fugitivas que aseguraban estar separadas y no lo estaban o que tenían un «arreglo», y de repente se presentaba el marido y quería matarlo. Había desempeñado todos los papeles posibles en los escenarios más desastrosos durante sus años de eterna soltería. A veces Charlie se preocupaba por él. Cualquier día le pegaría un tiro el ex novio de una de sus chifladas—. Espero que no te hayas metido en otro lío, ¿eh? —Charlie parecía preocupado, y Gray se echó a reír, como arrepentido.

—No, qué va, pero vaya fama que tengo, ¿no? Supongo que la tengo merecida. Sí, he salido con unas cuantas majaras. —Suspiró, volvió a mover la cabeza y decidió que tenía que capear el temporal—. Pero esta vez no. Y sí, estoy saliendo con alguien, pero es completamente distinta —añadió con orgullo.

—¿Quién es? ¿La conozco? —Charlie sentía una enorme curiosidad por saber quién era la mujer del momento; pero, fuera quien fuese, Gray parecía feliz, relajado, contento de la vida, incluso encantado. Daba la impresión de estar tomando tranquilizantes o algo parecido, pero Charlie sabía que no era así, a pesar de que estaba casi eufórico.

—Bueno, la has visto —contestó Gray, enigmático, intentando ganar tiempo al recordar las advertencias de Sylvia.

—Bueno, venga. ¿Vas a anunciarlo con redobles de tambor?

—La conociste en Portofino —le soltó al fin Gray, aún nervioso.

—¿Ah, sí? ¿Cuándo? —A Charlie de repente se le había quedado la mente en blanco. No recordaba a nadie que hubiera salido con Gray durante el viaje. El único que se había marcado unos tantos era Adam, en Saint Tropez, Córcega y Capri; pero, que él recordara, ni Gray ni él habían hecho nada.

—Sylvia Reynolds —contestó Gray con calma—. Del grupo de personas con el que estuvimos en Portofino y Cerdeña.

—¿Sylvia Reynolds, la galerista? —Charlie se quedó de piedra. Recordaba que a Gray le caía bien y que Adam le tomaba el pelo por eso y le decía que no era su tipo, que no estaba lo suficientemente loca o más bien que no estaba loca en absoluto. Charlie se acordaba muy bien de ella, y le caía bien, como a Gray, al parecer. Pero no podía creer que hubieran cometido ninguna locura—. ¿Y cuándo pasó eso? —preguntó, atónito. Durante el viaje había sospechado que se caían bien, pero no hasta el extremo de volver a verse más adelante.

—Pues cuando volví. Llevamos viéndonos casi un mes. Es una mujer maravillosa. Me presentó a los de la Wechsler-Hinkley, y a los de otras dos galerías en cuanto vio mi obra. Y sin más, ya había firmado. Ella no pierde el tiempo —dijo Gray con admiración, sonriendo a su amigo.

—Pues la verdad es que pareces muy contento —comentó

Charlie, intentando adaptarse a la nueva situación, porque Gray jamás había hablado de ninguna mujer en esos términos—. Lo siento, pero estoy de acuerdo con Adam. No pensaba que fuera tu tipo.

—Y no lo es —replicó Gray, como arrepentido otra vez—. Supongo que eso es bueno. No estoy acostumbrado a una mujer capaz de valerse por sí misma y que no me necesite para nada más que pasar un buen rato y un revolcón.

—¿Es solo eso? —preguntó Charlie con expresión de curiosidad. Tendría mucho que contarle a Adam cuando lo viera la noche siguiente.

—Pues no. Francamente, es mucho más que eso. Paso todas las noches con ella.

Charlie se quedó pasmado.

—¿Llevas un mes viéndola y ya vives en su casa? ¿No te parece que vas un poco deprisa?

Charlie pensó que Gray había intercambiado los papeles con los pobres pajaritos de alas rotas.

—No vivo en su casa —contestó Gray tranquilamente—. Lo que he dicho es que me quedo a dormir allí.

—¿Todas las noches? —insistió Charlie, y Gray volvió a sentirse como un colegial travieso—. ¿No crees que las cosas van demasiado deprisa? No irás a dejar tu estudio, ¿no?

—Claro que no. Lo estoy pasando bien con una mujer maravillosa, nada más. Es una mujer increíble, inteligente, competente, normal, decente, divertida, cariñosa... No sé dónde se había metido durante todos estos años, pero lo cierto es que en las últimas tres semanas y media mi vida ha cambiado por completo.

—¿Y eso es lo que quieres? —preguntó Charlie muy serio—. Me da la impresión de que estás metido en esto hasta el cuello, y eso puede ser peligroso. A lo mejor ella empieza a hacerse ilusiones.

—¿Qué quieres decir? ¿Que espera venir a vivir a la mierda de casa que tengo? ¿O llevarse mis maletas, que tienen más de treinta años? Sylvia tiene unos libros de arte increíbles, mucho mejores que los míos. Claro, podría robar mis cuadros. Mi sofá está hecho polvo, y el suyo me parece estupendo. Mis plantas se secaron mientras estaba en Europa, y por no tener, no tengo ni una toalla decente. Tengo dos sartenes, seis tenedores y cuatro platos. No sé qué crees que podría sacarme, pero sea lo que sea, yo se lo daría con sumo gusto. Las relaciones pueden resultar difíciles, pero puedes creerme, Charlie: Sylvia es la primera mujer con la que salgo que no me parece peligrosa. Las demás sí lo eran, sin duda.

—No quiero decir que vaya detrás de tu dinero, pero sé cómo se ponen las mujeres. Se hacen muchas ilusiones e interpretan las cosas de una manera distinta. Las invitas a cenar y acto seguido ya están probándose un vestido de boda e inscribiéndose en Tiffany. No quiero ver cómo te arrastran a una cosa así.

—Charlie, te aseguro que nadie me está arrastrando a ninguna parte. No sé adónde llegará esto, pero si me he subido a ese tren, voy muy a gusto.

—¡Por Dios! ¿Vas a casarte con ella? —Charlie se quedó mirándolo con los ojos abiertos de par en par.

—No lo sé —contestó Gray con franqueza—. Llevo años sin pensar en el matrimonio. Creo que ella no quiere casarse. Ya ha estado casada, y me da la impresión de que no fue una buena experiencia. Su marido se largó con una chica de diecinueve años, tras veinte de matrimonio. Tiene hijos, y dice que es demasiado mayor para tener más. Su galería funciona a las mil maravillas, y tiene mucho más dinero de lo que yo tendré jamás. No me necesita para eso. Y yo no tengo el menor interés en aprovecharme de ella. Los dos podemos mantenernos por nuestra cuenta, aunque ella mucho mejor que yo. Tiene un loft increíble en el SoHo, y le encanta su trabajo. Desde que se divorció solo ha habido otro hombre en su vida, y se suicidó hace tres años. Desde entonces yo soy el primer hombre con el que mantiene una relación. Creo que ninguno de los dos quiere más de lo que tenemos ahora. ¿Que si me casaría con ella un día de estos? A lo mejor. Si ella estuviera dispuesta, cosa que dudo, yo estaría chiflado si no lo intentara. Pero de momento, la decisión más importante que tenemos que tomar es dónde cenar o quién prepara el desayuno. Y no conozco a sus hijos —concluyó tranquilamente Gray.

Charlie seguía mirándolo, sin dar crédito a sus oídos. No veía a Gray desde hacía poco más de tres semanas, y su amigo no solo estaba viviendo con una mujer sino que contemplaba la posibilidad de casarse con ella. Tenía una expresión como si acabaran de pegarle un tiro, y, al mirarlo, Gray comprendió que Sylvia podía tener razón. Saltaba a la vista que a Charlie no le gustaba el giro que había tomado su vida.

—Pero si ni siquiera te gustan los niños, los hijos de nadie y de ninguna edad. ¿Por qué crees que los de Sylvia van a ser diferentes? —le recordó Charlie.

—A lo mejor no lo son. A lo mejor eso es lo que rompe el trato. O a lo mejor ella se cansa de mí antes. Viven a cinco mil kilómetros de aquí y ya son adultos. Y a esa distancia, a lo mejor puedo soportar a sus hijos. Lo mínimo que puedo hacer es intentarlo. Es posible que funcione, o no. Lo único que sé es que de momento funciona, y que lo pasamos muy bien juntos. A partir de ahí, Dios sabe. Podría estar muerto la próxima semana, pero mientras tanto estoy pasándolo divinamente, como no lo había pasado en toda mi vida.

—Espero que no —replicó Charlie, sombrío, refiriéndose a que Gray estuviera muerto dentro de una semana—. Pero es posible que desees estar muerto si Sylvia resulta ser de otra forma y tú ya has caído en la trampa.

Hablaba con tono ominoso, y Gray le sonrió. Charlie estaba asustado, y Gray no sabía si por él o por sí mismo. En cualquier caso, no había motivo alguno. Se sentía cualquier cosa menos atrapado. De momento era un esclavo del amor más que voluntario en el elegante loft de Sylvia.

—No he caído en ninguna trampa —dijo con suavidad—. Ni siquiera vivo en su casa. Me quedo en su casa. Estamos probando, y si no funciona, vuelvo a mi estudio y se acabó.

—Nunca funciona así —sentenció Charlie—. Algunas mujeres se cuelgan de ti, te acusan, te hacen reproches, se ponen histéricas, llaman a un abogado. Se empeñan en que has hecho promesas que no has hecho. Te aferran entre sus garras, y sin darte cuenta, piensan que les perteneces.

Charlie parecía realmente aterrorizado por Gray. En el transcurso de los años había visto a muchos hombres en esas circunstancias y no quería que le pasara lo mismo a su amigo. Sabía lo inocente que podía llegar a ser.

—Te aseguro que ni Sylvia ni yo tenemos ese sentimiento de propiedad. Somos demasiado mayores para eso. Y ella está mucho más cuerda de lo que crees. Si se alejó del hombre con el que llevaba casada veinte años sin mirar atrás, no se va a colgar de mi cuello como un albatros ni me va a clavar las garras. Si alguien se marcha, lo más probable es que sea ella quien lo haga primero.

—¿Tiene fobia al compromiso? Porque, en ese caso, podría hacerte mucho daño.

—¿Acaso no me han hecho daño ya? Vamos, Charlie, sé un poco serio. Así es la vida. Nos hacen daño todos los días, incluso cuando personas que apenas conocemos no contestan a nuestras llamadas. Probablemente me han dejado más mujeres que a ningún otro tío de Nueva York, y he sobrevivido. Y si vuelve a pasar, volveré a sobrevivir. Sí, probablemente tiene fobia al compromiso, como yo. Por Dios, si ni siquiera quiero conocer a sus hijos. Tengo pánico a que me hagan daño o a encariñarme demasiado, pero es la primera vez que pienso que algo es tan bueno que merece la pena un poco de dolor, o incluso un gran riesgo. Nadie ha hecho promesas, nadie ha hablado de matrimonio. De momento, lo único que nos planteamos es dónde queremos cenar cada noche. De momento los dos estamos a salvo.

—En cuanto te metes en una relación dejas de estar a salvo —dijo Charlie, frunciendo la frente con preocupación—. Es que no quiero que te hagan daño.

Pero en realidad se le había escapado lo que pensaba sobre

las relaciones. No era solo por el defecto imperdonable de las jóvenes con las que salía, sino por el dolor que intentaba evitar desde la muerte de toda su familia. Lo aterrorizaba correr riesgos, mientras que a Gray ya no. Para él suponía un hito muy importante en su vida, y este hecho suponía una terrible amenaza para Charlie, como si hubiera saltado una alarma. Había desertado uno de los miembros del Ejército de los Solteros.

Gray vio en los ojos de Charlie lo que Sylvia temía: no solo desconfianza y rechazo, sino auténtico pánico. Era más lista de lo que Gray pensaba, al menos con la gente, y había calado a Charlie. Quizá también a Adam. Lo que no le gustaba a Gray era que la reacción de Charlie ante la situación con Sylvia lo hacía sentirse no solo desleal hacia él, sino un perfecto imbécil por sentir lo que sentía. Le resultaba muy desagradable, y mientras Charlie firmaba la cuenta le dio la impresión de que su amistad se empañaba. Desde su punto de vista, el almuerzo no había sido precisamente relajado.

—A Sylvia y a mí nos gustaría que vinieras a cenar un día al loft.

Charlie dejó la pluma y se quedó mirándolo.

—¿Te das cuenta de lo que pareces? —dijo Charlie con mirada sombría, y Gray negó con la cabeza. No estaba seguro de querer saberlo—. Pues un hombre casado, por todos los santos. Y no te olvides de que no estás casado.

—¿Y eso es lo peor que me podría pasar? —le espetó Gray. Le había decepcionado la reacción de Charlie, terriblemente. No quería que Sylvia tuviera razón, pero la tenía. Toda la razón del mundo—. No sé por qué, pero creo que sería peor un cáncer de colon.

—A veces no hay mucha diferencia —replicó cínicamente Charlie—. Comprometerte hasta ese extremo puede ser muy engañoso. Tienes que renunciar a quien eres y transformarte en alguien que ningún hombre en su sano juicio querría ser.

Lo dijo con absoluta convicción, y Gray lo miró, suspirando. ¿En quiénes se habían convertido durante todos aquellos años? ¿Qué precio habían pagado por la libertad a la que tan desesperadamente se aferraban? Quizá un precio demasiado elevado. Al final, tras toda una vida defendiendo su independencia, iban a acabar todos solos. Y, desde que Gray conocía a Sylvia, había empezado a pensar que aquel objetivo no merecía tanto la pena. Se lo había dicho a Sylvia hacía unos días. Al fin había comprendido que un día, cuando llegara el momento, no quería morir solo. Un día dejarían de rondar a las mujeres chifladas, necesitadas, las debutantes y las jovencitas tontas, incluso desaparecerían. Se quedarían en casa, con otros. El paraíso de la libertad no tenía tan buena pinta como hasta entonces.

—¿De verdad quieres pasar la vejez conmigo? —le preguntó a Charlie, mirándolo a los ojos—. ¿Es eso lo que quieres? ¿O preferirías unas piernas más bonitas que las mías al otro lado de la mesa cuando viajes por esos mundos en el *Blue Moon*? Porque si no te paras a pensarlo un día de estos, acabarás conmigo. Te quiero mucho, eres mi mejor amigo, pero cuando sea viejo y esté enfermo, cansado y solo, aunque me encantaría ver tu vieja cara al otro lado de la mesa, podría ser que prefiriese arrastrarme hasta la cama con una persona que me cogiera de la mano. Y, a menos que quieras acabar con Adam o conmigo, quizá deberías empezar a pensar en esto.

—¿Se puede saber qué te pasa? ¿Qué te da esa mujer? ¿Éxtasis? ¿A qué viene preocuparse ahora por la vejez? Tienes cincuenta años. No tienes que preocuparte de eso hasta dentro de treinta, y sabe Dios qué nos pasará hasta entonces.

—Quizá esa sea la cuestión. Tengo cincuenta años. Tú cuarenta y seis. Quizá vaya siendo hora de que crezcamos. Adam puede seguir como está. Es mucho más joven que nosotros. Yo no sé si quiero seguir viviendo así. ¿A cuántas mujeres más puedo salvar? ¿Cuántas órdenes de alejamiento más puedo ayudarles a conseguir? ¿Cuántas operaciones de tetas más quiere pagar Adam? ¿Y en cuántas debutantes más quieres tú encontrar defectos? Si no te convienen, al diablo con ellas, pero quizá vaya siendo hora de que encuentres a alguien que sí te convenga.

—Así habla un auténtico traidor —replicó Charlie brindando con lo que le quedaba de vino. Vació la copa y la dejó sobre la mesa—. No sé tú, pero yo encuentro esta conversación de lo más deprimente. Es posible que tú ya notes el tiempo pisándote los talones, cosa que me parece ridícula, si quieres mi opinión. Pero a mí no me pasa lo mismo, y no estoy dispuesto a meterme en una relación de mierda con ninguna mujer por miedo a morir solo. Preferiría matarme esta misma noche. No pienso sentar la cabeza, ni siquiera planteármelo, hasta que encuentre a la persona adecuada.

—Nunca la encontrarás —dijo Gray con tristeza. También a él lo había deprimido la conversación. Esperaba que Charlie compartiera su alegría; por el contrario, estaba actuando como si él hubiera traicionado la causa. Y así era a ojos de Charlie.

—¿Por qué dices eso? —le preguntó Charlie, molesto.

—Porque no quieres. Y, mientras no quieras, ninguna mujer dará la talla. Tú no lo consentirás. No quieres encontrar a la mujer adecuada. Yo tampoco quería. Y de repente Sylvia entró en mi vida y todo cambió.

—Me parece a mí que lo que ha cambiado es tu cabeza. Quizá deberías tomar antidepresivos y analizar la relación desde otro punto de vista.

—Sylvia es el mejor antidepresivo que conozco. Es un auténtico torbellino, y es una alegría estar con ella.

—En ese caso me alegro por ti y espero que dure, pero hasta que lo averigües no intentes convertirnos a los demás, hasta que sepas si la teoría funciona. Yo no estoy muy convencido.

—Ya te informaré —repuso Gray con calma mientras se levantaban.

Salió del Club Náutico detrás de Charlie, y se quedaron mirándose unos momentos en la acera. Ambos lo habían pasado mal durante la comida, y Gray además estaba decepcionado. Esperaba más de su amigo: apoyo, alegría, entusiasmo, todo menos el cinismo y los ásperos comentarios que habían intercambiado.

—Cuídate —dijo Charlie, dándole una palmadita en el hombro a Gray al tiempo que hacía una señal con la otra mano para parar un taxi. Estaba deseando marcharse—. Ya te llamaré. ¡Ah, y enhorabuena por lo de la galería! —gritó mientras subía al taxi.

Gray se quedó mirándolo en la calle, lo saludó con la mano y se alejó de allí con la cabeza gacha. Había decidido volver a su estudio andando. Necesitaba tomar el aire, y tiempo para pensar. Nunca había visto a Charlie tan cínico y categórico, y sabía que estaba juzgando correctamente la situación de su amigo. Charlie no quería encontrar a «la mujer adecuada», pero hasta entonces no lo había considerado desde ese punto de vista. Ahora lo veía con toda claridad. Y, al contrario de lo que creía Charlie, Sylvia no le había hecho un lavado de cerebro; le había abierto los ojos y había llenado su vida de luz. A su lado había llegado a comprender lo que siempre había deseado pero no se había atrevido a buscar. Sylvia le infundía la valentía necesaria para ser el hombre que siempre había querido ser pero siempre había temido ser. Charlie aún tenía miedo, como desde hacía tiempo, desde la muerte de Ellen y sus padres. A pesar de la terapia a la que se sometía, y Gray sabía hasta qué punto había llegado esa terapia, Charlie seguía aterrorizado, huyendo, y quizá seguiría así para siempre. A Gray le entristecía que eso fuera a ocurrir. Le parecía una verdadera lástima. Conocía a Sylvia desde hacía solo seis semanas, pero ahora que empezaba a conocerla de verdad y a abrirle su corazón, le había cambiado la vida por completo. Lo había herido en lo más vivo que, en lugar de alegrarse, Charlie lo hubiera tachado de traidor. Lo había percibido como un golpe físico, y aquellas palabras aún resonaban en su cabeza cuando sonó el móvil.

—Hola. ¿Qué tal te ha ido? —Era Sylvia, muy animada, desde su despacho. Había llegado a la conclusión de que Gray conocía a Charlie mejor que ella y que probablemente se había equivocado al juzgar su reacción ante el romance que estaban viviendo. Se dijo que Gray tenía razón y que ella se había vuelto paranoica—. ¿Se lo has contado? ¿Qué ha dicho?

—Ha sido espantoso —reconoció Gray con franqueza—. Una mierda. Me ha llamado traidor, entre otras cosas. El pobre desgraciado se muere de miedo ante la idea de un compromiso o una relación. Nunca lo había visto tan claro. Me da rabia tener que reconocerlo, pero tú tenías razón. Ha sido una comida de lo más deprimente.

—Vaya. Lo siento. Me habías llegado a convencer de que estaba equivocada.

—Pues no.

Gray estaba aprendiendo que Sylvia raramente se equivocaba. Tenía buen ojo para la gente y sus reacciones, y aguantaba extraordinariamente bien sus manías.

—Cuánto lo siento. Debes de haberte llevado un buen disgusto. Gray, no eres un traidor. Yo sé que quieres a tus amigos. No hay razón alguna para que no sigan formando parte de tu vida mientras mantienes una relación con alguien.

Sylvia no intentaba apartar a Gray de sus amigos, pero estaba casi convencida de que Charlie sí, si Gray se lo consentía.

—Eso si me dejan seguir participando. He sido muy inocente al decir lo que he dicho.

—¿Sobre nosotros?

—Y también sobre él. Le he dicho que está desperdiciando su vida y que se va a morir solo.

—Es posible que tengas razón —dijo Sylvia con dulzura—, pero tiene que descubrirlo él mismo. A lo mejor eso es lo que quiere, y está en su perfecto derecho. Por lo que me has contado, ha sufrido terribles abandonos desde que murió su familia, y eso es muy difícil de superar. Todos sus seres queridos de cuando era niño han muerto. Es difícil convencer a alguien que ha pasado por eso de que la siguiente persona a la que vaya a querer no lo va a abandonar ni se va a morir. Así que él se adelanta.

—Es más o menos lo que le he dicho yo.

Los dos sabían que era la verdad, y también Charlie, si hubiera podido librarse de sus defensas.

—Supongo que no le haría mucha gracia.

—No, me parece que no —dijo Gray con tristeza—. Pero tampoco me ha gustado a mí lo que ha dicho sobre nosotros.

—Bueno, esperemos que lo supere. Si quiere, lo invitamos a cenar un día de estos. Deja que se tranquilice. Ha sido demasiado de golpe, y demasiada sinceridad.

—Sí, eso supongo. Lo nuestro le ha impresionado mucho. La última vez que nos vimos en el barco, yo gozaba de buena posición en el Club de Chicos, y en cuanto volvió la espalda deserté. Bueno, así lo ve él.

—¿Y cómo lo ves tú? —preguntó Sylvia con preocupación.

—Pues que soy el hombre más afortunado del mundo. También le he dicho eso, pero me temo que no lo cree. Piensa que me estás atiborrando a drogas. —Se echó a reír—. Bueno, si es así, no me desintoxiques de momento. Me encanta. —Parecía más contento.

—A mí también. —Sonrió pensando en él, y Gray se dio cuenta por su tono de voz. Sylvia tenía un cliente esperando, y le dijo a Gray que lo vería en el apartamento cuando acabara el trabajo—. Intenta no preocuparte demasiado —insistió—. Charlie te quiere, y ya se tranquilizará.

Gray no lo tenía tan claro. Mientras se dirigía a su casa fue pensándolo. Aquella comida había supuesto un duro golpe no solo para Charlie; también para él. «Así habla un auténtico traidor...» Esa frase seguía resonando en sus oídos, una calle tras otra.

Charlie fue pensando en lo que había dicho Gray todo el camino hacia el norte de la ciudad. Tuvo tiempo de sobra para pensar hasta su cita en el centro de acogida infantil que acababan de fundar, en el corazón mismo de Harlem. Aún no daba crédito a las palabras que había pronunciado Gray, y muchas de ellas habían dado en el blanco más de lo que estaba dispuesto a reconocer. Últimamente tenía las mismas preocupaciones y las mismas dudas que Gray ante la posibilidad de morir solo, pero no era capaz de hablar sobre esos temores con nadie, salvo con su terapeuta. Adam era demasiado joven para eso, pero Gray no. A sus cuarenta y un años, Adam aún estaba cimentando su carrera y apostando fuerte. Charlie y Gray ya habían llegado a la cúspide e iban cuesta abajo. Charlie ya no se sentía tan seguro de querer descender él solo. Al final, quizá no tuviera otra opción. Envidiaba a Gray más de lo que quería reconocer, por haber encontrado a una mujer dispuesta a acompañarlo en la etapa final del viaje, pero ¿y si no duraba? Probablemente no. Nada dura para siempre.

En eso iba pensando con expresión afligida, recordando la conversación para contársela a su terapeuta, cuando el taxi se detuvo en la dirección que había dado.

—¿Seguro que es aquí? —preguntó el taxista, preocupado. Charlie iba vestido como para la Quinta Avenida, no para el corazón de Harlem. Llevaba corbata de Hermès, reloj de oro y un traje carísimo, pero no le gustaba ir al Club Náutico hecho un asco.

—Sí, no se preocupe —contestó. Sonrió al taxista y le dio una buena propina.

—¿Quiere que lo espere? ¿O que vuelva? —No le gustaba la idea de dejarlo allí.

—Muchas gracias, no hace falta.

Volvió a sonreír e intentó quitarse de la cabeza la conversación con Gray mientras miraba el edificio. Necesitaba reparaciones con urgencia. El millón de dólares de la fundación podía servir de mucho, o eso esperaba.

Muy a su pesar siguió pensando en Gray mientras se dirigía a la puerta. Lo peor era que tenía la sensación de estar perdiéndolo en manos de Sylvia. No soportaba tener que reconocer que sentía celos de ella, pero en el fondo lo sabía. No quería perder a su mejor amigo y que quedara en manos de una mujer que era como un torbellino arrollador, como Gray la había definido —el torbellino, no lo de arrollador—, simplemente porque tuviera contactos para encontrarle una galería. Saltaba a la vista que le estaba dorando la píldora y que algo quería de él. Y si era lo bastante manipuladora, aunque Charlie esperaba que no fuera así, podía reventar su amistad, hacer que Charlie desapareciera para siempre. Lo que más temía era perder a su amigo. Muerte por matrimonio, o cohabitación, o por pasar las noches en su casa, o lo que demonios hubiera dicho Gray. No se fiaba de Sylvia. Gray ya daba la impresión de estar poseído. Ella le estaba lavando el cerebro, y lo peor era que algunas cosas que le había dicho Gray tenían sentido, incluso demasiado, sobre todo lo referente a él. Eso tenía que haber salido de ella. Gray jamás le habría hablado en esos términos por sí mismo. Jamás. Ella lo había puesto patas arriba, y a Charlie no le gustaba un pelo.

Se quedó un buen rato ante la puerta del centro infantil después de haber llamado al timbre. Al fin fue a abrir un joven con barba, vaqueros y camiseta. Era afroamericano, con una amplia sonrisa blanca y aterciopelados ojos de color chocolate.

Hablaba en el tono cantarín del Caribe.

—Hola. ¿Qué desea?

Miró a Charlie como si fuera un marciano. Al centro nunca llegaba nadie vestido así. El joven consiguió disimular su regocijo y lo invitó a entrar.

—Tengo una cita con Carole Parker —le explicó Charlie.

Era la directora del centro. Charlie solo sabía de ella que era trabajadora social y que tenía excelentes referencias. Había estudiado en Princeton, se había licenciado por Columbia y estaba haciendo el doctorado. Su especialidad y campo de trabajo eran los niños maltratados.

El centro era una casa de acogida para niños maltratados y sus madres; pero, a diferencia de otras fundaciones, giraba en torno a los niños más que a las madres. Allí no se podían quedar mujeres maltratadas sin hijos ni mujeres cuyos hijos no hubieran sufrido malos tratos. Charlie sabía que estaban realizando un estudio, conjuntamente con la Universidad de Nueva York, para la prevención del maltrato infantil en lugar de limitarse a aplicar un bálsamo a las consecuencias. Había diez personas que trabajaban a tiempo completo, seis a tiempo parcial, casi siempre en el turno de noche y en su mayoría titulados universitarios, dos psiquiatras que colaboraban estrechamente con ellas y multitud de voluntarios, muchos de ellos adolescentes de zonas deprimidas que habían sufrido abusos. Era un nuevo concepto para que los supervivientes de abusos ayudaran a quienes aún los soportaban. A Charlie le gustaba todo lo que había leído al respecto. Parker había abierto el centro hacía tres años, cuando había obtenido la licenciatura. Tenía pensado ser psicóloga y especializarse en problemas urbanos y niños de las zonas deprimidas. Había iniciado el programa con muy poco dinero tras haber recaudado por su cuenta más de un millón de dólares para comprar la casa y ponerla en funcionamiento, y la fundación de Charlie había hecho una donación de la misma cantidad. Por lo que había leído sobre ella, era una joven impresionante, y además de eso solo sabía que tenía treinta y cuatro años. No tenía ni idea de qué aspecto tenía y solo había hablado con ella por teléfono. Entonces le pareció profesional, pero también amable y cálida. Lo había invitado a ir a ver el centro y le había prometido enseñárselo ella misma. Todo lo escrito sobre el papel cuadraba de momento, incluyendo a la directora. Era joven, pero al parecer muy competente. Las referencias que había enviado al consejo directivo de la fundación eran extraordinarias, algunas de ellas de las personalidades más importantes de Nueva York. Aparte de su formación y su profesionalidad, tenía contactos muy importantes. Hasta el propio alcalde daba buenas referencias de ella. Conocía a muchas personas, a quienes había impresionado favorablemente mientras iba organizando el centro.

El joven llevó a Charlie hasta una pequeña sala de espera destartalada y le ofreció una taza de café, pero Charlie declinó la invitación. Ya había bebido bastante con Gray durante la comida, y aún lo tenía casi todo atragantado, pero mientras esperaba a la directora se obligó a sí mismo a quitárselo de la cabeza.

Miró a la gente que pasaba por delante de la puerta de la sala de espera, que había quedado abierta. Eran mujeres, niños, adolescentes con camisetas que los identificaban como voluntarios. En el patio estaban jugando al baloncesto, y se fijó en un cartel en el que se invitaba a las mujeres del barrio a asistir a una reunión dos veces a la semana para hablar sobre la prevención de los malos tratos a los niños. No sabía qué incidencia habría tenido en la comunidad hasta entonces, pero al menos en el centro estaban haciendo lo que decían que iban a hacer. Mientras observaba a los niños lanzar el balón por el aro se abrió una puerta y entró una mujer alta y rubia que se quedó mirando a Charlie. Llevaba vaqueros, zapatillas de deporte y la camiseta del centro. Al levantarse para estrecharle la mano, Charlie se dio cuenta de que era casi tan alta como él. Era escultural, de más de metro ochenta y rostro aristocrático. Parecía más una modelo que una trabajadora social. Sonrió al saludarlo, pero con una actitud formal y un tanto distante. Necesitaban el dinero que les había dado la fundación, pero iba contra sus principios arrastrarse ante nadie, aun sabiendo que eso podría servir de ayuda. No le gustaba estar a las órdenes de nadie, y no sabía qué esperaba Charlie de ella. Parecía un poco desconfiada y a la defensiva cuando lo invitó a entrar en su despacho.

Había carteles y calendarios, notas, anuncios y advertencias al personal por todas partes, números de teléfono para ayuda a suicidas, para intoxicaciones, un diagrama que mostraba cómo hacer la maniobra de Heimlich para evitar asfixias. Había una estantería repleta de libros de consulta, y al menos la mitad estaban en el suelo. Tenía la mesa atestada, la bandeja de asuntos pendientes llena a rebosar, y fotografías enmarcadas de los niños que habían pasado por el centro en un momento dado. Desde luego, en aquel despacho se trabajaba. Charlie sabía que Parker dirigía personalmente todos los grupos comunitarios e infantiles. El único que no dirigía era el de madres maltratadas. Había una mujer de la comunidad que había recibido formación adecuada y se dedicaba a eso. Carole Parker se encargaba prácticamente de todo lo demás, salvo fregar el suelo y cocinar. En su currículum decía que estaba dispuesta a hacerlo en cualquier momento, y lo había hecho. Era una de esas mujeres sobre las que resultaba interesante leer cosas, pero que podía intimidar. Charlie aún no había llegado a ninguna conclusión al respecto. Impresionaba, desde luego, pero cuando se sentó le sonrió con expresión cálida. Tenía ojos azules grandes y penetrantes, como los de una muñeca.

—Así que ha venido a comprobar qué tal vamos, señor Harrington.

Pero tenía que reconocer que por un millón de dólares tenía derecho a hacerlo. La fundación les había dado exactamente 975.000 dólares, la cantidad que ella había pedido. No había tenido valor para pedir un millón entero. Les había pedido que igualaran la cantidad reunida por ella durante los últimos tres años. Se quedó pasmada cuando la fundación le notificó que su solicitud había sido aprobada. Se había dirigido al menos a otras seis fundaciones al mismo tiempo, y todas habían rechazado su solicitud, diciendo que querían comprobar la marcha del centro durante un año antes de hacer donaciones al proyecto. Así que estaba agradecida a Charlie, pero siempre se sentía como un mono de feria cuando la gente que daba dinero iba a echar un vistazo. Su tarea consistía en salvar vidas y recomponer niños perjudicados. Eso era lo único que le interesaba. Recaudar fondos era un mal necesario, pero no le hacía ninguna gracia. Detestaba tener que conquistar a la gente para sacarles dinero. A ella siempre le había resultado suficientemente convincente la acuciante necesidad de las personas a cuyo servicio estaba. Detestaba tener que convencer a otros que llevaban una vida fácil. ¿Qué podían ellos saber de una niña de cinco años a quien le habían echado lejía en los ojos y habían dejado ciega para toda la vida o de un chico a quien su madre le había puesto la plancha caliente en la cara o de la niña de doce años a quien su padre violaba constantemente y le apagaba cigarrillos en el pecho? ¿Qué hacía falta para convencer a la gente de que esos niños necesitaban ayuda?

Charlie no sabía qué iba a decirle Carole Parker, pero vio la pasión en sus ojos y cierta censura cuando miró de pasada su traje bien cortado, la corbata cara y el reloj de oro. La cantidad que había gastado en todo aquello podría haberse utilizado con más provecho. Charlie le leyó el pensamiento y se sintió como un imbécil por haber ido allí de tal guisa.

—Siento no haber venido vestido para la ocasión, pero es que tenía un almuerzo de trabajo en el centro.

No era verdad, pero no podía ir al Club Náutico vestido como ella, en vaqueros, camiseta y zapatillas de deporte. Mientras se lo explicaba se quitó la chaqueta, se desabotonó los puños y se subió las mangas de la camisa, se quitó la corbata y se la guardó en un bolsillo. No mejoró mucho, pero al menos lo había intentado, y ella sonrió.

—Perdone —dijo Carole Parker—. Las relaciones públicas no son mi fuerte. No se me da bien ponerle la alfombra roja a los vips. Para empezar, no tenemos, y si la tuviéramos, yo no tendría tiempo de desenrollarla.

Tenía el pelo largo y lo llevaba recogido en una gruesa coleta que le colgaba por la espalda. Parecía casi una vikinga, allí sentada, con las largas piernas estiradas bajo la mesa. Parecía cualquier cosa menos una trabajadora social, pero eso decían sus credenciales. Y entonces Charlie recordó que había ido a Princeton, y esperando romper el hielo le dijo que él también.

—A mí me gustó más Columbia —replicó ella con naturalidad, sin importarle que hubieran estudiado en el mismo sitio—. Había más honradez. En Princeton hay demasiadas tonterías para mi gusto. Allí la gente no piensa más que en la historia de la institución. A mí me dio la impresión de que les interesaba mucho más el pasado que el futuro.

—No me lo había planteado —dijo Charlie con prudencia, pero impresionado por las palabras de Carole Parker. En cierto sentido, era tan seria e intimidatoria como se temía, pero en otros aspectos no—. ¿Pertenecía usted a algún club gastronómico? —preguntó, aún con la esperanza de marcarse un tanto ante ella o de descubrir algo en común.

—Sí —contestó Carole, avergonzada—. Estaba en el Cottage. —Hizo una pausa y le sonrió con complicidad. Conocía a aquella clase de hombres aristocráticos que tanto abundaban en Princeton—. Y usted en el Ivy.

En ese club no aceptaban a las mujeres cuando ella estaba allí. Entonces detestaba a los chicos que pertenecían al Ivy, pero ahora simplemente le parecía inmaduro y absurdo. Sonrió cuando Charlie asintió con la cabeza.

—No voy a decir una estupidez como «¿Cómo lo ha adivinado?» —Saltaba a la vista que conocía a los hombres de su clase, pero no sabía nada más de él—. ¿Hay alguna posibilidad de que me perdone?

—Sí —contestó ella riendo, y de repente pareció más joven. No llevaba maquillaje, de hecho nunca se molestaba en maquillarse en el centro infantil. Tenía demasiadas cosas que hacer para preocuparse de detalles y vanidades—. Por 975.000 dólares de su fundación puedo perdonarle prácticamente cualquier cosa, siempre que no maltrate a sus hijos.

—No tengo hijos. Así que al menos no soy culpable de eso.

Notaba que no le caía bien, e inmediatamente se tomó como un reto cambiar aquello. Al fin y al cabo, era una mujer muy guapa, por muchos títulos universitarios que tuviera. Y pocas mujeres se resistían a los encantos de Charlie cuando decidía sacarlos a relucir. Todavía no estaba seguro de que Carole Parker mereciera la pena el esfuerzo. En cierto sentido parecía una persona endurecida. Era políticamente correcta, hasta la médula, y notaba que él no. Carole se sorprendió de que no tuviera hijos y recordó vagamente haber oído que no estaba casado. Se preguntó si sería gay. Si Charlie hubiera sabido lo que pensaba, se habría hundido. A ella le daban igual sus preferencias sexuales. Lo único que quería era su dinero, para los niños del centro.

—¿Le gustaría dar una vuelta por el edificio? —le preguntó cortésmente, levantándose y mirándolo a los ojos.

Con zapatos de tacón debía de ser tan alta como él. Charlie

medía uno noventa y dos, y tenía los ojos del mismo color que ella, así como el pelo. Se quedó helado unos segundos al darse cuenta de lo mucho que se parecía a su hermana, e hizo un gran esfuerzo para olvidarlo. Era demasiado perturbador.

Carole no vio la expresión de Charlie cuando este salió del despacho detrás de ella, y durante la hora siguiente lo llevó por todas las habitaciones, todos los despachos, todos los pasillos. Le enseñó el jardín que habían hecho los niños en la azotea, y le presentó a muchos de ellos. Le presentó a Gabby y a su perro lazarillo, y le dijo que su fundación había adquirido el perro, al que estaban adiestrando. Gabby había puesto al gran labrador negro el nombre de Zorro. Charlie le dio unas palmaditas agachando la cabeza, para que Carole no viera las lágrimas en sus ojos. Las historias que Carole le contó cuando no estaban los niños eran desgarradoras. Escucharon unos minutos a un grupo en plena reunión y a Charlie le impresionó profundamente lo que oyó. Normalmente Carole dirigía el grupo, pero se había tomado la tarde libre para acompañar a Charlie, algo que casi siempre le parecía una pérdida de tiempo. Pensaba que era mejor dedicar todo su tiempo a los niños.

Le presentó a los voluntarios, que trabajaban a fondo en terapia ocupacional con los niños más pequeños y en un programa de lectura para quienes habían llegado al instituto sin saber leer ni escribir. Charlie recordó haber visto algo del programa en el folleto del centro, y también que Carole había ganado un premio nacional por los resultados obtenidos hasta entonces. Todos los niños en régimen externo salían alfabetizados del centro al cabo de un año, y se invitaba a los padres a que participaran en el programa de lectura para adultos. También ofrecían orientación y terapia para niños y adultos.

Carole lo llevó hasta el último rincón, le presentó a todo el mundo, incluyendo a su ayudante, Tygue, el joven que le había abierto la puerta. Carole le dijo que tenía un préstamo de Yale para el programa de doctorado. Había reunido a personas increíbles para que trabajaran con ella, a muchas de las cuales conocía de antes, mientras que a otras las había encontrado sobre la marcha. Le contó que Tygue y ella habían realizado el máster de trabajo social juntos. Después ella abrió el centro y él fue a Yale a continuar con sus estudios. Tygue había nacido en Jamaica, y a Charlie le encantaba oírlo hablar. Tras charlar con él, Carole lo acompañó a su despacho. Charlie parecía agotado.

—No sé qué decirle —dijo con expresión humilde—. Es un sitio extraordinario. Ha hecho un trabajo maravilloso. ¿Cómo ha organizado todo esto?

Estaba conmovido por lo que Carole había conseguido, y aunque al principio se hubiera puesto de mal genio y hubiera tenido una actitud despectiva con él por lo del club gastronómico, no cabía duda de que era un ser humano excepcional. Mucho más que él, pensó. A los treinta y cuatro años había creado un lugar que literalmente cambiaba de arriba abajo la vida de la gente y suponía una gran mejora para los seres humanos, jóvenes y viejos. Él estuvo tan pendiente de todas y cada una de las palabras de Carole durante la visita que se olvidó por completo de conquistarla. Por el contrario, ella lo dejó patidifuso, no por sus encantos ni su extraordinaria belleza, sino por su incansable trabajo y sus logros. El centro que había creado, por destartalado que estuviera aún, era asombroso.

—Ha sido mi sueño desde pequeña —dijo Carole con sencillez—. Empecé a ahorrar cada centavo que ganaba desde los quince años. Cuando era adolescente servía mesas, cortaba el césped, vendía revistas, daba clases de natación, hacía todo lo posible para que este lugar llegara a existir, y al final lo conseguí. Ahorré unos tres mil dólares, incluyendo el dinero que gané en la bolsa más adelante. Lo demás se lo saqué a la gente, hasta que reuní suficiente para dar una entrada por el edificio. Al principio nos llegaba el dinero por los pelos, pero ya no va a ser así, gracias a su fundación —añadió agradecida—. Siento no haber sido muy amable al principio. Detesto tener que justificar lo que hacemos. Sé que estamos realizando una gran labor, pero a veces la gente que viene aquí no lo ve, o no comprende el valor de lo que hacemos. Al ver el traje y el reloj —dijo avergonzada—, supuse que usted no lo entendería. Ha sido una estupidez. Me temo que tengo prejuicios contra las personas que han ido a Princeton, incluida yo. Somos unos privilegiados y no nos damos cuenta. Lo que veo aquí es la realidad. Lo demás no es real, o al menos no para mí.

Charlie asintió. No sabía qué decir ante una mujer que imponía tanto, que inspiraba tanto respeto. No se sentía intimidado ni acobardado, pero sí le inspiraba un gran respeto. De repente también se avergonzó del traje y el reloj, y lo señaló como excusándose.

—Le prometo que voy a tirarlo por la ventanilla cuando vaya hacia casa.

—No hace falta. —Carole se rió con franqueza—. Probablemente se lo quitará de la muñeca uno de nuestros vecinos. Le diré a Tygue que lo acompañe. Si no, no llegaría ni al bordillo de la acera.

—Soy más duro de lo que parezco —dijo Charlie, sonriéndole.

Carole tenía una actitud mucho más cálida. Al fin y al cabo, a pesar del club gastronómico al que había pertenecido, Charlie le había dado casi un millón de dólares, y ella le estaba agradecida. Pensó si no habría estado un poco dura con él al principio, y llegó a la conclusión de que sí. Detestaba a los tipos como él, que jamás habían visto el otro lado de la vida. Por otra parte, Charlie dirigía una fundación que financiaba varias causas importantes, de modo que no podía ser tan mala persona, por muy malcriado que estuviera. Le habrían dado ganas de vomitar si se hubiera enterado de que Charlie tenía un yate de setenta metros, pero él no se lo había dicho.

—Yo también soy más dura de lo que parezco —dijo con franqueza—, pero en este barrio hay que andarse con cuidado. Si vuelve, venga en camiseta y zapatillas de deporte.

Se había fijado en los carísimos zapatos John Lobb, que le habían hecho a medida a Charlie en Hermès.

—Por supuesto —prometió Charlie, y lo dijo en serio, aunque solo fuera para no enfadarla. Prefería sentir que ella lo aceptaba, como parecía en aquel momento. La expresión de sus ojos cuando había entrado era glacial. Ahora las cosas iban mejor, y le gustaba la idea de volver al centro. Así se lo dijo a Carole, que lo acompañó hasta la puerta con Tygue.

—Vuelva cuando quiera —le dijo ella con una cálida sonrisa. Y justo en ese momento Gabby bajó con gran seguridad la escalera con Zorro. Iba aferrada al arnés del perro, y reconoció la voz de Carole y de Tygue.

—¿Qué haces aquí? —preguntó Carole, sorprendida.

Los niños no solían bajar, salvo para comer y jugar en el jardín. Todos los despachos estaban en la planta baja, algo más que sensato, sobre todo si a los padres maltratadores les daba por ir a buscar a sus hijos o volver a agredirlos cuando ya estaban bajo la custodia de Carole por orden del juez, como en el caso de Gabby. Arriba estaban más seguros.

—He bajado a ver al señor de la voz tan bonita. Zorro quería decirle adiós.

En aquella ocasión Carole vio las lágrimas en los ojos de Charlie. Por suerte, Gabby no las vio, y Carole le puso una mano en el brazo a Charlie para animarlo. La niña era encantadora, y Charlie se deshizo cuando se aproximó a ellos con una amplia sonrisa.

—Adiós, Zorro —dijo Charlie; le dio unas palmaditas al perro y después acarició delicadamente el pelo de la niña. La miró, sonriendo, pero ella no pudo apreciar la sonrisa. Y nada de lo que Charlie pudiera hacer por ella cambiaría lo que le había pasado, ni el recuerdo ni los resultados. Lo único que había podido hacer era pagar de una forma indirecta por su perro lazarillo. No le parecía en absoluto suficiente, que es lo que normalmente sentía Carole por lo que ella misma hacía—. Cuídalo mucho, Gabby. Es un perro precioso.

—Lo sé —repuso la niña, con una sonrisa que no iba dirigida a nadie en concreto, y se agachó para darle un beso a Zorro en el hocico—. ¿Va a volver a vernos? Es usted muy simpático.

—Gracias, Gabby. Tú también eres simpática, y muy guapa. Te prometo que volveré.

Miró a Carole mientras pronunciaba estas palabras, y ella asintió con la cabeza. A pesar de los prejuicios que tenía contra él al principio, empezaba a caerle bien. Seguramente era un ser humano decente; lo malo era que estaba malcriado y tenía mucha suerte. Carole llevaba toda la vida evitando a los hombres como él, pero al menos Charlie se tomaba la molestia de ser un poco diferente, con una diferencia por valor de un millón de dólares. Y también se había tomado la molestia de ir a ver el centro. Y además, a Carole le gustó cómo hablaba a la niña. Era una lástima que no tuviera hijos.

Tygue ya le había encontrado un taxi a Charlie y entró para decirle que estaba esperando fuera.

—Póngase la armadura y esconda el reloj —dijo Carole burlonamente.

—Creo que me las puedo arreglar yo solo de aquí al taxi.

Volvió a sonreír a Carole y le dio las gracias por haberlo acompañado en la visita al centro. No solo le había alegrado el día, sino posiblemente el año entero. Volvió a despedirse de Gabby y antes de salir se dio la vuelta para mirarla a ella y el perro. Le estrechó la mano a Tygue y, con la chaqueta encima de los hombros y las mangas subidas, se metió en el taxi y le dio su dirección al taxista. Fue todo el camino en silencio, pensando en todo lo que había visto, con un nudo en la garganta cada vez que recordaba a Gabby y su perro.

Nada más entrar en su casa fue directamente al teléfono. Llamó a Gray al móvil. Aquella tarde se le habían aclarado un montón de cosas, lo que era importante y lo que no lo era.

Gray contestó el móvil al segundo timbrazo. Estaba con Sylvia, haciendo la cena, y le sorprendió que la llamada fuera de Charlie. Le había contado a Sylvia lo del almuerzo y lo disgustado que se sentía por la reacción de Charlie cuando le dijo que estaba con ella.

—Perdóname. He sido un auténtico gilipollas —dijo Charlie sin más preámbulos—. Ni yo mismo puedo creerlo, pero he de reconocer que estaba un poco celoso. —Gray se quedó con la boca abierta, mientras Sylvia lo observaba. No tenía ni idea de con quién estaba hablando ni de qué, pero Gray se había quedado mudo de asombro—. No quiero perderte, colega. Creo que me asusté, pensando que las cosas eran distintas, pero qué leches, si la quieres, supongo que también me puedo acostumbrar a ella.

Charlie estaba llorando otra vez al pronunciar aquellas palabras. Había sido un día muy emotivo, y lo último que quería era perder a un amigo como Gray. Se querían como hermanos.

—No vas a perderme —replicó Gray con voz entrecortada. No daba crédito a sus oídos. Era Charlie, el amigo de siempre. Al final iba a resultar que Sylvia se había equivocado.

—Ya lo sé —dijo Charlie, con su habitual tono de seguridad—. Lo he comprendido esta tarde. Y después me he enamorado.

—Déjate de gilipolleces —contestó Gray—. ¿De quién?

—De una niña ciega de seis años que va con un perro lazarillo que se llama Zorro. Es la criatura más mona que he visto en mi vida. Su madre le echó lejía en los ojos y no recuperará jamás la vista. Y al parecer nosotros pagamos el perro.

Los dos guardaron silencio unos momentos, mientras a Charlie le corrían las lágrimas por las mejillas. No podía quitarse de la cabeza a aquella niña, y sabía que jamás podría. Sabía que siempre que pensara en el centro de acogida recordaría a Gabby y a Zorro.

—Charlie Harrington, eres una buena persona —dijo Gray, embargado por la emoción. Llevaba toda la tarde pensando que iba a perder a su amigo. Charlie estaba tan enfadado, tan amargado, sobre todo cuando lo había llamado traidor... Pero parecía que al cabo de pocas horas lo había perdonado.

—Y tú también eres buena persona —repuso Charlie mirando a su alrededor, aquel apartamento que parecía más vacío que nunca. Y de repente pensó en Gray y Sylvia—. ¿Me invitáis a cenar un día de estos? Espero que Sylvia cocine mejor que tú. La última vez que cené algo que habías preparado tú por poco me muero. Por lo que más quieras, que no sea tu receta secreta del estofado.

—Pues mira por dónde, ahora mismo está en la cocina, y yo le estoy enseñando a hacerlo.

—Un consejo: tíralo por el váter, o tu historia de amor se acabará. A mí casi tuvieron que hacerme un lavado de estómago. Que os lleven algo de un chino.

—Ah, hombre de poca fe... Ya lo ha probado y le gusta.

—Pues está mintiendo. Fíate de mí. Es imposible que a nadie le guste tu estofado. O está loca o te quiere.

—Pues a lo mejor las dos cosas. Casi mejor así.

—Que conste que no lo digo por mí, sino por ti, pero al fin y al cabo, también por mí —reconoció Charlie—. Te mereces a alguien como es debido, y supongo que yo también, si es que llego a encontrarla. —Vaciló unos momentos y después añadió—: Hay mucha verdad en algunas de las cosas que me has dicho hoy. No sé lo que quiero, ni si lo quiero, ni a quién. Mi vida es mucho más sencilla así.

Sí, más sencilla, pero solitaria, y lo había notado recientemente, más que nunca en su vida, tras volver a Nueva York.

—Encontrarás a alguien, si quieres. Charlie, lo comprenderás cuando haya llegado el momento. Eso me pasó a mí. Un día, de repente, se mete en tu vida y te das cuenta.

—Eso espero.

Siguieron hablando unos minutos más y cuando Gray dijo que el estofado se estaba quemando colgaron. Charlie dijo que era una suerte.

Tras haber colgado el teléfono, Charlie se sumergió en el silencio de su apartamento, pensando en la visita al centro de acogida. Al principio le vinieron a la cabeza Gabby, Zorro... después Tygue, el estudiante de doctorado de Jamaica, y a continuación Carole Parker. Eran un grupo increíble. Y de repente se quedó mirando al vacío, pensando en cómo lo había mirado ella la primera vez. Carole había sentido asco solo con ver su traje y su reloj. Y, a pesar de todo eso, a Charlie le gustaba Carole. Le gustaba lo que había hecho, las cosas en las que creía, lo mucho que se había esforzado por llevarlas adelante. Carole era una mujer impresionante, extraordinariamente inteligente y valiente. Charlie no sabía ni cómo ni cuándo ni por qué, pero sí sabía que quería volver a verla. Quería saber mucho más de ella, y no solo a qué dedicaba el dinero que él había donado al centro, sino aprender sobre la vida. Y confiaba en que algún día, a pesar del traje y el reloj de oro, pudieran ser amigos.

9

Adam pasó a recoger a Charlie para ir al concierto en una limusina ridículamente larga. Iba a cantar una de sus clientes más importantes. La gira había sido un tormento para él, y los contratos que había tenido que negociar una auténtica pesadilla; pero, ahora que había llegado la gran noche, estaba muy animado. La estrella en cuestión era una de las artistas más famosas del país, incluso del mundo: Vana. Una única palabra, y una mujer también singular. La habían contratado para el Madison Square Garden, y allí acudirían todos los adolescentes gritones, junto con todos los fans, bichos raros y aficionados adultos al rock de Nueva York. Charlie no asistía con frecuencia a ese tipo de espectáculos, pero Adam lo había convencido de que sería divertido y de que tenía que ir.

En la reventa las entradas costaban hasta cuatro y cinco mil dólares. Mucha gente había hecho cola durante dos y tres días para adquirirlas en cuanto abrieran la taquilla. Era el concierto más esperado del año, y Adam le había aconsejado a Charlie que se pusiera pantalones vaqueros. No quería que se presentara de traje para que le dieran por saco. Bastantes preocupaciones tenía esa noche como para preocuparse por su amigo. Y, por supuesto, Adam no solo tenía pases para entrar detrás del escenario, sino asientos de primera fila. Era una noche que nadie olvidaría, y tenía la esperanza de que todo fuera como la seda. Sus tres móviles no pararon de sonar mientras se dirigían al Madison Square Garden. No tuvo tiempo de hablar con Charlie hasta la mitad del trayecto. Lo había saludado con un gesto y se había servido una copa mientras se detenían ante un semáforo en rojo.

—Por Dios, y que encima mi médico no entienda por qué tengo la tensión tan alta —dijo al fin, sonriendo a Charlie, que estaba muerto de risa por las tonterías que Adam les gritaba por teléfono a los que lo llamaban—. Este trabajo va a acabar conmigo. ¿Qué pasa con Gray? ¿Está bien? No me llama nunca.

Pero, con la locura de la llegada de Vana a la ciudad, lo cierto era que tampoco él había tenido tiempo de llamarlo. Dijo que estaba hasta las cejas con la mierda del concierto.

—Está bien —replicó lacónicamente Charlie, pero enseguida decidió contárselo—. Incluso está enamorado.

—Claro, seguro. ¿De dónde la ha sacado? ¿De rehabilitación o de algún asilo? —dijo Adam riendo mientras terminaba la copa, y Charlie sonrió.

—De Portofino —contestó Charlie con aires de suficiencia y cada vez más divertido. Adam no iba a creerlo, como le había pasado a él al principio, y aún estaba haciéndose a la idea.

—¿Portofino? ¿Qué?

Adam parecía sometido a una presión increíble y estaba distraído. Acababa de llamarlo uno de sus ayudantes para decirle que la peluquera de Vana no había aparecido con las pelucas y que a la cantante le había dado un ataque. Iban a enviar a alguien al hotel para que las recogiera, pero a lo mejor empezaban tarde. Justo lo que le faltaba. Los sindicatos pondrían el grito en el cielo si la actuación se retrasaba, aunque siempre pasaba lo mismo. Adam no era el productor, pero si Vana infringía el contrato se presentarían innumerables demandas. Él estaba allí para protegerla de sí misma, porque Vana tenía fama de abandonar airadamente los escenarios.

—Que Gray la conoció en Portofino —dijo Charlie con tranquilidad, y Adam lo miró sin comprender.

—¿Que conoció a quién en Portofino?

Parecía haberse quedado en blanco, y Charlie se echó a reír. Quizás no fuera el momento más adecuado para hablar sobre la vida amorosa de Gray, pero era un tema de conversación como otro cualquiera en medio de un atasco. Adam estaba que echaba chispas y quería ponerse en contacto con Vana antes de que hiciera algo ilegal, cometiera una locura o se largara.

—La mujer de la que Gray se ha enamorado —añadió Charlie—. Dice que se queda en su casa, no que viva en ella. O sea que se queda con ella. Supongo que no es lo mismo.

—Claro que no —contestó Adam, irritado—. Quedarse en su casa significa que está demasiado cansado para levantarse de la cama después de haber hecho el amor con ella, y seguramente debido a la pereza y la edad. Vivir con ella supondría un compromiso y sería una estupidez que lo aceptara. Puede sacar lo mismo de ella y encima tener una vida sexual mejor. En cuanto empiece a vivir con ella, se acabó. Tendrá que sacar la basura, ir a la tintorería a recoger sus cosas y cocinar.

—No sé lo de la basura ni lo de la tintorería, pero sí que cocina.

—Pues está loco. Si solo se queda en su casa, no tiene ni armario ni llave, ni puede contestar el teléfono. ¿Le ha dado una llave?

—Se me olvidó preguntárselo.

Charlie se moría de risa. Adam daba la impresión de estar al borde de un ataque de nervios mientras esperaban a que cambiara el semáforo, y hablar sobre Gray al menos le sirvió de distracción. A Charlie le fascinaron las normas que imponía Adam, una larga lista de cosas que se traducían en la situación en la que uno se encontraba. Charlie jamás había estado cualificado para ello, a pesar de que en una ocasión sí le habían dado la llave.

—¿Y quién leches es?

—Sylvia Reynolds, la galerista que conocimos en Portofino. Por lo visto Gray hizo más amistad con ella de lo que creíamos mientras tú andabas detrás de su sobrina.

—Por Dios, la chica esa de cara de ángel y cerebro de Einstein. A esa clase de chicas nunca te las llevas a la cama. Hablan tanto que te quedas calvo antes de poder meterles mano. Tenía unas piernas preciosas, si mal no recuerdo —dijo Adam con pesar. Siempre echaba en falta a las que se le escapaban, y las que no se le escapaban se le desdibujaban al día siguiente.

—¿La sobrina tenía unas piernas preciosas? —preguntó Charlie, intentando recordar. Solo se acordaba de la cara.

—No, Sylvia, la galerista. ¿Y qué demonios anda haciendo con Gray?

—Pues podría ser peor —contestó Charlie, leal a su amigo, y Adam tuvo que darle la razón—. Está loco por ella, y espero que ella esté tan loca por Gray como él cree. Me imagino que sí, si es capaz de comerse el estofado de Gray.

No le dijo a Adam lo mucho que se había disgustado cuando Gray se lo contó durante el almuerzo en el Club Náutico. Había sido un lapsus que aún seguía atormentándolo cuando recordaba la poca delicadeza que había mostrado. Daba la impresión de que Gray lo había superado, y al enterarse de que solo «se quedaba en casa de Sylvia» Adam no se preocupó. Tenía cosas más importantes en las que pensar, como que Vana no apareciera en el escenario si no le encontraban las pelucas. Dadas la importancia y la magnitud del concierto de aquella noche, las demandas que podían surgir lo tendrían ocupado durante los diez años siguientes.

—No va a durar —dijo Adam, refiriéndose a la nueva historia de amor de Gray—. Ella es demasiado normal. Gray se hartará dentro de una semana.

—Pues me parece que él no piensa lo mismo. Dice que esa mujer le gusta, y que no quiere morirse solo.

—¿Está enfermo?

Adam pareció preocuparse de verdad, y Charlie negó con la cabeza.

—No, supongo que simplemente está pensando en su vida. Cuando pinta lleva una vida muy solitaria. Sylvia lo ha metido en una galería estupenda, o sea que no creo que le vaya tan mal.

—Pues si está haciendo esas cosas por él, a lo mejor va más en serio de lo que creemos. Voy a tener que llamarlo. No vamos a dejar que se hunda por unas piernas bonitas.

Adam parecía realmente preocupado, y Charlie movió la cabeza.

—Me da la impresión de que ya está metido hasta el cuello, pero tenemos que ver cómo va la cosa —dijo Charlie juiciosamente mientras se acercaban al Madison Square Garden en la enorme limusina negra.

Había tanta gente que tardaron casi veinte minutos en entrar, y encima con la ayuda de la policía. Dos agentes de paisano los acompañaron hasta sus asientos.

En cuanto encontraron sus butacas, Adam desapareció para ver cómo iban las cosas entre bastidores. Charlie le dijo que no se preocupara por él y se quedó contemplando a la gente que iba arremolinándose. Y de repente se fijó en una chica rubia muy mona con la minifalda más corta que había visto en su vida. Tenía el pelo largo y cardado, llevaba botas negras de tacón, cazadora de cuero rojo y un montón de maquillaje y aparentaba unos diecisiete años. Le preguntó amablemente si la butaca de al lado estaba ocupada, Charlie le dijo que sí y desapareció. Volvió a verla minutos más tarde, hablando con otra persona. Le dio la impresión de que patrullaba el teatro en busca de asiento, y acabó volviendo a donde él se encontraba.

—¿Seguro que está ocupada? —preguntó con terquedad.

Entonces Charlie se dio cuenta de que era mayor de lo que había pensado al principio, pero no mucho. Era una chica increíblemente atractiva, con un tipo extraordinario, que parecía a punto de reventar por las costuras de la blusa negra transparente, que le ofreció una generosa visión de sus voluptuosas curvas. Habría parecido una puta de no haber sido por la inocencia que reflejaba su cara.

—Sí, seguro —volvió a confirmarle Charlie—. Mi amigo está entre bastidores.

—¡Dios! —exclamó la chica con expresión de incredulidad—. ¿Tu amigo conoce a Vana? —Lo dijo como si estuviera preguntando si conocía a Dios, y Charlie asintió, sonriendo.

—Trabaja para ella. Bueno, más o menos.

—¿Te importa que me siente hasta que vuelva? —preguntó, y Charlie pensó si estaría intentando ligárselo, aunque no lo creía. Le interesaba mucho más conocer a Adam, porque se había enterado de que estaba entre bastidores—. Mi entrada es para la última fila, y no se ve nada. Pensaba que a lo mejor quedaba algún asiento libre por aquí, pero parece que no. He tenido que hacer cola durante dos días, con el saco de dormir. Mi amiga y yo nos turnamos.

Charlie asintió con la cabeza, un tanto perplejo cuando la chica se sentó a su lado. No tenía peor aspecto que el resto de la gente que llenaba el teatro, pero en cualquier otro sitio no habría pegado ni con cola. Se parecía a Julia Roberts en *Pretty Woman* antes de que Richard Gere la transformara en Rodeo Drive, y era igualmente guapa, de quitar el hipo. También quitaba el hipo su atuendo, sobre todo las botas, con tacón de quince centímetros y muy por encima de las rodillas. La falda era apenas decente, y la blusa le habría estallado con solo estornudar. Era alucinante, pero le quedaba bien.

Sin poder evitarlo, Charlie pensó en qué aspecto tendría sin maquillaje, con el pelo recogido y unos vaqueros limpios. Probablemente mucho mejor. También pensó si sería una especie de modelo o actriz en ciernes, pero se cuidó muy mucho de hablarle. No quería darle pie a que se quedara. Se había sentado en el borde de la butaca de Adam, que al volver se quedó pasmado. Pensó que Charlie se la había ligado, y no pensaba que fuera capaz de conseguir una chica así en solo cinco minutos.

—Han encontrado las pelucas. Su peluquera estaba en el hotel borracha como una cuba, pero le han llevado a otra persona y, sea quien sea, ha solucionado el asunto —explicó Adam, mirando con interés y confusión a la chica que ocupaba su butaca—. ¿Hay alguna razón para que estés sentada aquí? —le preguntó sin más rodeos—. ¿Nos conocemos?

Sin poder evitarlo miró la blusa y después la cara, perfecta. Era una chica súper, justo su tipo.

—Todavía no. —Le sonrió—. Mi asiento es una mierda. Estaba contándoselo a tu amigo, y me ha dicho que trabajas para Vana. Debe de ser guay. —Era todo ojitos y adoración.

—A veces sí, pero esta noche no tanto.

Vana había amenazado con largarse sin más. Después se había tranquilizado, cuando habían encontrado las pelucas y a otra peluquera, pero Adam no se tomó la molestia de explicárselo a la chica. No creía que lo comprendiera. Dio por sentado que tenía un coeficiente intelectual más que cuestionable, pero unas tetas estupendas. A él nunca le había preocupado el coeficiente intelectual. Desde lo de Rachel, prefería unas buenas tetas a un buen cerebro.

—Mira, no es por molestar. Me encantaría quedarme aquí hablando contigo, pero es que Vana va a empezar dentro de cinco minutos, cuando le arreglen el pelo, y será mejor que vuelvas a tu sitio.

Aquella chica con minifalda vaquera y botas de charol parecía a punto de echarse a llorar. Adam no sabía qué hacer. No había asientos libres, pero de repente se le ocurrió una idea. Sin saber por qué, quería ayudarla, aunque luego se arrepintiera. La agarró por un brazo, obligándola a levantarse del asiento, y le indicó que lo acompañara.

—Si me prometes que te vas a portar como es debido, te consigo un sitio en primera fila. —Siempre reservaban algunos por si se presentaba alguien inesperadamente.

—¿En serio?

La chica no daba crédito a sus ojos mientras Adam la llevaba rápidamente hacia el escenario y enseñaba su pase a uno de los guardas que impedían que todo se desmadrara. Los dejaron pasar al instante. La chica comprendió que Adam iba en serio. No tenía tanta suerte desde hacía años. Su amiga le había dicho que era una locura intentar encontrar sitio en primera fila, pero aquella noche había triunfado, y Adam la ayudó a subir los escalones, con su minifalda y sus botas de tacón alto. Adam disfrutó de una estupenda vista del trasero de la chica mientras subía, y no habría tenido reparos en disfrutar de algo más. Pensaba que si llevaba una minifalda así, esperaba que lo hiciera.

—Ah, por cierto, ¿cómo te llamas? — preguntó como si tal cosa mientras la llevaba hacia una fila de sillas abatibles detrás del escenario. Tuvieron que pasar por encima de los cables y del equipo de sonido, pero la chica iba a ver el espectáculo desde un lugar privilegiado, y miró a Adam como a una visión religiosa.

—Maggie O'Malley.

—¿De dónde eres?

La miró sonriendo mientras ella tomaba asiento y cruzaba las piernas. De pie, Adam veía perfectamente dentro de la blusa. Pensó si sería tan guarrilla como parecía o si se habría puesto así para el concierto. Más experto que Charlie con las mujeres de ese aspecto, le calculó unos veintidós años.

—Nací en Queens, pero ahora vivo en la ciudad, en el oeste. Y trabajo en Pier 92.

Era un bar con una clientela un tanto ordinaria, además de restaurante y sitio para ligar, y todas las camareras se parecían a aquella chica. Las más guapas bailaban a intervalos de una hora y preparaban el ambiente para el sexo y la priva. Adam se imaginó, sin equivocarse, que sacaba muchas propinas. A veces las chicas que trabajaban allí eran actrices en paro que necesitaban dinero desesperadamente.

—¿Eres actriz? —preguntó Adam con interés.

—No, camarera, pero también bailo un poco. De pequeña hacía claqué y ballet; bueno, más o menos.

No le contó que lo que había aprendido lo había visto en la televisión. En su barrio no daban clases de danza. Había nacido en la parte más dura y más pobre de Queens, de donde se marchó en cuanto pudo. Donde vivía ahora, en un edificio que era poco menos que una casa de vecinos, parecía un palacio en comparación con el sitio en el que se había criado. Y de repente miró a Adam con lágrimas en los ojos.

—Gracias por la butaca. Si puedo hacer algo por ti, ven a verme al Pier 92, y te invito a una copa.

Era lo único que podía ofrecerle, aunque a Adam le hubieran gustado otras cosas, pero parecía tan inocente, a pesar de la ropa escandalosa, que se sintió culpable por estar pensando en lo que pensaba. Parecía buena chica, a pesar del atuendo.

—No te preocupes. Estoy encantado. Maggie, ¿no?

—Bueno, en realidad Mary Margaret —contestó ella con expresión inocente, y Adam se la imaginó con uniforme de colegio religioso. Mary Margaret O'Malley. Se preguntó cómo habría llegado a vestir así. Tenía cara de ángel y cuerpo de artista de striptease, y habría que haber quemado su ropa. Habría estado increíble con un buen peinado y ropa decente, pero así repartía la vida sus cartas. Y para ser una chica pobre de Queens que trabajaba en el Pier 92, aquella noche le había ido bien. Estaba en primera fila en el concierto de Vana, en una butaca especial.

—Vendré a buscarte después del concierto —le prometió Adam, y lo dijo en serio, aunque solo unos segundos. De repente la chica se levantó de un brinco y le dio un abrazo, como una niña pequeña, con lágrimas en los ojos.

—Gracias por lo que has hecho. Es lo más bonito que han hecho por mí.

La expresión de sus ojos hizo avergonzarse a Adam por sus pensamientos lascivos. Le había resultado fácil encontrarle un asiento privilegiado.

—No te preocupes —contestó dándose la vuelta para marcharse, pero ella lo agarró del brazo.

—¿Cómo te llamas?

Quería saber quién era su benefactor, y Adam se sobresaltó. No era muy probable que volvieran a verse.

—Adam Weiss —dijo, y volvió corriendo a su sitio.

Habían empezado a apagar las luces. Dos minutos después,

cuando ya estaba sentado junto a Charlie, comenzó el espectáculo. Charlie se inclinó hacia él justo antes de que Vana saliera al escenario.

—¿Le has encontrado asiento?

Maggie lo tenía hipnotizado. Jamás había visto a una chica así tan de cerca. Las chicas como ella no eran precisamente lo suyo.

—Sí. Dice que quiere salir contigo —susurró Adam medio en broma, y Charlie se echó a reír.

—No creo. ¿Tienes su teléfono, grupo sanguíneo y dirección?

—No, solo la talla de sujetador. Es mucho mayor que su coeficiente intelectual —contestó Adam con sonrisa pícara.

—Vamos, no seas malo —lo reprendió Charlie—. Es buena chica.

—Sí, ya lo sé. Podríamos llevárnosla a la fiesta después del concierto.

Charlie le dirigió una mirada de pocos amigos. Pensaba que con el concierto tendría más que suficiente. No era su ambiente, aunque siempre le había gustado la música de Vana, y también aquella noche.

El concierto fue fantástico y Vana cantó siete canciones de propina. Jamás había cantado tan bien. Maggie fue a verlos en el descanso, para darle las gracias a Adam una vez más. Le echó los brazos al cuello y le dio un abrazo; Adam notó sus pechos contra el suyo. Eran de verdad, y también la nariz. Todo en ella era regalo de Dios, no comprado en una tienda. No veía una chica como ella desde hacía años.

—No deberías hacer eso —le dijo Charlie en voz baja cuando Maggie volvió a su asiento, antes de que empezara la segunda parte.

—¿Qué? —preguntó Adam con aire inocente. Aún notaba los pechos de Maggie en su pecho. Le había gustado mucho. Conocía a cientos de mujeres como ella, pero ninguna de ellas era auténtica.

—Aprovecharte de las chicas jóvenes. Puede que vista como una puta, pero se nota que es buena chica. No seas cabrón, Adam. Algún día lo pagarás. ¿Te gustaría que le hicieran eso a tu hija?

—Si mi hija se vistiera así, la mataría, y su madre también.

Quería haber llevado a sus hijos al concierto, pero Rachel no lo había consentido. Dijo que tenían que ir al colegio al día siguiente y que no quería que estuvieran en un ambiente así, que eran demasiado jóvenes y sanos.

—A lo mejor Maggie no tiene a nadie que le diga que no se vista así —sugirió Charlie.

Daba la impresión de que Maggie se había tomado muchas molestias para arreglarse aquella noche; pero, movida por el entusiasmo, algo le había salido mal. Aunque poco podía salir mal con el cuerpo y la cara que Dios le había dado. Y quizá algún día, cuando fuera un poco mayor, aprendería a suavizar su aspecto en lugar de resaltarlo.

—Supongo que no, trabajando en el Pier 92 —repuso Adam secamente.

Él había estado allí una vez y no había dado crédito a sus ojos. La peor morralla de Broadway iba allí a sobar a las chicas mientras comían y bebían. Las camareras no iban desnudas, pero casi daba igual, por lo poco que llevaban encima: vestidos que parecían minifaldas de tenis, tangas debajo y encima sujetadores horteras de satén varias tallas más pequeñas, porque las obligaban. El local era un asco.

—No sientas lástima por ella, Charlie. Hay cosas peores, como nacer en Calcuta, o la niña ciega de la que me hablaste el otro día, cuando fuiste a Harlem. Seguramente la descubrirá algún capullo y acabará siendo una gran estrella.

—Lo dudo —dijo Charlie con tristeza, pensando en ella. Había chicas como Maggie a porrillo, y la mayoría no salían del agujero en el que vivían, sobre todo con tipos como Adam persiguiéndolas y aprovechándose de ellas. Le causaba una gran tristeza. Empezó la segunda parte.

Cuando acabó, la gente enloqueció. Fans, fotógrafos y prácticamente la mitad del público intentaron subir al escenario. Vana consiguió salir ilesa gracias a la intervención de una docena de policías. Adam no pudo meterse entre bastidores y llamó por el móvil al director de escena, quien le dijo que Vana estaba bien y encantada de cómo había salido todo. Adam le pidió que le dijera a Vana que la vería en la fiesta, y, cuando volvió junto a Charlie, Maggie se encontraba allí. Casi había perdido la blusa y la chaqueta al intentar escapar de su asiento, pero había conseguido volver hasta donde ellos estaban y le dio las gracias efusivamente una vez más. No tenía ni idea de qué le había pasado a su amiga. Habría sido poco menos que imposible encontrar a nadie entre semejante multitud.

—¿Quieres venir a la fiesta? —le preguntó Adam.

Maggie pegaba con aquella chusma. No le daba vergüenza que fuera con él, aunque a Charlie sí. Pero Charlie quería irse a su casa. El concierto había sido más que suficiente para él, aunque le había encantado. Simplemente no necesitaba más estímulos aquella noche. Adam siempre los necesitaba. Le encantaba el lado sórdido de aquella vida, y Maggie podía encajar a la perfección. A la chica la ilusionaba la idea de ir a la fiesta.

Tardaron media hora en salir a la calle y otros veinte minutos en encontrar la limusina, pero al fin lo consiguieron, y entraron los tres como pudieron. Se dirigieron al East Side, a un club privado que habían alquilado para la ocasión. Charlie sabía que habría un montón de mujeres, de bebida y de drogas. No era su ambiente. Adam tampoco le daba a las drogas, pero no tenía nada en contra del alcohol ni de las mujeres. Y ambas cosas en abundancia. Maggie iba sentada frente a ellos, extasiada, y Adam le miró entre la falda como si tal cosa. Tenía unas piernas incluso más bonitas de lo que Adam creía, y un cuerpo absolutamente increíble. Charlie también se había dado cuenta, pero en lugar de mirarle la falda, miró por la ventanilla. Y entonces ella cruzó las piernas.

—¿Adónde vamos? —preguntó Maggie entusiasmada, con voz infantil y ligero acento de Nueva York, no exagerado pero sí reconocible. Adam no pareció advertirlo.

—Primero vamos a dejar a Charlie. Después podríamos ir a tomar una copa a algún sitio y después te llevaré a la fiesta.

Y a continuación esperaba llevársela a su casa, si ella quería. Nunca obligaba a nadie a nada. No hacía falta. Había suficientes mujeres en su vida para tenerlo contento en todo momento, pero le daba la impresión de que Maggie querría ir a su casa sin problemas. Había ligado con muchas chicas como ella, y les gustaba tanto que las sacaran por ahí, sobre todo en una noche como aquella, que casi siempre acababan en su cama. Raramente no ocurría así. Adam estaba seguro de que Maggie acabaría en su casa, y también lo estaba Charlie.

Charlie se despidió cortésmente de Maggie cuando lo dejaron. Dijo que esperaba volver a verla, aunque sabía que era bastante improbable, pero ¿qué podía decir? ¿Que pases buena noche en la cama con Adam? Durante unos segundos deseó que no se fuera con él. Era pan comido, y le deseaba algo mejor, o al menos que tuviera alguna oportunidad. Estaba demasiado impresionada con el sitio al que iba a llevarla Adam y con el asiento de primera fila que le había conseguido. A Charlie le habría gustado decirle que tuviera más respeto por sí misma, pero hay cosas que no se pueden cambiar. Y era su vida, y la de Adam. No dependía de él lo que aquellos dos hicieran cuando él se marchara. Casi deseaba protegerla de Adam, y de sí misma, pero no había forma de hacerlo. Subió en el ascensor, con expresión pensativa, y cuando entró en el apartamento se puso a contemplar el parque en la oscuridad. Había sido una noche divertida, y lo había pasado bien. Estaba cansado, y al cabo de unos minutos se acostó.

Adam llevó a Maggie a un bar, como le había dicho, y ella tomó una copa de vino. Adam tomó un Margarita, después un Mojito, y le dio un sorbo a Maggie. Le gustó, pero dijo que no tomaba alcohol fuerte, lo que sorprendió a Adam. Se sorprendió aún más cuando le dijo que tenía veintiséis años. Adam pensaba que era más joven. Le dijo que a veces trabajaba de modelo en ferias comerciales y que había posado para varios catálogos, pero que sobre todo trabajaba en el Pier 92, donde se sacaba una fortuna con las propinas. No costaba trabajo ver por qué. Tenía un cuerpo que no pasaba inadvertido.

Llegaron a la fiesta a la una, cuando acababa de empezar. Adam sabía que había muchas drogas por allí: cocaína, éxtasis, heroína, crack, cristal. La gente estaba más enloquecida que de costumbre, y no tardó mucho en darse cuenta de que no había buen ambiente, como pasaba a veces después de los conciertos. Bailó con Maggie unos minutos y después la sacó de allí. En la limusina la invitó a su casa a una última copa. Ella lo miró y negó con la cabeza.

—No, ya es muy tarde. Mañana tengo que trabajar, pero gracias de todos modos.

Adam no hizo ningún comentario y le dio la dirección de Maggie al conductor. Se quedó horrorizado al ver dónde vivía. Era una de las calles más peligrosas que había visto en su vida. Costaba trabajo imaginar a una chica con su aspecto viviendo allí. Su vida debía de ser una lucha cotidiana por la supervivencia, y Adam sintió lástima de ella, pero también le fastidió un poco que no fuera a pasar la noche con él.

—Espero que no te importe que no vaya a tu apartamento, Adam —añadió Maggie para disculparse; al fin y al cabo había hecho mucho por ella—. No me gustan esas cosas el primer día.

Adam se quedó mirándola, preguntándose si realmente pensaba que habría un segundo día. Maggie le apuntó su teléfono, y Adam se lo metió en un bolsillo. Lo tiraría en cuanto llegara a casa. Era divertido para una noche, o podría haberlo sido, pero no había razón alguna para volver a verla. Podía estar con cien mujeres como ella en cualquier momento. No le hacía ninguna falta una camarera del Pier 92, por muy guapa que fuera o por buenas piernas que tuviera, y no habría sido distinto si hubiera ido a su casa con él; simplemente habría sido divertido.

—No, lo comprendo. ¿Te acompaño arriba?

El edificio era tan siniestro que daba la impresión de que

fueran a asesinarla antes de entrar, pero Maggie estaba acostumbrada y negó con la cabeza.

—No hace falta —dijo tranquilamente, sonriéndole—. Tengo tres compañeras de piso. Dos duermen en el salón, y resultaría un poco incómodo que subieras, porque ya estarán dormidas.

Adam no podía ni quería imaginarse cómo sería vivir así. Solo deseaba dejarla allí y olvidarse de la gente que llevaba esa clase de vida. Maggie no era asunto suyo, ni quería que lo fuera. Lo único que quería era volver a casa.

—Gracias, señorita Mary Margaret O'Malley. Ha sido un placer conocerla. Ya nos veremos —dijo cortésmente.

—Eso espero —repuso Maggy con sinceridad, aun sabiendo que no ocurriría.

Adam llevaba una vida de cine. Conocía a personas como Vana, tenía pases para los bastidores de los teatros, iba en limusina: vivía en un mundo completamente distinto. Ella era inocente, pero no tan estúpida como a él le habría gustado.

En lugar de «buenas noches», podría haberle deseado «una buena vida», pero Adam sabía que lo más probable era que el deseo no se cumpliera. ¿Cómo? ¿Qué podía depararle la vida a una chica como ella, por guapa que fuera? ¿Qué salidas tenía? Adam sabía la respuesta: ninguna.

—Cuídate mucho —dijo mientras Maggie abría la puerta y se volvía para mirarlo por última vez.

—Y tú. Gracias. Lo he pasado muy bien. Y gracias otra vez por la butaca.

Adam le sonrió, deseando estar en la cama con ella. Habría sido mucho más agradable que estar helándose en aquella calle repugnante mientras Maggie entraba en el edificio. Lo saludó con la mano y desapareció. Adam pensó si se sentiría como Cenicienta. El baile había acabado, y la limusina y el conductor se transformarían en una calabaza y seis ratones en cuanto ella subiera la escalera.

Al entrar al coche percibió su perfume. Era barato, pero a

Maggie le pegaba y tenía un aroma agradable. Lo había notado al bailar con ella, y de pronto cayó en la cuenta, con perplejidad, de que se sentía deprimido al volver a su apartamento. Resultaba deprimente ver cómo vivía aquella gente y saber que no tenían salida. Maggie O'Malley siempre viviría en edificios así, a menos que tuviera suerte, se casara con un vago de barriga cervecera y volviera a Queens, donde podría acordarse del terrible piso de Manhattan en el que vivía antes o del espantoso trabajo en el que los borrachuzos le metían mano por debajo de la falda todas las noches. Y él no era mucho mejor. Se la habría llevado a la cama si ella hubiera estado dispuesta, y al día siguiente se habría olvidado de ella. Mientras se dirigía a su casa se sintió un perfecto canalla, por primera vez desde hacía años. Empezó a plantearse sus principios morales. Charlie tenía razón. ¿Y si algún tipo trataba así a Amanda? Podía pasarle a cualquiera, pero en ese caso se trataba de una chica llamada Maggie, a quien no conocía y a quien no llegaría a conocer.

Se tomó un chupito de tequila cuando entró en su casa, pensando en ella. Salió a la terraza del ático, pensando en cómo habría sido todo si Maggie hubiera estado allí. Excitante, lo más probable. Durante un par de minutos, una hora o una noche. Eso era lo único que significaba para él, y lo que habría significado. Un bomboncito para pasar el rato. Se quitó la ropa y la tiró al suelo, junto a la cama. Se acostó en calzoncillos, como siempre, y se olvidó de Maggie. Era como si se hubiera esfumado. Maggie tenía que volver a su vida, fuera cual fuese esa vida.

10

Aun diciéndose que no había razón para ello, Charlie volvió al centro de acogida. Llevó *donuts* y helado para los niños, un osito de peluche para Gabby y chucherías para su perro. Estaba obsesionado con ellos desde la primera visita, pero no era Gabby quien lo arrastraba hacia allí, como comprendió en cuanto entró en el centro. Quien lo obsesionaba era Carole, más que Gabby y su perro. Sabía que era una locura, pero no podía evitarlo. No había podido quitarse de la cabeza a Carole durante toda la semana.

—¿Cómo es que vuelve por aquí tan pronto? —preguntó Carole con curiosidad al verlo.

Charlie iba en vaqueros, con un jersey viejo y zapatillas de deporte. Estaba en el patio, hablando tranquilamente con Tygue, cuando Carole salió de una sesión de grupo y lo vio.

—Nada, para ver qué tal.

Se había presentado sin avisar, y Carole pensó al principio que quería controlarlos y le pareció una grosería. Después Tygue le contó que había llevado helado para los niños y Gabby le enseñó el osito y le dijo lo de las chucherías para Zorro.

—Te llegan al alma, ¿verdad? —dijo Carole mientras se dirigían a su despacho—. ¿Quiere un café?

—No, gracias. Ya sé que tiene mucho que hacer. No me voy a quedar mucho tiempo.

No podía justificar la visita diciendo que pasaba por allí, porque todo lo que había en el barrio era el centro de acogida y un montón de gente en pisos de alquiler, en cuyos portales los camellos vendían drogas. Lo único que podría haber estado haciendo allí era comprar heroína o crack.

—Qué detalle, haber traído cosas para los niños. Les encantan las visitas. Ojalá pudiéramos hacer más por ellos, pero nunca tenemos suficiente dinero. Tengo que dedicar lo que conseguimos a cosas importantes, como los sueldos, la calefacción y las medicinas, pero ellos prefieren el helado —dijo Carole, sonriendo a Charlie.

Y de pronto él se alegró de haber ido. Quería volver a verla, y ahora que la tenía delante no se le ocurría ninguna razón para justificarlo. Se dijo que admiraba su labor, que era cierto, pero había algo más. Le gustaba hablar con ella y quería conocerla mejor, pero no se lo explicaba. Carole era trabajadora social y él dirigía la fundación. Ahora que le había dado el dinero que necesitaba, no había realmente razones para mantener el contacto, aparte de los informes económicos. Sus vidas eran demasiado diferentes para que hubiera una excusa para el contacto social entre ellos. Charlie sabía que Carole sentía desprecio por la vida que él llevaba y por su mundo. Era una mujer que se sacrificaba por unos niños que luchaban por sobrevivir, y él un hombre que llevaba una vida de lujo y excesos.

—¿Puedo hacer algo por usted? —preguntó solícita Carole, y Charlie negó con la cabeza. No se le ocurría ninguna excusa para quedarse, pero le habría gustado.

—No, volveré a ver a los niños, si no le importa. Me gustaría ver cómo va Gabby.

—Está progresando desde que tiene a Zorro. El mes que viene empieza en una escuela especial. Pensamos que ya está preparada.

—¿Y entonces se marchará de aquí? —preguntó Charlie, preocupado por la niña y mirando a Carole.

—No durante una temporada. Más adelante intentaremos

encontrarle unos padres de acogida para que vuelva a entrar en el sistema, pero no es fácil conseguir sitio para una cría con necesidades especiales, por razones obvias. La gente que está dispuesta a dar acogida no está por la labor de ocuparse de una niña ciega y de un perro lazarillo.

—¿Y después qué?

Charlie nunca se había parado a pensarlo, pero la vida para una niña como Gabby iba a resultar mucho más difícil que para otras personas, y posiblemente para siempre.

—Si no encontramos padres de acogida, la llevaremos a un hogar de grupo. Hay muchos al norte de Nueva York, y estará bien en cualquiera de ellos.

—No lo creo —replicó Charlie, angustiado. Le parecía haber descubierto un mundo completamente distinto, poblado por personas, en aquel caso niños, con problemas que nadie podía resolver, y nada de lo que les había ocurrido era por su culpa.

—Estará bien allí, como todos —dijo Carole con convicción—. Incluso mejor, gracias a su regalo. Zorro le va a resultar de gran ayuda en la vida.

—¿No piensa en lo que les pasa cuando se marchan de aquí?

Las dificultades de los niños a los que ella atendía le habían llegado a lo más profundo del corazón.

—Claro que sí, pero es lo máximo que podemos hacer, señor Harrington —contestó Carole con frialdad, poniéndose de nuevo en guardia.

—Llámame Charlie, por favor —la interrumpió.

—No podemos hacer más. A veces es como intentar vaciar el mar, pero también a veces hay niños que lo consiguen, que son acogidos por buenos padres y que se desarrollan estupendamente, y otros que llegan a ser adoptados por personas que los quieren. Y otros niños a los que les proporcionamos la solución que necesitan, y que de otro modo no alcanzarían. Como Gabby y su perro. Hay algunos problemas que podemos resolver, y otros no. Hay que aceptar las limitaciones, porque si no, esto te destroza.

Charlie nunca había visto tan de cerca adónde y a quién iba a parar el dinero de la fundación, nunca los había mirado directamente a la cara ni había conocido a una mujer como Carole, que dedicaba su vida a cambiar el mundo para unas cuantas personas de un barrio pobre como Harlem. Su vida y su corazón habían cambiado por completo desde la primera vez que estuvo allí, hacía solo unos días.

—En la escuela nos enseñaban que hay que ser profesionales, mantener las distancias y no comprometerse demasiado, pero a veces es imposible. Hay días que, cuando uno vuelve a casa, no puede parar de llorar.

Charlie se lo imaginó. A él le había pasado lo mismo.

—De vez en cuando tendrás que tomarte un respiro —dijo pensativa, queriendo proponerle ir a almorzar o cenar con ella, pero no tuvo valor suficiente.

—Ya lo hago —repuso Carole, sonriéndole inocentemente—. Voy al gimnasio, a nadar o a jugar al squash, si no estoy demasiado cansada.

—Yo también... quiero decir que yo también juego al squash —dijo Charlie sonriente—. A lo mejor podríamos jugar un día juntos.

Carole pareció sorprenderse. No entendía por qué tenían que hacerlo. Lo miró inexpresivamente. Para ella, Charlie era el director de la fundación que les había dado un millón de dólares y poco más. No podía ni imaginárselo como amigo. Su único contacto con él era como el que tenía en aquellos momentos, profesional y cortés. Y lo único que ella le debía eran informes económicos. Ni se le había pasado por la cabeza que Charlie quisiera que fueran amigos.

Lo acompañó hasta la puerta unos minutos después y se fue con otro grupo. Charlie se quedó un rato charlando con Tygue, dijo que volvería pronto y cogió un taxi. Iba a cenar con Gray y Sylvia. Carole se olvidó de él en cuanto salió del edificio.

Cuando entró en el apartamento de Sylvia, Gray estaba en la cocina, y fue ella quien le abrió la puerta. Llevaba una bonita falda negra, bordada, y una suave blusa blanca. Había preparado una mesa preciosa especialmente para él, con altas velas blancas y una gran cesta de tulipanes en el centro. Quería que todo estuviera al gusto de Charlie, porque sabía lo mucho que significaba para Gray y porque le había caído bien cuando se habían conocido. Quería que Gray y él siguieran manteniendo una sólida amistad y no deseaba perturbar la vida de Charlie. Pensaba que no tenía derecho, y tampoco deseaba que Charlie perturbara su vida en común con Gray. En la vida de Gray había sitio para ambos, y quería demostrárselo a Charlie. Le dirigió una cálida mirada, sabiendo que Charlie había sentido recelos cuando Gray le había contado que estaba con ella. Y sospechaba, y no se equivocaba, que no era nada de tipo personal. Le había caído bien a Charlie cuando se habían conocido en Portofino, pero a él le preocupaban las consecuencias que pudiera tener su relación con Gray, como un niño ante una niñera nueva o ante el hombre con el que está saliendo su madre. ¿Qué significaba aquello para él? Gray y Charlie eran como hermanos, y cualquier peso que se añadiera a la balanza podía cambiarlo todo. Sylvia quería convencerlos de que, aunque su peso se había añadido a la balanza, podían seguir a salvo en su mundo privado. Cuando se sentaron a cenar y Gray abrió una botella de vino se sintió como Wendy con los Niños Perdidos en *Peter Pan*.

Charlie había echado un vistazo al apartamento antes de sentarse a la mesa, y le impresionaron su elegancia, la cantidad de objetos interesantes que albergaba y lo bien que Sylvia lo había dispuesto todo. Tenía buen ojo y lograba que la conversación fuera ligera. Aquella noche se quedó prudentemente en un segundo plano, y ya iban por la segunda botella de vino cuando Charlie mencionó el nombre de Carole y contó su visita al centro de acogida de Harlem.

—Es una mujer increíble —dijo con profunda admiración.

Les habló de Gabby y su perro, de las otras personas que había conocido y de lo que le había contado Carole. Sabía de casos de maltrato infantil, pero ninguno tan terrible ni desmoralizador como los que le había descrito la joven. Ella no se andaba con rodeos, y Charlie comprendió que otras organizaciones maquillaban la verdadera situación para la fundación. Carole iba al meollo de la cuestión y explicaba por qué necesitaba el dinero, sin pedir excusas por la cantidad, e incluso había dado a entender que necesitaba más. Para ella el centro de acogida era un sueño muy ambicioso. De momento no tenía más remedio que reducirlo, pero algún día quería abrir otro centro en el corazón mismo de Harlem. Pocos sitios necesitaban más de ella, y le había dicho a las claras que los niños maltratados no eran un problema exclusivo de las zonas deprimidas de la ciudad. Aquel mal existía en casas de Park Avenue, en pleno lujo. En realidad, resultaba más difícil destaparlo en los hogares de clase media. Según Carole, se cometían actos horrendos contra los niños en todas las ciudades, todos los estados, todos los países y en todos los niveles socioeconómicos. En cierto sentido, donde ella estaba resultaba más fácil resolver el problema. Había declarado la guerra a la pobreza, al maltrato de los niños, al desamparo, la hipocresía y la indiferencia. Se enfrentaba de plano con las tribulaciones del mundo, y no tenía ni tiempo ni ganas de saber nada del mundo en el que Charlie vivía, en el que la gente hacía oídos sordos, no veía lo que ocurría a su alrededor y se limitaba a ir a fiestas vestida de punta en blanco. No tenía tiempo que desperdiciar en semejantes cosas, ni el menor deseo. Lo que quería era ayudar al prójimo, y salvar a los niños.

Mientras hablaba de ella los ojos de Charlie parecían dos carbones al rojo, y Sylvia y Gray lo notaron. Carole había desencadenado un auténtico incendio en su cabeza y en su corazón con lo que le había enseñado.

—Bueno, ¿cuándo vas a invitarla a cenar? —preguntó burlonamente Gray, rodeando los hombros de Sylvia con un brazo.

Charlie había disfrutado de la velada con ellos, la comida había sido decente, cosa rara, y la conversación animada. Se sorprendió al darse cuenta de que Sylvia le caía aún mejor que en Portofino. Parecía más delicada, más indulgente, y tuvo que reconocer que con su amigo era maravillosa. Incluso lo había recibido a él con toda amabilidad, con los brazos abiertos.

—¿Y si te digo que nunca? —dijo Charlie con una sonrisa compungida—. Carole detesta todo lo que yo represento. El día que la conocí me miró como si yo fuera un cretino porque llevaba traje.

Por no hablar del reloj de oro.

—Pues parece un poco dura, ¿no? Pero si le has dado un millón de pavos, ¿qué esperaba? ¿Que te presentaras allí en pantalones cortos y chanclas? —dijo Gray, molesto por Charlie.

—Es posible —contestó Charlie, dispuesto a perdonarle a Carole su dureza. Pensaba que lo que ella hacía era mucho más importante que todo lo que él había hecho durante toda una vida. Lo único que él hacía era firmar cheques y dar dinero. Carole estaba en las trincheras con aquellos niños todos los días, luchando por su vida—. No le gusta cómo vivimos nosotros, ni las cosas que hacemos. Es casi una santa, Gray.

Charlie parecía muy convencido, y Gray sintió ciertos recelos.

—¿No has dicho que ha ido a Princeton? A lo mejor es de una buena familia y quiere expiar sus pecados colectivos.

—No lo creo. Me imagino que tendría una beca. Cuando yo estaba allí había mucha gente así, y últimamente todavía más. Ya no es tan elitista como antes, algo que me parece muy bien. Además, dice que detesta Princeton.

Aunque el club gastronómico al que pertenecía era bueno, pero había muchas maneras de entrar a formar parte de él. Ni siquiera Princeton era ya el club de los buenos chicos de antes. El mundo había cambiado, y lo habían cambiado las personas como Carole. Charlie representaba un atavismo, que vivía de la gloria de su aristocrática familia, mientras que Carole era una especie completamente nueva.

—¿Por qué no la invitas a salir? —insistió Gray, y también lo animó Sylvia—. ¿O es un callo?

No se le había ocurrido pensarlo, en vista de que Charlie la ponía por las nubes, y daba por sentado que sería atractiva. No se imaginaba a Charlie entusiasmado con una mujer fea, pero a lo mejor en aquel caso lo era. La había descrito como a la madre Teresa de Calcuta.

—No, es muy guapa, pero creo que eso también le importa un pimiento. No tiene mucho tiempo para esas cosas, solo para lo auténtico.

Y Charlie sabía que, a ojos de Carole, él no formaba parte de eso, pero también sabía que no le había dado la oportunidad de demostrarlo, y probablemente no lo haría nunca. Para ella solo era el director de la fundación.

—¿Cómo es físicamente? —preguntó Sylvia con interés.

—Algo más de metro ochenta, rubia, guapa de cara, con ojos azules, buen tipo y no se maquilla. Dice que va a nadar y a jugar al squash cuando tiene tiempo. Tiene treinta y cuatro años.

—¿No está casada? —preguntó Sylvia.

—No creo. No lleva anillo, y no me da la impresión de que esté casada, aunque dudo que esté sola.

Una mujer como ella no podía estar sola, pensaba, con lo cual resultaba aún más absurdo invitarla a cenar. Claro que podía fingir que era por asuntos de la fundación y averiguar más sobre ella. Esa estratagema lo atraía por un lado, pero por otro le parecía poco honrado recurrir a la fundación para conocerla mejor. De todos modos, quizá tuvieran razón Sylvia y Gray y mereciera la pena intentarlo.

—Nunca se sabe con las mujeres así —dijo Sylvia con prudencia—. A veces renuncian a muchas cosas por la causa que defienden. Si dedica tanto tiempo, energías y pasión a lo que hace, quizá sea lo único que tenga.

—Averígualo —dijo Gray, insistente—. ¿Por qué no? No tienes nada que perder. Compruébalo.

Charlie se sentía raro hablando de Carole y compartiendo sus dudas con ellos. Lo hacía sentirse vulnerable, y un tanto imbécil.

Cuando Gray abrió una botella de Château d'Yquem que

había comprado Sylvia, casi habían convencido a Charlie, pero en cuanto llegó a su casa aquella noche comprendió lo absurdo que sería invitar a Carole a cenar. Era demasiado mayor para ella, demasiado rico, demasiado conservador, con una posición social demasiado elevada. Y, fueran cuales fuesen sus orígenes, saltaba a la vista que no le interesaban los tipos como él. Si incluso se había burlado de su reloj... No podía ni plantearse decirle que tenía un yate, a pesar de que la mayoría de las personas del círculo de Charlie sabían de la existencia del *Blue Moon.* Pero las revistas de navegación no podían ser más ajenas a los intereses de Carole. Charlie se rió para sus adentros al pensarlo mientras se acostaba. Gray y Sylvia tenían buenas intenciones, pero no comprendían lo diferente y exaltada que era Carole. Lo llevaba escrito en la frente, y sus mordaces comentarios sobre los clubes gastronómicos de Princeton no habían caído en saco roto. Charlie se los había tomado muy en serio.

Llamó a Gray a la mañana siguiente para darles las gracias por la cena y decirle lo bien que lo había pasado. No tenía ni idea de hacia dónde iría su relación con Sylvia, y dudaba que fuera a durar, pero de momento parecía buena para los dos. Y se sentía aliviado al darse cuenta de que Sylvia no intentaba meterse entre los dos amigos ni excluirlo a él. Así se lo dijo a Gray, quien se alegró de ver lo relajado que se sentía Charlie con Sylvia, y prometió volver a invitarlo dentro de poco.

—Incluso cocinas mejor —se burló Charlie, y Gray se echó a reír.

—Me ayudó ella —confesó, y Charlie también se rió.

—Menos mal.

—No te olvides de llamar a la madre Teresa para invitarla a cenar —le recordó Gray.

Charlie guardó silencio unos segundos y después se rió, con tristeza en esta ocasión.

—Creo que todos bebimos mucho anoche. Parecía buena idea, pero no tanto a plena luz del día.

—Tú pregúntale. ¿Qué es lo peor que podría pasar? —insistió Gray, como un hermano mayor, pero Charlie negó con la cabeza.

—Podría llamarme gilipollas y colgar. Además, sería embarazoso cuando volviera a verla.

No quería arriesgarse, aunque de momento no tenía otra cosa que hacer. No había otra mujer en su vida, y no la había desde hacía meses. Últimamente estaba cansado y se tomaba las cosas con más calma. Conquistar ya no era tan divertido. Le resultaba más fácil asistir a cenas y eventos sociales él solo, o pasar una velada agradable con amigos, como Sylvia y Gray la noche anterior. Disfrutaba más así que con los esfuerzos que le suponía quedar con una mujer y cortejarla para acabar con ella en la cama. Ya lo había hecho demasiadas veces.

—¿Y qué? —replicó Gray a propósito de que Carole le colgara el teléfono—. Por peores cosas has pasado. ¿Quién sabe? A lo mejor es la mujer adecuada.

—Seguro. Podría vender el *Blue Moon* y construir el centro en Harlem con el que sueña, y a lo mejor así accedería a salir conmigo.

—Venga, hombre, ningún sacrificio es demasiado grande por el amor —dijo Gray, riéndose.

—No me vengas con esas. ¿A qué renunciaste tú para estar con Sylvia? ¿A las cucarachas de tu apartamento? Déjame en paz.

—Llámala.

—Vale, vale —dijo Charlie para quitarse de encima a Gray, y tras unos minutos prometieron volver a hablar pronto y colgaron.

Charlie estaba decidido a no llamar a Carole, pero no pudo dejar de pensar en ella durante toda la tarde. Fue a su despacho de la fundación, después al club, le dieron un masaje, jugó al squash con un amigo y llamó a Adam para darle las gracias por el concierto, pero estaba en una reunión. Le dejó el mensaje de agradecimiento en el buzón de voz, preguntándose qué habría pasado aquella noche entre Adam y Maggie. Probablemente lo de siempre. Adam la habría deslumbrado con sus habilidades, le habría metido litros de champán en el cuerpo y habrían acabado en la cama. Cuando pensaba en la chica sentía lástima por ella. A pesar de su vestimenta, tenía algo encantador e inocente. A veces el comportamiento de Adam con las mujeres y su falta de conciencia lo espantaban. Pero, como decía Adam, si ellas estaban dispuestas, eran blancos legítimos. De momento no había dejado a ninguna inconsciente ni la había violado. Ellas caían a sus pies, y lo que ocurría después era un asunto entre dos adultos mayores de edad. Charlie temía que Maggie no fuera tan adulta como parecía, ni tan experta en las artes de Adam. No iba en busca de implantes ni de una operación de nariz. Lo único que quería era un asiento mejor para el concierto. Se preguntó qué tendría que haber ofrecido a cambio. Iba pensando en ello cuando salió del club después del partido de squash; fue en taxi a su casa y se dijo que se estaba haciendo viejo. Hasta entonces no le había preocupado la moralidad o la falta de moralidad de Adam, ni cómo trataba a las mujeres. Y, como siempre le recordaba su amigo, todo era lícito en la búsqueda del sexo y la diversión. ¿Lo era? Sin saber por qué, ya no le parecía tan gracioso.

Eran casi las seis cuando entró en su apartamento. Escuchó los mensajes y se quedó mirando el teléfono. Pensó si Carole estaría aún en el despacho, o en una sesión de grupo, o si se habría marchado a su casa. Recordó que tenía su tarjeta en la cartera; la sacó, la miró largo rato, y la llamó, nervioso y sintiéndose imbécil. Carole era la primera mujer que conocía que lo hacía sentir que estaba haciendo algo mal. Quería pedirle excusas por sus excesos y sus privilegios, los mismos privilegios que le habían permitido darle un millón de dólares para que ella pudiera seguir salvando a la humanidad. Se sentía como un colegial mientras oía sonar el teléfono al otro extremo de la línea. Casi esperaba que Carole se hubiera marchado, y se disponía a colgar cuando ella contestó, jadeante.

—¿Sí?

Se le olvidó decir quién era, pero Charlie reconoció su voz inmediatamente. Había llamado a su número directo.

—¿Carole?

—Sí.

Ella no reconoció su voz.

—Soy Charlie Harrington. ¿Te pillo en mal momento?

—No, qué va —mintió, frotándose la espinilla de una pierna. Se había dado un golpe al precipitarse a coger el teléfono—. Es que acabo de salir de una sesión de grupo y he bajado corriendo la escalera al oír el teléfono.

—Perdón. ¿Cómo está mi amiguita?

Se refería a Gabby, y Carole lo entendió inmediatamente. Sonrió y dijo que estaba bien. Charlie le preguntó qué tal iban las cosas en el centro, si había alguna novedad, y Carole pensó si Charlie tendría intención de controlarlos constantemente durante el próximo año. Raramente tenía noticias de los directores de las fundaciones que hacían donaciones. Se preguntó por qué habría llamado.

—No querría hacer promesas que no podamos cumplir ni alentar falsas expectativas, pero me hablaste de otros programas que querías poner en práctica y otras donaciones que querrías estudiar. ¿Qué te parecería tratar el asunto mientras comemos o cenamos un día de estos?

Había adoptado una postura cobarde, lo sabía, escudándose en la fundación, pero al menos había llamado. Hubo un largo silencio.

—Francamente, no estamos preparados para solicitar más donaciones. No contamos con el personal necesario para dirigir los programas que yo quisiera, ni siquiera para redactar las solicitudes, pero sí, la verdad es que no me importaría darte un poco la lata para ver qué te parecen nuestros planes.

No quería sugerir nada que la fundación no estuviera dispuesta a respaldar, ni tenía ganas de perder tiempo y energías en ello.

—Yo estaría encantado de escuchar tus propuestas y darte una evaluación sincera. Para más adelante, por supuesto.

Habría sido un poco fuerte pedirle al consejo de la fundación que le dieran más dinero cuando acababan de concederle un millón de dólares, pero hablar no costaba nada, y Charlie añadió:

—Hasta el año que viene no podríamos hacer gran cosa, pero está muy bien que ya estéis pensando en ello, para plantear el ataque y que coincida con el principio del año fiscal.

—Vamos a ver: ¿de qué parte estás? —preguntó Carole riéndose, y Charlie le contestó riéndose también, pero con más franqueza de lo que ella pensaba.

—Pues creo que de la tuya, porque estás haciendo una labor impresionante.

Charlie se había enamorado del centro que había creado Carole, y si no se andaba con cuidado, también iba a enamorarse de ella. Durante un par de semanas, o con suerte, un poco más. A Charlie nunca le duraba el enamoramiento. El miedo siempre podía más que el amor.

—Gracias —dijo Carole, emocionada por la bondad de las palabras de Charlie, que le parecieron sinceras. Empezó a bajar la guardia y al final Charlie preguntó, con tranquilidad, contento de cómo iba la conversación:

—¿Cuándo te parece que nos veamos?

Como Charlie le había dado a elegir entre almuerzo y cena, Carole no se sentía presionada. Solía ser un buen comienzo, aunque en esa ocasión también podía ser el final. La voz de Carole no denotaba el menor interés por él. A lo mejor era así, pero Charlie prefería comprobarlo cara a cara, mientras comían. Si Carole no demostraba el menor interés, él no metería la pata ni haría el ridículo. Pero vería qué pasaba.

—A mediodía no me puedo escapar. Me quedo aquí y me como un plátano, como mucho. Normalmente tengo sesiones de grupo, y por la tarde reuniones con los clientes, uno a uno.

Le había dedicado a Charlie gran parte de su tiempo cuando fue a visitarla, pero no quería que eso se convirtiera en una costumbre, ni siquiera para él.

—¿Y a cenar? —preguntó Charlie, conteniendo el aliento—. ¿Mañana, por ejemplo?

Iba a ir a una cena mortalmente aburrida y la cancelaría encantado para estar con Carole.

—Claro —respondió Carole un tanto perpleja—. No sé si lo tendré todo arreglado para entonces. Por alguna parte tengo un borrador de programas que quiero empezar, pero lo que sí puedo contarte es lo que tengo en la cabeza.

Eso era lo único que quería Charlie, y no los programas que tenía pensados.

—Pues hablamos sobre el asunto y ya veremos qué se puede hacer. A veces a mí me funciona mejor, yendo un poco por libre, o sea, devanarse un poco los sesos mientras uno come. Por cierto, ¿dónde prefieres cenar?

Carole se echó a reír. Raramente salía a cenar. Cuando volvía a su casa estaba agotada, y la mayoría de las noches no tenía fuerzas ni para ir al gimnasio, a pesar de que le gustaba mucho.

—¿Que dónde suelo comer? Pues vamos a ver... Las hamburguesas de Mo, en la Ciento sesenta y ocho esquina con Amsterdam. Las costillas en la Ciento veinticinco, cerca de la parada de metro. La charcutería de Izzy en la Noventa y nueve Oeste esquina Columbus. Yo es que solo como en los mejores sitios. Hace años que no voy a un restaurante como es debido.

Charlie quería cambiar un poco aquello y otras cosas en la vida de Carole, pero no todo en una sola noche. Quería tomarse las cosas con calma hasta saber qué terreno pisaba.

—No sé si voy a poder competir con Izzy y Mo. ¿Dónde vives, por cierto?

Carole vaciló unos segundos, y Charlie se planteó de repente que quizá vivía con alguien. Tuvo la sensación de que a Carole le daba miedo que se acercara por su casa.

—En el Upper East Side.

Era una zona respetable, y Charlie pensó que a Carole le avergonzaba reconocerlo. También pensó que a lo mejor Gray tenía razón, que su familia y su educación eran más tradicionales de lo que se desprendía de su ideología. Era muy dogmática en sus creencias. Charlie había esperado que le dijera que vivía en otro barrio, como el Upper West Side, pero prefirió no decir nada al respecto, al notar su inquietud. Conocía bien a las mujeres, porque llevaba haciendo aquello mucho tiempo, mucho más que Carole, que no tenía ni la menor idea de lo experimentado que era Charlie ni lo que tenía en mente. A la menor oportunidad, que hasta entonces ella no le había dado, Charlie quería cambiar su vida.

—Pues yo conozco un sitio italiano muy tranquilo y agradable en la Ochenta y nueve —dijo Charlie—. ¿Qué te parece?

—Estupendo. ¿Cómo se llama?

—Stella Di Notte. No es tan romántico como parece. En italiano significa «estrella de la noche», pero es un juego de palabras. La dueña se llama Stella, que es quien cocina y pesa unos ciento treinta kilos. No creo que pudieran levantarla del suelo ni un centímetro, pero la pasta es estupenda. La hace ella.

—Tiene buena pinta. Nos vemos allí.

A Charlie le chocó un poco que le propusiera eso, y empezó a sospechar que realmente había un hombre que vivía en su casa. Pero estaba dispuesto a averiguarlo.

—¿No quieres que pase a recogerte?

—No —contestó Carole con sinceridad—. Prefiero ir andando. Me paso el día aquí encerrada, y vivo en la Noventa y uno. Tengo que hacer un poco de ejercicio, aunque sea andar un rato. Me sirve para despejarme la cabeza después del trabajo.

Sí, muy convincente, se dijo Charlie. Seguramente había un guaperas de treinta y cinco años esperándola en el sofá viendo la televisión.

—Entonces, ¿nos vemos allí a las siete y media? ¿Te da tiempo?

—Sí. Tengo el último grupo a las cuatro y media, o sea que puedo llegar a casa hacia las seis y media. No será un sitio muy fino, ¿no? —preguntó Carole, un poco nerviosa.

No salía casi nunca, y nunca se arreglaba. Se preguntó si Charlie esperaría que fuera con vestidito negro y collar de perlas. No tenía ninguna de las dos cosas, ni falta que le hacían. Charlie parecía ese tipo de hombre, pero era cuestión de trabajo; no pensaba arreglarse para él. Habría preferido ir a Mo. No estaba dispuesta a cambiar su forma de vida por él, por mucho dinero que fuera a darles la fundación. Había ciertas cosas que ya no hacía y que no volvería a hacer, y una de ellas era arreglarse.

—No es fino —le aseguró Charlie—. Si quieres puedes ir en vaqueros.

Aunque esperaba que no. Le habría gustado verla con un vestido.

—Si no te importa... No me va a dar tiempo a arreglarme. Bueno, no lo hago nunca. Siempre voy como me has visto.

O sea, vaqueros y zapatillas de deporte. En fin. Lástima de vestido.

—Yo iré igual —replicó Charlie.

—En esa zona al menos puedes llevar el reloj —dijo burlonamente Carole, y Charlie se rió.

—Pues es una lástima, porque lo empeñé ayer.

—¿Cuánto te dieron?

A Carole le gustaba tomarle el pelo. Parecía buen tipo y, muy a su pesar, estaba deseando ir a cenar con él. Hacía casi cuatro años que no salía a cenar con un hombre, algo que no iba a cambiar, salvo por aquella cena de negocios. Solo una vez, se dijo.

—Veinticinco pavos —dijo Charlie en respuesta a la pregunta sobre el reloj.

—No está mal. Bueno, hasta mañana por la noche —dijo Carole, y colgó inmediatamente.

Y de repente a Charlie se le pasó por la cabeza una idea aterradora. ¿Y si estaba loca? ¿Y si lo de los vaqueros y las zapatillas de deporte era por otra cosa? ¿Y si no había ningún hombre en la vida de aquella preciosa vikinga de uno ochenta de estatura con corazón de madre Teresa de Calcuta? O aún peor: ¿y si era lesbiana? No se le había ocurrido hasta entonces, pero todo era posible. Desde luego, no era una chica normal y corriente.

Estupendo, dijo para sus adentros mientras volvía a guardar la tarjeta en la cartera y llamaba al restaurante para reservar mesa. Fuera como fuese, al día siguiente lo sabría, y hasta entonces lo único que podía hacer era esperar.

11

Charlie llegó al restaurante antes que Carole. No le había contado a nadie que iba a verla, ni siquiera a Sylvia y Gray. Todavía no había nada que contar, salvo que iban a una cena informal por la fundación, puesto que esa era la estratagema de la que se había valido. No era una cita.

También fue andando al restaurante, aunque para él era un paseo más largo; pero, como a Carole, también le venía bien tomar el aire. Llevaba todo el día intranquilo, y había llegado a convencerse de que Carole era lesbiana. Probablemente por eso no había reaccionado. Las mujeres solían responderle de alguna manera, pero Carole no. Solo había mostrado interés por los asuntos de negocios en las dos ocasiones que se habían visto. Era profesional de los pies a la cabeza, aunque con los demás parecía muy cálida, sobre todo con los niños. Y de repente recordó lo bien que se llevaba con Tygue. Quizá sí había un hombre en su vida, y era precisamente Tygue. Lo único que sabía al llegar al restaurante era que tenía un nudo en el estómago, algo que nunca había experimentado, y que Carole era un misterio que quizá no se desvelaría después de la cena. No tenía ninguna certeza de que Carole fuera a abrirse a él. Parecía completamente cerrada, como dentro de una concha, lo que suponía un reto aún mayor, junto con su impresionante cerebro.

Carole era completamente distinta de las mujeres con las

que él solía salir, mujeres que se movían en sociedad, se arreglaban, bailaban, sonreían, iban a todas partes con él, jugaban al tenis y navegaban y que por lo general lo aburrían mortalmente, razón por la que quería cenar aquella noche con Carole Parker, que no parecía tener el menor interés en él y de la que ni siquiera sabía si era homosexual o heterosexual. Y, encima, le había mentido para conseguir salir con ella. Era todo absurdo.

Carole llegó cinco minutos después y se sentó con Charlie a la mesa que les había preparado Stella. Entró sonriente y relajada, con vaqueros blancos, camisa también blanca y sandalias. Llevaba el pelo aún mojado tras la ducha, recogido en una trenza. No llevaba maquillaje ni pintadas las uñas, muy cortas. Toda ella irradiaba limpieza y frescor. Se había puesto un jersey azul claro sobre los hombros, y Charlie pensó que con aquella vestimenta estaría perfecta en el *Blue Moon.* Aquella mujer alta, delgada, de cuerpo atlético y ojos azules como el color de su jersey podría haber pasado por tenista o navegante. Parecía sacada de un anuncio de Ralph Lauren, pero ella seguramente lo habría detestado si se lo hubiera dicho. En el fondo, Carole era mucho más Che Guevara que algo tan prosaico y de moda como una modelo de Ralph Lauren. Sonrió a Charlie nada más verlo.

—Siento llegar tarde —dijo y se sentó, al tiempo que Charlie se levantaba para saludarla.

Solo se había retrasado cinco minutos, tiempo suficiente para que Charlie ordenase un poco sus pensamientos. No quiso pedir vino hasta que llegara ella y decidieran qué iban a tomar.

—No importa. No me he dado cuenta, porque ya no llevo reloj. Había pensado gastarme en la cena los veinticinco pavos que me dieron por él —dijo Charlie sonriéndole, y ella se echó a reír.

Charlie tenía sentido del humor.

Carole no llevaba bolso. Guardaba la llave en un bolsillo y no necesitaba barra de labios, porque nunca se los pintaba, y menos aún por Charlie.

—¿Qué tal te ha ido hoy? —preguntó Charlie.

—Lo normal, de locos. ¿Y a ti, qué tal? —preguntó Carole con interés.

Eso era algo nuevo para Charlie. Ni se acordaba de la última vez que una mujer le había preguntado cómo estaba y a quien realmente le importara. A Carole sí le importaba.

—Ha sido interesante. He pasado todo el día en la fundación, porque estamos intentando calcular cuánto queremos gastar a nivel internacional. Hay varios programas muy buenos para países en desarrollo con grandes necesidades, pero se necesita un montón de tiempo para llevarlos a la práctica. He hablado por videoconferencia con Jimmy Carter para tratar el asunto. Hacen una gran labor en África, y me ha aconsejado sobre el papeleo.

—Tiene buena pinta —dijo Carole, sonriéndole—. Ante esos proyectos me doy cuenta de nuestra escasa ambición aquí. Bueno, al menos la mía. Yo me ocupo de los niños en un radio de cuarenta manzanas como mucho. Es penoso —añadió, suspirando y arrellanándose en la silla.

—No tiene nada de penoso. Estáis realizando una labor extraordinaria. Nosotros no damos un millón de dólares a nadie que no haga algo impresionante.

—¿Cuánto concede la fundación anualmente?

Era algo que quería saber desde que había conocido a Charlie. Su fundación gozaba de gran respeto en los círculos filantrópicos, y eso era lo único que sabía de él.

—Unos diez millones. Con lo tuyo se subió hasta los once, pero merece la pena. —Le sonrió y le indicó los platos especiales—. Debes de estar muerta de hambre si solo has tomado un plátano para almorzar.

Recordaba lo que le había contado, y los dos pidieron ñoquis, porque Charlie le dijo que eran estupendos, la especialidad de Stella. Aquella noche los ofrecía con tomate y albahaca, y a Carole le pareció el plato perfecto para el calorcito que aún hacía en aquel veranillo de San Martín. Charlie pidió una botella de vino blanco, nada caro, y en cuanto lo sirvió, Carole tomó un sorbito.

La comida estaba tan rica como aseguraba Charlie, y hasta la hora del postre estuvieron hablando sobre las ideas que tenía Carole para el centro. Tenía grandes sueños y mucho trabajo por delante; pero, después de lo que había conseguido, Charlie sabía que era capaz de lograr cuanto se propusiera, sobre todo si contaba con la ayuda de fundaciones como la suya. Le aseguró que a otras personas les impresionaría su labor tanto como a él, y que no tendría problemas para recibir dinero, de su fundación o de otras, al año siguiente. Charlie estaba fascinado con todo lo que había logrado y lo que ya tenía planeado para el futuro.

—Es un bonito sueño. Algún día cambiarás el mundo.

Charlie creía de verdad en aquella mujer. A los treinta y cuatro años había conseguido más que la mayoría de las personas en toda una vida, y casi todo por sus propios medios, sin la ayuda de nadie. Saltaba a la vista que el centro de acogida era como su hijo, y eso despertaba aún más su curiosidad.

—¿Y qué haces cuando tienes tiempo libre? —añadió—. Bueno, lo digo en broma, porque no me extraña que no tengas tiempo ni para comer. Supongo que tampoco duermes mucho.

—Pues no. Me parece una pérdida de tiempo. —Carole se echó a reír—. No hago nada más. El trabajo, los niños, los grupos... Muchos fines de semana paso un buen rato en el centro, aunque en teoría no trabajo, pero siempre viene bien echar un vistazo por allí.

—A mí me pasa igual con la fundación —reconoció Charlie—, pero hay que dedicar tiempo a otras cosas, divertirse un poco. ¿Cómo te diviertes tú?

—Para mí el trabajo es diversión. Nunca había estado tan contenta como cuando abrimos el centro. Es que no necesito más cosas en la vida.

Lo dijo con toda sinceridad. Charlie se dio cuenta y le causó aún más preocupación. Algo raro pasaba, al menos según la imagen que quería dar Carole. Faltaba algo; no todo podía ser trabajo.

—¿No hay hombres, niños ni el reloj biológico que te indique que hay que casarse? Es un poco raro a tu edad.

Charlie sabía que Carole tenía treinta y cuatro años, que había estudiado en Princeton y en Columbia, pero nada más, incluso después de la cena. Solo hablaron sobre el centro y la fundación, sobre el trabajo de los dos, sobre sus respectivas misiones.

—Pues no. Ni hombres, ni niños, ni reloj biológico. El mío lo tiré hace unos cuantos años, y desde entonces estoy muy contenta.

—¿Qué quieres decir? —insistió Charlie, pero a ella no pareció importarle.

Charlie tenía la sensación de que no contestaría a lo que no quisiera contestar.

—Los niños del centro son mis hijos —dijo Carole tan tranquila.

—Eso dices ahora, pero a lo mejor algún día te arrepientes. Las mujeres tienen menos suerte con esas cosas. Tienen que tomar decisiones a cierta edad. Un hombre siempre puede tontear hasta los sesenta, setenta u ochenta para crear una familia.

—Pues a lo mejor yo adopto cuando tenga ochenta años.

Carole le sonrió, y Charlie se olió que había habido alguna tragedia en su vida. Él sabía de mujeres, y también sabía que a ella le había pasado algo, aunque ignoraba por qué ni cómo lo sabía, pero lo percibía. Carole siempre tenía a mano una respuesta demasiado sencilla, y sus decisiones eran siempre demasiado firmes. Nadie podía tener tales certezas en la vida, a menos que fuera a causa de un terrible desengaño, y él había pasado por eso.

—Vamos, vamos, Carole —dijo Charlie con cierto tacto. No quería asustarla ni que se echara para atrás—. Eres una mujer que adora a los niños, y tiene que haber algún hombre en tu vida.

Tras haberla escuchado toda la noche, no le parecía lesbiana. Nada de lo que había dicho lo daba a entender, aunque podía equivocarse, como ya le había ocurrido en un par de ocasiones. Pero Carole no se lo parecía. Solo cerrada.

—Pues no. Ningún hombre —repuso Carole con sencillez—. Ni tengo tiempo ni me interesa. Ya he pasado por eso. Hace cuatro años que no hay nadie en mi vida.

Un año antes de que abriera el centro, calculó Charlie. Se preguntó si un desengaño amoroso la habría encaminado en otra dirección, para curar sus propias heridas y las de otros.

—Eso es mucho tiempo, a tu edad —dijo Charlie con dulzura, y ella le sonrió.

—No paras de hablar de mi edad como si tuviera veinte años. No soy tan joven. Tengo treinta y cuatro, y a mí me parecen bastantes.

Charlie se echó a reír.

—Pues a mí no. Yo tengo cuarenta y seis.

—Muy bien. —Entonces le dio la vuelta a la tortilla y la conversación se centró en él—. Y mira por dónde, tampoco estás casado ni tienes hijos. ¿Por qué no está marcando el tiempo tu reloj si eres doce años mayor que yo?

Aunque no lo parecía. Charlie no aparentaba más de treinta y seis, aunque sentía el paso de los años. Últimamente notaba cada momento de sus cuarenta y seis, e incluso más; pero al menos no los aparentaba. Tampoco Carole, que aparentaba veintitantos. Y se parecían mucho, como si fueran hermanos, como había observado Charlie el primer día que se habían visto. Carole se parecía mucho a Ellen, su hermana, y a su madre.

—Mi reloj sí está marcando el tiempo —confesó—. Solo que no he encontrado a la mujer adecuada, pero espero encontrarla algún día.

—Menuda tontería —replicó Carole sin ambages, mirándolo a los ojos—. Los hombres que siempre han estado solteros dicen que no han encontrado a la mujer adecuada. No me digas que a los cuarenta y seis no la has encontrado. Hay muchísimas por ahí, y si no has encontrado ninguna, creo que es porque no quieres encontrarla. Es una excusa muy endeble, no haber encontrado a la mujer adecuada. Busca otra —dijo con naturalidad y tomó otro sorbo de vino mientras Charlie se quedaba mirándola. Había puesto el dedo en la llega, y Charlie lo sabía, tanto como ella. Parecía convencida de lo que acababa de decir.

—De acuerdo. Lo reconozco. Podría haber funcionado con algunas, si yo hubiera estado dispuesto a comprometerme, pero buscaba la perfección.

—No la encontrarás, porque nadie es perfecto, y lo sabes. Entonces, ¿qué pasa?

—Que estoy cagado de miedo —contestó con franqueza Charlie, por primera vez en su vida, y estuvo a punto de caerse de la silla al darse cuenta de lo que había dicho.

—Eso está mejor. Pero ¿por qué?

Carole hacía muy bien su trabajo, aunque Charlie no lo comprendió hasta más tarde. Su tarea consistía en llegar al corazón y la cabeza de la gente, y le encantaba. Pero Charlie comprendió instintivamente que no iba a hacerle daño. Con ella se sentía a salvo.

—Mis padres murieron cuando yo tenía dieciséis años. Mi hermana se hizo cargo de mí y murió de un tumor cerebral cuando yo tenía veintiún años. Y se acabó. Me quedé sin familia. Supongo que llevo toda la vida pensando que si uno quiere a alguien, se muere, se marcha, desaparece o te abandona. Prefiero ser yo el primero en largarme.

—Es lógico —repuso Carole en voz baja, mirándolo. Sabía que había dicho la verdad—. Las personas mueren, se marchan y desaparecen. A veces pasa, pero si tú eres el primero en largarte, seguro que acabarás solo. ¿No te importa?

—No me importaba.

En pasado. Últimamente le importaba mucho, pero no quería reconocerlo ante ella. Todavía no.

—Se paga un precio muy alto en esta vida por tener miedo... —dijo Carole en voz baja, y añadió—: por tener miedo a querer. A mí tampoco se me da muy bien. —Había decidido contárselo. Al igual que le pasaba a Charlie con ella, Carole se sentía a salvo con él. Hacía tiempo que no contaba aquella historia, y fue breve—. Me casé a los veinticuatro, con un amigo de mi padre, director de una gran empresa, un hombre muy inteligente. Antes se había dedicado a la investigación científica y montó una empresa farmacéutica que todos conocemos. Estaba como una cabra. Era veinte años mayor que yo, y un hombre extraordinario. Todavía lo es, pero también narcisista, inteligente, encantador, alcohólico, peligroso, sádico y un maltratador. Fueron los peores seis años de mi vida. Era un verdadero psicópata, y todo el mundo me decía que tenía mucha suerte por estar casada con él, porque nadie sabía lo que pasaba de puertas adentro. Tuve un accidente de coche, creo que a propósito. Lo único que quería era morirme. Él no paraba de torturarme. Me marchaba de casa un par de días y siempre volvía con él, porque me dejaba engatusar. Los maltratadores nunca pierden de vista a su presa. Cuando estaba en el hospital después del accidente recuperé el juicio. No volví. Estuve escondida en California un año, conocí a un montón de buenas personas y entendí lo que quería hacer. Al volver aquí abrí el centro y jamás me he arrepentido.

—¿Qué pasó con él? ¿Dónde está ahora?

—Ahí sigue, torturando a otra persona. Tiene cincuenta y tantos años. Se casó con una jovencita el año pasado. Pobrecilla. Sigue tan encantador como siempre, y tan enfermo. A veces me llama, y un día me escribió una carta en la que decía que esa chica no significaba nada para él y que seguía queriéndome. No le contesté, ni pienso. Nunca le devuelvo las llamadas. Para mí se acabó, pero no he sentido el menor deseo de volver a intentarlo. Supongo que podría decir que tengo fobia al compromiso, o a las relaciones —dijo, sonriendo—, y así pienso seguir. No tengo ningunas ganas de que vuelvan a joderme la vida. No supe verlo venir, ni yo ni nadie. Todo el mundo pensaba que era guapo, encantador y rico. Es de lo que llaman «buena familia», y durante mucho tiempo mi propia familia pensó que la que estaba loca era yo. Probablemente siguen pensándolo, pero son demasiado educados para decirlo. Piensan que soy rara. Pero estoy viva y en mi sano juicio, algo que parecía más que cuestionable antes de que me empotrara con el coche en la trasera de un camión en la autopista de Long Island y me llevara un susto de muerte. Puedes creerme: estrellarme contra un camión fue mucho menos doloroso y peligroso que mi vida con él. Era un verdadero psicópata, y sigue siéndolo. Así que tiré por la ventana el reloj biológico, junto con los zapatos de tacón, el maquillaje, los vestiditos negros de fiesta y los anillos de compromiso y de boda. Lo único bueno es que no tuve hijos con él. Si no, probablemente me habría quedado a su lado. Y ahora, en lugar de un par de hijos, tengo cuarenta, un barrio entero, y a Gabby y Zorro, y soy mucho más feliz que antes.

Miró a Charlie con la pena y el dolor reflejados en los ojos. Charlie vio el martirio que había padecido, motivo por el que se preocupaba tanto por los niños con los que trabajaba. Ella también había pasado por eso, aunque de un modo diferente. Mientras le contaba su historia, Charlie sintió escalofríos en la columna vertebral. Lo había presentado con sencillez y rapidez, pero él comprendió que no había sido así. Había vivido una pesadilla de la que finalmente había despertado, pero había tardado seis años, durante los cuales debía de haber sufrido terriblemente. Lamentaba que le hubiera ocurrido, mucho más de lo que Carole podía imaginar, pero al menos seguía viva para contarlo y para realizar una labor extraordinaria. Podría haber estado inmóvil y babeando en algún sitio, o enloquecida por las drogas o el alcohol, o muerta. Por el contrario, llevaba una vida agradable, pero a costa de haber renunciado a muchas cosas.

—Lo siento, Carole. Supongo que a todos tiene que ocurrirnos algo terrible en un momento dado. En la vida se trata de lo que hacemos después, de cuántos trocitos podemos rescatar de la basura para pegarlos y recomponer la pieza. —Sabía que a él aún le faltaban trozos, y muy grandes—. Tienes mucho valor.

—Y tú. Perder a toda tu familia a la edad que tú la perdiste es un golpe atroz para un niño. No se llega a superar por completo, pero quizá seas lo suficientemente valiente para no salir pitando un día. Espero que lo consigas —dijo Carole con dulzura.

—Espero que tú también —repuso Charlie en voz baja, mirándola, agradecido por la sinceridad de ambos.

—Yo prefiero apostar por ti. —Le sonrió—. Me gusta mi vida de ahora. Es sencilla, sin complicaciones.

—Y solitaria —añadió Charlie sin rodeos en cuanto Carole guardó silencio—. No puedes negarlo. Mentirías. Yo también me siento solo, como todo el mundo. Si uno decide estar solo, a lo mejor nadie le hace daño, pero paga un precio muy alto. Sale muy caro, y tú lo sabes. A lo mejor así no tienes chichones visibles ni heridas recientes, pero cuando vuelves a casa por la noche, oyes lo mismo que yo, el silencio, y todo está oscuro. Nadie te pregunta cómo estás, y a nadie le importa un pepino. Quizá a tus amigos sí, pero los dos sabemos que no es lo mismo.

—No, claro que no —reconoció Carole con honradez—. Pero la alternativa da aún más miedo.

—Quizá el silencio nos dé más miedo algún día. A mí me pasa a veces.

Sobre todo últimamente. Y el tiempo no lo favorecía, ni a Carole durante muchos más años.

—¿Y qué haces? —preguntó ella con curiosidad.

—Huir. Salir. Viajar. Ver a los amigos. Ir a fiestas. Salir con mujeres. Hay muchas maneras de llenar el vacío, la mayoría artificiales, y vayas a donde vayas, te llevas a ti mismo y tus fantasmas. Yo también he pasado por eso.

Jamás había sido tan sincero con nadie, salvo con su terapeuta, pero estaba cansado de tanto artificio y de fingir que todo iba bien. A veces no iba tan bien.

—Sí, lo sé —dijo Carole bajito—. Yo trabajo hasta caer rendida, y me digo que me debo a mis clientes. Pero no siempre es por ellos. Unas veces sí, pero otras veces es por mí. Y si no tengo otra cosa que hacer cuando vuelvo a casa, voy a nadar, al gimnasio o a jugar al squash.

—A ti al menos te sienta bien. —Le sonrió—. Somos un desastre, ¿verdad? Dos personas con fobia al compromiso cenando y compartiendo secretos del oficio.

—Hay cosas peores. —Lo miró con recelo, preguntándose por qué la había invitado a salir. Ya no estaba segura de que fuera solo por los planes sobre el centro, y tenía razón—. Seamos amigos —dijo con dulzura, deseosa de llegar a un acuerdo con él, de imponer desde el principio las reglas del juego y los límites que tan bien se le daban.

Charlie se quedó mirándola largo rato antes de responder. En esta ocasión quería ser honrado con ella. La última vez, cuando la había llamado para invitarla a cenar, no lo había sido, y no quería esperar a que fuera demasiado tarde.

—No puedo prometértelo —dijo, y sus ojos, igualmente azules, se encontraron y mantuvieron la mirada—. No rompo las promesas que hago, y no estoy seguro de poder cumplir esta.

—No volveré a salir a cenar contigo a menos que sepa que somos solo amigos.

—Entonces supongo que tendrás que empezar a almorzar conmigo. Puedo llevarte un plátano al centro o podemos vernos en el restaurante de Sally y hartarnos de costillas. No te estoy diciendo que no podamos ser amigos, ni que no vayamos a serlo, pero me gustas más que todo eso. Incluso las personas con fobia al compromiso tienen alguno que otro romance y salen juntos.

—Entonces, ¿por eso estamos aquí?

Lo miró, sorprendida. No se le había pasado por la cabeza cuando la había invitado a cenar. Estaba convencida de que era por asuntos de la fundación, pero había empezado a caerle mejor, lo suficiente para ser amiga suya.

—No lo sé —contestó Charlie con vaguedad, porque no estaba dispuesto a reconocer que le había mentido ni que se había servido de una estratagema para que cenara con él. Todo vale en el amor y la diversión, como decía Adam. O algo parecido. La noche había sido divertida, o más interesante que divertida, pero de momento no había sexo, y Charlie sospechaba que no lo habría durante mucho tiempo, si acaso llegaba a haberlo—. No estoy seguro, salvo que somos dos personas inteligentes con intereses parecidos que empiezan a conocerse. Pero la siguiente vez me gustaría que fuera como una cita para salir.

Carole no respondió durante unos momentos, desanimada. Sintió deseos de salir corriendo, pero al fin le contestó con expresión angustiada:

—Yo no salgo con nadie.

—Eso era ayer. Esto es hoy. Mañana, cuando ocurra, lo piensas, a ver qué te apetece. Todavía no tienes que tomar grandes decisiones. Te estoy hablando de salir a cenar, no de una operación a corazón abierto —dijo Charlie con sencillez.

E incluso Carole tuvo que reconocer que tenía razón.

—¿Y quién de los dos crees que se largará primero?

—Podemos echarlo a cara o cruz, pero te advierto que no estoy en tan buena forma como antes y no corro tan rápido como solía hacerlo. A lo mejor eres tú.

—¿Estás utilizándome para demostrar tu teoría del abandono, Charlie, la de que todas las mujeres te dejan tarde o temprano? No pienso dejarme utilizar para esa hipótesis neurótica —dijo, mientras Charlie la miraba sonriendo.

—Intentaré no hacerlo, pero tampoco te puedo prometer eso. Nada más que cenar, recuérdalo. Nada de compromisos de por vida.

Al menos todavía no. Se recordó a sí mismo que debía andarse con cuidado. Cosas más raras habían sucedido. Aunque no podía pensar en nada mejor que pasar tiempo con ella, durase lo que durase y quienquiera que saliera pitando primero.

—Si andas buscando a la «mujer adecuada», cenar con alguien con fobia confirmada al compromiso no debería ocupar muy buen lugar en la lista.

—Intentaré tenerlo en cuenta. No tienes que ser mi terapeuta, Carole. Ya tengo. Pero sí puedes ser mi amiga.

—Creo que ya lo soy.

No sabían nada sobre lo demás, pero no les hacía falta. El futuro estaba lleno de sorpresas, si ella quería.

Charlie pagó la cuenta y la acompañó a casa. Carole vivía

en un elegante edificio de piedra rojiza, lo que sorprendió a Charlie, y no lo invitó a entrar. Tampoco él lo esperaba. Pensaba que las cosas habían ido mejor que bien para ser la primera vez que salían.

Carole le contó que vivía en un pequeño estudio alquilado en la parte trasera del edificio, y que había tenido mucha suerte al encontrarlo, porque era increíblemente barato. Charlie se preguntó si habría llegado a algún acuerdo económico después del matrimonio, puesto que, según ella, su marido era rico. Esperaba que hubiera sacado algo en limpio, no solo dolor.

—Gracias por la cena —añadió Carole cortésmente y después, con gran firmeza—: Y no ha sido una cita.

—Ya lo sé. Gracias por recordármelo —contestó Charlie, con un brillo en los ojos.

Llevaba camisa azul, sin corbata, vaqueros, un jersey del mismo color que el de Carole y mocasines marrones de piel de cocodrilo, sin calcetines. Estaba muy guapo, y también Carole.

—¿Cenamos la semana que viene?

—Lo pensaré —repuso Carole. Metió la llave en la cerradura, lo saludó con la mano y desapareció.

—Buenas noches —susurró Charlie, sonriendo mientras echaba a andar con la cabeza gacha, pensando en ella y en todo lo que habían compartido. No miró hacia atrás, ni la vio observándolo desde una ventana. Carole se preguntó en qué iría pensando, lo mismo que se preguntó Charlie sobre ella. Él estaba contento. Ella, asustada.

12

Dos días después de la cena de Charlie con Carole, Adam se detenía ante la puerta de la casa de sus padres en Long Island en su nuevo Ferrari. Ya sabía que iba a tener problemas. Habrían esperado que asistiera a los servicios religiosos con ellos, y esa era la intención que tenía, como todos los años, pero lo había llamado uno de sus deportistas de élite, presa del pánico. Habían detenido a su mujer por robar en una tienda y reconoció que su hijo, de dieciséis años, traficaba con cocaína. Sí, era Yom Kipur para sus padres, pero un jugador de fútbol de Minnesota no tenía ni puñetera idea sobre Yom Kipur y necesitaba la ayuda de Adam. Él siempre estaba al pie del cañón, y en aquella ocasión no fue distinto.

Iban a enviar al chico a Hazelden a la mañana siguiente, y por suerte Adam conocía al ayudante del fiscal del distrito que llevaba el caso de la mujer del futbolista. Habían llegado a un acuerdo por cien horas de servicio comunitario, y el fiscal había accedido a no difundirlo en la prensa. El deportista al que Adam representaba le dijo que le debía la vida. Y Adam se puso en camino a las seis y media. Tardó una hora en llegar a la casa de sus padres en Long Island. Se había perdido los servicios religiosos en la sinagoga, pero al menos llegaba a tiempo para la cena. Sabía que su madre estaría furiosa, y él estaba contrariado. Era el único día del año en que realmente le gustaba ir a la sinagoga para expiar sus pecados del año anterior y recordar a los difuntos. El resto del tiempo la religión significaba muy poco para él, pero le encantaban las tradiciones y agradecía que Rachel observara todas las festividades con los niños. Jacob había alcanzado la edad de Bar Mitzvá el verano anterior, y la ceremonia en la que leyó pasajes de la Tora en hebreo la había hecho llorar. Jamás se había sentido tan orgulloso, y recordó las lágrimas de su padre mientras él leía.

Pero sabía que aquella noche no habría momentos tan tiernos. Su madre estaría furibunda porque no había llegado a tiempo para ir a la sinagoga con ellos. Siempre tenía algo de lo que quejarse. Para ella no significaba nada que se ocupara de sus clientes en momentos difíciles. Estaba enfadada con su hijo menor desde el divorcio. Se sentía más unida a Rachel de lo que jamás lo había estado con él, y Adam pensaba que prefería a su ex esposa que a él.

Acababan de volver de la sinagoga y estaban todos en el salón cuando entró Adam. Llevaba un traje azul oscuro de Brioni de corte impecable, camisa blanca hecha a medida, corbata y zapatos relucientes. Cualquier madre se habría derretido al verlo. Tenía buen tipo y era guapo, con un toque exótico. En raras ocasiones, cuando era más joven, su madre decía que parecía un joven luchador israelí por la libertad, y de vez en cuando dejaba escapar que se sentía orgullosa de él. Últimamente lo único que decía era que había vendido su alma para vivir en Sodoma y Gomorra y que llevaba una vida ignominiosa. Censuraba cuanto hacía Adam, desde las mujeres con las que salía hasta los clientes a los que representaba, pasando por los viajes de negocios a Las Vegas para ver combates de boxeo o asistir a conciertos de raperos. Incluso censuraba a Charlie y Gray, de quienes decía que eran dos desgraciados que no se habían casado ni se casarían jamás y se juntaban con mujeres de vida fácil. Y cuando veía fotos de Adam en los tabloides con una de las mujeres con las que salía, detrás de Vana o de cualquiera de sus clientes, lo llamaba para decirle que era una verdadera vergüenza. Adam estaba seguro de que aquella noche no iba a ser mejor.

No asistir a los servicios religiosos de Yom Kipur era algo tremendo para la madre de Adam. Tampoco había ido a casa de sus padres en Rosh Hashaná. Estaba en Atlantic City, solucionando una disputa por un contrato que había estallado cuando uno de los músicos más importantes a los que representaba se presentó borracho en el escenario y se cayó redondo. Las festividades religiosas judías no significaban nada para sus clientes, pero para su madre sí, y mucho.

Su madre tenía una expresión dura como el granito cuando Adam entró en el salón, y él estaba pálido, por el estrés y la angustia. Siempre que iba a casa de sus padres volvía a sentirse como un crío, un recuerdo que no le resultaba agradable. Desde el mismo día de su nacimiento lo habían hecho sentirse como un intruso, como una persona frustrante.

—Hola, mamá. Siento llegar tan tarde —dijo mientras se acercaba a ella. Se inclinó para darle un beso y ella retiró la cara. Su padre estaba en el sofá, con la mirada clavada en el suelo. Aunque había oído entrar a Adam no levantó los ojos. Nunca lo hacía. Adam besó a su madre en la coronilla y se apartó—. Perdonadme todos. No he podido evitarlo. He tenido un problema con un cliente. Su hijo está vendiendo drogas, y su mujer ha estado a punto de ir a la cárcel.

Para la madre de Adam aquella excusa no era nada, simplemente más carnaza.

—Bonita gente, esa para la que trabajas —dijo, en un tono tan cortante que podría haber trinchado un pollo entero—. Te sentirás orgulloso.

Su voz destilaba sarcasmo, y Adam vio a su hermana mirar de soslayo a su marido, y su hermano frunció el ceño y se dio media vuelta. Sabía que iba a ser otra de esas grandes veladas que lo dejaban con dolor de estómago durante días.

—Da de comer a mis hijos —replicó Adam, intentando adoptar un tono desenfadado mientras se dirigía al aparador a ponerse una copa. Vodka con hielo, a palo seco.

—¿Es que no puedes ni siquiera esperar a sentarte para tomarte una copa? No puedes ir a la sinagoga en Yom Kipur ni saludar como es debido a tu familia, y ya estás bebiendo. Adam, cualquier día vas a acabar en Alcohólicos Anónimos.

Poco podía decir Adam. Con Charlie y Gray habría bromeado, pero nada de lo que ocurría en su familia era una broma. Allí sentados, parecían estar en pleno ritual fúnebre, esperando a que la criada les dijera que la cena estaba servida. Era la misma mujer afroamericana que llevaba trabajando para ellos treinta años, aunque Adam no comprendía por qué. Su madre aún la llamaba «la *schwartze*», aunque hablaba yidis mejor que Adam. Era la única persona a la que le gustaba ver en sus escasas visitas a casa de sus padres. Se llamaba Mae. La madre de Adam siempre preguntaba, con expresión de asco: «Pero ¿qué nombre es ese, Mae?».

—¿Qué tal la sinagoga? —preguntó Adam cortésmente, intentando entablar conversación mientras Sharon, su hermana, hablaba en voz baja con Barbara, su cuñada, y Ben, su hermano, hablaba de golf con su cuñado, que se llamaba Gideon pero no le caía bien a nadie, de modo que todos hacían como si no tuviera nombre. En aquella familia, si uno no daba la talla no tenía nombre.

Ben era médico, y Gideon solo vendía seguros. El hecho de que Adam se hubiera licenciado cum laude perdía todo valor ante otro hecho: que estuviera divorciado porque su mujer lo había dejado, circunstancia de la que solo él era culpable, según su madre. Si fuera un hombre como es debido, ¿por qué iba a dejarlo una chica como Rachel? Y había que ver con qué mujeres salía desde entonces. Siempre era la misma canción, y Adam se la sabía de memoria. Era un juego en el que nunca podía ganar. Seguía intentándolo, pero no sabía por qué.

Al poco rato entró Mae para decirles que la cena estaba servida, y, mientras se sentaban en los sitios de costumbre, Adam vio a su madre mirándolo desde el otro extremo de la mesa. Aquella mirada podría haberlo fulminado. Su padre se colocó enfrente, y las dos parejas a ambos lados. Sus hijos aún estaban comiendo en la cocina, y Adam todavía no los había visto. Habían estado jugando al baloncesto y fumando cigarrillos a escondidas fuera. Los hijos de Adam nunca iban allí. Su madre los veía a solas, con Rachel, cuando le parecía. Adam siempre se sentaba entre su padre y su hermana, como si le hubieran hecho un hueco en el último momento, y siempre le tocaba la pata de la mesa. En realidad no le importaba, pero parecía una señal del cielo el hecho de que en aquella familia no hubiera sitio para él, sobre todo en los últimos años. Desde que se había divorciado de Rachel y había pasado a ser socio del bufete, poco antes, lo trataban como a un paria, causa de dolor y vergüenza para todos, en especial para su madre. Sus logros, muy considerados en el mundo exterior, no importaban nada en aquella casa. Lo trataban como a un extraterrestre, y allí sentado, sintiéndose como un marciano, fue palideciendo por minutos, deseando volver a su casa de inmediato. Lo peor era que aquella era su casa, por mucho que le costara creerlo. Todos le hacían que se sintiera como si fuera un extraño, un enemigo.

—Bueno, ¿dónde has estado últimamente? —preguntó su madre en cuanto se hizo el silencio, para que todos pudieran oírle enumerar sitios como Las Vegas y Atlantic City, donde había apuestas, prostitución y bandas enteras de mujeres de vida alegre, todas las cuales habían ido allí para que Adam se aprovechara de ellas.

—Pues aquí y allá —contestó Adam con vaguedad. Se conocía el truco. Resultaba difícil evitar los escollos, pero siempre lo intentaba—. En agosto estuve en Italia y Francia —le recordó a su madre.

Habría sido absurdo contarle que había estado en Atlantic City la semana anterior, resolviendo otro problema urgente. Por suerte, su madre no tenía ni idea de dónde había estado en Rosh Hashaná ni había esperado que fuera a casa. Adam solo se molestaba en ir en Yom Kipur. Miró a su hermana, que le sonrió. En unos segundos de alucinación la vio con el pelo de punta, mechones blancos y enormes colmillos. Siempre pensaba en ella como la novia de Frankenstein. Tenía dos hijos, un chico y una chica, a los que Adam raramente veía, que eran iguales que Gideon y ella. Asistía a la ceremonia de Bar Mitzvá de todos, pero después no volvía a verlos. Sus sobrinos y sus sobrinas eran unos extraños para él, y, como reconocía ante Charlie y Gray, lo prefería. Insistía en que todos los miembros de su familia eran bichos raros, precisamente lo que ellos pensaban de él.

—¿Qué tal en Lake Mohonk? —le preguntó a su madre.

No sabía por qué seguían yendo allí. Su padre había ganado una fortuna en la Bolsa hacía cuarenta años y podrían haber ido a cualquier parte del mundo. A su madre le gustaba fingir que todavía eran pobres y, como detestaba los aviones, nunca se arriesgaban a ir muy lejos.

—Muy bien —contestó la madre, buscando otro tema para pincharlo.

Normalmente usaba cualquier cosa que él dijera para darle la paliza. El truco de Adam consistía en no ofrecerle información, aparte de la que ella encontraba en los tabloides, que compraba religiosamente, o lo que veía en la televisión. Solía enviarle recortes con las fotos más desagradables, en las que Adam aparecía detrás de un cliente esposado y a punto de entrar en la cárcel. Siempre le adjuntaba notitas: «Por si acaso no lo habías visto...». Cuando eran especialmente espantosas, se las enviaba separadas, por triplicado, con notitas que siempre empezaban con: «Creo que se me había olvidado enviarte...».

—¿Cómo te encuentras, papá?

Esa solía ser la siguiente tentativa de Adam de entablar conversación, siempre con la misma respuesta. De pequeño estaba convencido de que unos seres extraterrestres habían sustituido a su padre por un robot con una pieza defectuosa que le dificultaba el habla. Era capaz de hablar, pero primero había que darle un empujoncito, y después uno se daba cuenta de que se le había agotado la pila. La respuesta invariable de su padre, tras unos momentos, era «bastante bien», mientras miraba fijamente el plato, nunca a su interlocutor, y seguía comiendo. Abstraerse y negarse a participar en una conversación era el único recurso de su padre para soportar cincuenta y siete años de matrimonio con su madre. Ben, su hermano, cumpliría cincuenta y cinco años aquel invierno, Sharon acababa de cumplir cincuenta, y Adam había sido un accidente que tuvo lugar nueve años más tarde, alguien a quien al parecer ni siquiera merecía que se le dirigiera la palabra, salvo cuando hacía algo mal.

No recordaba que su madre le hubiera dicho que lo quería ni una sola vez, ni que le hubiera dedicado una palabra cariñosa desde que nació. Era motivo de ignominia e irritación desde su más tierna infancia. Lo más amable que habían hecho por él era hacer caso omiso de su existencia; lo peor, reñirlo, reprenderlo y pegarle, todo lo cual había corrido a cargo de su madre mientras se hacía mayor, y seguía haciéndolo cuando ya había cumplido los cuarenta. Lo único que había suprimido con los años eran los azotes.

—Bueno, ¿con quién sales ahora, Adam? —le preguntó su madre cuando Mae llevó la ensalada.

Adam supuso que, como no había ido a la sinagoga y tenía que castigarlo por ello, sacaba temprano la artillería pesada. Por norma, esperaba hasta el postre y el café para lanzarle aquella andanada. Había aprendido hacía tiempo que no existía ninguna respuesta correcta. Todo el mundo se le echaría encima si decía la verdad, sobre ese tema o cualquier otro.

—Con nadie. He estado muy liado —respondió con vaguedad.

—Ya se nota —replicó la madre dirigiéndose rápidamente y muy erguida hacia el aparador.

Era delgada y enjuta y disfrutaba de una forma física extraordinaria para sus setenta y nueve años, mientras que el padre empezaba a ponerse un poco rechoncho. Sacó un ejemplar del *Enquirer* y se lo pasó a todos los invitados para que lo vieran. Aún no le había enviado a Adam los recortes. Al parecer lo había reservado para la festividad, de modo que todo el mundo pudiera disfrutarlo, y no solo Adam.

Adam vio que era una fotografía suya en el concierto de Vana. A su lado había una chica con la boca abierta de par en par y los ojos cerrados, chaqueta de cuero y unos pechos a punto de reventar la blusa negra. Llevaba una falda tan corta que parecía que no llevaba nada.

—¿Quién es esa? —preguntó su madre en un tono que daba a entender que Adam les ocultaba algo.

Adam se quedó mirando la fotografía unos momentos. Al principio no le dijo nada, pero después lo recordó. Maggie. La chica a la que le había proporcionado un asiento junto al escenario y a la que había acompañado después a su casa. Estuvo tentado de decirle a su madre que no se preocupara, que no tenía importancia porque no se había acostado con ella.

—Una chica que estaba a mi lado en el concierto —contestó sin dar más explicaciones.

—¿No habías salido con ella?

Adam se debatió entre el alivio y la decepción. Tendría que buscar otra arma.

—No. Fui con Charlie.

—¿Con quién?

La madre siempre fingía no acordarse. Para Adam, olvidar los nombres de sus amigos era otra forma de rechazo.

—Charles Harrington.

El que siempre finges no recordar, le habría gustado añadir.

—Ah, ese. Debe de ser gay. No se ha casado.

Había dado en el blanco con ese dardo. Ya dominaba la situación. Si él decía que no era gay, querría saber cómo lo sabía, lo que podría resultar comprometedor, y si, abandonando toda precaución, le daba la razón, para quitársela de en medio, inevitablemente le devolvería la pelota más adelante. Adam lo había intentado con otros temas. Lo mejor era no decir nada. Se limitó a sonreír a Mae cuando volvió a pasar el pan, y ella le guiñó un ojo. Ella era su única aliada y siempre lo había sido.

Cuando al fin se levantaron de la mesa, Adam se sentía como si hubiera pasado una temporada en el infierno. El nudo que tenía en el estómago se hizo del tamaño de un puño al verlos ocupando los mismos sillones en los que estaban sentados antes de la cena. Miró a su alrededor y se dio cuenta de que no podía más. Se quedó de pie junto a su madre, por si acaso ella sentía la necesidad imperiosa de darle un abrazo, cosa que no ocurría con frecuencia.

—Perdona, mamá, pero tengo un dolor de cabeza espantoso. Me da la impresión de que va a acabar en migraña. Tengo que conducir un buen rato, así que me voy marchar.

Lo único que quería era salir pitando de allí.

Su madre se quedó mirándolo unos momentos con los labios fruncidos y asintió con la cabeza. Ya lo había castigado debidamente por no haber ido a la sinagoga con ellos. Era libre de marcharse. Había desempeñado su papel de chivo expiatorio, como era su obligación, papel que ella le había asignado toda la vida, desde que había tenido la osadía de llegar en un momento en el que creía que ya había cumplido sobradamente con la tarea de tener hijos. Había supuesto una agresión tan inesperada como inoportuna contra sus meriendas y sus partidas de bridge, por la cual había recibido el merecido castigo. Desde siempre. Y continuaba recibiéndolo. Siempre había supuesto un incordio para ella, jamás un motivo de alegría.

Los demás habían seguido el ejemplo de la madre. A los catorce años, Ben sintió una gran vergüenza cuando ella volvió a quedarse embarazada, y a Sharon, a los nueve, le indignó aquella intrusión en su vida. Su padre se dedicaba a jugar al golf y no tenía tiempo para otra cosa. Y, como venganza, decidieron que lo criara una niñera y nunca pudiera ver a su familia. Pero el castigo que le impusieron resultó una suerte para él. La mujer que se ocupó de él hasta los diez años era cariñosa y bondadosa, la única persona decente de su infancia. Hasta su décimo cumpleaños, cuando la echaron sin permitirle que se despidiera. Adam seguía preguntándose a veces qué habría sido de ella, pero suponía que habría muerto, porque ya no era joven cuando lo cuidaba. Se había sentido culpable durante años por no intentar buscarla, o al menos escribirle, para darle las gracias por su bondad.

—Si no bebieras tanto ni salieras con esas mujeres de vida alegre no tendrías migrañas —proclamó su madre.

Adam no sabía qué tenían que ver las mujeres de vida alegre con las migrañas, pero era más sencillo no preguntarlo.

—Gracias por la cena. Ha sido estupenda.

No tenía ni idea de lo que había comido. Probablemente carne asada. En aquella casa nunca se fijaba en lo que comía. Se limitaba a cumplir.

—Llámame algún día —dijo su madre en tono severo.

Adam asintió con la cabeza y resistió la tentación de preguntarle para qué. Era otra pregunta a la que nadie podría haber contestado. ¿Por qué iba a llamarla? Pero de todas maneras lo hacía, por respeto y costumbre, una vez a la semana o así, siempre con la esperanza de que no estuviera en casa y pudiera dejarle el recado, preferiblemente a su padre, quien apenas era capaz de intercalar tres palabras entre hola y adiós, que casi siempre eran: «Se lo diré».

Adam se despidió de cada uno de ellos, y después de Mae, en la cocina. Salió y subió al Ferrari con un profundo suspiro.

—¡Me cago en diez! —dijo en voz alta—. Cómo detesto a esa gente.

Entonces empezó a sentirse mejor y pisó a fondo el acelerador. Diez minutos más tarde iba por la autopista de Long Island sobrepasando con mucho el límite de velocidad, pero con el estómago mejor. Intentó hablar con Charlie, aunque fuera solo para oír la voz de un ser humano normal, pero no estaba, y le dejó un mensaje absurdo en el contestador. Y de repente se puso a pensar en Maggie. Su fotografía del *Enquirer* era espantosa. Él la recordaba con mejor aspecto. Era una chica mona, a su manera. Siguió pensando en ella unos minutos y se preguntó si debería llamarla. Probablemente no, pero sabía que algo tenía que hacer aquella noche para restablecer sus tripas y su ego, tan maltrechos. Podía llamar a muchas otras chicas, y eso hizo en cuanto llegó a casa, pero ninguna estaba en casa. Era viernes, y todas las mujeres que conocía debían de haber salido con alguien. Lo único que necesitaba era un poco de calor humano, alguien a quien sonreír, con quien hablar y que lo apoyara. Ni siquiera necesitaba sexo; solo alguien que reconociera que él también era un ser humano. Ver a su familia lo dejaba sin fuerzas, como si unos vampiros le hubieran chupado la sangre. Necesitaba una transfusión.

Consultó su agenda en el apartamento. Llamó a siete mujeres y le respondieron los contestadores automáticos. Entonces volvió a pensar en Maggie. Supuso que estaría trabajando, pero por si acaso se decidió a llamarla. Ya eran más de las doce, y quizá hubiera vuelto a casa. Rebuscó en todos los bolsillos de la cazadora de cuero que llevaba la noche del concierto de Vana hasta que encontró el trozo de papel en el que le había apuntado su teléfono. Maggie O'Malley. Marcó el número. Sabía que era absurdo recurrir a ella, pero tenía que hablar con alguien. Su madre lo volvía loco. Detestaba a su hermana. No, ni siquiera la detestaba. Le caía fatal, casi tanto como él a ella. Lo único que había hecho en su vida era casarse y tener dos hijos. Se habría conformado con hablar con Gray o con Charlie, pero sabía que Gray estaba con Sylvia, y era demasiado tarde para llamar. Y recordó que Charlie iba a pasar el fin de semana fuera, así que llamó a Maggie. Sintió una creciente oleada de pánico, como le ocurría siempre que iba a casa de sus padres, y el dolor de cabeza se convirtió en auténtica migraña. Cuando estaba con su familia le volvían los peores recuerdos de la infancia. Dejó que el teléfono sonara unas doce veces, pero no contestó nadie. Al final saltó un contestador automático con los nombres de varias chicas, y dejó su nombre y su número para Maggie, pensando que no debería haberse molestado en llamarla. Como toda la gente que conocía, Maggie habría salido aquella noche, y en cuanto colgó se dio cuenta de lo estúpido que había sido al llamarla. Era una perfecta desconocida. No podía explicarle lo que suponía ver a su familia, ni el dolor que siempre le había causado su madre. Maggie era una tontorrona con la que había salido aquella noche a falta de alguien mejor. No era más que una camarera. Al verla en el recorte de prensa con el que su madre lo había torturado se acordó de ella, pero se alegró de que no contestara. Ni siquiera se había acostado con ella, y la única razón para haber conservado su número de teléfono era que se le había olvidado sacarlo de la cazadora y tirarlo.

A pesar de los alarmantes pronósticos de su madre sobre el potencial alcoholismo y la consecuencia de las migrañas, se sirvió una copa antes de tumbarse en la cama para intentar recuperarse de la tensión de aquel día en Long Island. Detestaba la sola idea de ir a casa de sus padres. Era una forma exquisita de tortura, de la que siempre tardaba varios días en recuperarse. ¿Qué sentido tenía que lo invitaran, si iban a seguir tratándolo como a un paria toda su vida? El dolor de cabeza que su madre le había pronosticado empezó a martillearlo mientras pensaba en ellos tumbado en la cama. Tardó casi una hora en dormirse.

Una hora más tarde, cuando estaba profundamente dormido, sonó el teléfono. Soñó que eran monstruos del espacio exterior que intentaban comérselo vivo y emitían extraños zumbidos, mientras su madre se reía de él, blandiendo periódicos. Se tapó la cabeza con las sábanas y soñó que huía de ella gritando, hasta que cayó en la cuenta de que era el teléfono. Se llevó el auricular a la oreja y contestó medio dormido.

—Sí...

—¿Adam?

No reconoció la voz y al despertarse por completo notó un dolor de cabeza aún peor que antes de acostarse.

—¿Quién es?

Ni lo sabía ni le importaba; se dio la vuelta, a punto de volver a dormirse.

—Soy Maggie. Has dejado un recado en el contestador.

—¿Qué Maggie?

Estaba demasiado adormilado para caer en la cuenta.

—Magie O'Malley. Me has llamado. ¿Te he despertado?

—Pues sí. —Ya se había despejado un poco cuando miró el despertador que tenía al lado de la cama. Eran poco más de las dos—. ¿Por qué me llamas a estas horas?

Al despejarse, empezó a desaparecer el dolor de cabeza, pero sabía que si hablaba con ella no volvería a dormirse fácilmente.

—Pensaba que era importante. Me has llamado a las doce de la noche. Acabo de volver de trabajar, y pensaba que aún estarías despierto.

—Pues no —replicó Adam, tumbado en la cama y recapitulando la situación. A aquella hora, a Maggie debía de haberle parecido una llamada a la desesperada, pero no era mucho mejor que ella lo llamara a las dos de la madrugada. Incluso era un poco peor. Y, además, ya era demasiado tarde para verla. Estaba medio dormido.

—¿Para qué me llamabas?

Maggie parecía sentir curiosidad y estar un poco incómoda. Le había gustado conocer a Adam y le estaba agradecida por el asiento que le había conseguido, pero le había decepcionado que no la llamara. Cuando se lo contó a sus amigas del restaurante donde trabajaba, le dijeron que seguramente no la llamaría. Pensaban que, al no haberse acostado con él, Adam habría perdido el interés. Quizá si lo hubiera hecho, él habría pensado que tenían algo en común, justo lo contrario que opinaba la jefa de comedor.

—Nada, me preguntaba si estarías ocupada —contestó Adam con voz somnolienta.

—¿A medianoche?

Parecía perpleja, y Adam se sintió un poco avergonzado al encender la luz, ya completamente despierto. La mayoría de las mujeres que conocía ya le habrían colgado el teléfono, salvo las que estaban realmente desesperadas. No era el caso de Maggie, que pareció ofenderse con la explicación que le dio. «¿Qué era, una llamada a la desesperada?», le dijo, llamando a las cosas por su nombre. Solo que para él era un antídoto contra el veneno de su madre, especialmente potente, y esperaba que un alma caritativa le proporcionase el antiveneno que necesitaba. Y si en eso iban incluidos los favores sexuales, tanto mejor. En el caso de Maggie resultaba un poco más embarazoso, porque en realidad no la conocía.

—No, no ha sido una llamada a la desesperada —contestó, avergonzado—. Es que he cenado con mis padres en Long Island, y ha sido una mierda. Es Yom Kipur.

Supuso acertadamente que, con un apellido como O'Malley, Maggie no tendría ni idea de qué era Yom Kipur, como la mayoría de las chicas con las que salía.

—Pues feliz Yom Kipur —contestó Maggie un tanto cortante.

—No tanto. Es el día de la expiación —le explicó.

—¿Cómo es que no me has llamado antes?

Comprensiblemente, tenía sus recelos.

—He estado muy liado.

Cada vez se sentía peor. Lo único que le faltaba era discutir con aquella chica a la que no tenía pensado llamar, y encima a las dos de la madrugada. Bien merecido se lo tenía, por haberla llamado. Era lo que pasaba con las llamadas a la desesperada a desconocidos en mitad de la noche.

—Sí, como yo —repuso Maggie con inconfundible acento de Nueva York—. De todos modos, gracias por el asiento y la agradable noche. No pensabas llamarme, ¿verdad? —añadió con tristeza.

—Pues parece que sí, porque te he llamado. Hace dos horas, para ser exactos —dijo Adam, irritado. No le debía ninguna explicación, y el dolor de cabeza volvía en toda su plenitud. Eso era lo que conseguía con las cenas en Long Island, y, contrariamente a lo que deseaba, Maggie no le estaba sirviendo de ayuda.

—No, no pensabas llamarme. Eso dicen mis amigas.

—¿Lo has hablado con ellas?

Le daba vergüenza solo de pensarlo. A lo mejor había hecho una encuesta por todo el barrio, a ver si la llamaba o no.

—Solo les he preguntado qué pensaban. ¿Me habrías llamado si me hubiera acostado contigo? —preguntó con curiosidad, y Adam soltó un gruñido, cerró los ojos y se dio la vuelta en la cama.

—¿Cómo demonios lo voy a saber? A lo mejor sí y a lo mejor no. ¿Quién sabe? Depende de si nos gustábamos.

—Francamente, no tengo muy claro que me gustes. La noche que te conocí creí que sí, pero ahora pienso que solo estabas jugando conmigo. Supongo que a Charlie y a ti os resulté una chica graciosa.

Parecía ofendida. Con la limusina y los sitios a los que la había llevado, saltaba a la vista que Adam tenía dinero. Los tipos como él siempre se aprovechaban de las chicas como ella y después no las llamaban nunca. Eso es lo que le habían dicho sus amigas, y en vista de que Adam no la llamaba, había llegado a la conclusión de que tenían razón. Se alegró aún más de no haberse acostado con él, aunque había pensado en ello. No lo conocía, y no estaba dispuesta a intercambiar su cuerpo por una buena entrada para un concierto.

—A Charlie le pareciste una chica muy agradable —mintió Adam. No tenía ni idea de lo que pensaba Charlie. No habían vuelto ni a mencionar su nombre, ninguno de los dos. Era simplemente alguien que se había puesto al alcance de su radar una noche y había desaparecido para no volver a dejarse ver. Maggie tenía razón: no pensaba llamarla. Y no lo hubiera hecho de no ser por la pesadilla de Long Island, y porque nadie le había contestado. Necesitaba desesperadamente un contacto humano, y ahora se lo estaban dando, pero con creces.

—¿Y a ti, Adam? ¿También te parecí una chica muy agradable?

Se estaba poniendo pesada. Adam abrió los ojos y se quedó mirando el techo, preguntándose por qué seguía hablando con ella. Todo era por culpa de su madre. Había bebido lo suficiente para convencerse de que la mayoría de las cosas que le ocurrían en la vida era por culpa de su madre. El resto, por culpa de Rachel.

—Oye, ¿por qué seguimos con esto? Yo no te conozco, y tú a mí tampoco. Tengo un dolor de cabeza espantoso y también de estómago. Mi madre piensa que estoy alcoholizado. A lo mejor es verdad, aunque yo no lo creo, pero de todos modos me siento como un puto trapo. Esa familia es el mismísimo diablo, y he pasado la tarde con ellos. Estoy muy cabreado. Detesto a mis padres, y ellos no me quieren. No sé por qué te he llamado, pero bueno, te he llamado, y no estabas en casa. ¿Y si lo dejamos pasar, como si tal cosa, como si no te hubiera llamado? Sí, a lo mejor fue a la desesperada, y no sé por qué lo hice, solo que me siento como un trapo, como siempre después de ver a mi madre.

Estaba hartándose de verdad, y Maggie siguió escuchándolo en silencio, hasta que al final dijo:

—Cuánto lo siento, Adam. Mis padres tampoco eran para tirar cohetes. Mi padre murió cuando yo tenía tres años. Mi madre era alcohólica y no he vuelto a verla desde que tenía siete años.

—¿Y con quién te criaste?

Adam no sabía por qué continuaba aquella conversación, pero sentía curiosidad.

—Estuve con una tía mía hasta los doce años. Después se murió y estuve en acogida hasta que terminé el instituto. Bueno, en realidad no terminé. Saqué lo de la educación básica a los dieciséis, y desde entonces estoy sola.

Lo dijo con toda naturalidad, sin ninguna intención de inspirar lástima.

—Vaya por Dios, sí que es mala suerte.

Pero muchas de las mujeres que Adam conocía tenían una historia parecida. La clase de mujeres con las que salía raramente habían llevado una vida fácil; la mayoría habían sufrido acoso sexual por parte de los hombres de su familia, se habían marchado de casa a los dieciséis años y trabajaban de modelos y actrices. Maggie no era diferente. Simplemente parecía tener una actitud más filosófica, y no daba la impresión de querer que Adam tomara cartas en el asunto. No esperaba que le pagara unos implantes para compensarla por el hecho de que su madre hubiera sido prostituta o que su padre hubiera abusado de ella. Por muchas cosas desagradables que le hubieran pasado, parecía haber hecho las paces con todo, e incluso mostraba cierta comprensión hacia Adam.

—¿No tienes familia?

Adam estaba intrigado.

—Pues no. Es un poco mierda en vacaciones, pero veo a mis padres de acogida de vez en cuando.

—No tener familia es una suerte, créeme —dijo Adam cínicamente—. Seguro que no te habría gustado tener una como la mía.

Maggie no lo tenía tan claro, pero no estaba dispuesta a discutirlo con Adam a las dos y media de la madrugada. Llevaban media hora hablando de esto y aquello, y ella seguía pensando que la había llamado porque estaba cachondo y desesperado, y le parecía una grosería, una ofensa. Se preguntó a cuántas mujeres habría llamado antes que a ella y si se habría molestado en llamarla si alguna hubiera acudido en su ayuda. No parecía que así fuera, porque saltaba a la vista que estaba solo y profundamente dormido cuando ella lo llamó.

—Pues a mí me da por pensar que me gustaría tener una familia, por mala que fuese. —Y de repente se le ocurrió una cosa. Estaba espabilada, a pesar de la hora, y ahora también Adam—. ¿Tienes hermanos o hermanas?

—Oye, Maggie, ¿te importaría que habláramos de esto en otra ocasión? Mañana te llamo y te prometo que te contaré toda la historia de mi familia.

A continuación Maggie oyó un golpetazo, un gemido y un grito: «¡Me cago en...!».

Pensó que Adam se había hecho daño.

—¿Qué pasa? —preguntó, preocupada.

—Que me he bajado de la cama, he chocado con la mesilla de noche y se me ha caído el despertador en un pie. O sea que, para colmo, no solo estoy cansado y deprimido, sino que me he hecho daño.

Parecía un niño de cinco años a punto de estallar en llanto, y Maggie tuvo que reprimirse para no soltar una risita.

—Mira que eres desastre. Anda, intenta volver a dormirte.

—Y encima con bromitas. Llevo diciéndotelo media hora.

—No seas grosero —lo reprendió Maggie—. De verdad, a veces te pones muy ordinario.

—Ni que fueras mi madre. Siempre me dice esas cosas. ¿Te parece muy correcto que me envíe recortes de los tabloides donde aparezco como una puta mierda o con mis clientes a punto de entrar en la cárcel? ¿Y no es una ordinariez decir que soy alcohólico y que adora a mi ex mujer a pesar de que me engañó y me dejó tirado y encima se casó con otro?

Estaba empezando a cabrearse otra vez, incorporado en la cama, pero Maggie seguía escuchándolo.

—Eso no es una ordinariez. Es una maldad. ¿De verdad te dice esas cosas?

Maggie parecía sorprendida y también comprensiva. A pesar de que casi le estaba gritando, Adam se dio cuenta de que Maggie era una persona amable. Lo había comprendido la noche que se conocieron, pero no tenía sitio en su vida para ella. Lo único que él quería era sexo, glamour y excitación, y no podía contar con ella para ninguna de esas cosas, a pesar del tipazo que tenía, pero como ella no estaba dispuesta a compartir su cuerpo con él, no había forma de saber si resultaría divertido o no. Maggie le había soltado un absurdo discursito, que no hacía cosas así el primer día, en cuyo caso para Adam no había un segundo día. Y estaba hablando con él a las tres de la mañana, escuchando las quejas sobre su madre. No parecía importarle, a pesar de que él la había llamado claramente con ciertas intenciones. A ella no le había gustado, y así se lo había dicho, pero pese a ello no colgaba.

—Adam, no deberías consentir que te dijera esas cosas —añadió con cierta dulzura.

La madre de Maggie se había portado mal con ella, y una noche, sin siquiera despedirse, había desaparecido.

—¿Por qué crees que tengo dolor de cabeza? —preguntó Adam, casi volviendo a gritar—. Porque me lo guardo todo dentro.

Se dio cuenta de que estaba dando la imagen de chiflado, y así era como se sentía. Estaba practicando terapia telefónica, sin sexo. Era la conversación más rara que había mantenido en su vida. Casi lamentaba haber contestado al teléfono, pero al mismo tiempo se alegraba. Le gustaba hablar con Maggie.

—No deberías guardarte los sentimientos. A lo mejor deberías hablar con ella un día de estos y explicarle lo que sientes.

Tumbado en la cama, Adam puso los ojos en blanco. Maggie tenía un punto de vista un tanto simplista, pero no le faltaba comprensión y, además, no conocía a su madre. Suerte que tenía. —¿Qué has tomado para el dolor de cabeza?

—Vodka y vino tinto en casa de mi madre, y un chupito de tequila al volver a casa.

—Pues eso no te va a sentar nada bien. ¿No te has tomado una aspirina?

—Claro que no, y el coñac y el champán son todavía peores, puedes creerme.

—Pues deberías tomar una aspirina, un Tylenol o algo.

—No tengo —contestó Adam, compadecido de sí mismo. Pero, aunque pareciera raro, le gustaba hablar con Maggie. Era una persona encantadora de verdad. De no haberlo sido, no le estaría prestando atención con las quejas sobre sus padres y sus problemas.

—Pero ¿será posible que no tengas Tylenol en casa? —Y de repente se le ocurrió una cosa—. Oye, no serás de la iglesia de la Ciencia Cristiana o algo, ¿no?

Había conocido a un miembro de aquella secta que no tomaba medicinas ni iba nunca al médico. Se limitaba a rezar. A ella le parecía raro, pero a él le funcionaba.

—Pues claro que no. A ver si te acuerdas: hoy es Yom Kipur. Soy judío, y por eso ha empezado todo este lío. Por eso he ido a cenar con mis padres, porque es Yom Kipur. Y no tengo aspirinas en casa porque no estoy casado. Los casados tienen esas cosas en casa, porque las compra la esposa. En el despacho me las compra mi secretaria, pero siempre se me olvida traérmelas a casa.

—Pues deberías comprarte una caja mañana mismo, antes de que se te vuelva a olvidar.

Maggie tenía una voz casi infantil, pero reconfortaba oírla. Al final, le había ofrecido justo lo que Adam necesitaba: comprensión y alguien con quien hablar.

—Lo que debería hacer es dormir —replicó Adam—. Y tú también. Mañana te llamo. En serio.

Aunque solo fuera para darle las gracias.

—Seguro que no me llamas —dijo Maggie con tristeza—. Yo no soy suficientemente fina para ti, Adam. He visto los sitios a los que vas, y seguramente sales con chicas muy elegantes.

Mientras que ella no era más que una camarera del Pier 92. Se habían conocido por casualidad, y también por azar le había dejado Adam un recado en el contestador aquella noche. Y la tercera casualidad: que Maggie lo hubiera llamado y lo hubiera despertado.

—Otra vez como mi madre. Es justo lo que suele decirme. Nada le parece bien. Está convencida de que tendría que haber encontrado a otra chica judía como es debido hace años y haberme vuelto a casar. Y, por cierto, las mujeres con las que salgo no son más elegantes que tú.

A lo mejor llevaban ropa más cara, pero porque se la había comprado alguien. Aunque la madre de Adam no lo habría aceptado, lo cierto era que Maggie era más respetable que ellas, y en muchos sentidos.

—Pues entonces, ¿por qué no te has vuelto a casar?

—Porque no quiero. Ya me han hecho suficiente daño. Mi ex mujer es como mi madre, igual de mala, y no tengo el menor deseo de volver a tener una experiencia terrible.

—¿Tienes hijos?

No se lo había preguntado la noche en que se habían conocido, porque no se había presentado la ocasión ni había tenido tiempo.

—Sí, dos. Amanda, de catorce años, y Jacob, de trece —respondió Adam sonriente, y Maggie percibió la sonrisa en su voz.

—¿En qué universidad estudiaste?

—Es que no doy crédito —dijo Adam, a pesar de lo cual continuó respondiendo al interrogatorio, como si fuera adictivo—. Pues en Harvard. Me licencié en derecho magna cum laude.

Era una pedantería tremenda, pero ¿y qué? Al fin y al cabo no podía verla y todo lo que se dijeran por teléfono valía.

—Ya lo sabía yo —dijo Maggie, entusiasmada—. Es que lo sabía. ¡Y eres una lumbrera! —Por primera vez, alguien que reaccionaba como es debido. Adam sonrió—. ¡Es increíble!

—No tanto —repuso Adam, un poco más modesto—. Hay mucha gente como yo, aunque me cueste reconocerlo. Rachel la espantosa también obtuvo la licenciatura summa cum laude y aprobó el examen para ejercer la abogacía a la primera. Yo no.

Estaba confesando sus pecados y sus debilidades.

—¿Y qué, si es un mal bicho?

—Me encanta que digas eso.

Adam estaba contento. Sin habérselo propuesto, había encontrado una aliada.

—Oye, perdona. No debería hablar así de la madre de tus hijos.

—Claro que sí. Yo siempre lo digo, porque eso es lo que es. La odio... bueno, no es que la odie, es que me cae fatal —corrigió. Al fin y al cabo, era un día religioso, pero seguramente Maggie era católica—. Por cierto, tú serás católica, ¿no?

—Antes sí, pero ahora la verdad es que no soy nada. A veces voy a la iglesia y pongo velas y tal, pero nada más. Es eso, que no soy nada, pero de pequeña quería ser monja.

—Pues qué lástima, con esa cara tan preciosa y ese cuerpo tan bonito. Gracias a Dios que no te metiste a monja.

—Gracias, Adam. Te lo agradezco. Oye, creo que deberías irte a la cama, porque si no, mañana te va a doler más la cabeza.

Adam no pensaba en su cabeza desde hacía media hora, mientras hablaba con Maggie, y de repente, al mirar el reloj, se dio cuenta de que el dolor había desaparecido. Eran las cuatro.

—Oye, ¿desayunamos juntos mañana? ¿A qué hora te levantas?

—Normalmente como a las nueve, pero mañana pensaba dormir más, porque libro.

—Yo también. ¿Paso a recogerte a eso de las doce y nos vamos a tomar algo a un buen sitio?

—A un buen sitio... A ver, ¿qué quieres decir con un buen sitio?

Parecía preocupada. La mayor parte de la ropa que se ponía era de sus compañeras de piso; ninguna de las prendas que llevaba la noche que se habían conocido Adam y ella eran suyas, y por eso le quedaba tan estrecha la blusa. Ella era la de tetas más grandes. No se lo quiso explicar a Adam, pero él adivinó lo que le preocupaba, porque muchas de las chicas con las que salía estaban en la misma situación.

—Venga, ponte unos vaqueros bonitos o una falda vaquera, o unos pantalones cortos bonitos...

Quería darle a elegir.

—Vale. Una falda vaquera.

Parecía aliviada.

—Estupendo. Yo me pondré lo mismo.

Los dos se rieron, y Adam volvió a anotar la dirección de Maggie en el bloc que tenía en la mesilla de noche. Cuando anotaba algo en aquel bloc solía ser porque habían detenido a alguno de sus clientes, pero en esta ocasión era por un motivo mucho más placentero.

—Gracias, Maggie. Lo he pasado muy bien.

Posiblemente mucho mejor que si la hubiera visto. Había hablado con ella, no había intentado seducirla, y no tenía muy claro si aquel desayuno-almuerzo con ella al día siguiente derivaría en seducción. A lo mejor acababan como amigos. Pero al menos empezaban bien.

—Yo también, y me alegro de que me hayas llamado, aunque fuera a la desesperada, ya me entiendes.

—No te he llamado a la desesperada —insistió Adam, a pesar de no estar muy convencido, como tampoco lo estaba Maggie. Claro que había llamado cachondo y desesperado, pero había habido un final feliz, y encima ya no tenía dolor de cabeza.

—Sí, vale —replicó Maggie, muerta de risa—. Venga, después de las diez, nadie llama si no es por eso, ¿o es que no lo sabes?

—¿Quién ha dictado esas normas?

—Pues yo —contestó Maggie, riéndose otra vez.

—Venga, vete a dormir, que si no mañana estarás hecha un asco. Bueno, supongo que no. Eres demasiado joven para eso, pero yo no.

—No, qué va. A mí me pareces muy guapo —replicó Maggie con toda naturalidad.

—Buenas noches, Maggie —dijo Adam en voz baja—. Me reconocerás mañana por la cara de gilipollas.

Aquella chica había empezado a gustarle, por sus comentarios sobre Harvard y sobre lo guapo que era, que lo hacían sentirse divinamente. Había sido un día espantoso, y después estupendo. Maggie había contrarrestado los malos ratos que siempre pasaba en Long Island.

—Hasta mañana.

—Buenas noches —dijo Maggie con dulzura, y colgó.

Y en cuanto se metió en la cama y se arropó con la manta, empezó a pensar si Adam se presentaría al día siguiente. Los tíos son así. Prometen cosas que no cumplen. Decidió vestirse y esperarlo, pasara lo que pasase. Incluso si no se presentaba al día siguiente, le había gustado hablar con él. Era un tío agradable, y le gustaba.

13

Maggie estaba sentada en el sofá del cuarto de estar, esperando a Adam. Era el primer sábado de octubre, casi a mediodía, y hacía un día precioso. Llevaba una minifalda vaquera, una ajustada camiseta rosa que le había dejado una de sus compañeras de piso y sandalias doradas. En esta ocasión se había recogido el pelo en una cola de caballo y se la había sujetado con un pañuelo rosa, con lo que parecía aún más joven. Llevaba muy poco maquillaje. Tenía la impresión de que Adam pensaba que iba demasiado maquillada la noche que se habían conocido.

La siguiente vez que miró el reloj eran las doce y cinco y él aún no había aparecido. Todas las chicas del apartamento habían salido, y empezó a preguntarse si Adam iría a buscarla realmente. A lo mejor no. Decidió darle de plazo hasta la una, y si no aparecía, dar un paseo por el parque. Era absurdo deprimirse si al final no pasaba nada. Como no se lo había contado a nadie, no se reirían de ella si Adam le daba plantón. Estaba pensando en esto cuando sonó el teléfono. Era Adam, y Maggie sonrió al oír su voz, e inmediatamente pensó si habría llamado para anular la cita. Le pareció raro que la llamara por teléfono en lugar de llamar al timbre desde abajo.

—Hola, ¿qué tal? —Intentó parecer despreocupada, para que Adam no pensara que estaba decepcionada—. ¿Cómo va el dolor de cabeza?

—¿Qué dolor de cabeza? ¿Cuál es el número de tu apartamento? Se me ha olvidado.

—¿Dónde estás? —Se había quedado pasmada. Resulta que sí había ido. Mejor tarde que nunca, y al fin y al cabo solo eran las doce y diez.

—Aquí, abajo. —Estaba llamando desde el móvil—. Anda, baja. He reservado mesa en un sitio.

—Ya voy.

Colgó y bajó la escalera a todo correr, no fuera que Adam desapareciera o cambiara de idea. En su vida era algo raro que la gente cumpliera lo que prometía. Y Adam lo había cumplido.

Cuando salió por el portal, allí estaba Adam, apoyado sobre su flamante Ferrari como una estrella de cine. Era el coche en el que había ido a Long Island la noche anterior y ante el que toda su familia había cerrado cortésmente los ojos, como si no existiera. Los padres tenían sendos Mercedes, como su hermano y su cuñada, su cuñado un BMW y su hermana no tenía coche. Los demás tenían que poner su vida patas arriba y dejar lo que estuvieran haciendo para llevarla a donde ella quisiera. Para ellos, un Ferrari era tal vulgaridad y tal horterada que ni siquiera merecía la pena un comentario, pero a Adam le encantaba.

—¡Madre mía! ¡Menudo coche! —Maggie se puso a dar botes en la acera, mirando a Adam. Él le sonrió, abrió la puerta y le dijo que entrase. Maggie solo había visto algo parecido en las películas, y se iba a subir en él. No daba crédito. Pensó que ojalá hubiera alguien conocido que la viera en aquel momento—. ¿Es tuyo? —preguntó con excitación.

—No, qué va. Es robado. —Adam se echó a reír—. Pues claro que es mío. Qué le vamos a hacer. Ya sabes que he ido a Harvard.

Los dos se echaron a reír, y Maggie le dio un paquetito.

—¿Qué es?

—Un regalito para ti. Te lo he comprado esta mañana.

Era un frasco de Tylenol, por si volvía a dolerle la cabeza.

—Eres un cielo —le dijo Adam, sonriéndole—. Lo guardaré para la próxima vez que vea a mi madre.

Adam atravesó Central Park con el coche; hacía una tarde preciosa. Se detuvo en un restaurante con terraza de la Tercera Avenida. Pidió huevos Benedictine para los dos, después de que Maggie le aseguró que le encantaban. No los había probado en su vida, pero cuando Adam le explicó en qué consistían le parecieron bien. Después se quedaron un rato tomando vino, y a continuación fueron a dar un paseo. A Maggie le encantó ver escaparates con él y hablar sobre la gente a la que representaba. Adam le habló sobre sus hijos, sobre la ruptura de su matrimonio y el dolor que le había causado, y también le habló de sus dos mejores amigos, Charlie y Gray. Al final de la tarde, Maggie tenía la impresión de saberlo todo sobre Adam, mientras que ella solo le había contado algunas cosas, discretamente.

Era más reservada que él, y prefería hablar sobre Adam. Solo le contó unas cuantas anécdotas sobre su infancia, sus padres de acogida y la gente con la que trabajaba, pero para los dos saltaba a la vista que la vida de ella era mucho menos fascinante que la de él. Prácticamente lo único que hacía Maggie era trabajar, comer, dormir e ir al cine. Al parecer no tenía muchos amigos. Según ella, no tenía tiempo. Trabajaba muchas horas en el Pier 92, y cuando Adam le preguntó qué más hacía respondió con vaguedad. Se limitó a sonreír y a decir: «Nada. Solo trabajar». A Adam le sorprendió lo fácil que resultaba estar a su lado. Era agradable charlar con ella, y a pesar de haber llevado una vida sencilla, parecía conocer el mundo. Para ser una mujer de veintiséis años, había visto muchas cosas, muchas de ellas terribles. Parecía más joven de lo que era, pero mentalmente era mucho mayor, incluso mayor que Adam en ciertos sentidos.

Volvieron a las seis, y Maggie iba pensando que no le apetecía nada que acabara el día. Casi como si le hubiera leído el pensamiento, Adam se volvió hacia ella con ilusión.

—Oye, ¿y si preparo unos filetes a la barbacoa en la terraza de mi casa? ¿Qué te parece, Maggie?

Dijo que tenía unos cuantos en el frigorífico.

—Pues estupendo —respondió Maggie, radiante.

Ella solo había visto edificios como aquel en el que vivía Adam en las películas. El portero los saludó a la entrada y sonrió a Maggie. Era muy guapa y, adondequiera que fuese, todo el mundo la miraba.

Adam apretó el botón del ático en el ascensor, y en cuanto abrió la puerta del apartamento, Maggie se quedó allí pasmada, mirando.

—¡Madre mía! —exclamó, como cuando había visto el Ferrari—. Menuda casa. —Adam vivía en la trigésimo segunda planta, con una terraza en forma de curva, con su barbacoa, su jacuzzi y sus tumbonas—. Es de película —dijo, sin dar crédito—. ¿Cómo es que me está pasando esto a mí?

—Pura suerte, supongo —contestó Adam en broma.

Ahora que había empezado a conocerla, lo que le entristecía era que a ella nunca le hubiera pasado. Pero a él sí. Después de cenar, Maggie tendría que volver al deprimente edificio en el que vivía, y solo de pensarlo se ponía malo, por ella. Maggie se merecía mucho más que lo que le había deparado el destino. Francamente, había cosas muy injustas. Lo único que él podía hacer era ofrecerle una noche agradable, una buena comida y un rato juntos, y después devolver a Maggie a su mundo de siempre. Nada de lo que él hiciera cambiaría la realidad de Maggie, pero lo más curioso era que a ella no parecía importarle. No sentía la menor envidia y, por el contrario, parecía alegrarse de todas las facetas de la vida que Adam iba mostrándole.

Maggie era una mujer completamente diferente de las que Adam frecuentaba. Se parecía a todas ellas, pero no tenía nada en común con ellas. Maggie era amable, cariñosa y divertida, y además auténtica. Era lista, y le encantaba discutir con él. Y a Adam le encantaba que lo considerase una especie de ángel. Las demás mujeres con las que salía solo querían utilizarlo. Querían ropa, joyas, tarjetas de crédito, un piso, cirugía plástica y que les presentara a alguien para un trabajo o para un papelito en una película. Todas las demás parecían tener agendas muy apretadas, mientras que Maggie daba la impresión de querer estar solamente con él y compartir un buen rato. La rodeaba un halo de inocencia irresistible que la hacía distinta de todas las mujeres que se habían cruzado en su camino durante los últimos años.

Maggie preparó una buena ensalada mientras Adam sacaba los filetes del frigorífico y encendía la barbacoa. Los filetes eran enormes y comieron copiosamente, y después tomaron cucuruchos de helado en la terraza y se pusieron perdidos, riéndose. A Maggie se le cayó a los pies, pero no le dio importancia.

—Ven, mételos en el jacuzzi —le dijo Adam amablemente—. Nadie se va a enterar.

Abrió el grifo y salió el agua burbujeante y caliente. Al menos cabían doce personas, y Maggie se sentó en el borde y metió los pies, riéndose.

—Seguro que das un montón de fiestas tremendas —dijo Maggie, con su minifalda y su camiseta rosa. Parecía una cría, más que nunca.

—¿Por qué? —preguntó Adam en tono evasivo. No le gustaba hablar de las demás mujeres de su vida y pensó que Maggie estaba a punto de interrogarlo.

—Fíjate en todo esto —respondió ella, mirando a su alrededor y después a Adam—. Jacuzzi, ático, barbacoa, terraza, una vista estupenda... O sea, si yo viviera en un sitio así, mis amigos vendrían siempre a verme.

No había disparado en la dirección que Adam se temía.

—Sí, en ocasiones lo hacen —reconoció con honradez—. Pero otras veces me gusta estar aquí solo. Trabajo mucho, y de vez en cuando es agradable un poquito de calma. —Maggie asintió con la cabeza. Era lo mismo que necesitaba ella cuando volvía a casa por la noche después de trabajar. Adam añadió con una mirada dulce—: Lo estoy pasando muy bien contigo.

—Yo también —dijo Maggie con toda sencillez, mirándolo desde donde estaba—. ¿Por qué no quieres volver a casarte?

—¿Cómo lo sabes? —preguntó Adam, desconcertado.

—Porque me lo dijiste anoche por teléfono —le explicó Maggie, y Adam asintió. Estuvo tan adormilado durante la mayor parte de la conversación que se le había olvidado gran parte de lo que había dicho. Lo único que recordaba era lo agradable que le había resultado hablar con Maggie—. ¿No quieres más hijos? Todavía eres joven. Puedes tener más.

Era la clase de interrogatorio al que lo sometía la mayoría de las mujeres, a las que no les gustaban las respuestas que les daba, pero siempre era sincero con ellas. Prefería advertir de sus intenciones, tanto si las mujeres le creían como si no. La mayoría no le creían. En cuanto les decía la verdad, se lo tomaban como un reto aún mayor.

—Me gustan los que tengo, dos, y no quiero más, ni me hace ninguna falta casarme. El matrimonio no fue para mí una experiencia estupenda. Me divierto mucho más de soltero que cuando estaba casado.

—Claro —repuso Maggie, riéndose—. No me extraña con todos los juguetes que tienes...

Era la primera mujer que reconocía semejante cosa. La mayoría intentaba convencerlo de que el matrimonio sería mejor. Maggie parecía pensar que tenía razón.

—Eso me parece a mí. ¿Por qué iba a renunciar a todo esto por una mujer que a lo mejor me decepciona y me hace infeliz?

Maggie asintió con la cabeza. Adam no podía imaginarse a ninguna mujer que no fuera a decepcionarlo y a hacerlo infeliz, y eso entristeció a la chica.

—¿Tienes muchas novias?

Eso sospechaba Maggie, por el tipo de hombre que era Adam. Aunque no fuera más que por el Ferrari.

—Depende —contestó Adam, otra vez sincero—. No me gusta atarme. Para mí la libertad significa mucho. —Maggie hizo un gesto de asentimiento. Le gustaba que Adam no intentara ocultar quién era, algo que se veía a las claras—. A veces no salgo con nadie durante una temporada.

—¿Y ahora? —preguntó Maggie con mirada pícara—. ¿Con muchas, ninguna, o unas cuantas?

Adam le sonrió.

—¿Qué es esto? ¿Un interrogatorio? —También le había hecho muchas preguntas la noche anterior. Parecía ser su estilo—. Ahora mismo no veo a nadie en especial.

—¿Estás haciendo una prueba? —inquirió burlonamente Maggie, más femenina que antes. Era una chica preciosa, y a plena luz del día Adam lo vio con más claridad que la noche en que se habían conocido.

—¿Estás solicitando el puesto de trabajo?

—A lo mejor —respondió Maggie—. No estoy segura.

—¿Y tú? —le preguntó Adam en voz baja—. ¿Estás con alguien?

—Pues no. Llevo un año sin salir con nadie. El último con el que salí resultó ser un camello y acabó en la cárcel. Al principio parecía un tipo muy majo. Lo conocí en el Pier 92.

—Yo no vendo drogas, si eso es lo que te preocupa —dijo Adam en tono convincente—. Todo lo que ves lo he conseguido con el sudor de mi frente.

—No, contigo no me preocupo por eso.

Adam se levantó a poner música. La tarde empezaba a adquirir ciertos tintes románticos. Cuando volvió, Maggie le hizo otra pregunta, para ella importante.

—Si empezáramos a salir, ¿irías con otras mujeres al mismo tiempo?

—Es posible, pero no correrías ningún riesgo por mi culpa, si te refieres a eso. Tomo precauciones, y me he hecho una prueba de sida hace poco.

—Como yo —dijo Maggie tranquilamente. Se la había hecho cuando el camello fue a la cárcel.

—Maggie, si lo que quieres saber es si estaría exclusivamente contigo, tengo que decirte que a lo mejor no. No al principio, por lo menos. Pero ¿quién sabe hasta dónde podría llegar después? Prefiero mantener las posibilidades abiertas, y a tu edad, tú deberías hacer lo mismo. —Maggie asintió. Lo que estaba oyendo no le encantaba precisamente, pero le parecía lógico, y al menos Adam era sincero. No iba a hacerle promesas que luego no fuera a cumplir, pero pensaba ver a otras personas, y ella también—. Incluso si saliéramos, prefiero tener vidas separadas. Llevo mucho tiempo soltero, casi once años, y me parece que así voy a seguir. No quiero verme enredado en la vida de otra persona.

—A mí me parece que te equivocas con lo de no casarte, pero es asunto tuyo —repuso Maggie con toda calma—. Yo tampoco quiero casarme, al menos hasta dentro de mucho tiempo. Soy demasiado joven. Todavía quiero hacer muchas cosas, al menos durante los próximos años, pero sí, algún día me gustaría casarme y tener hijos.

—Claro. Es lo que deberías hacer.

—Quiero darle a mis hijos lo que yo nunca tuve. Una madre, por ejemplo —dijo en voz baja.

—Yo tampoco la tuve —dijo Adam, dirigiéndose hacia el borde del jacuzzi, donde estaba sentada Maggie, moviendo los pies en el agua como una cría—. No todas las madres son madres de verdad, y te aseguro que la mía no lo era. Yo llegué de sorpresa, casi diez años después que mi hermana y catorce después que mi hermano, y todos han estado cabreados conmigo toda la vida. No deberían haberme tenido.

—Pues yo me alegro de que te tuvieran —dijo Maggie con dulzura cuando Adam se acercó a ella—. Francamente, sería una pena que no te hubieran tenido —añadió sonriendo.

—Gracias —contestó Adam, también con dulzura; se agachó y la besó.

Después le propuso que se metieran juntos en el jacuzzi. Tenía un montón de bañadores femeninos en el armario, y le dijo que eligiera el que quisiera. Era la casa de soltero ideal, perfectamente equipada. Había un bañador de su talla, sin estrenar. A Maggie le habría molestado si Adam no hubiera sido tan sincero con ella, pero como lo había sido, entre ellos no se interponían propósitos ocultos ni citas secretas.

Maggie se puso el bañador, se metió en el jacuzzi, y al poco tiempo apareció Adam, también en bañador, y se introdujo en el agua. Se quedaron allí largo rato, hablando y besándose; después se quitaron los bañadores, mientras la cálida noche de octubre iba cayendo sobre Nueva York. Tras un buen rato allí tumbados, Adam arropó a Maggie con una toalla y la llevó dentro. Ya en la cama, le quitó la toalla como si desenvolviera un regalo. Era una auténtica maravilla, una exquisitez, allí tumbada en su cama. Jamás había visto un cuerpo tan hermoso. Incluso le sorprendió darse cuenta de que era rubia natural. No había nada falso en Maggie O'Malley. Todo en ella era auténtico.

Hicieron el amor, y se llevaron una sorpresa al ver lo bien que se acoplaban, lo mucho que disfrutaban el uno del otro, e incluso se rieron y dijeron tonterías. Maggie se sentía totalmente a gusto con él. Después se quedaron muy juntos en la cama un rato y volvieron al jacuzzi. Maggie dijo que era la mejor noche que había pasado en su vida, algo fácil de creer. Había llevado una vida muy dura, y seguía llevándola. Para ella aquello era más que una noche de ensueño, pues sabía que tendría que volver al apartamentucho y a su trabajo, que nada cambiaría su existencia, pero en aquellos momentos compartidos con Adam también compartía una vida que jamás había imaginado. Adam sabía que a ella le resultaría interesante y un auténtico desafío entrar y salir de ambos mundos, si seguían viéndose.

Volvieron a hacer el amor, y en esta ocasión fue algo totalmente espontáneo, con una pasión que los sorprendió a los dos.

Adam la invitó a pasar la noche allí. Normalmente no le apetecía, pero con Maggie sí. Lo espantaba la idea de devolverla a aquella pesadilla en la que vivía, pero los dos tendrían que acostumbrarse a que ella se fuera y a que él la dejara ir. No iba a ofrecerle nada permanente, solo una especie de tregua en la vida que Maggie llevaba, y a ella le parecía suficiente. Por tanto, prefirió volver a su casa aquella noche.

Adam se empeñó en llevarla. No quería que cogiese un taxi. Vivía en un barrio demasiado peligroso. Se había portado bien con él, y él quería corresponder. Maggie se sentía como Cenicienta a punto de volver a casa, y en esa ocasión aún más, porque el Ferrari era de Adam y no una limusina alquilada.

—No voy a decirte que subas —le dijo Maggie después de darle un beso.

—A lo mejor tienes marido y diez hijos y no quieres enseñármelos —susurró Adam, y ella se echó a reír.

—Qué va. Solo cinco.

—Lo he pasado maravillosamente —añadió Adam, muy en serio.

—Yo también —dijo Maggie, y volvió a besarlo.

—Te llamo mañana —prometió Adam, y ella se echó a reír.

—Sí, vale.

Maggie se bajó del Ferrari, subió la escalera, entró en el edificio, saludó con la mano, y al desaparecer entre las sombras recordó las últimas palabras de Adam, que esperaba que cumpliera, si bien no contaba con ello. Nadie mejor que ella sabía que en la vida no hay que fiarse de nada.

14

Adam llamó a Maggie varias veces durante la semana después de Yom Kipur, y ella se quedó en su casa varias noches. Como acababan de cambiarla al turno de día en el Pier 92, su horario le iba bien a Adam. Y a ella le encantaba dormir con él. Todo parecía ir perfectamente, y los dos se atenían al acuerdo al que habían llegado. Maggie no le hacía preguntas sobre el futuro, no tenía razón para ello; y las noches que pasaba en su propia casa, ninguno de ellos preguntaba al otro qué había hecho ni con quién había estado en la siguiente ocasión que se veían.

Lo cierto es que Adam estaba tan entusiasmado con ella que las noches que no la veía la llamaba por teléfono, por lo general antes de acostarse, ya tarde. En dos ocasiones le sorprendió e incluso le preocupó un poco que no estuviera en su casa, pero no le dijo que había llamado ni dejó recado en el contestador. Maggie no le dijo que había salido cuando volvieron a verse. Adam tuvo que reconocer que le había molestado no encontrarla en casa y esperar su llamada, pero no le dijo ni media palabra. Los dos seguían reclamando y recogiendo los beneficios de su libertad. Adam no se acostó con nadie más durante las primeras semanas de su relación; no le apetecía, y cada día se hacía más adicto a Maggie. Y ella le dijo a las claras que no había nadie más en su vida. Pero, a medida que pasaban las semanas, había más noches en que nadie contestaba en casa de Maggie cuando la llamaba, y a Adam le sentaba cada vez peor. Empezó a pensar que debía salir con otras mujeres, para no atarse demasiado a ella. Pero ya se aproximaba Halloween y no había hecho nada al respecto. Seguía siéndole fiel al cabo de un mes. Era la primera vez desde hacía años.

Le molestaba un poco no haber visto a Charlie desde que este había vuelto, hacía un mes; pero, cada vez que lo llamaba para invitarlo a algún sitio, tenía algo que hacer. Adam sabía que tenía muchas actividades sociales y mucho trabajo en la fundación, pero le fastidiaba que no tuviera tiempo para verlo. Lo bueno era que así él tenía más tiempo para Maggie. Cada día le preocupaba más y le angustiaba lo que hacía cuando no estaba con él. Maggie nunca le explicaba adónde iba las noches que no pasaban juntos; simplemente reaparecía al día siguiente, radiante y alegre, y se metía en la cama con él, feliz como siempre, con su cuerpo absolutamente irresistible. Cada día que pasaba crecía su locura por ella. Sin saberlo, Maggie le estaba ganando con sus propias armas. Cada día tenían menos significado para él las grandiosas posibilidades de que le había hablado al principio. A juzgar por la cantidad de veces que no la encontraba en su casa cuando la llamaba, Maggie aprovechaba su libertad mucho mejor que él.

Y Adam veía aún menos a Gray. Había hablado varias veces con él, pero su amigo estaba disfrutando de la felicidad conyugal con Sylvia y no quería ir a ninguna parte. Acabó por mandar correos electrónicos a los dos y consiguió que accedieran a salir una noche, solamente los tres, dos días antes de Halloween. Llevaban más de un mes sin verse; la primera vez desde hacía años que pasaba tanto tiempo, y los tres se quejaban de que los demás habían desaparecido.

Quedaron en un restaurante del centro, en uno de sus sitios favoritos, y Adam fue el primero en llegar. Sus otros dos amigos entraron inmediatamente después, y Adam observó que Gray había engordado. No demasiado, pero sí lo suficiente para estar más rellenito de cara. Les contó que Sylvia y él cocinaban juntos, y parecía más feliz que nunca. Llevaban juntos dos meses, y se conocían desde hacía tres. De momento no había que dar la voz de alarma. Sus dos inseparables amigos se alegraron, pero pensaron que aún no había que echar las campanas al vuelo. Gray les dijo que nunca discutía con Sylvia, y que estaban felices. Pasaba todas las noches con ella, y nunca se quedaba en su estudio, a pesar de lo cual insistía en que oficialmente no vivía con ella, sino que solo «se quedaba» en su casa. A Charlie y Adam les parecía que con aquella expresión hilaba demasiado fino, pero al parecer él se sentía mejor así que diciendo que vivían juntos.

—¿Y tú? ¿Dónde demonios te has metido todo este mes? —preguntó Adam a Charlie, un tanto quejumbroso.

—He salido mucho —contestó Charlie, enigmático, y Gray sonrió.

Charlie había reconocido hacía unos días que había seguido su consejo y estaba viendo a Carole Parker. Aún no había ocurrido nada serio, pero salían a cenar muchas noches y estaban conociéndose. Se veían varias veces a la semana, pero de momento ni siquiera la había besado. Avanzaban lentamente, y Charlie reconocía que los dos se morían de miedo, porque no querían que les hicieran daño.

Adam vio la mirada de complicidad de Gray y obligó a Charlie a que se lo contara.

—Pero ¿se puede saber qué os pasa a los dos, por lo que más queráis? Gray está prácticamente viviendo con Sylvia, es decir, está viviendo con ella pero no quiere reconocerlo. Para que luego hablen de la traición al código ético de los solteros.

Se quejaba, pero de buen humor, porque en realidad se alegraba por sus amigos. Los dos querían encontrar a alguien, y ya iba siendo hora. Él no lo tenía tan claro. Su relación con Maggie parecía ir viento en popa, pero no iba a llegar a ninguna parte, como habían acordado desde el principio. Simplemente salían juntos y mantenían vidas separadas; hacían lo que querían cuando no estaban juntos, pero cuando lo estaban, Maggie era increíble, y a él le encantaba. No se cansaba de ella, y en ocasiones incluso le molestaba el espíritu independiente de la chica, algo que no le había ocurrido hasta entonces. Él era siempre el independiente en sus relaciones, pero Maggie lo era aún más. Necesitaba mucho tiempo para sí misma, lo mismo que le ocurría a Adam, pero no con ella.

—¿Y tú? No has dicho gran cosa sobre lo que has estado haciendo. ¿Sales con alguien? ¿O con miles, como de costumbre? —le preguntó Charlie a Adam a las claras cuando llegaron al postre. Adam salía con tantas mujeres, a ser posible al mismo tiempo, que Charlie había perdido la cuenta.

—Bueno, llevo como un mes saliendo con alguien —contestó Adam como sin darle importancia—. No es gran cosa. Desde el principio decidimos no llegar a nada serio. Sabe que no quiero casarme.

—¿Y ella? ¿Se le ha empezado a acelerar ya el reloj biológico? —inquirió Charlie con interés, y Adam negó con la cabeza.

—Es demasiado joven para eso. Es la ventaja de las jóvenes.

—Por lo que más quieras, no irás a decirnos que tiene catorce años —exclamó Gray, poniendo los ojos en blanco—. Como no te andes con cuidado, vas a acabar en la cárcel.

Les encantaba tomarle el pelo por las jovencitas con las que salía, pero Adam siempre decía que era por pura envidia.

—Tranquilos, chicos. Tiene veintiséis años, un cuerpo sensacional, y es una persona estupenda.

Y su cabeza es sensacional, pero no se molestó en añadir ese dato; de haberlo hecho, sus amigos se habrían dado cuenta de que él la había perdido por completo por la chica, algo que él mismo comenzaba a temerse. Cuando empezaba a enamorarse de una mujer por su cabeza, sabía que la había cagado. En realidad, les estaba pasando a los tres, pero ninguno quería reconocerlo, ni ante los demás ni ante sí mismos. Ninguna de sus relaciones había sobrevivido al paso del tiempo. No habían superado las primeras discusiones, ni las decepciones que normalmente sufre todo el mundo. Ellos todavía estaban disfrutando como críos de la novedad y de lo bien que lo pasaban. Ya verían qué ocurría después.

Estuvieron allí hablando, bebiendo y disfrutando de la compañía mutua hasta después de medianoche. Los tres se habían echado de menos durante el mes anterior, sin darse cuenta. Estaban tan ocupados en otras cosas y dedicaban tanto tiempo a las mujeres con las que mantenían una relación que no habían comprendido hasta qué punto constituían una parte fundamental los unos en la vida de los otros, y el enorme vacío que se abría cuando no se veían. Prometieron reunirse más a menudo, y pasaron un buen rato hablando de política, dinero, inversiones, arte —en honor a la nueva galería que había conseguido Gray gracias a Sylvia—, y sus respectivas profesiones. Adam había añadido dos clientes importantes a su lista y Charlie estaba encantado con la marcha de la fundación. Fueron los últimos en abandonar el restaurante, a regañadientes.

—Vamos a prometer una cosa —dijo Gray antes de que cada uno tomara un taxi en una dirección diferente—. Que pase lo que pase con las mujeres con las que estamos, o las que puedan venir después, nosotros nos veremos siempre que podamos, o al menos hablaremos por teléfono. Os he echado en falta. Quiero a Sylvia, me encanta quedarme en su casa —les dirigió una sonrisa a ambos—, pero también os quiero a vosotros.

—Así sea —repuso Charlie, apoyando la propuesta.

—Pues claro que sí —terció Adam.

Momentos después se separaron y cada cual volvió a su vida y a la mujer con la que la compartían. Adam llamó a Maggie, pero a pesar de lo avanzado de la hora no estaba en casa, y en esa ocasión se puso furioso. Era casi la una de la madrugada. ¿Qué demonios andaba haciendo? ¿Y con quién?

Dos días más tarde Charlie fue a la fiesta de Halloween que había organizado Carole para los niños del centro. Le había pedido que fuera disfrazado, y él le había prometido llevar dulces para los niños. A Charlie le encantaba ir a verla al centro. La había invitado a almorzar en dos ocasiones, una en el restaurante de Mo y otra en el de Sally, pero casi siempre se veían para cenar, después del trabajo. Era más relajante, y parecía más discreto. Ninguno de los dos quería que la gente empezara a sacar la lengua a paseo. Aún no habían llegado a ninguna conclusión sobre lo suyo, si era amistad o romance; era un poco las dos cosas, y hasta que lo tuvieran claro, no querían que nadie los presionara. A las dos únicas personas a las que se lo había contado Charlie eran Adam y Gray, y ni siquiera se lo dijo a Carole cuando habló con ella a la mañana siguiente. Solo le comentó que lo había pasado muy bien con sus amigos, y ella le respondió que se alegraba mucho. No conocía a ninguno de los dos, pero por lo que le contaba Charlie sabía que eran hombres interesantes y valiosos a quienes no solo era leal, sino que les profesaba un profundo cariño. Decía que para él eran como hermanos, y Carole lo respetaba. Para Charlie, a quien no le quedaban relaciones por consanguinidad en el mundo, sus amigos eran su familia.

Los niños estaban preciosos con sus disfraces en la fiesta de Halloween. Gabby iba vestida de Wonder Woman, y Zorro llevaba una camiseta con una S, y Gabby dijo que era Superperro. Había disfraces de Raggedy Ann, Minnie, Tortugas Ninja y Spiderman, fantasmas y un auténtico aquelarre de brujas. Carole llevaba sombrero de pico, jersey de cuello alto y vaqueros, todo negro, y peluca verde. Dijo que tenía que trajinar demasiado con los niños para llevar un disfraz más enrevesado, pero se había pintado la cara de verde y los labios de negro. Últimamente se maquillaba cuando salían por la noche. Charlie lo notó el primer día y lo alabó en su primera cita «oficial» para cenar. Carole se sonrojó y dijo que se sentía un poco tonta, pero siguió maquillándose.

Charlie fue a la fiesta disfrazado de León Cobarde de *El mago de Oz*. Su secretaria había comprado el disfraz en una tienda de vestuario teatral.

Los niños lo pasaron divinamente, los dulces les chiflaron,

y además Charlie también había llevado montones de caramelos, porque no podían ir por el barrio pidiéndolos de casa en casa. Era demasiado peligroso, y la mayoría de los niños, demasiado pequeños. Cuando Carole y Charlie se marcharon del centro eran casi las ocho. Habían hablado de ir a cenar después, pero estaban los dos agotados y habían comido demasiados dulces. Charlie había tomado un montón de chocolatinas y Carole tenía una irresistible debilidad por la calabaza con chocolate y malvavisco.

—Te invitaría a mi casa, pero está patas arriba —dijo Carole con tacto—. He estado fuera toda la semana.

Habían cenado juntos todos los días, salvo la noche en que Charlie había estado con Adam y Gray.

—¿Quieres venir a mi casa a tomar una copa? —le preguntó Charlie sin problemas.

Carole aún no había estado allí. Siempre iban fuera, y habían estado en bastantes restaurantes, algunos de los cuales les gustaban y otros no.

—Me gustaría, pero no voy a quedarme mucho rato —contestó Carole, sonriendo—. Estoy molida.

—Y yo.

El taxi fue a toda velocidad por la Quinta Avenida y se detuvo en la dirección que había dado Charlie. Aún llevaba el disfraz de león, y Carole la peluca y la cara verdes. El portero les sonrió y los saludó como si él llevara traje y corbata y ella vestido de noche. Subieron en el ascensor en silencio, sonriendo. Charlie abrió la puerta del apartamento, dio las luces y entró. Ella lo siguió y miró a su alrededor. Era una casa elegante, preciosa. Por todas partes había hermosas antigüedades, la mayoría de ellas heredadas, y otras que había adquirido Charlie en el transcurso de los años. Carole cruzó lentamente el salón y contempló la vista del parque.

—Es precioso, Charlie.

—Gracias.

No cabía duda de que era un apartamento bonito, pero a

Charlie últimamente lo deprimía. Todo le parecía viejo y cansino, y cuando volvía allí reinaba un terrible silencio. En la última temporada se sentía más feliz en el barco, salvo las horas que pasaba con Carole.

Carole se detuvo ante una mesa llena de fotografías mientras Charlie iba a buscar vino y encendía las demás luces. Había varias de sus padres, una preciosa de Ellen, y muchas de sus amigos. Y una muy graciosa de Charlie, Gray y Adam en el barco aquel verano, mientras habían estado en Cerdeña con Sylvia y sus amigos, pero solo aparecían los Tres Mosqueteros, nadie más. Había otra foto del *Blue Moon* de perfil, atracado en el puerto.

—Menudo barco —dijo Carole mientras Charlie le ofrecía una copa de vino.

Charlie aún no le había dicho nada del barco; estaba esperando el momento oportuno. Le daba vergüenza, pero sabía que tarde o temprano tendría que contarle lo del yate. Al principio le parecía pretencioso, pero como se estaban viendo con tanta frecuencia y explorando la posibilidad de salir realmente juntos, quería ser sincero con ella. No era ningún secreto que era muy rico.

—Gray, Adam y yo pasamos el mes de agosto en el barco todos los años. Esa foto es de Cerdeña. Lo pasamos muy bien ese verano —dijo un poco nervioso. Carole asintió con la cabeza, tomó un sorbo de vino y se sentó con él en el sofá.

—¿De quién es? —preguntó como sin darle importancia. Le había contado a Charlie que a toda su familia le gustaba navegar y que ella había estado en muchos veleros cuando era más joven. Charlie esperaba que le gustara su barco, a pesar de que era de motor, y los navegantes los llamaban «apestosos» por eso, pero sin duda era una auténtica belleza—. ¿Lo alquiláis? —Actuaba con normalidad, y Charlie sonrió al mirarle la cara pintada de verde. Él tenía un aspecto igualmente ridículo vestido de león, con las peludas patas y la cola sobre el sofá, y Carole se echó a reír—. Qué pintas tenemos.

—No, no lo alquilamos.

Charlie contestó a la segunda pregunta antes que a la primera.

—¿Es de Adam?

Charlie le había dejado caer que Adam tenía un éxito enorme en su profesión y que su familia tenía dinero. Negó con la cabeza y contestó, tomando aliento:

—Es mío.

Se hizo un silencio sepulcral mientras Carole lo miraba directamente a los ojos.

—¿Tuyo? No me lo habías dicho —dijo Carole, con una expresión de absoluta sorpresa. Era un yate enorme.

—Me daba miedo que no te pareciera bien. Cuando nos conocimos acababa de volver de pasar una temporada en él. Todos los veranos paso tres meses en Europa y un par de semanas en el Caribe en invierno. Es maravilloso.

—Me lo puedo imaginar —replicó Carole, pensativa—. ¡Vaya, vaya, Charlie...!

Era un indicio evidente de la enorme riqueza de Charlie, que contrastaba tremendamente con la forma de vida, el trabajo y las convicciones de Carole. La fortuna de Charlie no era ningún secreto, pero ella vivía de un modo mucho más sencillo y discreto. El centro de su mundo estaba en el corazón mismo de Harlem, y no en un yate flotando perezosamente en el Caribe. Charlie sabía que, en espíritu, ella era mucho más espartana que él, y no quería que pensara mal de él por los lujos que se permitía en la vida. No quería espantarla.

—Espero que esto no rompa nuestra relación —dijo en voz baja—. Me gustaría que vinieras al barco algún día. Se llama *Blue Moon.*

Se sintió un poco mejor tras habérselo contado, pero no sabía cómo se sentía ella. Parecía horrorizada.

—¿Qué tamaño tiene? —preguntó Carole por pura curiosidad.

—Setenta metros.

Carole soltó un silbido y tomó un buen sorbo de vino.

—¡Por Dios! Yo trabajando en Harlem y tú con ese yate... Qué incongruencia. Pero, por otro lado, me has dado un millón de dólares para los niños —añadió, como perdonándole su excentricidad—. Supongo que si no tuvieras tanto dinero, no podrías habernos ayudado, así que vaya lo uno por lo otro.

—Eso espero. No quiero que se interponga entre nosotros algo tan ridículo como un barco.

Carole lo miró con expresión solemne y llena de cariño.

—Claro que no, o al menos eso espero —dijo. Charlie no era nada fanfarrón, y Carole comprendió la importancia que tenía su barco para él. Simplemente era un barco enorme—. Pasas mucho tiempo fuera en verano —añadió, pensativa.

—Podrías venirte conmigo el año que viene —dijo Charlie—. Y no tengo que estar tanto tiempo fuera. Este año no tenía ninguna razón de peso para volver, y por eso me quedé en el barco más que de costumbre. A veces me da miedo volver. Me siento muy solo. —Recorrió el apartamento con la mirada y después volvió a mirar a Carole, sonriéndole—. Lo paso bien en el barco, sobre todo con Gray y Adam. Estoy deseando que los conozcas. —Pero ni Carole ni él estaban aún preparados. Los dos necesitaban más tiempo para afianzar su relación, y de repente Charlie la rodeó con un brazo, algo que llevaba días deseando hacer—. Bueno, ya conoces mi secreto más oscuro: que tengo un yate.

—¿Solo eso?

—Sí. No he estado nunca en la cárcel, nunca me han acusado de ningún delito, ni de ninguna falta menor. No tengo hijos, ni legítimos ni ilegítimos, nunca me he declarado en quiebra, no me he casado ni le he quitado la novia a nadie. Me cepillo los dientes todas las noches antes de acostarme, incluso si estoy borracho, cosa que no sucede con frecuencia, e incluso utilizo seda dental. Pago el aparcamiento. Bueno, vamos a ver qué más...

Se detuvo un momento para tomar aliento, y Carole se echó a reír. La cola del disfraz de león estaba toda erguida en el sofá.

—Qué aspectazo tienes con esa cola.

—Pues tú, cielo, estás preciosa con esa cara verde. —E inmediatamente la besó, y fue entonces Carole la que se quedó sin aliento. Había sido una tarde llena de sorpresas, hasta el momento agradables, a pesar de la impresión que le habían causado las dimensiones del yate. Parecía más un transatlántico que un barco—. Llevo años deseando besar a una mujer con la cara verde y los labios pintados de negro —susurró, y Carole se echó a reír.

Charlie volvió a besarla, y Carole le devolvió el beso con igual pasión. Charlie empezaba a despertar cosas en ella que llevaba años enteros olvidando y reprimiendo. Se dedicaba en cuerpo y alma a su trabajo, olvidándose de todo lo demás, pero entre los brazos de Charlie empezó a recordar la dulzura de los besos y la dulzura, aún mayor, de las caricias de un hombre.

—Gracias —le susurró al oído mientras Charlie la estrechaba entre sus brazos.

Hasta entonces tenía tanto miedo de hacer aquello con Charlie, de estar tan cerca, de correr el riesgo de volver a enamorarse... Charlie le había permitido traspasar el umbral de su mundo íntimo, con suma dulzura, y se sentía bien con él, de la misma manera que él con ella.

Charlie la llevó por todo el apartamento para enseñarle sus tesoros, las cosas que más apreciaba: fotografías de sus padres y de su hermana, cuadros que había comprado en Europa, entre otros un Degas que tenía colgado sobre la cama. Carole lo contempló unos momentos, y Charlie la sacó del dormitorio. Le parecía que todavía era demasiado pronto para quedarse allí, pero el cuadro de Degas los llevó a hablar de ballet, y Carole le dijo que cuando era joven bailaba.

—Me lo tomé muy en serio hasta los dieciséis años, y después lo dejé —dijo con pesar, pero Charlie se explicó entonces la elegancia de sus movimientos.

—¿Por qué lo dejaste?

Carole sonrió avergonzada y contestó:

—Crecí demasiado. Me habrían relegado para siempre a la

última fila del cuerpo de ballet. Las primeras bailarinas son bajitas, o por lo menos lo eran. Creo que ahora son más altas, pero no tanto como yo.

Su estatura tenía ciertas desventajas, pero no para Charlie, a quien le encantaba que fuera tan alta y tan ágil. Parecía elegante y femenina a la vez, y Charlie era considerablemente más alto que ella, de modo que no le importaba.

—¿Te gustaría ir al ballet un día de estos?

A Carole se le iluminaron los ojos cuando se lo preguntó, y Charlie le prometió que irían. Había tantas cosas que quería hacer con ella... La diversión solo acababa de empezar.

Se quedó casi hasta medianoche, y Charlie la besó varias veces más. Acabaron en la cocina, donde tomaron un tentempié antes de que Carole se marchara. No habían cenado como es debido, solo un montón de dulces y caramelos. Prepararon unos bocadillos y se sentaron a la mesa, charlando.

—Sé que te va a parecer absurdo, Charlie. —Iba a intentar explicarle lo que sentía—. Toda la vida he detestado las excentricidades, la arrogancia y el esnobismo de los ricos. Yo nunca he querido ser especial, a menos que lo ganara por mí misma, pero no por alguien con quien estuviera relacionada. Quería ayudar a los pobres y a la gente que nunca ha tenido suerte. Me siento culpable cuando hago cosas que los demás no pueden hacer, o cuando me gasto más dinero que ellos, y por eso no lo hago. Bueno, tampoco puedo, pero si pudiera, no lo haría. Soy así.

Charlie ya lo sabía, y no le sorprendió. Como Carole nunca hablaba de su familia, no sabía si tenían dinero. A juzgar por cómo vivía y a lo que se dedicaba, sospechaba que no. Quizá un poco, pero no mucho. Aparte de su aire aristocrático, nada en ella daba a entender que fuera de buena familia. Quizá una familia sólida con medios modestos, que tendrían que haber estirado un poco para enviarla a Princeton.

—Comprendo —dijo Charlie en voz baja cuando terminaron los bocadillos—. ¿Te horroriza que tenga un barco?

—No —contestó Carole, pensativa—. Es algo que yo no haría aunque pudiera, pero estás en tu derecho de gastarte tu dinero en lo que quieras. Haces mucho bien a la gente por mediación de la fundación. Yo pienso que debería vivir casi en la miseria y dar lo que tengo a otros.

—A veces tienes que guardar un poquito y disfrutarlo.

—Lo hago, pero prefiero devolverlo. Me siento culpable por tener un sueldo en el centro. Pienso que otros lo necesitan más que yo.

—Pero tienes que comer.

Charlie se sentía mucho menos culpable que ella. Había heredado una enorme fortuna a edad temprana y durante muchos años había aceptado plenamente sus responsabilidades, pero disfrutaba del lujo, de sus cuadros, de los objetos que coleccionaba, y sobre todo de su barco. Nunca pedía disculpas a nadie por ello, salvo a Carole en aquel momento, de forma indirecta. Sus filosofías de la vida eran muy distintas, pero esperaba que no tanto.

—A lo mejor llevo las cosas un poco al extremo —reconoció Carole—. La austeridad me permite pensar que estoy expiando mis pecados.

—Yo no veo ningún pecado —replicó Charlie con seriedad—. Lo que veo es una mujer maravillosa que entrega su vida entera a los demás y que trabaja sin descanso. No te olvides de divertirte un poco.

—Me divierto contigo, Charlie —dijo ella con dulzura—. Siempre lo paso bien cuando estamos juntos.

—Yo también.

Charlie sonrió y volvió a besarla. Le encantaba besarla, y quería llegar más lejos, pero no se atrevía. Sabía que Carole tenía mucho miedo a atarse a alguien, a que volvieran a herirla, y también él tenía que enfrentarse a sus propios temores. A él le preocupaba lo mismo, siempre a la espera de que apareciera el defecto imperdonable. En el caso de Carole era evidente, no estaba oculto. Lo llevaba por delante, como una bandera. Tenían experiencias diferentes. Ella era trabajadora social, estaba dedicada en cuerpo y alma a su trabajo en Harlem y el mundo de Charlie le molestaba. No era una debutante ni un personaje de la alta sociedad, e incluso condenaba cómo vivía Charlie, aunque a él lo aceptaba plenamente como persona. Pero el gran interrogante que se le planteaba a Charlie era si podría vencer sus reservas y aceptar también su forma de vida. Si iban a estar juntos, y a seguir juntos, Carole tendría que resolver esa contradicción, y él también. De momento pensaba que sí podían, y también de momento dependía más de Carole que de él. Era ella quien tendría que estar dispuesta a perdonar la frivolidad y la excentricidad del mundo de Charlie y no sentir deseos de huir de él.

La acompañó a casa en un taxi y la besó en el portal. Ella no lo invitó a subir, pero ya le había dicho antes que tenía la casa patas arriba. Charlie no conocía su estudio, pero se imaginaba lo difícil que resultaría vivir en una sola habitación, y encima con la vida tan ajetreada que llevaba ella.

La besó en la punta de la nariz, y ella se rió al ver que tenía los labios verdes. Aún no se había quitado la pintura de la cara.

—Te llamo mañana —prometió Charlie antes de volver al taxi—. Y miraré lo de las entradas para el ballet, a lo mejor para la próxima semana.

Carole volvió a darle las gracias, lo saludó con la mano y desapareció en el edificio mientras él se alejaba.

A Charlie le pareció que el apartamento estaba vacío sin ella. Le gustaba cómo llenaba su espacio, su vida, su corazón.

15

La secretaria de Charlie le dijo a la mañana siguiente que había reservado entradas para el ballet, para el viernes. Al parecer era una excelente producción de *Giselle*. Charlie le dejó un recado a Carole para decírselo y se puso a abrir el correo. Le había llegado la nueva guía de antiguos alumnos de Princeton, y buscó el nombre de Carole, por pura curiosidad. Como sabía el año en que se había licenciado, no le resultaría difícil. Pasó las páginas correspondientes y frunció el ceño al no encontrarlo.

Pensó en el año que ella le había dicho y volvió a intentarlo. Carole no aparecía, algo muy extraño. Habían cometido un error, sin duda. Se lo comentó a su secretaria un poco más tarde y decidió hacerle un favor a Carole para que no perdiera tiempo, porque estaba seguro de que querría solucionarlo. Le pidió a su secretaria que llamara al despacho de antiguos alumnos y les comunicara la omisión. Le dio el nombre completo de Carole, Carole Anne Parker, y el año en que se había licenciado.

Estaba trabajando con ahínco en unos informes económicos aquella tarde cuando lo llamó su secretaria por el interfono. Cogió el aparato, distraído. Estaba intentando desentrañar unas proyecciones económicas sumamente complicadas y tuvo que concentrarse en lo que acababan de decirle.

—Señor Harrington, he llamado al despacho de antiguos alumnos, como me pidió. Les he dado el nombre y la titulación de la señorita Parker, pero me han dicho que no hay ningún licenciado por Princeton con ese apellido. Les pedí que volvieran a comprobarlo, y lo hicieron. Creo que no fue a Princeton, y que quizá ese sea el error. En el despacho insisten en que no estudió allí.

—Es absurdo. Deme el número. Voy a llamar yo.

Estaba indignado por aquella estupidez, como seguro que lo habría estado Carole. Incluso sabía a qué club gastronómico había pertenecido. En su currículo aparecía por todas partes que había ido a Princeton.

Pero cuando llamó, cinco minutos más tarde, le dijeron lo mismo. Aún más, se pusieron muy desagradables y dijeron que jamás cometían esa clase de errores. Carole Anne Parker no se había licenciado en Princeton e incluso, según sus archivos, ni siquiera se había matriculado allí nadie con ese apellido.

Al colgar el teléfono, Charlie sintió un escalofrío en la espalda. Y cinco minutos más tarde, con la sensación de ser un monstruo, llamó a la Escuela de Trabajo Social de Columbia, donde le dijeron lo mismo. Carole tampoco había estudiado en Columbia. Cuando colgó, Charlie sabía que había encontrado el defecto imperdonable. La mujer de la que se estaba enamorando era una farsante. Quienquiera que fuese, y por bien intencionado que fuera su trabajo en el centro, no tenía ninguna de las titulaciones que aseguraba poseer e incluso había estafado un millón de dólares a su fundación, amparándose en documentos falsos y referencias fraudulentas. Casi constituía un delito, salvo por el hecho de que no había utilizado el dinero en su propio beneficio, sino para ayudar a los demás. No sabía qué hacer con aquella información. Necesitaba tiempo para pensar y digerirla.

Por primera vez desde que se habían conocido, hacía seis semanas, Charlie no contestó a la llamada de Carole. No podía desaparecer sin más de su vida, y quería una explicación, pero primero necesitaba tiempo para asimilarlo, y al cabo de dos días iba a llevarla al ballet. Decidió no decirle nada hasta entonces, y enfrentarse después al asunto. La llamó más tarde y le dijo que había surgido un problema en el consejo de administración y no podría verla hasta el viernes. Carole respondió que lo comprendía perfectamente, que esas cosas también le pasaban a ella. Pero cuando colgó se preguntó por qué Charlie le habría hablado con tanta frialdad. En realidad, Charlie había estado a punto de echarse a llorar. La mujer a la que tanto admiraba desde el mismo día en que se habían conocido era una mentirosa.

Pasó dos días de tormento, esperando a verla, y cuando fue a recogerla el viernes estaba preciosa. Llevaba el vestidito negro de rigor, zapatos de tacón y una sencilla chaqueta de piel negra. Iba maravillosamente vestida, e incluso se había puesto unos pendientes de perlas muy adecuados para la ocasión que, según dijo, eran de su madre. Charlie ya no creía ni media palabra. Había contaminado cuanto había entre ellos con las mentiras sobre Columbia y Princeton. Ya no se fiaba de ella, y a Carole le pareció que Charlie estaba tenso y triste. Le preguntó si pasaba algo justo cuando se alzaba el telón, y él asintió con la cabeza. Apenas había hablado en el taxi, ni cuando entraron en el Lincoln Center. Carole pensó que tenía un aspecto espantoso, y supuso que había ocurrido algo terrible en la fundación desde la última vez que lo había visto.

En el intermedio fueron al bar a tomar una copa, y antes de volver a sus asientos Carole se excusó para ir a los lavabos. Justo cuando iba a apartarse de Charlie se le echó encima una pareja, sin que pudiera evitarla. Volvió la cabeza, como si quisiera esconderse, algo que Charlie observó y le hizo sentir vergüenza. Carole se limitó a decirle que eran amigos de sus padres, que no los soportaba y a continuación se esfumó. Charlie cayó entonces en la cuenta de quiénes eran, cuando la mujer se plantó delante de él, seguida por su marido. Él también los conocía, y tuvo que reconocer que tampoco le caían bien. Eran unos trepas insoportables.

La mujer cotorreó interminablemente sobre el espectáculo, y dijo que prefería la producción de la temporada anterior. Se extendió hasta la saciedad en las debilidades y las virtudes de los bailarines y después clavó los ojillos en Charlie e hizo un comentario críptico que al principio él no entendió.

—Vaya, todo un golpe maestro, ¿eh? —dijo la mujer, en tono cómplice y malicioso. Charlie no tenía ni idea de a qué se refería y se quedó mirándola, deseando que volviera Carole. Enfadado como estaba con ella, prefería su compañía a la de aquella mujer espantosa y su marido, más comedido, que se le habían pegado por ser él quien era—. Tengo entendido que estuvo a punto de volverse loca cuando la dejó su marido. Aunque no sé para qué lo necesitaba, francamente, porque los Van Horn tienen muchísimo más dinero que él, la fortuna más antigua del país, mientras que él no es más que un nuevo rico.

Charlie no tenía ni idea de por qué le estaba hablando de los Van Horn. Conocía a Arthur van Horn, pero no mucho. Era el hombre más conservador que había conocido en su vida, el más envarado y desde luego, el más aburrido, y no le interesaba lo más mínimo cuánto dinero tenía.

—¿Los Van Horn? —preguntó Charlie sin comprender.

Aquella mujer se puso a soltar cotilleos y detalles como una posesa, sobre una situación que a Charlie lo desconcertaba por completo. Estaba hablando sobre una mujer a la cual había abandonado su marido y que por lo visto era una Van Horn. A Charlie le parecía una locura, y la mujer lo miraba como si fuera un perfecto imbécil.

—Los Van Horn. Estoy hablando de la hija de los Van Horn. ¿No era la que acabo de ver con usted hace un momento?

Lo miró como si le faltara un tornillo, y de repente Charlie comprendió lo que decía. De repente sintió como si le cayera un rayo encima.

—Claro, claro. Perdón, es que estaba distraído. La señorita Van Horn, por supuesto.

—¿Están saliendo? —preguntó aquella señora sin rodeos.

A las mujeres como ella no les daba vergüenza hacer preguntas. Les encantaba recoger información que utilizaban después para impresionar a otras personas, haciéndoles creer que formaban parte de un grupo social, aunque en la mayoría de los casos no era así. Conocían a la gente «como es debido», pero caían mal a todo el mundo.

—Tenemos relaciones de negocios —contestó Charlie—. La fundación ha colaborado en el centro infantil. Están haciendo una gran labor con niños maltratados. Por cierto, ¿cuál era su apellido de casada? ¿Lo recuerda?

—¿No era Mosley... o Mossey? Algo parecido. Qué hombre tan espantoso. Ganó una verdadera fortuna. Creo que después se casó con una chica incluso más joven que Carole. Lástima que la afectara tanto.

—¿No sería Parker?

Charlie tenía una misión que cumplir. Quería averiguar la verdad, viniera de donde viniese, incluso de aquella odiosa trepa.

—No, claro que no. Ese es el apellido de soltera de su madre. El banco Parker, de Boston. No es una fortuna tan grande como la de Van Horn, pero sí bastante buena. Suerte que tiene Carole de ir a heredar las dos, no solo una. Es que algunas personas nacen con estrella —dijo la señora, y Charlie asintió con la cabeza al tiempo que veía aproximarse a Carole. Resultaba fácil distinguirla en medio de la multitud con zapatos de tacón alto, y le hizo una seña indicándole que iría hacia donde ella estaba, tras lo cual dio las gracias a su informadora y se marchó. Había descubierto tantas mentiras en los últimos dos días que ya no sabía qué pensar de Carole.

—Perdona por haberte dejado con esa pesada, pero es que si me hubiera quedado se nos habría pegado para siempre. ¿Te ha destrozado los tímpanos?

—Sí —contestó lacónicamente Charlie.

—Como de costumbre. Es la mayor cotilla de Nueva York. No sabe hablar de otra cosa que de quién se ha casado con quién, quién era el abuelo de tal o cual persona y cuánto dinero ha ganado o heredado este o aquel. Sabe Dios de dónde saca la información. Yo no la soporto.

Charlie asintió con la cabeza, y volvieron a entrar en la sala.

El telón se alzó inmediatamente, y Charlie se sentó lo más apartado posible de Carole, inexpresivo. Como había descubierto en los últimos días, el defecto imperdonable de Carole no era el más evidente: que procedía de un mundo distinto y más sencillo y que se sentía incómoda en el de Charlie, ni siquiera que fuera una farsante, como pensaba el miércoles. El defecto imperdonable era mucho más sencillo: que era una mentirosa.

Cuando acabó la representación Carole le sonrió y le dio las gracias.

—Ha sido precioso. Gracias, Charlie. Me ha encantado.

—Me alegro —contestó él cortésmente.

Le había prometido invitarla a cenar después, pero ya no le apetecía. No quería decirle lo que tenía que decirle en un lugar público. Le propuso que fueran a su apartamento. Carole sonrió y le dijo que podía preparar unos huevos revueltos. Charlie asintió y apenas logró entablar una charla banal en el breve trayecto hasta su casa. Carole no tenía ni idea de lo que le pasaba aquella noche, pero saltaba a la vista que estaba disgustado por algo. No tuvo que esperar mucho para averiguarlo.

Charlie le abrió la puerta, encendió las luces, entró a grandes zancadas en el salón, con ella detrás, y ni siquiera se molestó en sentarse. Se volvió hacia Carole, indignado, y le espetó:

—¿Se puede saber qué has estado haciendo todo este tiempo con esas gilipolleces pretenciosas de que no te gustan los clubes gastronómicos ni la alta sociedad ni la gente con dinero? ¿Por qué demonios me has mentido? No eres esa chica sencilla que trabaja día y noche para salvar a los pobres de Harlem. Procedes del mismo mundo que yo, y fuiste a la misma universidad que yo. Haces las mismas cosas que yo por las mismas razones que yo, y eres igual de rica que yo, maldita sea, señorita Van Horn, así que conmigo déjate de gilipolleces, que si te sientes incómoda en mi mundo y que si tal y cual.

—¿De dónde has sacado todo eso? Además, si tengo dinero o dejo de tenerlo no es asunto tuyo. De eso se trata, Charlie. No quiero que me admiren, me respeten y me hagan reverencias porque mi abuelo fuera quien era. Quiero que me respeten y me quieran por quien soy yo. Y no hay Dios que lo consiga con un apellido como Van Horn. Por eso uso el apellido de mi madre. ¿Y qué? Demándame si quieres. No tengo por qué dar explicaciones, ni a ti ni a nadie.

Estaba tan enfadada como Charlie.

—No quería que me mintieras. Quería que me contaras la verdad. ¿Cómo voy a confiar en ti si incluso me has mentido sobre quién eres? ¿Por qué no me lo dijiste, Carole?

—Por la misma razón que tú no me contaste lo del yate. Porque pensabas que me asustaría, o me escandalizaría o me produciría rechazo, o a lo mejor porque tenías miedo de que fuera detrás de tu dinero. Pues no es así, tonto. Yo tengo el mío. Y todo lo que he dicho sobre lo incómoda que me siento en tu mundo es verdad. He odiado ese mundo toda mi vida, me crié en él y llegó a salirme hasta por las orejas. No quiero saber nada de tanta vanidad, de tanta ostentación y pretenciosidad. Me encanta lo que hago. Quiero a esos niños, y eso es lo único que ahora quiero. No quiero una vida de lujo. No la necesito. La detestaba cuando la tenía. Renuncié a todo eso hace cuatro años, y ahora soy mucho más feliz. Y no pienso volver a ese mundo, ni por ti ni por nadie.

Daba la impresión de que iba a empezar a echar humo por las orejas.

—Pero tú naciste en ese mundo, formas parte de ese mundo, aunque no lo quieras. ¿Por qué he tenido yo que arrastrarme y pedirte perdón? Al menos podrías haberme evitado eso. Al menos podrías haberme dicho quién eres, en lugar de dejarme en ridículo. ¿Cuándo pensabas contármelo, si es que pensabas contármelo? ¿O tenías intención de seguir fingiendo que eres doña Sencillita para siempre y dejar que me pusiera de rodillas ante ti pidiéndote perdón por lo que tengo, por cómo vivo y por quien soy? Y ahora que lo pienso, tampoco creo que vivas en un apartamento. Toda la casa es tuya, ¿verdad?

Sus ojos lanzaban chispas. Le había mentido en todo. Carole agachó la cabeza unos instantes y lo miró.

—Sí. Iba a mudarme a Harlem cuando abrí el centro, pero mi padre no lo consintió. Se empeñó en que comprara esa casa, pero no sabía cómo explicártelo.

—Al menos alguien de tu familia tiene sentido común, ya que tú no. Allí te habrían matado, y todavía podrían hacerlo. Por Dios, que no eres la madre Teresa de Calcuta. Eres una niña rica, como yo fui un chico rico demasiado temprano. Y ahora soy un hombre rico. Y ¿sabes una cosa? Que si a la gente no les gusta, que se jodan. Porque es lo que soy. A lo mejor tú también dejas de pedir perdón un día de estos, pero hasta que eso ocurra y te des cuenta de que está bien ser quien eres, no puedes ir por ahí mintiéndole a la gente y fingiendo ser quien no eres. Ha sido una estupidez, algo asqueroso, y me has hecho sentir como un imbécil. Llamé al dichoso despacho de antiguos alumnos de Princeton hace unos días y les dije que habían cometido un error y te habían eliminado de la lista. Me dijeron que no habías estudiado allí, porque yo pensaba que te apellidabas Parker, claro. Y entonces pensé que eras una farsante. Pero no eres una impostora; solo una mentirosa. En una relación, las dos partes deben ser honradas, sea lo que sea la honradez. Sí, tengo un barco. Sí, tengo un montón de dinero. Como tú. Y sí, eres una Van Horn. ¿Y qué coño? Pero si me mientes así una vez, no me puedo fiar de ti, no te creo, y a decir verdad, no quiero estar contigo. Hasta que comprendas quién eres, creo que no tenemos nada más que decirnos.

Estaba tan alterado que temblaba de pies a cabeza, igual que ella. A Carole le dolía que hubiera salido así a la luz, pero en cierto sentido sentía alivio. Detestaba la idea de mentirle. Una cosa era no contarle quién era a la gente del centro, pero no contárselo a él era totalmente distinto.

—Charlie, solo quería que me quisieras por mí misma, no por el apellido de mi padre.

—¿Qué te creías? ¿Que andaba detrás de tu dinero? Eso es

absurdo y tú lo sabes. Has convertido esta relación en una farsa, y que me mintieras es una tremenda falta de respeto hacia mí.

—Solo te he mentido sobre mi apellido y el mundo del que vengo. No es tan importante. Sigo aquí, y te pido perdón. No debería haberlo hecho, tienes razón, pero lo he hecho. A lo mejor simplemente tenía miedo. Y como empezaste a conocerme como Carole Parker, me resultaba mucho más difícil explicarte quién soy de verdad. Por Dios, que no he matado a nadie, ni te he robado dinero.

—Has robado mi confianza, que es peor.

—Lo siento, Charlie. Creo que me estoy enamorando de ti.

Al pronunciar estas palabras empezaron a rodarle las lágrimas por las mejillas. A sus ojos, ella había metido la pata hasta el fondo, y se sentía fatal. Adoraba a Charlie.

—No te creo —contestó él, casi escupiéndole las palabras—. Si estuvieras enamorándote de mí, no me habrías mentido.

—Cometí un error. La gente comete errores a veces. Tenía miedo. Solo quería que me quisieras por mí misma.

—Ya había empezado a quererte, pero Dios sabe quién eres de verdad. Había empezado a enamorarme de Carole Parker, una chica sencilla sin dinero ni nada a su nombre. Ahora resulta que eres otra persona. Una puñetera heredera, encima.

—¿Y es tan terrible? ¿No puedes perdonármelo?

—Tal vez no. Lo terrible es que me mintieras, Carole. Eso es lo terrible.

Desvió los ojos y se puso a mirar el parque por la ventana. Se quedó así un buen rato, dándole la espalda. Habían dicho más que suficiente para una noche, quizá para siempre.

—¿Quieres que me marche? —preguntó Carole con voz entrecortada.

Charlie no contestó inmediatamente; después asintió con la cabeza y por fin habló.

—Sí. Se acabó. No podría confiar en ti. Has estado mintiéndome durante casi dos meses, un montón de tiempo.

—Lo siento —dijo Carole en voz baja.

Charlie aún le daba la espalda. No quería volver a verla. Era demasiado doloroso. En el aire flotaba el defecto imperdonable.

Carole salió calladamente del apartamento y cerró la puerta. Seguía temblando cuando entró en el ascensor y cuando llegó abajo. Se dijo que todo aquello era ridículo. Charlie estaba enfadado con ella porque era rica, cuando en realidad él era aún más rico. Pero no se trataba de eso, y lo sabía. Estaba furioso con ella porque le había mentido.

Volvió a su casa en taxi, con la esperanza de que él la llamara aquella noche, pero no fue así. No la llamó ni aquella noche ni al día siguiente. Revisaba constantemente el buzón de voz. Pasaron semanas, y él siguió sin llamarla. Por último, comprendió que no volvería a hacerlo. Lo que Charlie le había dicho aquella noche era verdad, que para él todo había acabado y que no podía confiar en ella. Por buenas que hubieran sido sus intenciones, Carole había roto la sagrada confianza entre ellos, la esencia de una relación. No quería volver a verla, ni a hablar ni a estar con ella. Sabía que estaba enamorada de él, pero también que eso no cambiaría nada. Charlie se había marchado para siempre.

16

Dos semanas antes del día de Acción de Gracias, Adam y Maggie estaban pasando una noche tranquila en casa de Adam cuando de repente ella sacó a colación el tema de aquella fiesta. No había pensado en el asunto hasta entonces, pero ahora que pasaban tanto tiempo juntos quería pasar el día con él, y se preguntó si estaría con sus hijos. Aún no los conocía, y los dos coincidían en que era demasiado pronto. Pasaban juntos casi todas las noches, y a Adam le encantaba estar con ella; pero, como le había dicho, era la prueba de circulación en carretera de su relación y tenían que dar un buen paseo.

—¿El día de Acción de Gracias? —Adam la miró sin comprender—. ¿Por qué?

—¿Vas a ir con tus hijos?

—No, se los lleva Rachel con sus suegros, a Ohio. En vacaciones nos turnamos, y este es mi año libre.

Maggie le sonrió. Esperaba que eso supusiera una buena noticia para ella. Hacía años que no celebraba ese día como es debido, con personas a las que quería. En realidad desde que era pequeña. En una ocasión había preparado un pavo con su madre, que estaba tan borracha que se desmayó antes de que la comida estuviera lista. Maggie acabó comiendo sola en la cocina, pero al menos su madre estaba allí, aunque fuera en la habitación de al lado, inconsciente.

—¿Crees que podríamos pasar el día juntos? —preguntó, acurrucándose junto a él y mirándolo.

—No, imposible —respondió Adam, con expresión sombría.

—¿Por qué?

Maggie se lo tomó como un rechazo. Las cosas iban realmente bien entre ellos, y la brusquedad de su respuesta la pilló por sorpresa e hirió sus sentimientos.

—Porque tengo que ir a casa de mis padres. Y no puedo llevarte.

Con un apellido como O'Malley, a su madre le daría un ataque al corazón. Y, además, no era asunto suyo con quién salía.

—¿Y por qué vas a ir? Creía que lo habías pasado fatal en Yom Kipur.

No entendía la lógica de Adam.

—Claro que sí, pero eso no tiene nada que ver. En mi familia hay que hacer acto de presencia en las celebraciones. Es como una orden de detención. No es por pasar un buen rato, sino por tradición y obligación. A pesar de que me ponen los nervios de punta, para mí la familia es importante. La mía es asquerosa, pero de todos modos pienso que tengo que aparecer y presentar mis respetos. Sabe Dios por qué, pero creo que se lo debo. Mis padres son viejos y no van a cambiar, así que hago de tripas corazón y voy. ¿Tú no tienes adónde ir? ¿Qué vas a hacer?

Se lo preguntó con tristeza. Detestaba que le recordaran que tenía que pasar otro día espantoso con ellos. Siempre había detestado las vacaciones. Su madre conseguía estropeárselas todas. Lo único bueno era que sus padres celebraban la Janucá, no la Navidad, y podía pasar ese día con sus hijos. Por lo menos eso era divertido, al contrario que las celebraciones en Long Island.

—Quedarme en casa, sola. Las demás van a casa de sus padres.

Y, naturalmente, ella no tenía adónde ir.

—No hagas que me sienta culpable —dijo Adam, casi gritando—. Bastante tengo con mi madre. Maggie, de verdad que siento que no tengas adónde ir, pero yo no puedo hacer nada. Tengo que ir a casa.

—No lo entiendo —insistió Maggie—. Te tratan como a un trapo, o eso me has dicho, o sea que ¿por qué tienes que ir?

—Porque creo que es mi deber —respondió Adam, tenso. No quería tener que defender sus decisiones ante Maggie. Bastante difícil le resultaba ya—. No tengo otra opción.

—Claro que la tienes —lo contradijo Maggie.

—No, no la tengo. No quiero volver a discutirlo contigo. Así son las cosas. Esa noche iré a casa de mis padres. Podemos hacer algo el fin de semana.

—No se trata de eso. —Estaba presionándolo, y a Adam no le gustaba nada. Empezaba a pisar terreno peligroso—. Si esto es una relación, quiero pasar las vacaciones contigo —continuó Maggie, aun sabiendo el riesgo que corría—. Llevamos juntos dos meses.

—Maggie, no insistas —le advirtió Adam—. No tenemos una relación. Estamos saliendo, que no es lo mismo.

—Usted perdone —replicó Maggie sarcásticamente—. ¿Desde cuándo?

—Conocías las normas cuando empezamos. Tú llevas tu vida y yo la mía. Nos vemos cuando nos viene bien a los dos. Resulta que en Acción de Gracias a mí no me viene bien. Ojalá. De verdad, ojalá pudiera. Y, si pudiera, me encantaría pasar el día contigo. Acción de Gracias con mis padres es un mal trago para mí. Vuelvo a casa con dolor de estómago, migraña y hasta el culo de todo, pero así estén cayendo chuzos de punta, me esperan.

—Pues vaya mierda —repuso Maggie con un mohín.

—Pues sí. Para los dos.

—¿Y a qué viene esa chorrada de que esto no es una relación y que nos vemos a medio camino o no sé qué?

—Eso es lo que estamos haciendo. Por no hablar de que nos vemos todos los fines de semana, que no es ninguna tontería.

—Pues entonces es una relación, ¿no?

Siguió insistiendo, sin fijarse en las señales de peligro que le hacía Adam, cosa rara en ella, pero estaba muy disgustada por lo del día de Acción de Gracias, por no poder pasarlo con él. Le infundía coraje para desafiarlo, a él y a sus «normas».

—Una relación es para las personas que quieren acabar casándose. Yo no quiero, y te lo he dicho. Nosotros salimos, y a mí me va bien.

Maggie no añadió ni media palabra, y a la mañana siguiente volvió a su apartamento. Adam se sintió culpable durante toda la tarde por lo que había dicho. Tenían una relación. Él no veía a nadie más, y ella tampoco, que él supiera. Sencillamente no quería reconocerlo, pero tampoco quería herir los sentimientos de Maggie. Y no le gustaba nada no poder estar con ella en Acción de Gracias. Lo horrorizaba todo aquello y se sentía fatal. Cuando la llamó, Maggie estaba trabajando, y le dejó un mensaje cariñoso en el contestador.

No tuvo noticias de ella ni siquiera después del trabajo, y tampoco se presentó en su apartamento. La llamó por la noche, y no la encontró. Después la llamó cada hora, hasta medianoche. Pensó que no respondía para castigarlo, hasta que contestó una de sus compañeras de piso y le dijo que no estaba. La siguiente vez que llamó le dijeron que estaba durmiendo. Ella no lo llamó. Y a la tarde siguiente Adam echaba humo por las orejas. Por último decidió llamarla al trabajo, algo que raramente hacía.

—¿Dónde estuviste anoche? —le preguntó, intentando parecer más tranquilo de lo que se sentía.

—Pensaba que solo salíamos juntos. ¿No decías que nada de preguntas? Tengo que comprobarlo, pero creo que así son las normas, puesto que no tenemos una relación.

—Oye, lo siento. Fue una estupidez. Es que estaba enfadado por lo de Acción de Gracias. Me siento como un gusano por dejarte sola.

—Eres un gusano por dejarme sola —lo corrigió ella.

—Maggie, ya está bien, por favor. Tengo que ir a Long Island. Lo juro por Dios, no tengo otra opción.

—Sí la tienes. No me importa si estás con tus hijos. Eso lo

entiendo, pero deja de pasar las fiestas con tus padres para que te castiguen.

—Son mis padres, y tengo que ir. Oye, ven esta noche a casa. Te haré la cena y lo pasaremos bien.

—Tengo cosas que hacer. Llegaré a las nueve.

Parecía muy serena.

—¿Qué tienes que hacer?

—No me hagas preguntas. Iré en cuanto pueda.

—¿De qué va todo esto?

—Tengo que ir a la biblioteca —contestó Maggie, y Adam replicó, bufando:

—Es la excusa más absurda que he oído en mi vida. Muy bien. Nos vemos esta noche. Ven cuando quieras.

Colgó y sintió deseos de decirle que no fuera, pero quería verla y saber qué pasaba. Al menos dos noches a la semana no la encontraba en su casa cuando la llamaba. Si estaba viendo a alguien más, él quería saberlo. Maggie era la primera mujer a la que le era fiel desde hacía años. Y empezaba a pensar si no lo estaría engañando.

La esperaba, sentado en el sofá y tomando una copa, cuando apareció Maggie. Eran casi las diez, y Adam iba por la segunda copa. Había estado mirando el reloj cada cinco minutos. Maggie le dirigió una mirada de disculpa al entrar.

—Perdona. He tardado más de lo que pensaba. He venido lo antes posible.

—¿Qué has estado haciendo? Dime la verdad.

—Creía que no íbamos a hacernos preguntas —contestó ella, nerviosa.

—¡Déjate de gilipolleces! —le gritó Adam—. Sales con alguien, ¿verdad? Maravilloso. Perfecto. Durante los últimos once años he tenido poco menos que un harén. Apareces tú, y por primera vez desde hace años soy fiel. ¿Y qué haces tú? Tirarte a otro.

—Adam —dijo Maggie en voz baja, mirándolo a los ojos desde enfrente—, no me estoy tirando a nadie. Lo juro.

—Entonces, ¿dónde estás cuando te llamo por la noche? No

vuelves hasta casi las doce. Nunca estás en tu casa, y aquí tampoco.

Echaba chispas por los ojos y le iba a estallar la cabeza. Él con dolor de cabeza y la mujer por la que estaba loco follando con otro. No sabía si llorar o gritar. Quizá fuera justicia poética, por lo que él le había hecho a otras mujeres, pero cuando le pasaba a él no le gustaba nada. Estaba loco por Maggie.

—¿Dónde has estado esta noche?

—Ya te lo he dicho —contestó ella con calma—. En la biblioteca.

—Maggie, por favor... al menos no me mientas. Ten huevos para decirme la verdad.

Al ver la desesperación reflejada en sus ojos, Maggie comprendió que no le quedaba más remedio. Tenía que decirle la verdad. No quería, pero si pensaba que se veía con otro, tenía derecho a saber lo que hacía cuando no estaba con él.

—Voy a clases preparatorias de derecho —dijo en voz baja pero con firmeza, y Adam se quedó mirándola.

—¿Que vas adónde?

Sin duda no había oído bien.

—Quiero terminar la secundaria y estudiar derecho, y voy a tardar como cien años en obtener la licenciatura. Solo puedo con dos asignaturas al semestre. De todos modos, no puedo permitirme más. Tengo una beca parcial. —Exhaló un profundo suspiro. Sentía gran alivio tras haberle contado la verdad—. Esta noche he estado en la biblioteca, porque tengo que entregar un trabajo. Hay parciales la semana que viene.

Adam siguió mirándola con incredulidad y al final su cara se distendió con una sonrisa.

—Es una broma, ¿no?

—No, no es ninguna broma. Llevo ya dos años.

—¿Por qué no me lo habías contado?

—Porque pensaba que te reirías de mí.

—¿Y por qué demonios me iba a reír?

—Porque no quiero ser camarera el resto de mi vida, y tampoco busco a un hombre que me rescate. No quiero depender de nadie. Quiero valerme por mí misma.

Al oír aquellas palabras a Adam casi se le llenaron los ojos de lágrimas. Todas las mujeres que había conocido o con las que había salido querían embaucar al primer desgraciado que apareciera, incluido él, y Maggie se deslomaba trabajando, sirviendo mesas, iba a clase dos veces a la semana y aspiraba a estudiar derecho. Jamás le había pedido ni un centavo. Y con más frecuencia de lo que a él le habría gustado se presentaba con algo de comer y un regalito para él. Era una mujer fantástica.

—Ven aquí —dijo, haciéndole una señal. Maggie fue hasta donde estaba sentado, y Adam la rodeó con sus brazos—. Quiero que sepas que me pareces fantástica, la mujer más increíble que he conocido en mi vida. Te pido perdón por haber sido un gilipollas, y también por haber estado a punto de dejarte sola en Acción de Gracias, pero te prometo que lo celebraremos el jueves, y que no volveré a darte la brasa preguntándote dónde has estado. Y otra cosa —añadió con naturalidad, pero con una ternura en los ojos que Maggie no había visto nunca—. Quiero que sepas que te quiero.

—Yo también te quiero —susurró Maggie. Adam nunca se lo había dicho—. Entonces, ¿qué pasa con las reglas?

—¿Qué reglas?

Adam parecía perplejo.

—Pues las reglas. ¿Significa que solo salimos o que ya tenemos una relación?

—Significa que te quiero, Maggie O'Malley. Que le den por saco a las reglas. Ya lo veremos más adelante.

—¿Sí?

Parecía ilusionada.

—Claro que sí. Y la próxima vez que te hable de reglas, recuérdame que soy un imbécil. Por cierto, ¿de qué es el trabajo?

—Agravios.

—Joder. Bueno, mañana me enseñas qué has hecho. Esta noche estoy demasiado borracho.

Pero los dos sabían que no estaba tan borracho, sino que le apetecía más llevarla a la cama y hacer el amor. Desde luego, para eso no estaba demasiado borracho.

—¿De verdad me vas a ayudar?

—Por supuesto. Vas a terminar derecho en un tiempo récord.

—No puedo —replicó Maggie muy seria—. Tengo que trabajar.

No estaba pidiendo ayuda, sino constatando un hecho.

—Ya hablaremos de eso en otra ocasión.

La levantó en brazos y la llevó al dormitorio.

—¿Lo has dicho en serio? —le preguntó Maggie cuando la dejó en la cama—. ¿O es que estás borracho?

—No, Maggie. No estoy borracho. Y lo he dicho en serio. Te quiero. Lo que pasa es que a veces tardo un poco en darme cuenta de las cosas.

Aunque no estaba nada mal para él, dos meses. Maggie le sonrió, y Adam apagó la luz.

17

Gray llamó a Charlie a su despacho la semana anterior al día de Acción de Gracias, y le dio la impresión de que estaba inusualmente apagado.

—¿Qué vas a hacer en Acción de Gracias?

—Pues nada, la verdad —contestó Charlie.

Él también lo había estado pensando. Las festividades siempre le habían resultado difíciles y no le gustaba hacer planes. Para él eran días en que las personas con familia se reunían y compartían el calor del hogar, y para quienes no la tenían, ocasiones para sentir el frío y el vacío de cuanto habían perdido y no volverían a tener.

—Sylvia y yo habíamos pensado si te gustaría cenar con nosotros. Ella va a preparar el pavo, o sea que será bastante bueno.

Charlie se echó a reír.

—Pues sí que me gustaría.

Sería una forma agradable y nada dolorosa de pasar el día con su amigo.

—Y si quieres, que venga Carole.

—No creo que sea necesario, pero gracias —contestó Charlie, tenso.

—¿Tiene otros planes?

Gray notó que pasaba algo.

—Supongo. La verdad es que no lo sé.

—Eso no suena muy bien —dijo Gray, preocupado por Charlie.

—No, desde luego. Tuvimos una pelea tremenda hace dos semanas, y lo de Carole y yo ya es historia. Fue divertido mientras duró.

—Cuánto lo siento. Supongo que descubriste un defecto imperdonable.

Siempre le pasaba lo mismo. No fallaba.

—Sí, podría llamarse así. Me ha mentido, y yo no puedo estar con una mujer en la que no confío.

—Supongo que no.

Gray lo conocía lo suficiente para saber que, una vez descubierto el defecto imperdonable, Charlie salía corriendo. Ya había cumplido. Le dijo que fuera a cenar a casa de Sylvia a las seis, y colgaron unos minutos después. Le contó a Sylvia la mala noticia sobre Carole aquella noche. Sylvia también lo lamentó.

—Siempre hace lo mismo —le dijo Gray, entristecido—. Siempre anda buscando algo, sea lo que sea, que signifique que la mujer no es ninguna santa ni ningún ángel, y entonces, ¡zas!, Charlie se larga. No puede perdonar las debilidades de las mujeres ni reconocer que puede seguir queriéndolas y dejarlas un poco en paz. Nunca. Tiene tal miedo a que le hagan daño, se mueran o lo abandonen que las echa de su vida a la primera que estornuden. Es lo que hace, siempre.

—Sí, y Carole habrá estornudado —repuso Sylvia, con expresión pensativa.

Aunque no conocía bien a Charlie, tenía la impresión de saber muchas cosas de él por lo que le había contado Gray, ya que hablaba mucho de él. Más que amigos, eran hermanos y, en ambos casos, la única familia que tenían. Gray le había contado que tenía un hermano mucho más joven que él, que también habían adoptado sus padres adoptivos, pero que hacía muchos años que no lo veía ni sabía nada de él. Charlie era su hermano del alma, y por lo que Sylvia sabía, no le costaba trabajo imaginarse lo que había ocurrido en cada ocasión. Le aterrorizaba que la mujer en cuestión lo abandonara, razón por la cual él la plantaba primero.

—No es nada flexible, no cede en nada. —Los dos sabían, por experiencia propia, que en una relación hay que aceptar ciertas cosas—. Dice que Carole le ha mentido, pero ¿qué leches? ¿Quién no miente alguna vez? Son cosas que pasan, y todos hacemos tonterías.

Sylvia asintió con la cabeza; sentía curiosidad por lo que había ocurrido.

—¿Sobre qué le mintió?

—No me lo dijo; pero, a juzgar por asuntos pasados, no será nada importante, pero a él le sirve de ejemplo o de excusa para ilustrar que podría mentirle sobre algo importante. Así es como suele funcionar, como en el teatro kabuki: gestos horribles, muchos ruidos, como si estuviera atacado. «No puedo creer que...» Pero a mí sí puedes creerme, yo me conozco la historia, y es una verdadera lástima, qué mierda. Va a acabar él solo cualquier día de estos.

En realidad ya estaba solo.

—A lo mejor es lo que quiere —dijo Sylvia pensativamente.

—No me gusta verlo así.

Gray sonrió a Sylvia con tristeza. Le habría gustado ver a su amigo tan feliz como estaba él. Todo entre Sylvia y él iba viento en popa, como ocurría desde que se habían conocido. A veces se reían porque nunca habían discutido por nada y ni siquiera habían tenido una primera pelea. Sabían que cualquier día pasaría algo, pero aquel momento aún no había llegado. Parecían encajar perfectamente en todos los sentidos, y seguían en plena luna de miel.

Charlie se presentó a las seis en punto el día de Acción de Gracias. Llevó dos botellas de un excelente vino tinto, una botella de Cristal y otra de Château d'Yquem. Iba a ser una cena estupenda, con buena comida, buen vino y buenos amigos.

—¡Por Dios, Charlie, si con esto casi podríamos abrir un bar! —exclamó Sylvia—. ¡Y menuda calidad!

—Como supongo que mañana vamos a tener resaca, pues mejor a lo grande —repuso Charlie, sonriéndole.

Sylvia llevaba pantalones de terciopelo negro, jersey blanco, unos pequeños pendientes de diamantes y la larga melena negra recogida en un moño. Cada vez que sus ojos se encontraban con los de Gray sonreía con ternura. Charlie nunca había visto tan feliz a su amigo, y le llegó a lo más hondo del corazón. Ya se había acabado lo de las locas y chifladas, los ex novios psicóticos con amenazas de muerte, las mujeres que lo dejaban sin más o intentaban prenderle fuego a sus cuadros cuando se largaban de su casa. Sylvia era lo que cualquier hombre habría deseado, y para cualquiera que los viera juntos, saltaba a la vista que para ella Gray significaba lo mismo.

A Charlie le encantó que lo trataran tan bien, lo alivió infinitamente, pero al mismo tiempo se sintió excluido. Ante dos personas que se querían tanto, uno siempre nota lo que le falta, y para Charlie fue una experiencia agridulce. Sylvia había preparado una comida estupenda con la ayuda de Gray. La mesa estaba preciosa, la mantelería era una maravilla, y el centro de flores perfecto. Gray estaba muy feliz, disfrutando de la calidez de un amor compartido.

Hasta la mitad de la cena no se sacó a colación lo de Carole. Charlie ni siquiera había mencionado su nombre, pero Gray ya no podía más y saltó.

—Bueno, bueno, ¿y qué ha pasado con Carole?

Intentó quitarle hierro al asunto, preguntándolo como si no le diera importancia, pero Sylvia le lanzó una mirada muy expresiva. Sabía que a Charlie le resultaría doloroso, y creía que Gray no debía preguntar nada. Pero ya era demasiado tarde. Gray había metido la pata hasta el corvejón. Charlie no reaccionó.

—¿Sobre qué te ha mentido? —insistió Gray.

—Nada, tonterías, solo sobre quién es realmente. Ni siquiera me dijo cuál es su verdadero apellido. Por lo visto va de incógnito por la vida, y no se le ocurrió que a lo mejor valía la pena contarme a mí la verdad.

—Qué barbaridad, qué horror. ¿Se está escondiendo de un antiguo novio o algo? Ya sabes que hay mujeres que hacen esas cosas.

Gray estaba intentando defender de algún modo a Carole. Sabía que Charlie pensaba que era una mujer fantástica, y le daba pena ver que iba a deshacerse de otra buena persona. Aunque no fuera más que por su amigo, quería volver a poner a flote aquella historia de amor que empezaba a hacer aguas; pero, por el tono glacial de Charlie, daba la impresión de que ya estaba muerta y enterrada y de que sus bienintencionados esfuerzos llegaban demasiado tarde.

—No. Se está escondiendo de sí misma —contestó lentamente Charlie.

—Yo he hecho lo mismo, y tú también. Hay personas que siguen así toda la vida.

—Supongo que eso es lo que ella tenía pensado. Yo lo descubrí por casualidad. Al principio pensé que me había mentido sobre sus referencias, pero es más complicado que todo eso. Oculta su verdadera identidad a todo el mundo. Se hace pasar por una chica normal que detesta el «pijerío» y que solo respeta a los que trabajan en los barrios pobres, como ella, algo que me parece admirable, pero en su caso lo de los orígenes humildes es mentira podrida. Hizo que me sintiera culpable por todo lo que soy y lo que tengo, por cómo vivo y por dónde nací. Incluso me daba miedo contarle lo del barco.

—Entonces, ¿qué pasa? ¿No es lo que dice ser? ¿Qué es? ¿Princesa o algo?

A Gray no le parecía un delito que mereciera la pena de muerte, pero a Charlie sí.

—Por Dios, si resulta que es una Van Horn. Es tan «pija» como yo, por llamarlo de alguna manera. Ni siquiera me tomé la molestia de decírselo; pero, si mal no recuerdo, su abuelo tenía un yate más grande que el mío.

—¿Una Van Horn, Van Horn? —preguntó Gray, sorprendido.

—Ya ves.

Charlie lo dijo en un tono como si la prensa la hubiera fotografiado mientras practicaba el sexo con su mejor amigo a plena luz del día en el vestíbulo del hotel Plaza.

—¡Vaya! Es impresionante. Lo de que sea Van Horn, quiero decir. Venga, Charlie, eso debería ponerte las cosas más fáciles. ¿Por qué coño estás tan cabreado? No estás haciendo de Pigmalión, que es algo muy difícil, por cierto. Ya se sabe que no puedes pedirle peras al olmo. Seguramente tiene un árbol genealógico mejor que el tuyo. ¿Es eso lo que te molesta? —preguntó Gray con aire de perspicacia, y Sylvia hizo un gesto de preocupación. Gray no estaba ocultando sus pensamientos.

—Pero ¡cómo voy a tener envidia de su árbol genealógico! —Charlie parecía molesto—. Lo que no me gusta es que me haya mentido. Me ha dejado en ridículo. Yo que pensaba que le asustaba mi forma de vivir y venga a hacer virguerías y a pedirle perdón y resulta que se crió como yo. Es posible que no le guste ese mundo, pero así son las cosas. Para decirlo en plata, esa mujer es una mentirosa de mierda. Toda esa humildad suya no es más que pretenciosidad y falsedad.

Pronunció estas palabras con verdadera rabia, y Gray se echó a reír.

—No te cortes, dinos lo que realmente piensas —dijo burlonamente—. Sí, vale, se hace pasar por una don nadie, ¿y qué coño? Con el trabajo que hace, no creo que sea fácil llevar ese apellido. Tampoco lo es para ti. A lo mejor no quiere ser el hada madrina de las masas, sino una más y no tener que enfrentarse con toda esa mierda. Vamos a ver, Charlie, ¿qué mal ha hecho con eso?

—Mucho. De acuerdo, que le mienta a las personas con las que trabaja, si eso es lo que quiere, pero a mí que no me venga con esas. Me dijo que vivía en un estudio de una sola habitación, y ¡maldita sea!, vive en una casa estupenda, antigua, que vale lo menos diez millones de dólares.

—Sí, desde luego, qué asco —dijo Gray, cáustico—. ¡No lo

puedo creer! ¿Y en cuánto está valorado tu apartamento de la Quinta Avenida, con esa vista alucinante de Central Park? ¿Cinco millones? ¿Diez? Y, ya puestos, ¿cuánto te costó el *Blue Moon*? Ya no me acuerdo pero... ¿qué? ¿Cincuenta millones? ¿Sesenta?

—Esa no es la cuestión —contestó Charlie, dirigiéndole una mirada asesina—. La cuestión es que si me ha mentido sobre su apellido, sobre quién es y sobre dónde se crió, podría mentirme sobre otras cosas, y es probable que ya lo haya hecho.

—O no —replicó Gray con dureza. Le parecía que Charlie estaba haciendo una montaña de un grano de arena, que le había echado toda la arena a Carole y había salido corriendo. Como de costumbre con Charlie, no era un combate decente. Y al final, y aunque Charlie no se diera cuenta, era él quien salía perdiendo. Gray lo veía con toda claridad, porque su perspectiva de la vida había cambiado en el transcurso de los últimos meses—. A lo mejor lo único que quería era ser como los demás. ¿Es que a ti no apetece, al menos de vez en cuando? ¿Es que siempre quieres ser Charles Sumner Harrington? Venga, Charlie, déjame en paz. Vale, te sentiste como un imbécil cuando te enteraste de quién es Carole, pero ¿es tan terrible? No me digas que no le puedes perdonar una cosa así. Por Dios, ni que tú fueras perfecto.

—Pero yo no cuento mentiras a las personas a las que quiero, ni siquiera a mis amigos. Nunca te he mentido a ti.

—Sí, vale, y por eso nos queremos tú y yo, pero mira, te voy a decir una cosa, me temo que no pienso dejar a Sylvia para casarme contigo.

—Vaya por Dios —dijo Charlie, riéndose—. Con las ganas que tenía yo... Lo siento Sylvia, pero yo lo vi primero —añadió, mirándola.

—A mí me encanta compartirlo contigo —repuso sinceramente Sylvia, y decidió meter baza en la conversación, por si servía de algo—. No quiero meterme donde no me llaman, y comprendo tu punto de vista. A mí también me molesta cuando la gente hace cosas que no me gustan, pero supongo que siempre hay algo oculto, algo que yo no conozco, y ahí está la teoría de la punta del iceberg. Pero creo que Carole tiene buen corazón. Las personas como tú, o como ella, nunca saben realmente qué quieren los demás, ni a quién ven. Creo que en este caso Gray puede tener razón, que Carole solo quería hacer borrón y cuenta nueva. Debería habértelo contado en algún momento, quizá antes. Es una lástima que tuvieras que descubrirlo tú, pero por lo que nos has contado parece una mujer fantástica, y tenéis mucho en común. Quizá deberías darle otra oportunidad. A veces todos la necesitamos. Y siempre puedes marcharte si vuelves a olerte algo que no te gusta. No vas a comprometerte de por vida. Como bien sabemos, en toda relación hay compromisos y, por desgracia, nadie es perfecto. Quizá algún día ella tenga que perdonarte algo. Al fin y al cabo, es una cuestión de compensación, de las muchas cosas que te gustan de una persona a cambio de unas pocas que no te gustan. Siempre y cuando la balanza se incline hacia el lado positivo, vale la pena soportar un poco de mal rollo. Y, antes de que pasara esto, me da la impresión de que hay muchas cosas que te gustaban de ella.

Guardó silencio y Charlie la miró. Sylvia vio dos profundos pozos de tristeza en sus ojos. En el alma de Charlie había un gran dolor que jamás compartía con nadie. Charlie desvió la mirada, con lágrimas en los ojos.

—No quiero que me hagan daño. La vida ya es bastante dura tal y como es.

Sentados uno junto al otro en la preciosa mesa que había preparado, Sylvia extendió un brazo y le tocó la mano a Charlie.

—Es más dura cuando se está solo. Yo lo sé muy bien —dijo, con un nudo en la garganta.

Charlie la miró y asintió, pero no sabía muy bien si estaba de acuerdo con ella. Era dura estando solo, pero aún más cuando uno perdía a alguien querido. Sabía que Sylvia había pasado por lo mismo. El suicidio de su último amante había estado a punto de hundirla.

—No sé, quizá tengas razón —dijo con tristeza—. Me puse

furioso cuando me enteré, me sentí estafado, como un perfecto idiota. Le tiene verdadera aversión a su mundo y a su clase. Detesta todo lo que representan. ¿Hasta qué punto es eso normal y sano?

—Quizá no llevó una vida tan fácil cuando era pequeña —terció Gray—. Todos creemos que los demás lo han pasado estupendamente, pero no sabemos quién sufría insultos, o maltratos, a quién trataban a patadas o abandonaban, o de quién abusaba sexualmente su tío. Todos llevamos lo nuestro a las espaldas. En la vida nadie se va de rositas, y a lo mejor a Carole no le fue demasiado bien. He leído muchas cosas sobre su padre, y aunque es un tío muy importante, me da la impresión de que no es precisamente una perita en dulce. No sé, Charlie, a lo mejor tienes razón y Carole no es más que una embustera que al final te dará bien por saco, pero ¿y si no es así? ¿Y si es un ser humano decente que se hartó de ser quien es y de criarse como la hija de uno de los tíos más ricos del mundo? A mí me cuesta trabajo imaginarlo, pero precisamente tú deberías saber que las responsabilidades que te caen encima a veces no son un plato de gusto. Francamente, Charlie, me encantan las cosas que tienes y lo paso divinamente en el barco contigo, pero si lo pienso dos veces, no sé si me gustaría estar en tu lugar día tras día. A veces pienso que debe significar muchísimo trabajo y mucha soledad.

Gray jamás había sido tan sincero, y a Charlie lo emocionó, mucho más de lo que su amigo podía imaginarse.

—Tienes razón. Es mucho trabajo, y a veces te sientes muy solo, pero es que no te dejan elegir. Tarde o temprano te pasan el testigo, en ocasiones demasiado pronto, como fue mi caso, y allá te las apañes. No te puedes quedar en la línea de banda llorando y decir que no quieres jugar. Haces lo que puedes.

—Pues me da la impresión de que lo mismo le pasó a Carole. A lo mejor necesitaba alejarse de lo que era.

Charlie jugueteó pensativamente con unas migas de pan sobre el mantel, reflexionando sobre lo que acababan de decir Sylvia y Gray. Cabía la posibilidad de que fuera verdad.

—La mujer que me contó quién es Carole me dijo que había estado a punto de volverse loca cuando se deshizo su matrimonio. Carole me había contado casi lo mismo hace ya tiempo. Me da la impresión de que su ex marido es un hijo de puta, un maltratador y un psicópata. Lo conozco, y no es un tipo agradable. Ganó mucho dinero por sí mismo, pero creo que es una auténtica mierda de persona. No me extrañaría que se hubiera casado con Carole porque es una Van Horn.

Gray había dado en el clavo. A lo mejor Carole necesitaba alejarse de todo aquello. Llevaba escondiéndose casi cuatro años, y se sentía más segura en las calles de Harlem que en su propio mundo, lo cual era indicio de la tristeza de su vida anterior y de lo que le había ocurrido, y Charlie sabía que no se lo había contado todo. A Carole debía de resultarle demasiado difícil.

—Lo voy a pensar —dijo al fin, y los tres exhalaron un suspiro de alivio cuando cambió el tema de conversación. A todos les había costado mucho expresar sus sentimientos sobre Carole. Todos tenían sus cosas, sus heridas y sus miedos. Y de lo que se trata en la vida es de ir salvando los escollos y de llegar a buen puerto antes de que se hunda el barco.

Charlie se quedó con ellos hasta las diez de la noche, charlando sobre lo que estaban haciendo. Gray y Sylvia contaron anécdotas divertidas sobre su vida en común. Charlie les habló de la fundación, y no volvieron a tocar el tema de Carole. Charlie se despidió de los dos con cierta pena, y les dio un abrazo. Verlos tan felices lo había emocionado profundamente, pero también había agudizado su sensación de soledad. No podía ni imaginarse cómo sería estar así, dos personas que lentamente van entretejiendo sus vidas tras tantos años de soledad. A él le habría gustado intentarlo, pero al mismo tiempo le daba miedo. ¿Y si se cansaban el uno del otro, o se engañaban? ¿Y si uno de ellos se moría, o se ponía enfermo? ¿O si se defraudaban mutuamente, y la erosión del tiempo y los problemas cotidianos de la vida acababan por desgastarlos? ¿O si la tragedia se cebaba en uno de ellos, o en los dos? Todo parecía de alto riesgo.

Y ya en la cama, pensando en sus amigos, se inclinó para coger el teléfono, como poseído por una fuerza irresistible. Marcó el número de Carole como si sus dedos tuvieran vida propia, y de repente oyó su voz, como si la hubiera llamado otra persona, y no le quedó más remedio que preguntar.

—¿Carole?

—¿Charlie?

Los dos parecían igualmente sorprendidos.

—Esto... bueno, quería felicitarte el día de Acción de Gracias —dijo Charlie, casi atragantándose.

—Pensaba que no volvería a saber nada de ti —repuso Carole, estupefacta. Habían pasado casi cuatro semanas—. ¿Estás bien?

—Sí, bien —contestó Charlie, tumbado en la cama y paladeando la voz de Carole con los ojos cerrados. Le dio la impresión de que Carole estaba temblando, y así era, tumbada en su cama, al volver a oír la voz de Charlie—. Lo he celebrado con Sylvia y Gray. —Algo de lo que le habían dicho debía de haberle llegado a lo más hondo, porque sabía que, si no, no la habría llamado. Por primera vez en su vida había echado el freno, se había parado a mirar a su alrededor y había dado media vuelta. Estaba en el último tramo, de nuevo con tierra a la vista—. Ha estado muy bien. Y tú, ¿qué tal?

Carole suspiró y sonrió. Qué alivio, poder hablar de cosas mundanas.

—Como siempre. Nadie de mi familia agradece lo que tiene. Se consideran tan maravillosos, tienen tanta confianza en sí mismos que te da vergüenza ajena. Ni se les pasa por la cabeza que haya otras personas que no tienen lo mismo que ellos, y que a lo mejor ni siquiera lo desean. Para nosotros no es una celebración familiar, sino que somos maravillosos por ser la familia Van Horn. A mí me pone mala. El año que viene voy a celebrar Acción de Gracias en el centro, con los niños. Prefiero comer emparedados de pavo o de mantequilla de cacahuete con mermelada, que a lo mejor es lo que tenemos cuando se acabe el dinero que tú nos diste, a tomar champán y faisán. Se me atragantan. Y encima detesto el faisán, desde siempre.

Charlie sonrió. Sylvia y Gray tenían razón, y seguramente él se había equivocado. Carole llevaba como una carga ser una Van Horn. Quería ser como los demás, y él a veces sentía lo mismo.

—A mí se me ocurre una idea mejor —dijo con tranquilidad.

—Dime —repuso Carole, conteniendo el aliento. No tenía ni idea de lo que iba a contarle, pero le encantaba el sonido de su voz. Y todo lo demás de Charlie.

—Pues a lo mejor el próximo año podríamos celebrar Acción de Gracias juntos, con Sylvia y Gray. El pavo estaba muy bueno.

Charlie sonrió al recordar la tarde que había pasado con ellos, tan agradable y tan íntima, y que habría sido aún mejor si Carole hubiera estado allí.

—Me encantaría —dijo Carole con lágrimas en los ojos, y decidió presentar cara a su deslealtad. No pensaba en otra cosa desde hacía cuatro semanas. Sus motivos habían sido lícitos, pero sabía que había obrado mal. Si quería estar con Charlie, y amarlo, tenía que decirle la verdad, por mucho que a él no le gustara o por mucho que lo atemorizara. Tenía que confiar en él lo suficiente para que comprendiera quién era realmente ella, costara lo que costase—. Siento haberte mentido. Fue una estupidez —añadió con tristeza.

—Ya lo sé. Yo también cometo estupideces, como todo el mundo. A mí me daba miedo decirte lo del barco.

Había sido un pecado de omisión, no de obra, pero Charlie lo había cometido por las mismas razones. A veces resultaba muy difícil vivir allí fuera, en el mundo, visible para todos, como un enorme blanco al que cualquiera podía apuntar. También a veces Charlie tenía la sensación de llevar una diana pintada en la espalda, y parecía que a Carole le ocurría lo mismo. No resultaba fácil vivir así.

—Me gustaría ver tu barco algún día —dijo Carole con cierta prudencia. No quería pasarse; simplemente se sentía agradecida por el hecho de que Charlie la hubiera llamado, mucho más agradecida de lo que Charlie podía imaginarse, mientras derramaba lágrimas sobre la almohada. Incluso había rezado para que Charlie volviera a ella, y por una vez en su vida sus oraciones habían sido escuchadas. La última vez que lo había hecho, cuando su matrimonio se vino abajo, no funcionó; pero claro, al final, Dios sabe lo que se hace.

—Pues lo verás —le prometió Charlie. No se le podía ocurrir nada mejor que estar con Carole en el *Blue Moon*—. Oye, ¿qué vas a hacer mañana?

—Pues no tenía nada pensado, pero me gustaría pasarme por el centro. La oficina está cerrada, pero los críos están allí, y se ponen un poco nerviosos durante los puentes y tal. Lo pasan mal durante las fiestas.

—Lo mismo que me pasa a mí —dijo Charlie con toda sinceridad—. Es que detesto las fiestas, es lo que más odio en el mundo. —Le traían demasiados recuerdos de los seres queridos que había perdido. El día de Acción de Gracias era tremendo, pero la Navidad era aún peor—. ¿Nos vemos mañana para comer?

—Estupendo —repuso Carole sonriendo de oreja a oreja, encantada.

—Si quieres, primero nos pasamos por el centro. No voy a llevar el reloj de oro —dijo Charlie en tono burlón.

—Mejor ponte el traje de león. Te lo has ganado a pulso, por el valor que has demostrado —contestó Carole con admiración por el hecho de que Charlie la hubiera llamado.

—Pues sí —dijo Charlie. Le había costado mucho trabajo, pero se alegraba. Sabía que se lo debía a Sylvia y Gray. Gracias a ellos había reunido suficiente valor para llamarla—. Te paso a buscar a mediodía.

—Vale, Charlie. Y oye... gracias.

—Buenas noches —dijo Charlie con dulzura.

18

A Adam se le antojó una eternidad el trayecto por la autopista de Long Island en el Ferrari. No había pasado la noche con Maggie porque no quería enfrentarse a sus comentarios, por certeros que fueran, cuando tuviera que marcharse a ver a su familia. La había llevado a su casa la noche anterior, y sabía que iba a pasar el día sola, pero él no podía hacer nada. Pensaba que hay cosas en la vida que no se pueden cambiar ni evitar. Era su código ético, su sentido de la responsabilidad para con su familia, por doloroso que le resultara. Pasar el día de Acción de Gracias con su familia era una responsabilidad que no podía eludir, por mucho que le costara. Desde luego que Maggie tenía razón, pero eso no cambiaba las cosas. Ir a pasar el día con ellos era como ponerse ante un pelotón de fusilamiento. A pesar del fastidio, se sintió agradecido por el embotellamiento que lo retrasaba, como si fuera un aplazamiento de la sentencia de muerte. También le habría venido bien un pinchazo en una rueda.

Llegó casi con media hora de retraso. Su madre le dirigió una mirada asesina cuando entró por la puerta, a modo de bienvenida.

—Lo siento, mamá. Hay un tráfico temible. He llegado lo antes que he podido.

—Si hubieras salido antes, habrías llegado antes. Seguro que si hubiera sido para ver a una mujer, lo habrías hecho.

Zas. La primera en la frente, y Adam sabía que no sería la última. No tenía sentido intentar responder, y se quedó callado. Uno a cero, como siempre.

El resto de la familia ya había llegado. Su padre estaba resfriado. Sus sobrinos y sobrinas se encontraban fuera. Su cuñado tenía nuevo trabajo. Su hermano hizo comentarios supuestamente socarrones sobre el trabajo de Adam. Su hermana se quejaba, para variar. Nadie hablaba de nada que le interesara. Su madre dijo que había leído en alguna parte que Vana le daba a las drogas y que por qué quería clientes como ella, y qué clase de bufete era en el que estaba metido, que defendía a drogadictos y putas.

A Adam se le encogió el estómago, como era de esperar, no más de lo normal, pero de todos modos era algo muy molesto. Su madre se puso a hablar de que ella se estaba haciendo mayor, que ya no iba a durar mucho y que todos debían aprovechar el poco tiempo que le quedaba. La hermana de Adam tenía la mirada clavada en el infinito. El hermano dijo que, según tenía entendido, los Ferrari era una auténtica porquería últimamente. La madre ensalzó con verdadero entusiasmo las virtudes de Rachel. El padre se quedó dormido antes de comer. Por culpa de las pastillas para el resfriado, según explicó la madre, quien a continuación hizo un comentario supuestamente gracioso sobre la ruptura de Adam con Rachel, y que si él hubiera sido más atento, no lo habría dejado, encima por un episcopaliano. ¿Es que no le preocupaba que un cristiano estuviera criando a sus hijos? ¿Qué le pasaba? Si ni siquiera había ido a la sinagoga en Yom Kipur. Con todo lo que se habían esforzado por darle una buena educación, no iba al templo, ni siquiera en las fiestas, y salía con mujeres que parecían prostitutas. A lo mejor quería convertirse. El tiempo se detuvo de repente para Adam ante aquella palabrería. Oyó la voz de Maggie. Pensó en ella, en el mísero apartamento de Nueva York en el que estaba. Justo cuando Mae entró para decir que la comida estaba servida, él se levantó, y su madre se quedó mirándolo.

—¿Qué te pasa? Pareces enfermo.

Adam se había puesto más blanco que el papel.

—Sí, eso me parece.

—A lo mejor tienes gripe —dijo su madre, volviéndose a continuación para decirle algo al hermano de Adam.

Adam se limitó a quedarse allí, inmóvil, mirándolos. Maggie tenía razón, y él lo sabía.

—Tengo que irme —dijo, dirigiéndose a todos los que estaban en la habitación, pero mirando a su madre.

—Pero ¿te has vuelto loco? Si todavía no has comido —dijo la madre, mirándolo con severidad.

Pero, viera lo que viese, no era realmente Adam. A quien veía era al pequeño Adam, al que se había pasado la vida riñendo, la criatura que se había interpuesto de golpe en su vida y en sus partidas de bridge, a quien había censurado desde el mismo día en que nació; no al hombre que había llegado a ser, con sus logros, sus decepciones y su dolor. A nadie de aquella familia le importaba el dolor que pudiera sentir Adam, ni siquiera cuando Rachel lo dejó. Al fin y al cabo, era culpa suya, como siempre. Y sí, a lo mejor salía con mujeres que parecían putas, pero ¿y qué? Se portaban con él mucho mejor que toda su familia junta, y no le daban por saco. Lo único que ellas querían era que les pagara operaciones de tetas y de nariz, y darle un par de palos a su tarjeta de crédito. Y Maggie ni siquiera quería eso. No quería nada, salvo a él. Su padre se despertó y miró a su alrededor. Vio a Adam en medio de la habitación.

—¿Qué pasa? ¿Ocurre algo?

Todos se habían quedado inmóviles mirando a Adam, que dijo, dirigiéndose a su padre:

—Me marcho. No puedo seguir con esto.

—Siéntate —le dijo su madre, como si aún tuviera cinco años y se hubiera levantado de la mesa en un momento inoportuno.

Pero no era un momento inoportuno; era el que mejor venía a cuento, y ya iba siendo hora. Maggie tenía razón: no debería haber ido a casa de sus padres. Si no podían respetarlo, si no les importaba un pimiento quién era, si ni siquiera eran capaces de comprenderlo, si pensaban que se merecía todas las putadas que le había hecho Rachel y las que seguía haciéndole, pues quizá no eran su familia, o no se merecían serlo. Sí, tenía a sus hijos, y eso ero lo único que le importaba, pero los niños no estaban allí. Los que estaban en aquella casa eran extraños, y siempre lo habían sido. Y así querían ellos que siguiera la situación. Bien. Ya iba siendo hora. Tenía nada menos que cuarenta y un años.

—Lo siento, papá —dijo Adam con calma—. No puedo seguir con esto.

—¿Seguir con qué? —Su padre parecía confuso. Con las pastillas para el resfriado se había aturullado un poco más, pero no tanto. A Adam le dio la impresión de que sabía perfectamente lo que ocurría, pero que no tenía intención de enfrentarse a ello. Como siempre. Le resultaba más fácil, y aquel día no iba a ser distinto—. ¿Adónde vas?

—Me voy a casa —respondió Adam, mirando a los que estaban en aquella habitación, a quienes siempre le habían hecho la vida imposible, a quienes siempre le habían cerrado las puertas. Y en aquel momento él decidió salir por la puerta.

—Estás enfermo —dijo su madre, mientras Mae se quedaba en el umbral de la puerta, sin saber qué decir—. Ve al médico. Es que necesitas medicación o algo, un terapeuta. Estás pero que muy enfermo, Adam.

—Solo cuando vengo aquí, mamá. Cada vez que salgo de esta casa se me pone el estómago en la boca. No tengo ninguna necesidad de volver aquí para ponerme malo. No estoy dispuesto. Que lo paséis bien. Es el día de Acción de Gracias.

Dio media vuelta y salió de la habitación sin añadir palabra, sin esperar a más insultos. Ya estaba bien. Mae le guiñó un ojo cuando salió. Nadie intentó detenerlo, y nadie dijo nada. Sus sobrinos apenas lo conocían, a su familia no le importaba, y ya no quería que a él le importara su familia. Se los imaginó mirándose unos a otros mientras oían alejarse el Ferrari y después entrando en el comedor. Nadie volvió a mencionar su nombre.

Adam aceleró. Había menos tráfico para volver a la ciudad, y al cabo de media hora entraba en la carretera de F. D. R., sonriente. Se sentía libre, por primera vez en su vida, realmente libre. Se echó a reír. Quizá su madre tuviera razón y estuviera loco, pero en su vida se había sentido más cuerdo. Y tenía el estómago estupendamente. Tenía un hambre de lobo. Y lo único que deseaba en ese momento era a Maggie.

Se paró en el supermercado camino del apartamento de Maggie. Tenían todo lo que necesitaba, y compró un pavo precocinado, prerrellenado, precosido, todo menos precomido, con la guarnición tradicional. Se llevó todo el tinglado de gelatina de arándanos, batatas, guisantes, galletas que solo había que calentar, puré de patatas y tarta de calabaza para el postre. Por 49,99 dólares adquirió todo lo que necesitaba. Diez minutos más tarde llamaba a la puerta de Maggie, que contestó con cautela. No esperaba a nadie, y se quedó pasmada al oír a Adam. Apretó el timbre inmediatamente para dejarlo entrar y le abrió la puerta del apartamento en bata. Estaba hecha un asco, sin peinar y con manchurrones de rímel en la cara. Adam vio que había llorado. Maggie lo miró, confusa y extrañada.

—¿Qué ha pasado? ¿Cómo es que no estás en Long Island?

—Vístete. Vamos a casa.

—¿Adónde? —Adam parecía enloquecido. Llevaba traje gris marengo, camisa blanca, corbata y zapatos relucientes. Iba impecable, pero sus ojos lanzaban destellos—. ¿Estás borracho?

—No. No podría estar más sobrio. Anda, vístete. Nos vamos.

—¿Adónde?

No se movió, y Adam recorrió el apartamento. Era espantoso, peor de lo que se imaginaba. No se le había ocurrido que pudiera vivir en un sitio así. Había dos camitas plegables sin hacer en el dormitorio y sacos de dormir en dos desvencijados sofás en el cuarto de estar. Las dos únicas lámparas de la habitación tenían las pantallas rotas. Todo estaba desparejado y sucio, las persianas rotas y arrancadas, la alfombra mugrienta y en medio de la habitación colgaba una bombilla desnuda de un cable pelado. Los muelles de los sofás estaban hundidos y llegaban hasta el suelo, y un cajón naranja hacía las veces de mesita. Adam era incapaz de imaginarse cómo se podía vivir así, ni que Maggie pudiera salir de aquel agujero con un aspecto medianamente decente. Había ropa sucia tirada en el suelo del cuarto de baño y platos sucios por todas partes. Al subir, en el pasillo había notado olor a gatos y orina. Se le encogió el corazón al ver a Maggie allí, en bata, una bata deshilachada y vieja que la hacía parecer una niña.

—¿Cuánto pagas por este apartamento? —le preguntó sin rodeos. Prefirió no decir «pocilga», pero eso era.

—Mi parte son 175 dólares —contestó Maggie avergonzada.

Nunca lo había dejado subir, y él no se lo había pedido. Adam empezó a sentirse culpable también por eso. Aquella mujer dormía en su cama casi todas las noches, le había dicho que la quería y cuando ella lo dejaba volvía a aquel agujero. Era peor que lo de Cenicienta teniendo que limpiar la casa de su madrastra y fregar el suelo de rodillas. Era una auténtica pesadilla, y el resto del tiempo lo pasaba en el Pier 92, donde no paraban de pellizcarle el culo.

—No puedo pagar más —añadió en tono de disculpa, y Adam tuvo que contener las lágrimas.

—Vamos, Maggie —dijo con dulzura. La rodeó con los brazos y la besó—. Vamos a casa.

—¿Y qué vamos a hacer? ¿No tienes que ir a casa de tus padres?

Pensó que a lo mejor no había ido todavía y que había pasado a verla antes de salir de la ciudad. En sus sueños, Adam le pedía que fuera a casa de sus padres con él, pero no comprendía hasta qué punto habría sido una experiencia totalmente deprimente.

—Ya he ido y he vuelto. Me he marchado, sin más. He vuelto para estar contigo. No soporto más esa mierda.

Maggie le sonrió. Se sentía orgullosa de él, y Adam lo sabía. Y él también se sentía orgulloso. Era lo más valiente que había hecho en su vida, y gracias a Maggie. Ella le había abierto los ojos, y al ver y oír, Adam ya no pudo más. Ella le había recordado que sí tenía elección.

—¿Vamos a comer fuera? —preguntó Maggie, pasándose la mano por el pelo.

Estaba hecha un adefesio, y no esperaba ver a Adam hasta la noche.

—No, voy a prepararte la comida de Acción de Gracias en casa. Venga, vamos.

Se sentó en uno de los sofás, que se hundió hasta el suelo. Todo parecía tan sucio que no le hizo ninguna gracia sentarse. No entendía cómo se podía vivir allí; jamás se le había pasado por la cabeza que hubiera gente viviendo así, y mucho menos Maggie. Se le encogía el corazón solo de pensarlo.

Maggie tardó veinte minutos en vestirse. Se puso unos tejanos, una cazadora Levi's y unas botas, se lavó la cara y se peinó. Dijo que se ducharía y se maquillaría en casa de Adam, y que allí tenía ropa como es debido. No le gustaba dejarla en el apartamento, porque sus compañeras se la ponían sin pedirle permiso y luego no se la devolvían, ni siquiera los zapatos. Tras haber visto dónde vivía Maggie, a Adam le parecía inconcebible que estuviera siempre tan guapa. Había que ser poco menos que un mago para salir de un agujero inmundo como aquel y parecer, actuar y sentirse como un ser humano, pero ella lo conseguía.

Adam bajó la escalera detrás de Maggie, y a los dos minutos iban como una flecha en el Ferrari camino de la casa de Adam. Maggie lo ayudó a llevar la comida y a prepararla, y después se duchó e hicieron el amor. Maggie puso la mesa mientras Adam trinchaba el pavo, y cenaron en la cocina, los dos en albornoz. Después volvieron a la cama, y Adam la abrazó, pensando en todo lo que había ocurrido aquel día. Habían avanzado mucho en aquel largo camino.

—Pues supongo que tenemos una relación —dijo, estrechándola entre sus brazos y sonriéndole.

—¿Por qué dices eso? —preguntó Maggie, y le devolvió la sonrisa. Le parecía tan maravilloso como ella a él.

—Bueno, hemos pasado un día festivo juntos, ¿no? A lo mejor incluso hemos iniciado una tradición, pero el año que viene tendremos que vestirnos, porque vendrán mis hijos, y no pienso llevarlos a casa de mi madre.

Todavía tenía que tomar una decisión sobre Janucá, pero para eso faltaban varias semanas. No quería apartar a los niños de sus padres, pero tampoco estaba dispuesto a seguir sacrificándose ni a dejar que lo torturasen. Aquella época había tocado a su fin. Existía una mínima posibilidad de que el hecho de haberse largado de aquella casa les hubiera dado una lección y empezaran a tratarlo mejor, pero lo dudaba. Lo único que sabía en aquel momento es que se sentía feliz con Maggie y que no le dolía el estómago. Y no era poco; aún más, era un enorme progreso.

Hasta el domingo por la noche Adam no le pidió a Maggie lo que llevaba pensando todo el fin de semana. Suponía un gran paso, pero no podía consentir que volviera a aquel agujero después de lo que había visto. Se sentía aterrado, pero al fin y al cabo no significaba casarse, se decía.

En esos momentos recogían los platos de la cena, antes de que Maggie se marchara. Habían terminado los restos del pavo a mediodía, que estaban riquísimos. El mejor día de Acción de Gracias para Adam hasta la fecha, y sin duda también para Maggie.

—Oye, ¿y si te vinieras a vivir aquí? O sea... para ver qué tal... cómo nos va... Te pasas aquí la mayor parte del tiempo... y así podría ayudarte con los deberes...

Se calló cuando Maggie lo miró, confusa. Estaba emocionada, pero le daba miedo.

—No sé —dijo, perpleja—. No quiero depender de ti, Adam. Lo que has visto es lo único que puedo pagar. Si me acostumbro a esto y un día me das una patada en el culo y me echas de aquí, me costará mucho trabajo volver a lo de antes.

—Pues no vuelvas. Quédate aquí. Maggie, no pienso darte una patada en el culo ni echarte de aquí. Te quiero, y de momento funciona.

—Precisamente de eso se trata. Tú lo has dicho: de momento. ¿Y si empieza a no funcionar? Ni siquiera puedo contribuir al alquiler.

Aquellas palabras enternecieron a Adam, y contestó, encantado:

—Ni falta que hace. La casa es mía.

Maggie sonrió y le dio un beso.

—Te quiero. No quiero aprovecharme de ti. No quiero nada de ti, solo a ti.

—Ya lo sé. Pero yo quiero que te vengas a vivir aquí. Te echo de menos cuando no estás. —Puso cara de perrito desamparado—. Cuando no estás me duele la cabeza. —Además, le gustaba saber dónde andaba Maggie.

—Ya está bien de culpabilidad judía. —Maggie se levantó, lo miró y asintió lentamente—. Vale... Me vengo aquí, pero voy a mantener el apartamento una temporada, por si acaso. Si no nos funciona o nos hartamos el uno del otro, volveré allí.

No era una amenaza, sino una actitud muy sensata, y Adam la respetó aún más.

Maggie se quedó allí aquella noche, y justo cuando Adam se acurrucó junto a ella, a punto de quedarse dormido, le dio un golpecito en un hombro y él abrió un ojo. Maggie tenía la costumbre de querer discutir asuntos tremebundos o tomar decisiones capaces de cambiarle la vida justo cuando a él le entraba el sueño. Ya le había pasado con otras mujeres, y pensaba que era cuestión de cromosomas, algo genético. Las mujeres querían hablar cuando los hombres querían dormir.

—¿Sí? ¿Qué pasa?

Apenas podía mantenerse despierto.

—Entonces, ¿qué es esto ahora?

Parecía completamente despierta.

—¿Eh? ¿Qué?

—Pues que si estamos viviendo juntos y hemos celebrado el día juntos, supongo que es una verdadera relación, ¿no? O si estamos viviendo juntos, ¿cómo lo llamas?

—Lo llamo dormir... Me hace falta, y a ti también... Te quiero. Ya hablaremos mañana... Se llama vivir juntos, y está muy bien...

Casi se había quedado dormido.

—Sí, desde luego —repuso Maggie, sonriendo, demasiado excitada para dormirse. Se quedó allí mirando a Adam, que se dio la vuelta y se puso a roncar.

19

Charlie recogió puntualmente a Carole el viernes a mediodía y la llevó a comer a La Goulue. Era un restaurante de moda de Madison Avenue, con buen menú y una clientela muy animada. Ya no se sentía tan obligado a llevarla a restaurantes más modestos, ahora que sabía quién era, y a los dos les apetecía ir a un sitio agradable. Comieron estupendamente y después dieron un paseo por Madison Avenue, viendo escaparates.

Carole se abrió a él sobre su vida anterior, por primera vez. Gray tenía razón. La sangre azul y las casas elegantes no suponían necesariamente una infancia feliz. Le habló de lo fríos y distantes que eran sus padres, de la frialdad entre ellos y de que para ella eran emocional y físicamente inaccesibles. La había criado una niñera, nunca veía a sus padres, y al parecer su madre era un bloque de hielo con forma humana. No había tenido hermanos con los que consolarse; era hija única. Le dijo que pasaba semanas enteras sin ver a sus padres, y que ellos estaban profundamente disgustados por el rumbo que le había dado a su vida. Había llegado a odiar todo lo que representaba su mundo, la hipocresía, la obsesión por lo material, la indiferencia hacia los sentimientos de los demás y la falta de respeto por cualquiera que no llevara aquella clase de vida. Al oírla, saltaba a la vista que había sido una niña solitaria. Al final había pasado de la glacial indiferencia de su familia a los malos tratos del hombre que había sido su marido, quien, como sospechaba Gray, se había casado con Carole por ser ella quien era. Cuando la dejó, ella quiso divorciarse no solo de él, sino de todo lo que lo había arrastrado hacia ella y de una serie de valores que Carole había detestado toda su vida.

—No lo puedes hacer, Carole —dijo Charlie con dulzura. Él también había deseado hacerlo en muchas ocasiones, aunque no hasta tal extremo, pero ella había pagado un precio más alto—. Tienes que aceptar quién eres. Haces una labor maravillosa con los niños con los que trabajas, y no necesitas prescindir de todo lo que eres para eso. Puedes disfrutar de los dos mundos.

—No disfruté de mi infancia, nunca —replicó Carole con toda honradez—. Lo detestaba todo desde muy pequeña. Querían jugar conmigo por quien era yo o no querían jugar conmigo precisamente por ser quien era. Nunca sabía qué podía esperar de la gente, y me costaba mucho trabajo averiguarlo.

Charlie comprendió cómo debía de sentirse, y mientras seguían paseando recordó una cosa. Vaciló en contárselo tan pronto, después de tanto tiempo sin verse, pero era como si nunca se hubieran separado. Iban del brazo por Madison Avenue, charlando. Charlie tenía la sensación de formar parte de la vida de Carole, y a ella le ocurría otro tanto con él.

—A lo mejor me matas por esto —empezó a decir Charlie con cautela mientras cruzaban la Setenta y dos en dirección norte.

El tiempo había cambiado y hacía frío, pero el aire era limpio y vigorizante. Carole llevaba un gorro de lana, y guantes y bufanda de cachemir, y Charlie se subió el cuello del abrigo.

—Todos los años voy a una fiesta —prosiguió— que, por lo que me has contado, seguramente a ti no te gustaría, pero pienso que tengo que ir, y este año además presentan en sociedad a las hijas de dos amigos míos. Todos los años voy al baile del Hospital, donde presentan a las debutantes. Aparte de las evidentes complicaciones sociales, siempre es una fiesta agradable. ¿Querrías venir conmigo, Carole? —preguntó, esperanzado, y ella se rió. Después de los discursos que le había soltado sobre lo mucho que detestaba «su mundo», Carole sabía que seguramente a Charlie lo aterrorizaba invitarla a una fiesta a la que acudirían las chicas de sangre azul para ser «presentadas en sociedad». Era una tradición arcaica, esnob, pero que Carole conocía muy bien. Le sonrió.

—No me gusta tener que reconocerlo, pero allí fui presentada yo —dijo como arrepentida, pero riéndose—. Mis padres también van todos los años, pero yo no he vuelto desde entonces. Podría ser divertido, contigo. Si no, no iría.

—¿Eso quiere decir que sí? —preguntó Charlie, con una amplia sonrisa. Se moría de ganas de ir a algún sitio agradable con ella y lucirla por ahí con un vestido bonito. Le encantaba verla en el centro infantil, pero seguían gustándole algunos acontecimientos sociales, como el del baile. Era divertido ponerse de punta en blanco de vez en cuando, y al baile había que ir de etiqueta.

—Quiere decir que sí —respondió Carole, mientras seguían andando. Tendría que comprarse un vestido de fiesta, aunque podía pedírselo a su madre, pero no le apetecía. Tenían la misma talla. Quería ponerse guapa para Charlie, pero un vestido de su madre le daría demasiado aspecto de señora.

—No es hasta dentro de unas semanas. Ya lo miraré en el despacho.

Carole asintió. Ir al baile de debutantes con Charlie suponía un gran paso para ella, como retroceder a su antigua vida, pero también sabía que sería una excepción de una noche, no una forma de vida. Podía soportarlo como turista, pero no quería nada más. Era un compromiso y un gesto que estaba dispuesta a hacer por él.

Siguieron andando en silencio hacia la casa de Carole, y torcieron en la Noventa y uno. Estaban los dos helados. Seguramente iba a nevar. Cuando llegaron a la puerta de su casa, Carole se volvió hacia Charlie y le sonrió. Podía invitarlo a entrar, puesto que ya sabía que era su casa y ya no creía que estuviera de alquiler en un estudio.

—¿Quieres pasar? —le preguntó con timidez mientras buscaba la llave, que al fin encontró en el fondo del bolso, donde siempre iba a parar.

—¿Te parece? —preguntó a su vez Charlie con cautela, y Carole asintió con la cabeza.

Quería que entrase en su casa. Había empezado a oscurecer. Estaban juntos desde la hora de comer, y había sido un almuerzo largo. Tenían que recuperar el tiempo perdido, y habían reconocido durante la comida lo mucho que se habían echado de menos el uno al otro. Charlie había echado en falta hablar con ella, saber lo que hacía y compartir el entusiasmo y las complicaciones de los detalles cotidianos de su vida. Se había acostumbrado a sus sabios consejos durante el mes que se habían visto, y había sufrido con su ausencia, como Carole con la suya.

Entraron en un refinado vestíbulo con un elegante suelo de mármol blanco y negro. En la planta baja había dos salitas, una de las cuales daba a un jardín precioso, y por un tramo de escaleras se llegaba a un bonito salón con cómodos sofás y sillones, chimenea y antigüedades inglesas que Carole se había llevado de una de las casas de sus padres, con el permiso de estos. Tenían más en un guardamuebles. La casa era elegante, pero al mismo tiempo cálida y acogedora, como Carole, distinguida pero animada. Por todos lados había objetos que significaban mucho para ella, incluso obras de los niños del centro. Era una extraordinaria mezcla de lo nuevo y lo viejo, de objetos caros y de cosas inestimables hechas por los niños, y de objetos insólitos que había encontrado en el transcurso de sus viajes. La cocina era amplia y cómoda, y el comedor pequeño, con paredes rojo oscuro y escenas de caza inglesas pertenecientes a su abuelo. Más arriba estaban su dormitorio, amplio y soleado, y la habitación de invitados. Utilizaba el último piso como despacho. Lo llevó hasta allí, y a Charlie le impresionó toda la casa. Después bajaron a la cocina.

—Nunca invito a nadie, por razones obvias —dijo Carole con tristeza—. Me encantaría que viniera gente a cenar de vez en cuando, pero es que no puedo.

Se hacía pasar por pobre, y tenía que llevar una vida secreta. Charlie sabía que debía de sentirse muy sola, como se sentía él, pero por razones distintas. Los padres de Carole aún vivían, pero a ella no le gustaban y nunca había estado unida a ellos. Llevaba toda la vida sufriendo su ausencia emocional. Él no tenía a nadie. Habían llegado al mismo sitio, pero por caminos diferentes.

Carole le ofreció chocolate caliente en la acogedora cocina, y lo tomaron sentados a la mesa mientras fuera oscurecía. Charlie volvió a hablar de lo mucho que detestaba las festividades y de lo que las temía. Carole no le preguntó qué planes tenía; le parecía demasiado pronto. Charlie acababa de entrar de nuevo en su vida aquel mismo día. Él se ofreció a encender la chimenea, y se acomodaron en el sofá del salón principal una vez encendido el fuego. Se pasaron horas enteras hablando, reuniendo lentamente las piezas del rompecabezas de sus vidas, una a una: un trocito de cielo por aquí, una nube por allá, un árbol, una casa, un trauma de infancia, un desengaño amoroso, una mascota, cuánto quería Charlie a su hermana, lo destrozado que quedó cuando ella murió, lo solitaria que había sido la infancia de Carole. Todo empezaba a encajar, mucho mejor de lo que ninguno de los dos podía imaginarse.

Eran más de las ocho cuando Carole se brindó a hacer la cena y Charlie se ofreció cortésmente a invitarla a cenar fuera. Había empezado a nevar, y coincidieron en que estarían más a gusto en casa. Al final hicieron pasta y tortillas, y lo acompañaron con una barra de pan, queso y una ensalada. Cuando terminaron de cenar, no paraban de reírse de las cosas divertidas que contaba Carole, y él le habló de los lugares exóticos a los que había llegado en el barco. Y, mientras volvían al salón, la tomó entre sus brazos, la besó, y de repente se echó a reír.

—¿De qué te ríes? —preguntó Carole con cierto nerviosismo.

—Me acordaba de Halloween y de tu cara pintada de verde. Estabas muy graciosa.

Fue la primera vez que se habían besado, y los dos lo recordaban muy bien. Y poco después se había armado la gorda entre ellos.

—Pues no tan graciosa como tú, con la cola de león toda tiesa. Los niños todavía hablan de eso. Les encantó. Les pareciste estupendo, y Gabby pudo sujetarse a algo para seguirte por todos lados. —No habían pasado por el centro aquel día, y Carole dijo que iría al día siguiente. Charlie quería ir con ella. Echaba en falta a los niños, sobre todo a Gabby—. Le he dicho que estabas fuera.

Charlie asintió. Él había echado de menos a todos, pero sobre todo a Carole. Volvió a besarla, y ella lo miró a los ojos. Vio algo tan dulce y tranquilo en ellos que se sintió como si hubiera vuelto a casa.

—¿Quieres que vayamos arriba? —le preguntó con dulzura.

Charlie se limitó a asentir, y no dijo nada mientras la seguía escaleras arriba hasta su dormitorio. Después se quedó mirándola durante unos momentos interminables.

—¿Estás bien?

No quería empujarla a nada. Recordó lo reacia que se había mostrado incluso a empezar a salir con él, y de eso solo hacía dos meses. Entretanto habían ocurrido muchas cosas, y la ausencia de cuatro semanas le había servido a Carole para darse cuenta de que lo quería. Estaba dispuesta a correr el riesgo. Para ella había sido demasiado tiempo.

Por toda respuesta a la pregunta de Charlie asintió con la cabeza, y se tendieron en la amplia cama, en cuyo centro dormía ella cuando estaba sola. Junto a él, le dio la impresión de que ya habían estado allí antes juntos. Hacer el amor los reconfortó, los alegró; fue todo íntimo y apasionado a la vez, precisamente lo que los dos deseaban. Y con la nieve tras los cristales aquella noche, como en una postal navideña, siguieron abrazados, como en un sueño.

20

Gray y Sylvia pasaron un fin de semana de Acción de Gracias muy tranquilo. Ella fue a la galería el sábado, y después hizo unos recados. Gray fue a su estudio a pintar, y el domingo se quedaron en la cama, con las páginas de *The New York Times* desparramadas por todos lados. Gray ayudó a Sylvia con el crucigrama, hicieron el amor y volvieron a dormirse.

No tenían noticias de Charlie desde la cena, y esperaban que hubiera seguido su consejo, pero no lo sabían. El domingo por la mañana había diez centímetros de nieve en la calle, y por la noche Sylvia preparó la cena mientras Gray leía un libro en el salón. Estaban cenando tranquilamente, charlando, cuando de repente Gray le preguntó cuándo iban a llegar sus hijos. No había pensado en el asunto hasta entonces, y cuando lo preguntó parecía preocupado. Sylvia sabía que le angustiaba conocerlos y que pudieran no aceptar la relación que mantenían.

—Creo que unos días antes de Navidad. Gilbert me ha dicho que el veintitrés, pero Emily nunca concreta nada. Cogerá un avión en el último momento y aparecerá aquí como un ciclón. Es lo que hace siempre.

—Eso es lo que me da miedo —dijo Gray, angustiado—. Sylvia, no me parece buena idea.

—¿Cómo? ¿Que no vengan mis hijos en Navidad? No lo dirás en serio. —Se quedó atónita. Sus hijos eran, y siempre habían sido, la luz de su vida. De ninguna manera iba a decirles que no vinieran a casa, ni siquiera por Gray—. ¿De qué me estás hablando?

Gray tomó una profunda bocanada de aire y respondió:

—Lo que quiero decir es que no sé si estoy preparado para conocerlos. Creo que debería quedarme en mi estudio mientras ellos estén aquí.

Sylvia tenía un pequeño estudio en la planta de abajo, donde los chicos solían quedarse cuando iban a casa. El resto del tiempo lo usaba como trastero, así que no había razón alguna para que Gray no se quedara con ella, y ya se lo había explicado, hacía varias semanas.

—Pero, cielo, si les vas a caer estupendamente —dijo Sylvia con tranquilidad, intentando disipar los temores de Gray.

—No me llevo bien con los niños.

—No son niños. Ya son adultos.

—Eso es lo que tú te crees. Los hijos siempre son hijos, y da igual que tengan ochenta años. Si una señora de cien años tiene novio, a su hijo de ochenta le va a sentar como un tiro. Es ley de vida.

Pronunció aquellas palabras con gran convicción.

—No digas gilipolleces. A Gordon nunca le causaron problemas, y entonces eran más pequeños. —Gordon era el amante de Sylvia que había muerto—. Confía en mí. Son unos chicos estupendos, y te van a caer fenomenal.

—A lo mejor no —replicó Gray con tristeza, y Sylvia lo miró con preocupación.

—¿Por qué dices eso?

Sylvia empezó a notar que había algo más de lo que parecía a primera vista. Sabía que a Gray le causaban inquietud los niños, pero no hasta tal extremo.

—Porque me pongo nervioso con ese nivel de participación en una relación. Siempre que se trate de tú y yo, perfecto, pero si hay niños de por medio, me da un ataque.

—Por Dios, Gray, no digas locuras. Solo van a estar aquí unas semanas.

Se los iba a llevar a esquiar el día después de Navidad, y quería que Gray fuera con ellos. Los chicos ya sabían que había un hombre en su vida, y a los dos les parecía bien. Sabían lo sola que había estado tras la muerte de Gordon.

—A lo mejor debería quitarme de en medio hasta que se vayan —dijo Gray, cada vez más decidido.

Sylvia lo miró sorprendida, herida y enfadada.

—Vamos a dejar las cosas claras —declaró apretando los dientes—. No quieres conocer a mis hijos y tampoco quieres verme hasta que se marchen, ¿no es eso? ¿Lo he entendido bien?

—Sí. Puedes venir a verme al estudio cuando quieras.

—A la mierda con eso —replicó Sylvia, y se puso a recorrer la habitación nerviosamente, de un lado a otro—. No pienso mantener una relación con un hombre que ni siquiera quiere conocer a mis hijos. Son maravillosos, y los quiero, y también te quiero a ti. Forman parte de mí, Gray. No sabrás quién soy realmente hasta que los conozcas a ellos.

—Sí, sé quién eres, y yo también te quiero —contestó Gray, algo más que asustado. No se esperaba una reacción tan vehemente—. Pero no quiero verme obligado a meterme en una situación que sé que no soy capaz de dominar. No puedo llegar a tal grado de compromiso. Simplemente, no soy capaz. Me conozco. Nunca he querido tener hijos, y tampoco quiero los de otra persona.

—Pues entonces deberías estar con una mujer que no tenga hijos.

—Es posible —repuso Gray, mirando al suelo.

—¿Cuándo has tomado esa decisión?

Sylvia estaba espantada por lo que había dicho Gray. No se esperaba que pudiera ser tan poco razonable.

—En cuanto me dijiste que iban a venir a pasar las Navidades. Pensé que debía retirarme discretamente durante unas semanas.

—¿Y qué pasará en verano? ¿Tampoco piensas venir conmigo a Europa? —Le gustaba pasar tiempo a solas con sus hijos, pero los motivos de Gray le parecían ridículos, incluso mezquinos. No estaba dispuesto a hacer ningún esfuerzo por conocer a sus hijos, ni a formar parte de su vida, una parte que, a ojos de Sylvia, era muy importante—. Quería que vinieras a esquiar con nosotros —dijo, desilusionada. Había alquilado una casa preciosa en Vermont.

—No sé esquiar —replicó Gray, sin dar su brazo a torcer.

—Ni yo, pero ellos sí, y siempre lo pasamos bien juntos.

—También lo pasaréis bien este año. Yo no estaré allí, eso es todo.

—¡Eres una mierda de tío! —exclamó Sylvia.

Entró en el dormitorio y dio un portazo. Y cuando salió, al cabo de dos horas, Gray había vuelto a su estudio, donde pasó la noche por primera vez desde hacía tres meses. Era una situación terrible, y cuando Sylvia lo llamó por teléfono, dijo que estaba trabajando y que no tenía ganas de hablar.

Joder, dijo Sylvia para sus adentros, y se puso a pasear por la habitación nerviosamente una vez más. No se le ocurría cómo convencerlo. Sabía que había vivido una infancia terrible, y que su familia estaba medio loca. Gray ya le había explicado que no le gustaba la vida familiar, pero ella no se esperaba que lo llevara a tales extremos. Ni siquiera quería ver a sus hijos. Solo quería estar con ella, y Sylvia sabía que si Gray se mantenía en sus trece, afectaría a su relación, tarde o temprano. No sabía qué hacer, si dejarlo pasar hasta que amainara la tempestad, o ponerse firme y darle un ultimátum a Gray. En cualquiera de los dos casos, podía perderlo.

Los Tres Mosqueteros, como los llamaba Sylvia, fueron a cenar a un restaurante chino dos semanas antes de Navidad. Todos tenían mucho trabajo y estaban estresados. Charlie dijo que tenía que hacer miles de cosas en la fundación antes de empezar el viaje en el barco. Todos los clientes de Adam estaban con los nervios de punta, y tenía que ir a Las Vegas aquel fin de semana a presenciar el combate por el título de boxeo de uno de ellos. Y Gray parecía deprimido, nada más.

—Bueno, ¿cómo están los tortolitos? —le preguntó Charlie en tono burlón cuando empezaron a cenar. Gray se limitó a mover la cabeza—. ¿Y eso qué quiere decir?

—Pues quiere decir que Sylvia y yo apenas nos hablamos. Desde Acción de Gracias llevamos un par de semanas pero que muy malas.

—¿Qué ha pasado? —Charlie no daba crédito—. Con lo bien que estabais la última vez que os vi...

Algo más que bien. Estaban divinamente.

—No me van las criaturas.

—Ya lo sé —repuso Charlie, sonriendo—. Esa es la especialidad de Adam. Criaturas de veintidós años. Sylvia es adorable, pero no precisamente una criatura.

—No, pero tiene criaturas, hijos, y yo no quiero conocerlos. Van a venir por Navidad, y yo es que no puedo ir allí. Es que no puedo. Me pone mal de los nervios, cada vez que tengo algo que ver con una familia, me pongo psicótico, me deprimo. No quiero ver a sus hijos. Yo la quiero a ella, no a sus hijos.

—Vaya por Dios. ¿Y qué dice Sylvia? —preguntó Charlie, preocupado.

—No gran cosa. Está cabreada, y supongo que se siente herida. No lo dice, pero para mí que si no me echo atrás, lo nuestro se acabó, y yo no pienso echarme atrás. Tengo que respetarme a mí mismo. Yo también tengo mis límites y mis cosas. Me crié con la familia Addams, con ácido lisérgico. Mi hermana es monja budista, mi hermano es navajo, hace un siglo que no lo veo, ni ganas que tengo. Y mi padre y mi madre estaban como cabras. En fin, que las familias me dan alergia.

—¿Incluso la de Sylvia? —preguntó Charlie, tanteando un poco el terreno.

—Incluso la de Sylvia —le confirmó Gray—. Se van a Vermont después de Navidad —dijo, como si tuvieran pensado ir a otro planeta—. A esquiar. —Por el tono, la silla eléctrica parecía más tentadora.

—A lo mejor lo pasas bien.

—Pues no. Seguramente no son tan simpáticos como Sylvia cree. Y, aunque lo sean, yo tengo mis problemas. No quiero saber nada de su familia. Solo la quiero a ella.

Pero sabía que, si no cedía, podía romper la especie de trato que tenía con ella. Pensaba que no tenía otra opción, y Charlie lo sintió por los dos. Comprendía cuánto significaban para Sylvia sus hijos, de los que se sentía tan orgullosa, y también que estaba enamorada de Gray.

—Bueno, a ver si lo solucionáis —dijo Charlie con cariño—. Sería una lástima que lo dejarais. —Gray parecía tan feliz desde que estaba con Sylvia... Y Charlie les contó lo de Carole—. Gray, he seguido tu consejo, y espero que tú hagas lo mismo, que te comprometas un poquito. Como no lo hagas, te arrepentirás.

—Seguro que sí —repuso Gray, con aire de resignación. Estaba decidido a pagar el precio por su decisión e incluso perder a Sylvia con tal de no conocer a sus hijos.

—Pues yo os tengo que contar una cosilla —dijo Adam con cierta timidez, y sus amigos lo miraron—. ¿Te acuerdas de Maggie, cuando estuvimos en el concierto de Vana? —dijo, dirigiéndose a Charlie, que asintió con la cabeza—. Acaba de venirse a vivir a casa —añadió, medio avergonzado, medio orgulloso, y sus amigos se quedaron atónitos.

—¿Que ha hecho qué? —le preguntó Charlie. Recordaba el aspecto de Maggie aquella noche y que le había dado lástima. Parecía buena chica, un alma cándida—. ¿Tú? ¿El que dice «no voy a volver a atarme, quiero mi libertad y un millón de mujeres»? ¿Y cómo ha sido?

Maggie no le había dado la impresión de ser una lianta, pero a saber. Desde luego, algo había hecho para cambiar tanto a Adam.

—Va a clases nocturnas para entrar en la facultad de derecho, y pensé que así podría ayudarla en sus estudios —contestó Adam, intentando no darle importancia, pero sus amigos soltaron una carcajada.

—Eso cuéntaselo a otro.

—Vale, vale... Me gusta... la quiero... no sé... Empezamos a salir y, cuando quise darme cuenta, resulta que no quería perderla de vista ni un minuto. Todavía no se lo he dicho, pero voy a llevarla a Las Vegas este fin de semana. Nunca ha estado allí.

Maggie no había estado en ninguna parte, y Adam estaba dispuesto a que eso cambiara.

—¿Le has contado lo del barco? —le preguntó Charlie.

Adam iba a ir en avión a San Bartolomé para reunirse con Charlie en el barco el veintiséis de diciembre, como todos los años, tras pasar la Navidad con sus hijos.

Adam negó con la cabeza, intentando hacer creer que no le preocupaba.

—Pensaba decírselo este fin de semana. —Esperaba que estuviera tan encantada después de aquellos días que no le montara una bronca por lo del barco—. No puedo cambiarlo todo. Llevamos diez años haciendo ese viaje. ¿Y tú? ¿Se lo has dicho a Carole?

—No, pero se lo diré. No me gustan las vacaciones —dijo Charlie con convicción.

—Y a mí no me gustan los niños —dijo Gray con igual convicción.

—¿Quieres venir con nosotros a San Bartolomé? —le propuso Charlie—. Si no vas a estar con Sylvia, podrías venirte.

—Tampoco me gusta el Caribe —replicó Gray avergonzado, y se echó a reír—. Joder, si es que entre los tres tenemos suficiente equipaje para montar una compañía aérea.

Pero nadie llega a donde ha llegado en la vida ni recorre un largo y duro camino sin pagar un precio. Y los tres habían pagado su cuota.

—A mí no me gusta el matrimonio —terció Adam con una sonrisita.

—Vuelve a decírmelo el año que viene por estas fechas —dijo Charlie, riéndose—. Joder, pero si eres la última persona en este planeta de quien me hubiera esperado que se pusiera a vivir con una mujer. ¿Qué ha pasado con todas las demás, con las que siempre andas haciendo malabarismos?

Charlie sentía gran curiosidad. Adam nunca estaba con menos de cuatro mujeres a la vez; en algunas ocasiones con cinco, y en otras con seis, si se le daba bien. Y hasta con siete había llegado a estar.

—Las he dejado por ella. —Parecía avergonzado—. Es que no quiero que ella me haga lo mismo, y pensaba que lo estaba haciendo. Pues no, resulta que iba a clase, pero yo pensaba que había otro y, francamente, casi me volví loco. Fue entonces cuando me di cuenta de que me había enamorado. Me gusta vivir con ella.

—Yo solo me quedo en casa de Sylvia. Todavía no estoy viviendo con ella —les informó Gray, orgulloso de no haberse rendido.

—Pues lo que pasa con eso es que tienes la ropa repartida por media ciudad y nunca encuentras los zapatos que quieres cuando los necesitas y donde los necesitas —le tradujo Adam—. Y tampoco vas a «quedarte» mucho más en su casa si te niegas a conocer a sus hijos. Bueno, eso pienso yo. Yo diría que es un asunto muy importante para ella. Para mí también lo sería. Me daría algo si la mujer de mi vida se negase a conocer a mis hijos. Sería como romper el trato de convivencia.

Gray lo comprendía, pero de todos modos negó con la cabeza.

—¿Tus hijos conocen a Maggie? —le preguntó Charlie a Adam con interés.

—Todavía no, pero será pronto, seguramente antes de las vacaciones. Ya no me gustan las madres, por cierto, o por lo menos lo demostré el día de Acción de Gracias. Fui a casa de mis padres, y como siempre, tuve que aguantar todas las gilipolleces que me soltaron. Bueno, pues me levanté y me fui antes de comer. Pensaba que a mi madre le daría un ataque, pero parece ser que no. Por el contrario, desde entonces está de lo más educada cuando la llamo.

—¿Y qué dijo tu padre? —preguntó Gray.

—Se quedó dormido.

El resto de la cena transcurrió sin nada digno de mencionar. Hablaron de política, de negocios, de inversiones y por Gray de arte. Iba a hacer una exposición en abril, pero ya había vendido tres cuadros que estaban colgados en la galería. Sylvia había acertado plenamente abriéndole aquella puerta, y él le estaba muy agradecido... pero no lo suficiente para conocer a sus hijos. Había ciertas cosas que Gray sencillamente no podía hacer. Adam y Charlie hablaron entusiasmados sobre las dos semanas que iban a pasar en el *Blue Moon* e intentaron animar a Gray para que los acompañara, pero él declinó la invitación. Dijo que tenía mucho trabajo para la exposición.

Gray volvió a su apartamento aquella noche. Maggie estaba dormida cuando Adam entró en casa, y Charlie se fue a la suya, contento por los días que iba a pasar en el barco. Iba a marcharse cuatro días antes de Navidad, la forma ideal de fingir que esas fiestas no existían.

21

Adam le contó a Maggie lo del fin de semana en Las Vegas a la mañana siguiente, y Maggie se puso contentísima. Además, no iba a trabajar esos días, y aunque tenía que preparar un trabajo para la escuela, dijo que se llevaría los libros y lo haría mientras Adam estuviera ocupado. Le echó los brazos al cuello, sin poder creer la suerte que tenía. Iban a ir en el avión privado de Adam.

Y de repente lo miró horrorizada.

—¿Y qué me voy a poner?

Desde que vivía con él no tenía acceso al vestuario de sus compañeras de piso, aunque de todos modos no podrían haberle prestado ropa adecuada. Adam ya lo había pensado. Sonriendo, le dio una tarjeta de crédito.

—Vete de compras —le dijo con generosidad.

Maggie se quedó mirándolo unos momentos y se la devolvió.

—No puede ser —dijo con tristeza—. Vale, soy pobre, pero no me rebajo. —Sabía que otras mujeres lo habían aceptado de Adam, pero, pasara lo que pasase, ella nunca lo haría. Algún día también ella tendría dinero, y hasta entonces se arreglaría con lo que ganaba, que consistía en el sueldo y las propinas del Pier 92—. Gracias, cielo, ya pensaré algo.

Adam sabía que lo haría, pero siempre le daba mucha pena. La vida de Maggie era mucho más difícil que la suya, y siempre lo había sido. Quería ayudarla más, y ella no lo dejaba. Pero la respetaba por eso. Era una mujer completamente distinta de todas las que había conocido.

Iban a ir a Las Vegas el viernes por la tarde, y Maggie apenas podía contener su entusiasmo. Volvió a echarle los brazos al cuello y le dio las gracias. A Adam le encantaba hacer cosas así por ella. Estaba deseando enseñarle sitios y que todo le resultara especial. Quería compensarla por la dureza de la vida que había llevado, y ella siempre se lo agradecía y no esperaba nada. Después del viaje a Las Vegas, Adam le dijo que quería celebrar la Janucá con ella y con sus hijos, y a su madre le comunicó que no iba a ir a su casa. Al fin habían cambiado las cosas.

Carole ya estaba preparada cuando Charlie pasó a recogerla para ir al baile de las debutantes. Charlie se quedó boaquiabierto al verla. Llevaba un vestido de satén rosa, sandalias plateadas de tacón y el pelo recogido en un elegante moño italiano. Le había pedido una chaquetilla de visón a su madre, y el vestido lo había comprado en Bergdorf. También llevaba unos pendientes y una pulsera de diamantes que habían sido de su abuela, un bolsito plateado y guantes largos, blancos, de cabritilla.

Charlie se quedó largo rato allí clavado, mirándola. Él iba de frac y pajarita, y hacían una pareja que llamaba la atención. Carole parecía una mezcla de Grace Kelly y Uma Thurman, con un toque de Michelle Pfeiffer, y Charlie estaba a medio camino entre Gary Cooper y Cary Grant.

Cuando entraron en el salón de baile del Waldorf-Astoria atrajeron todas las miradas. Carole estaba divina, nada que ver con la mujer de vaqueros y zapatillas Nike del centro infantil, ni con la de la cara pintada de verde y la peluca de la fiesta de Halloween. Pero lo bueno era que a Charlie le encantaban esas tres facetas suyas, y le gustaba estar con ella tan arreglada en público.

Les presentaron a todas las debutantes, y Carole le contó en voz baja a Charlie su presentación en aquel mismo sitio. Dijo que estaba muerta de miedo al principio, pero que al final lo había pasado bien.

—Seguro que estabas preciosa. —Charlie la miraba con admiración—. Pero ahora más. Esta noche estás maravillosa —añadió, muy en serio, mientras giraban lentamente a los sones de un vals. Los dos bailaban con elegancia; en momentos como aquellos afloraba su vida anterior: su educación, la escuela de baile y las fiestas de presentación en sociedad, todo lo que Carole rechazaba e intentaba olvidar; pero aquella noche había vuelto a su mundo, si bien solo para una breve visita. Charlie sabía que no iba a convencerla para que lo hiciera muy a menudo, pero no le importaba. También él estaba un poco harto, pero le gustaba tener la posibilidad de elegir de vez en cuando.

Poco antes de la cena Carole vio a sus padres, le indicó a Charlie quiénes eran y se dirigieron con cortesía a su mesa. Estaban sentados entre los herederos de las grandes familias de Nueva York, y el padre de Carole se levantó en cuanto los vio. Era un hombre alto, de aspecto distinguido, y guardaba un gran parecido con Carole. Cuando esta los presentó le tendió una mano a Charlie, con un rostro que parecía tallado en hielo. Charlie lo había conocido hacía bastantes años, pero dudaba que lo recordase.

—Conocía a su padre —dijo Arthur Van Horn en tono grave—. Estuvimos juntos en Andover. Lamenté profundamente lo ocurrido. Fue una trágica pérdida.

Para Charlie no era un tema agradable, y Carole intentó distraerlo. Su padre tenía una habilidad especial para estropearlo todo; el pobre era así. También le presentó a su madre, que le estrechó la mano con un silencio glacial, inclinó ligeramente la cabeza, y se dio media vuelta. Nada más.

Charlie y Carole bailaron un rato más y después se sentaron a su mesa.

—En fin, me ha dejado un tanto planchado —reconoció Charlie, y Carole se echó a reír.

Sus padres solían saludar así a la gente, y Charlie no tenía nada que ver.

—Y ten en cuenta que, a su entender, han estado de lo más cariñosos. —Eran caricaturas de la clase alta a la que pertenecían—. Creo que mi madre nunca me dio un abrazo ni un beso. Entraba en la habitación de los niños, como ella la llamaba, como si fuera a ver los animales del zoológico, y como le daba miedo que la atacaran o algo, nunca se quedaba mucho tiempo. Nunca la vi más de cinco minutos seguidos. Si alguna vez tengo hijos, pienso tirarme al suelo con ellos, ensuciarme a base de bien y besarlos y abrazarlos hasta que digan basta.

—Así era mi madre, como tú has dicho que serías con tus hijos.

Por eso a Charlie le había dolido aún más su muerte. Ella siempre le decía que lo quería, como Ellen, su hermana. Su padre fue su consejero y su mejor amigo hasta que murió. Aún más: su ídolo. Y perderlo fue terrible. Perdió todo su mundo. Recordaba a su padre como un hombre feliz, afable, que se parecía a Clark Gable y a quien le encantaban los yates. Probablemente fue por eso por lo que Charlie se compró uno, en memoria de su padre. Quería tener barcos que a él le hubieran gustado. Le dijo a Carole que le parecía curioso que esas cosas te acompañaran hasta la edad adulta, e incluso durante toda la vida.

—Supongo que nunca dejamos de querer complacer a nuestros padres —dijo mientras se sentaban a cenar.

La noche fue divertida para los dos; las chicas eran guapas, y hubo muchos momentos de ternura. Las debutantes, con vestidos blancos llenos de adornos y un ramillete de flores en la mano, bailaron primero con sus padres. Era casi como una boda, y antaño la ceremonia era en realidad la precursora de las bodas: las debutantes hacían su presentación en sociedad para encontrar marido. Ahora las chicas simplemente se divertían, y al final de la noche se cambiaban, se ponían minifalda y se iban a una discoteca con sus amigos.

—Técnicamente rechazo esto, como rechazo todo lo que representa —reconoció Carole—, pero la verdad es que no significa gran cosa y no le hace daño a nadie. No es políticamente correcto, pero las chicas parecen pasarlo en grande, así que, ¿por qué no?

Charlie sintió alivio por que lo viera así, y volvió a mirarla con deleite mientras regresaban a casa de Carole en la limusina que había alquilado para la ocasión. Ambos habían disfrutado de la velada.

—Gracias por haberme llevado.

Le sonrió, y él se inclinó y la besó. Charlie pensó que era la mujer más guapa que había visto en su vida, y se sintió orgulloso de estar con ella, si bien sus padres lo habían dejado un tanto horrorizado. No se imaginaba vivir de niño con dos personas así. Le impresionaba que Carole fuera normal, y agradecía que no hubiera salido a ellos, tan estirados. Carole era cariñosa, amable y compasiva, y resultaba fácil estar con ella.

—Estoy deseando pasar la Navidad contigo —dijo Carole sonriendo—. Me encantan las vacaciones. Creo que compraré el árbol mañana, y podríamos decorarlo juntos.

Charlie la miró como si le hubiera dado una bofetada, y se hizo un silencio embarazoso por unos momentos. Sabía que tenía que decir algo. Si no, sería un mentiroso. Tenía que contarle la verdad, igual que le había pedido a ella que se la contara cuando habían vuelto a estar juntos. Dijo con dulzura y tristeza:

—No voy a estar aquí.

—¿Mañana?

Carole parecía sorprendida, y él, disgustado.

—No. En Navidad —respondió Charlie lentamente—. Detesto las vacaciones, todos y cada uno de los momentos de Navidad. Ya no la celebro. Me resulta demasiado difícil. Todos los años paso esos días en mi barco. Estaré fuera tres semanas.

Volvió a hacerse el silencio y Carole se quedó mirándolo, como si le costara trabajo creerlo.

—¿Cuándo te vas? —preguntó, como si le hubieran dado un mazazo en la cabeza. Charlie casi esperaba ver sangre, y se puso malo. No le gustaba decepcionarla, pero había ciertas cosas que no podía hacer por nadie, y esa era una de ellas.

—La semana que viene. —Estaba apenado pero decidido.

—¿Antes de Navidad?

Charlie asintió con la cabeza.

—Voy a San Bartolomé, con Adam. Es una tradición. Vamos todos los años.

Como si eso fuera una excusa; ambos sabían que no lo era.

—¿Deja solos a sus hijos en las vacaciones?

El tono de Carole estaba lleno de censura; le parecía de un egoísmo increíble.

—No. Se marcha el día después de Navidad. Yo siempre me voy una semana antes.

—¿Por qué no te vas con él al día siguiente? Así podríamos pasar juntos la Navidad.

A Carole le parecía una idea razonable, pero Charlie negó con la cabeza.

—No puedo. Me conozco, y sé que no puedo. Quiero salir de aquí antes de que todo el mundo empiece a ponerse sensiblero, o que me ponga yo. La Navidad es para quienes tienen hijos y familia. Yo no tengo ninguna de las dos cosas.

—Me tienes a mí —dijo Carole con tristeza.

En cierto modo sabía que era demasiado pronto para esperar tanto de él, pero mantenían una relación, se habían dicho que se querían y la Navidad significaba mucho para ella, pero al parecer no para Charlie. O quizá significara demasiado.

—Cuando vuelva haremos algo divertido —repuso Charlie a modo de consuelo, pero Carole estaba mirando por la ventanilla, pensando.

—Entonces yo no podré escaparme. Y no quería hacer nada extraordinario. —Se volvió y lo miró—. Solo quería estar contigo. Tengo que trabajar, no puedo dejar a los niños sin más cuando tú vuelvas, solo porque tú no quieras pasar la Navidad conmigo.

—No se trata de que quiera evitarte —le explicó Charlie,

con expresión de tristeza—. Es que detesto todo ese montaje, que solo sirve para que la gente se sienta fatal y excluida. Ni siquiera los críos reciben lo que quieren. Todos discuten y se pelean. Lo de Papá Noel es una mentira que les contamos a los niños para luego decepcionarlos, cuando pensamos que son lo suficientemente mayores para comprenderlo todo y les decimos la verdad. Detesto todo eso, y no quiero participar.

—A lo mejor el amor siempre conlleva la decepción —dijo Carole, mirándolo a los ojos.

—Esperaba que te lo tomaras bien —repuso Charlie, tenso, cuando se detuvieron ante la casa de Carole.

—Y yo esperaba que fueras a estar aquí.

La perspectiva de pasar la Navidad solo con sus padres la deprimía aún más, por razones evidentes. Tenía pensado pasar la mayor parte del tiempo con los niños del centro, y el resto con Charlie. Una lástima.

Charlie la ayudó a salir del coche y la acompañó hasta la puerta de su casa. Había estropeado la noche con lo que le había dicho, e incluso le daba miedo darle un beso. Aun sin haberlo expresado en tales términos, parecía como si aquello supusiera que se había roto el trato entre ellos, o eso se temía Charlie. Pero sabía que era algo a lo que no podía renunciar por ella, y que no lo haría.

—Mañana te llamo —dijo con dulzura.

No le pidió que lo invitara a subir, y ella tampoco se lo pidió. Carole estaba demasiado disgustada. Al fin y al cabo, no era la relación que ella pensaba. No si Charlie no quería pasar la Navidad con ella, ni siquiera Año Nuevo, puesto que iba a estar fuera tres semanas. Encima, otra Nochevieja en soledad.

—Buenas noches —dijo Carole con tranquilidad y le dio un beso en la mejilla. Segundos después Charlie se marchó. Carole observó la limusina que se alejaba desde una ventana.

Mientras se dirigía a su casa, las palabras de Carole resonaban en los oídos de Charlie: «A lo mejor el amor siempre conlleva la decepción». Era una especie de crítica que quizá él se merecía, pero en esta ocasión la decepción era para los dos. Él esperaba que Carole comprendiera lo doloroso que le resultaba, pero no lo comprendía. Carole esperaba que Charlie se quedara con ella, pero él no podía. Ni siquiera por ella, por elevado que fuera el precio.

22

El fin de semana en Las Vegas fue fantástico, y a Maggie le encantó todo: los espectáculos, las tiendas, las luces, el juego, la gente e incluso el combate de boxeo. Al final Adam le había comprado un vestido y una chaquetilla de piel, que Maggie se puso para ir al combate. Ganó quinientos dólares en una máquina tragaperras con cincuenta dólares que había puesto de su bolsillo, y no lo podía creer. Al volver a Nueva York en el avión de Adam se sentía poco menos que como una princesa, y Adam también estaba encantado y sonriente.

—Me alegro de que te hayas divertido.

A Adam le gustaba mimarla, estar con ella y lucirla. Estaba preciosa con el vestido y la chaquetilla de piel nuevos.

—Ha sido increíble —le confirmó Maggie una vez más, y le dio las gracias efusivamente.

Estaban a punto de tomar tierra en el aeropuerto de John Fitzgerald Kennedy cuando de repente, como sin venir a cuento, Maggie se puso a hablar de Nochevieja, y de lo divertido que sería pasarla en Las Vegas. Ella encajaba perfectamente en el mundo de Adam, en lugar de quejarse, como hacía su madre.

—Sí, alguna vez —replicó Adam con vaguedad.

—¿Y este año? —insistió Maggie con entusiasmo. Sabía que Adam iba allí con frecuencia, y además con el avión podían ir a donde quisieran, algo completamente nuevo para ella. Se sentía como un pájaro con alas gigantescas.

—No puedo —contestó Adam, mirando por la ventanilla; y de repente, como le había pasado a Charlie, comprendió que tenía que contárselo tarde o temprano, y que había llegado el momento—. Me voy con Charlie todos los años, el día después de Navidad.

—¿O sea, solo tíos, como una partida de caza o algo así?

Maggie parecía decepcionada.

—Sí, algo por el estilo.

Adam quería dejarlo en eso, pero Maggie no se conformó.

—¿Y adónde vais?

—A San Bartolomé, en el barco de Charlie.

Maggie lo miró indignada.

—¿Al Caribe? ¿En un yate? Lo dirás en broma.

—No, no es broma. Charlie detesta las Navidades. Él se va una semana antes que yo, porque yo me voy después del día de Navidad, que pasaré con mis hijos. Lo hacemos todos los años.

—¿Ah, sí? ¿Y qué, os folláis a todas las jovencitas que pilláis en el Caribe?

—Antes sí, pero ya no. Te tengo a ti.

Lo dijo con mucha calma. No quería pelearse con ella, pero tampoco estaba dispuesto a cambiar de planes. Sus viajes con Charlie eran una tradición muy importante para él.

—¿Y no me vas a pedir que vaya contigo? —replicó Maggie, con expresión de estar a punto de tirarle algo a la cabeza. Por suerte, no tenía nada a mano.

—No puedo, Maggie. Es el viaje de Charlie, y él va a ir solo. Es cosa de tíos.

—Y una mierda. Ya sé lo que hacéis los tíos cuando estáis solos. Lo mismo que hacías hasta que me conociste.

—Charlie no es de esos. Es muy formal, y además ahora también tiene novia.

—¿Ella va? —preguntó Maggie con recelo, y Adam negó con la cabeza.

—No. Solo vamos a estar los dos.

—¿Cuánto tiempo?

—Dos semanas. —Se estremeció al ver la expresión de Maggie.

—¿Dos semanas? ¿Y tú crees que yo me voy a quedar tan tranquila aquí mientras tú te dedicas a ligar durante dos semanas? Porque si lo crees, es que te has vuelto loco.

—No me amenaces —contestó Adam con enfado—. Sé que estás disgustada, pero yo no puedo hacer nada. No puedo dejar tirado a Charlie, ni preguntarle si puedes venir tú. Le resultaría incómodo, y espera que vaya yo solo.

—Pues que lo pases estupendamente en Nochevieja, besándolo a él. A lo mejor va de eso. ¿Es gay?

—Por lo que más quieras... Somos amigos. Viajamos juntos dos veces al año. Siento que sea en Nochevieja, pero yo no sabía que tú ibas a aparecer. Lo siento.

—¿Y el año que viene será distinto?

—Es posible, pero no lo sé. No voy a prometer nada para dentro de un año. Ya veremos cómo va esto.

Intentaba parecer más tranquilo de lo que realmente estaba. Solo de escucharla le estaba dando dolor de cabeza, de los fuertes.

—Pues yo te voy a decir cómo va a ir. Se va a ir a la mierda, si crees que me puedes dejar plantada durante las vacaciones y largarte con tus colegas. Si no quieres pasar las vacaciones conmigo, muy bien, pero ya te puedes ir metiendo el dichoso libro de las reglas esas por donde yo me sé, porque las personas que mantienen una relación pasan las vacaciones juntos, sobre todo en Nochevieja.

—Gracias por la información —dijo Adam, sujetándose la cabeza, pero Maggie no le hizo ni caso. Estaba furiosa—. Mira, lo hemos pasado bien en Las Vegas. No vayamos a estropearlo ahora. Quiero que conozcas a mis hijos la semana que viene. Te quiero. Quiero que lo nuestro funcione, pero tengo que irme un par de semanas. ¿No puedes tomártelo con calma, como una buena persona?

—A las buenas personas siempre acaban dándoles por saco. Y no tienes que irte; te vas porque quieres. ¿Qué dice la novia de Charlie?

—No tengo ni idea.

—Seguro que tampoco le hace ninguna gracia.

La pelea por lo de no pasar la Nochevieja juntos se prolongó durante toda la semana. Maggie consiguió olvidarse de ella para conocer a los hijos de Adam el siguiente fin de semana, y, tras ciertos sondeos, los chicos se quedaron encantados con ella, y Maggie con ellos. Adam no daba crédito. Se fueron los cuatro a patinar, y Maggie acompañó a Amanda a comprar un regalo de Navidad para su padre. Los niños le explicaron todos los detalles de la Janucá. Maggie le enseñó a Amanda a maquillarse, hizo galletas con Jacob y le dio consejos sobre las chicas. Los hijos de Adam pensaron que era guay, lo suficientemente joven para divertirse con ella pero también lo suficientemente mayor para sentir cierto respeto. Adam se esperaba cierto rechazo, pero no lo hubo. Cuando Amanda y Jacob se marcharon se habían hecho muy amigos. Y entonces volvió a empezar la batalla. El alto el fuego solo había durado el fin de semana.

Charlie cenó con Carole dos veces después del baile de las debutantes, y saltaba a la vista que su relación se había enfriado. Carole no dijo nada al principio, pero en la segunda ocasión en que se vieron le preguntó a las claras si había cambiado de planes. Charlie negó con la cabeza.

—No puedo, Carole.

Ella asintió y no dijo nada. A Charlie le habría gustado pasar la noche con ella, pero no tuvo valor para pedírselo y volvió a su casa. Estaba convencido de que, si se marchaba en Navidad, cuando volviera se habría acabado su historia de amor. A Carole no le cabía en la cabeza qué iba a hacer Charlie, puesto que se iba solo la primera semana. No entendía por qué tenía que marcharse antes del veintiséis de diciembre, si podía irse con Adam.

Charlie llegó a la conclusión de que era mejor no discutirlo, y enfrentarse al problema cuando volviera. Claro, eso si Carole aún quería seguir hablando con él.

Adam llamó a Charlie al despacho el día antes del que este tenía previsto para marcharse. Charlie estaba como loco, intentando solucionar todos los asuntos, y Adam le dijo que en el bufete pasaba otro tanto.

—Todos mis clientes se vienen abajo en esta época del año. Si les ha ido mal en su matrimonio, deciden divorciarse justo ahora. Si sus amantes están raras, resulta que se han quedado embarazadas. Si sus hijos están como una cabra, acaban en la cárcel. Si a una cantante no le gusta el contrato que ha firmado, coge y lo rompe. Y la mitad de los deportistas a los que represento se emborrachan y violan a alguien. Es estupendo. De verdad, me encanta esta época del año.

Adam parecía a punto de estallar.

—A mí también —dijo Charlie, riéndose. A pesar de la reacción de Carole, ansiaba hacer el viaje—. Bueno, supongo que de todos modos seguimos con nuestro plan de siempre, ¿no? O sea, te vienes, ¿no? —Nunca está de más comprobar las cosas. Y, para su sorpresa, se hizo el silencio. Creía que la pregunta era innecesaria, pero el tono de Adam le dio que pensar.

—Llevo una mala temporada con Maggie —reconoció Adam—. Cree que vamos a recorrer el Caribe ligando con cualquier cosa con piernas y con la polla colgando por la borda. No le hace mucha gracia.

Charlie se rió ante esa descripción.

—Carole no lo expresó así, pero está muy desilusionada. Pensaba que íbamos a pasar la Navidad juntos, y yo le dije que no la celebro. Yo esperaba que lo comprendiese, pero no lo comprende. Para ella podría suponer que hemos roto un acuerdo.

Pero Charlie no estaba dispuesto a quedarse en casa por obligación. Si Carole no podía transigir con eso, se había acabado. Charlie quería que lo aceptase tal y como era, con todos sus defectos, y uno de ellos era su fobia a las vacaciones desde la muerte de sus padres, fobia que había empeorado con la muerte de Ellen.

—Lo siento —dijo Adam con tristeza—. Me preocupa que Maggie piense lo mismo. Es una lástima que no puedan dejar las cosas como están, pero para algunas personas las vacaciones son muy importantes. No sé qué les pasa a las mujeres con las vacaciones, pero si no actúas como es debido, te largan.

—Eso parece —repuso Charlie, molesto.

Pero también estaba preocupado por Carole. Desde que se lo había contado se había abierto un gran vacío entre ellos, y tenía pensado pasar tres semanas fuera, mucho tiempo para que siguiera enfadada. Sobre todo si se tenía en cuenta que acababan de volver a estar juntos. Lo último que necesitaban era otro gran bache, pero ya se habían topado con él. Charlie sabía casi con certeza que su relación no sobreviviría a otro. No soportaba la idea de perder a Carole, le daba miedo, pero no lo suficiente para quedarse en Nueva York. Su fobia era tan poderosa como la necesidad de Carole de que se quedara en casa con ella.

—Y, por si fuera poco, mis hijos han conocido a Maggie este fin de semana y están como locos de contento. Francamente, Charlie, me da mucha rabia cabrearla.

Aún más: no quería hacerle daño, e iba a hacérselo. Mucho.

—O sea ¿que no puedes venir? —preguntó Charlie, pasmado.

—No lo sé. A lo mejor han cambiado las cosas, para los dos. O al menos para mí.

Ignoraba hasta qué punto llegaba el compromiso de Charlie con Carole, y sospechaba que tampoco lo sabía Charlie. Maggie y él estaban viviendo juntos y querían seguir adelante.

—Lo pensaré —dijo Charlie—. Luego te llamo.

—Llámame al móvil. Voy a estar toda la tarde fuera, en reuniones. Bromas aparte, y aunque no lo creas, tengo que sacar en libertad bajo fianza a uno de mis clientes.

—¡Qué suerte! Bueno, luego hablamos —dijo Charlie, y colgó.

Eran casi las cinco cuando Charlie volvió a hablar con Adam, y los dos parecían muy crispados. Adam había pasado una tarde de pesadilla, haciendo juegos malabares con el cliente y con la prensa, y Charlie estaba intentando quitarse de encima a ciertos tiburones financieros antes de final de año. Pero, aparte de eso, le preocupaba Carole. Había tenido muy en cuenta lo que decía Adam, que las cosas habían cambiado, y si quería algo más de lo que había tenido en su vida hasta entonces, él también tenía que cambiar. Se sentía como si estuviera a punto de lanzarse a un precipicio, aunque esperaba no caer sobre cemento. Pero aún estaba por ver.

—Vale. Vamos a hacerlo —dijo, como si estuviera sugiriéndole a Adam lanzarse sin paracaídas desde un avión.

—¿Hacer qué?

Adam parecía confuso, y había un montón de ruido porque seguía en la cárcel, intentando mantener a raya a los periodistas. Parecía la jaula de las aves del zoo.

—¿Por qué no te llevas a Maggie al barco? Me cae bien. Tú la quieres y ella te quiere a ti. Lo pasaremos bien, y al diablo con todo. A lo mejor tu relación no se mantiene si no lo haces. —No quería ser el responsable. Comprendía que Adam estaba entre la espada y la pared, y que incluso a lo mejor quería que Maggie fuera—. Si quieres llevarla, adelante. Es asunto tuyo. Yo voy a invitar a Carole también.

—Charlie, eres genial. —Adam no quería pedírselo, pero deseaba llevar a Maggie—. Eres un ángel. Se lo diré esta noche. Y tú ¿qué vas a hacer?

—A lo mejor me he vuelto loco, y ni siquiera sé si es el momento, para ninguno de los dos, pero voy a invitar a Carole. Preferiría que me dejara ir solo, pero si no quiere, o no puede, creo que supondría una gran pérdida para mí, quizá más de lo que creo.

Habían invertido algo en su relación: honradez, verdad, valentía, amor, esperanza... y no estaba dispuesto a canjearlo. Todavía no. Y dejar a Carole sola durante las vacaciones quizá lo obligara a hacerlo, tanto si le gustaba como si no.

—Pero, coño, ¿qué nos está pasando? —dijo Adam, riéndose.

—Me da miedo pensarlo —contestó Charlie lánguidamente.

—Sí, a mí también. Vaya historia, colega. Pero eres una joya por hacer esto. Al menos no tendremos que preocuparnos por echar un polvo, ni depender de las nativas.

—No sé, yo que tú no le diría eso a Maggie —repuso Charlie, también riéndose.

—Déjate de gilipolleces. ¿Cuándo te vas?

—Mañana por la mañana.

—Pues buen viaje. Te veo el veintiséis. O sea, te vemos el veintiséis. Ah, por cierto, puedo llevar a Carole allí en avión, si quiere. Dale mi número de teléfono y dile que me llame.

—Vale. Gracias —dijo Charlie.

—No. Gracias a ti.

Colgaron, y Charlie se quedó unos momentos mirando al infinito. Adam tenía razón: las cosas habían cambiado.

Charlie salió del despacho a las cinco y media, cogió un taxi hasta el centro infantil y llegó allí a las seis, justo cuando Carole cerraba su despacho. Le sorprendió verlo, y pensó si habría pasado algo, algo peor de lo que ya estaba pasando últimamente. Navidad. Nochevieja. Charlie fuera durante tres semanas. Le había amargado las vacaciones. Ni siquiera había visto su árbol.

—Hola, Charlie. ¿Qué tal?

Carole parecía cansada. Había tenido mucho trabajo aquel día en el centro.

—He venido a despedirme —dijo Charlie al entrar.

—¿Cuándo te marchas?

—Mañana.

Carole asintió con la cabeza. ¿Qué podía decir? Sabía que cuando Charlie volviera todo habría acabado, al menos para ella. Se sentía tan mal por eso como se había sentido Charlie por que le hubiera mentido sobre su apellido. Carole estaba convencida de que, si uno mantenía una relación, pasaba las vacaciones con su pareja. Charlie no lo veía así. Para él, las vacaciones ni siquiera existían. Y quizá tampoco ella. Carole necesitaba a alguien emocionalmente accesible, no a alguien que no se permitía los sentimientos porque le hacían demasiado daño. La vida hace daño, pero hay que vivirla. Y juntos, con un poco de suerte.

—Que tengas buen viaje —dijo Carole, guardando una enorme carpeta en un cajón.

—Y tú —contestó Charlie.

—¿Cómo que yo?

Estaba demasiado cansada para captarlo. No tenía ganas de jueguecitos.

—Que tengas buen viaje.

—Yo no me voy a ninguna parte.

Se irguió muy seria, mirándolo.

—Claro que sí... bueno, espero que sí... o sea, si quieres, claro... —Charlie se lió con las palabras, y Carole se quedó mirándolo, atónita—. Quiero decir que, si te apetece, me gustaría que fueras al barco con Adam y Maggie el veintiséis. Van en avión hasta allí y, bueno, lo hemos decidido hoy.

—¿Y quieres que vaya yo también? —Le sonrió, sin dar crédito—. ¿Lo dices en serio?

—Totalmente en serio. —Quizá más de lo que hubiera querido—. Me encantaría que vinieras, Carole. ¿Te apetece? —insistió, mirándola—. ¿No puedes escaparte?

—Lo intentaré, pero espero que comprendas que yo no quería estropear tu viaje. Lo único que quería era que estuvieras aquí en Navidad y que te marcharas el veintiséis con Adam.

—Ya lo sé, pero no puedo, por lo menos de momento. A lo mejor algún día. Y si tú puedes, pasaríamos dos semanas juntos.

A Carole le pareció una idea estupenda, e incluso a Charlie empezaba a parecérselo. Se alegraba de que Adam lo hubiera llamado.

—No creo que pueda estar más de una semana, pero ya veremos.

—Lo que puedas —dijo Charlie, y le dio un beso.

Carole lo miró con deseo y le devolvió el beso. Y después tomaron un taxi, fueron a casa de Carole y pasaron la noche juntos. Charlie se marchó a la mañana siguiente, e incluso le dio tiempo a ver el árbol de Navidad.

Lo primero que hizo Adam cuando volvió a casa aquella noche fue darle una tarjeta de crédito a Maggie. Ella estaba con sus libros de derecho y ni siquiera levantó la vista. Adam tiró la tarjeta sobre la mesa.

—¿Y eso qué es? —preguntó Maggie. Seguía enfadada con él después del viaje a Las Vegas. El fin de semana con los hijos de Adam no había sido sino un alto el fuego en la declaración de guerra. Habían vuelto a la guerra fría.

—Pues que tienes que ir de compras —contestó Adam. Se quitó la corbata y la tiró sobre un sillón.

—¿Para qué? Ya sabes que no uso tus tarjetas.

Maggie se la devolvió, también tirándosela; Adam la recogió y se quedó allí plantado.

—Pues esta vez tienes que hacerlo.

Se la dejó en la mesa.

—¿Por qué?

—Porque necesitas un montón de cosas. Bañadores, pareos, sandalias... cosas de chicas, yo qué sé. Tú sabrás.

—¿Que yo sabré qué?

Maggie no lo pillaba.

—Pues lo que necesitas para el viaje.

—¿Qué viaje? ¿Adónde vamos?

Pensó que a lo mejor la llevaba a Las Vegas otra vez, a modo de premio de consolación.

—Nos vamos a San Bartolomé, en el barco de Charlie.

Adam lo dijo como si se lo estuviera recordando a Maggie, y ella lo miró sin dar crédito a lo que oía.

—No, tú te vas a San Bartolomé, en el barco de Charlie, pero yo no. ¿O es que no te acuerdas?

—Me ha llamado para decirme que tú estás invitada —dijo Adam con dulzura.

Maggie dejó el bolígrafo y miró a Adam.

—¿Lo dices en serio?

—Totalmente en serio, y también Charlie. Le he explicado que no quería fastidiarte, y él tampoco quiere fastidiar a Carole, así que también la ha invitado.

—¡Dios, Dios, Dios! —Maggie besó a Adam y se puso a dar vueltas por la habitación; después se echó en sus brazos, y Adam se rió.

—¿Qué? ¿Contenta?

—Pero ¿qué dices? ¡Dios santo! ¡Si me voy contigo en un yate por el Caribe! ¡Madre mía! —Lo miró agradecida—. Te quiero, Adam. Te querría de todas maneras, pero es que me habías hecho daño con eso.

—Lo sé —dijo Adam, y la besó.

—Te quiero de verdad, y espero que lo sepas —insistió Maggie, aún colgada de su cuello.

—Yo también, cielo... —Y volvió a besarla.

El veintiséis de diciembre partirían rumbo al Caribe.

23

La pelea entre Sylvia y Gray por los hijos de ella se prolongó prácticamente hasta Navidades. Gray dormía en su estudio casi todas las noches, y Sylvia no hacía muchos esfuerzos para que se quedara en su casa. Estaba demasiado enfadada con él. Sí, comprendía que tuviera «sus problemas», pero le parecía que en este caso se pasaba, porque ni siquiera quería enfrentarse con ellos. Gilbert iba a llegar al cabo de dos días, y Emily al día siguiente. Y Gray se había cerrado en banda; no aceptaba siquiera verlos.

—¡Si tanto te afecta, empieza una terapia! —le había dicho a gritos Sylvia en el transcurso de su última pelea. Tenían una pelea casi a diario, y les ponía los nervios de punta a los dos—. ¿De qué te sirve tanto libro de autoayuda si no estás dispuesto a hacer nada?

—Sé lo que me hago: respetar mis límites, lo mismo que deberías hacer tú. Conozco mis limitaciones, y las familias me ponen enfermo.

—Pero si tú ni siquiera conoces a la mía.

—¡Ni falta que me hace! —gritó Gray, y salió corriendo.

Sylvia se sentía profundamente deprimida por lo que había ocurrido y por la actitud de Gray. Llevaban así casi un mes, y había afectado a su relación. Prácticamente había desaparecido la alegría que compartían al empezar a descubrirse mutuamente. Y cuando llegó Gilbert, dos días antes de Navidad, no se veían desde hacía otros tantos días. Sylvia intentó explicárselo a su hijo cuando él le preguntó por Gray, pero incluso a ella le parecía una locura. Como le había dicho a Gray, las personas de su edad supuestamente estaban más cuerdas que todo eso, pero al parecer no era su caso y no hacía nada para controlar sus neurosis. Por el contrario, se deleitaba con ellas, se revolcaba en ellas como un cerdo en el fango.

Para él, lo único bueno era que se sentía tan mal que pintaba más que nunca. No había parado de pintar durante varias semanas y había terminado dos cuadros desde el día de Acción de Gracias, cosa insólita en él. El galerista se mostraba encantado. Las nuevas obras eran extraordinarias. Gray sostenía que cuando mejor pintaba era cuando se sentía desgraciado, y lo estaba demostrando. Se sentía fatal sin Sylvia. Como no podía dormir, pintaba, constantemente, día y noche.

Se encontraba enfrascado en su trabajo una noche, ya tarde, tras la última pelea con Sylvia, cuando sonó el timbre de abajo. Pensó que era Sylvia, que había ido a intentar convencerlo una vez más, y sin preguntar quién era apretó el botón para que entrara. Dejó la puerta abierta y se preparó para otro asalto mientras contemplaba el lienzo con el ceño fruncido. Se había convertido en una especie de juego entre ellos. Sylvia le rogaba que accediera a conocer a sus hijos. Él se negaba. Ella se ponía hecha una fiera, y él también. Era un círculo vicioso. Ella no paraba de insistir, y él se empeñaba en no ceder.

Al oír ruido, miró, esperando ver a Sylvia, pero a quien vio fue a un joven que parecía un espectro.

—Perdón... la puerta estaba abierta. No quería molestarte. Eres Gray Hawk, ¿no?

—Sí. —Gray se quedó pasmado. Quienquiera que fuera aquel joven, parecía enfermo. Llevaba el escaso pelo muy corto, su rostro parecía el de un cadáver, tenía los ojos hundidos y la piel del color del cemento. Daba la impresión de tener cáncer, o algo igualmente grave. Gray no tenía ni idea de por qué estaba en su casa, ni quién era—. ¿Quién eres? —Quería preguntarle qué hacía en su casa, pero como había dejado la puerta abierta era culpa suya que se le hubiera colado un desconocido.

El chico respondió sin moverse, en voz baja, como sin fuerzas para añadir nada más:

—Soy Boy.

—¿Boy? —repitió Gray, como sin entender. Tardó unos segundos en caer en la cuenta, y puso una expresión como si le hubieran pegado un tiro. Palideció y se quedó paralizado—. ¿Boy? ¡Dios mío!

Había pensado en él alguna vez, pero hacía siglos que no lo veía. Sus padres habían adoptado a un bebé navajo hacía veinticinco años y le habían impuesto el nombre de Boy. Era él. Gray se acercó lentamente y empezaron a rodarle las lágrimas por las mejillas. Nunca habían estado muy unidos, y había una diferencia de edad de veinticinco años entre ellos, pero Boy era un fantasma del pasado que le había rondado durante toda su vida, y aún seguía haciéndolo. Estaba en la raíz misma de su batalla con Sylvia. Por un momento pensó si no sería una alucinación. Boy parecía un espectro. Lo abrazó y los dos se echaron a llorar, a llorar por lo que podría haber sido, por lo que había sido y por toda la locura que habían experimentado, cada cual a su manera, pero en el mismo sitio y por las mismas razones.

—¿Qué haces aquí? —preguntó al fin Gray, con voz entrecortada.

Nunca había hecho el menor esfuerzo por verlo, y seguramente no lo habría hecho si no lo hubiera tenido delante de sus narices en aquel momento.

—Nada, es que quería verte —contestó Boy con sencillez—. Estoy enfermo.

Gray ya se había dado cuenta. Su cuerpo parecía translúcido, como si estuviera a punto de desaparecer, inundado de luz.

—¿Qué enfermedad tienes? —preguntó Gray con tristeza. Solo el ver a Boy lo devolvía al pasado.

—Tengo sida. Me estoy muriendo.

Gray no le preguntó cómo había contraído la enfermedad. No era asunto suyo.

—Lo siento —dijo con toda sinceridad. Se miraron con cariño—. ¿Vives aquí, en Nueva York? ¿Cómo me has encontrado?

—Busqué tu nombre en la guía de teléfonos. Vivo en Los Ángeles. —No perdió tiempo explicándole su vida a Gray. Se limitó a añadir—: Solo quería verte... una vez... Por eso he venido. Vuelvo mañana.

—¿En Navidad?

Parecía muy triste viajar en un día así.

—Estoy en tratamiento, y tengo que volver. Ya sé que te parecerá una estupidez, pero es que quería decirte adiós.

La verdadera tragedia consistía en que en realidad nunca se habían dicho hola. Gray solo lo había visto en dos ocasiones, cuando Boy era un niño, y después otra vez, en el funeral de sus padres. Desde entonces ni lo había visto ni había sentido el menor deseo de verlo. Se había pasado toda una vida cerrándole las puertas al pasado, y de repente aquel chico había metido un pie y le impedía cerrarla, e incluso la abría aún más con sus enormes ojos hundidos.

—¿Estás bien? ¿Necesitas algo?

A lo mejor necesitaba dinero. No es que Gray tuviera mucho, pero el joven negó con la cabeza.

—No, gracias. Estoy bien.

—¿No tienes hambre?

Gray sentía que tenía que hacer algo por él, y le preguntó si le apetecía salir a tomar algo.

—Estaría bien. Estoy en un hotel aquí cerca. Sí, podríamos salir a tomar un bocadillo o algo.

Gray se puso el abrigo y pocos minutos después estaban en la calle. Entraron en un restaurante de comida rápida, y Gray invitó a Boy a un sándwich de carne y una Coca-Cola. No quería nada más. Él pidió un café y una rosquilla, y hablando, hablando, empezaron a adentrarse en el pasado, cada cual con su versión. Para Boy había sido distinto, porque sus padres ya eran mayores y no se movían tanto, pero seguían estando igual de locos. Cuando murieron volvió a vivir en la reserva india, después se fue a Alburquerque y por último a Los Ángeles. Dijo sin ambages que se había prostituido a los dieciséis años, y que había llevado una vida de pesadilla. Lo que le sorprendía a Gray era que Boy siguiera vivo. Los recuerdos se le agolparon al mirarlo, intentando comprender lo sucedido. Apenas se conocían, pero lloraron juntos, cogidos de la mano. Boy lo miró a los ojos y le besó las yemas de los dedos.

—No me preguntes por qué, pero tenía que verte. Supongo que quiero saber que al menos una persona en este mundo me recordará cuando muera.

—Siempre me he acordado de ti, a pesar de que la última vez que te vi no eras más que un crío.

Para él solo había sido un nombre, y de repente era una cara, un corazón, un alma, otra persona más que iba a perder y por la que llorar. No lo había deseado, pero le había llegado, como si le hubieran hecho un regalo. Aquel chico había recorrido casi cinco mil kilómetros para verlo y despedirse de él.

—Y seguiré acordándome de ti —añadió Gray con dulzura, grabándolo en su memoria. Sabía que algún día pintaría un retrato de él, y así se lo dijo.

—Pues sí me gustaría —repuso Boy—. Así la gente siempre podría verme. No le tengo miedo a la muerte. No quiero morirme, pero qué le vamos a hacer. ¿Crees en el cielo?

—No sé en lo que creo —contestó Gray con franqueza—. Quizá en nada. O a lo mejor en Dios, pero para mí tiene una forma muy libre.

—Yo sí creo en el cielo, y en que las personas volveremos a encontrarnos allí.

—Pues esperemos que no —replicó Gray, riéndose—. Yo he conocido a muchas personas que no me gustaría volver a ver. A nuestros padres, sin ir más lejos. —Si es que se los podía llamar así.

—¿Eres feliz? —le preguntó Boy, que parecía irreal, etéreo, transparente.

Estar allí con él era como un sueño, y Gray no supo qué contestarle. Era feliz hasta hacía poco. Llevaba un mes muy mal, por las gilipolleces con Sylvia. Se lo contó a Boy.

—¿Por qué tienes miedo de conocerlos?

—¿Y si no les caigo bien, o no me caen bien ellos a mí? Entonces Sylvia empezaría a odiarme. ¿Y si nos caemos bien y me encariño con ellos y de pronto Sylvia y yo rompemos? Entonces no volvería a verlos, o si los veo a ellos no veo a Sylvia. ¿Y si son unos puñeteros niños mimados y nos hacen la vida imposible? Es todo demasiado complicado, y ya tengo suficientes quebraderos de cabeza.

—¿Y qué te queda sin los quebraderos de cabeza? ¿Qué sería de tu vida sin Sylvia? Si te niegas a conocer a sus hijos, la perderás. Ella los quiere, y me da la impresión de que también te quiere a ti.

—Y yo la quiero, pero no a sus hijos, porque no me da la gana.

—¿A mí me quieres? —preguntó Boy, y de repente a Gray se le vino a la cabeza el Principito, de Saint-Exupéry, que muere al final de libro. Y, sin saber por qué, le contestó con sinceridad, como si fueran hermanos y amigos de toda la vida.

—Sí, pero hasta esta noche no te quería. No te conocía, ni quería conocerte. Me daba miedo, pero ahora sí. O sea, que sí te quiero.

No había querido conocerlo durante todos aquellos años, ni siquiera verlo. Tenía miedo al dolor de preocuparse por él, de tener una familia. Lo único que sabía Gray era que las familias hacían daño y acababan por decepcionarte. Pero Boy no lo había decepcionado; había ido a verlo, en un gesto de cariño, le había ofrecido el regalo de amor que nadie le había dado en su familia. Era doloroso y hermoso a la vez, como solo puede serlo el amor.

—¿Y por qué me quieres, Gray? ¿Porque me estoy muriendo? —preguntó Boy con aquellos ojos penetrantes que llegaban al alma.

—No. Porque tú eres mi familia —contestó Gray con voz

entrecortada, sin poder contener las lágrimas. Se le habían abierto las puertas del corazón, de par en par—. Eres lo único que me queda.

Se sintió mejor al confesarlo, y los dos hombres se apretaron con fuerza las manos.

—Yo no voy a durar mucho —dijo Boy con naturalidad—. Y entonces solo te quedará Sylvia. Bueno, y sus hijos. Es lo único que tienes. Y a mí.

No era demasiado, y Gray lo sabía. Para llevar cincuenta años en este planeta, no era gran cosa. Por locos que estuvieran, sus padres habían tenido más. Habían adoptado a tres niños, que habían resultado un desastre, pero al menos habían hecho todo lo que estaba en sus manos, dentro de sus limitadas posibilidades. Se tenían el uno al otro, y a todas las personas con las que habían estado en contacto en su vida errante. Incluso los cuadros de Gray y el sufrimiento que los inspiraba eran en cierto modo el producto de las dos personas que los habían adoptado. Habían hecho mucho, más de lo que Gray había querido reconocer hasta entonces. Sus padres estaban medio locos y tenían sus limitaciones, pero al menos habían hecho un esfuerzo. Y también Boy. En comparación, Gray pensaba que había hecho muy poco con su vida emocional, hasta la aparición de Sylvia, y resultaba que también le estaba imponiendo límites a eso y haciéndole daño a ella porque tenía miedo. No: estaba aterrorizado.

—Te quiero, Boy —susurró Gray, mientras seguían cogidos de la mano.

No le importaba quién pudiera verlos ni lo que pudieran pensar. De repente había dejado de sentir miedo por todo lo que lo atemorizaba desde hacía tanto tiempo. Boy era el último símbolo viviente de la familia de la que Gray llevaba años huyendo.

—Yo también te quiero —dijo Boy.

Cuando al fin se levantaron, Boy parecía agotado, y con frío. Temblaba, y Gray le puso su abrigo. Era el mejor que tenía. Lo había cogido descuidadamente al salir de casa, pero parecía el gesto adecuado para el hermano moribundo que nunca había llegado a conocer. Deseó que hubiera ido a verlo antes, pero nunca se le había pasado por la cabeza, o en realidad sí, pero era él quien había rechazado la idea. En aquel momento se dio cuenta de que lo había rechazado todo, de que había huido de la vida para que no volvieran a hacerle daño. Su familia era el símbolo de todos sus temores, y Boy empezaba a disipar esos temores.

—¿Por qué no te quedas esta noche conmigo? —dijo—. Yo puedo dormir en el sofá.

—No, me voy al hotel —repuso Boy, pero Gray no estaba dispuesto. Fueron al hotel a recoger sus cosas y volvieron a casa de Gray. Boy dijo que tenía que salir antes de las nueve de la mañana para coger el avión.

—Yo te despierto —le prometió Gray. Lo arropó con cariño y le dio un beso en la frente. Era casi como si Boy fuera su hijo. El chico le dio las gracias y se quedó dormido antes de que Gray cerrase la puerta.

Gray se pasó toda la noche trabajando. Dibujó bocetos de Boy, docenas, para no olvidar ni un solo detalle de su rostro, y empezó a bosquejar un cuadro. Tenía la sensación de estar librando una carrera contra la muerte. No se acostó en toda la noche, despertó a Boy a las ocho y le preparó unos huevos revueltos. Boy se tomó la mitad y un poco de zumo, y dijo que tenía que marcharse. Iba a tomar un taxi para ir al aeropuerto, pero Gray dijo que quería acompañarlo, y Boy le sonrió. Tenían que llegar allí a las diez para el vuelo que salía a las once.

Después de facturar se quedaron juntos hasta que anunciaron el vuelo. Boy se asustó unos momentos, pero Gray lo estrechó entre sus fuertes brazos, y se echaron a llorar. Derramaron aquellas lágrimas no solo por el presente, sino por el pasado perdido, por todas las oportunidades que habían desaprovechado y que habían intentado recuperar en una sola noche. Y en cierto modo lo habían conseguido, los dos.

—Vamos, todo irá bien —dijo Gray, pero ambos sabían que no sería así, a menos que fueran ciertas las teorías de Boy sobre el cielo—. Te quiero, Boy. Llámame.

—Sí, te llamaré.

Pero Gray sabía que quizá no lo hiciera. Quizá aquel fuera el último momento, la última vez que se veían, que estaban en contacto. Y, tras haberle abierto su corazón, a Gray le iba a doler mucho, pero en aquel caso era una herida limpia, la cuchillada de la pérdida. Era como si le amputaran un miembro con cirugía, no como si se lo arrancaran.

—¡Te quiero! —gritó Gray cuando Boy estaba a punto de subir al avión, y lo repitió una y otra vez para que lo oyera. Cuando llegó a la escalerilla, Boy se dio la vuelta, sonrió, saludó con la mano y desapareció. El Principito se esfumó, y Gray se quedó allí, llorando.

Deambuló por el aeropuerto largo rato. Tenía que reflexionar y recuperarse un poco. Boy era lo único en lo que podía pensar, y en las cosas que le había dicho. ¿Y si jamás hubiera existido, y si él no hubiera vuelto a verlo? ¿Y si no hubiera recorrido tan largo camino para verlo? Parecía un mensajero de Dios.

Ya era mediodía cuando Gray llamó a Sylvia por el móvil. Llevaba dos días sin hablar con ella, y toda la noche sin dormir.

—Estoy en el aeropuerto —dijo con voz ronca.

—Y yo. —Sylvia parecía sorprendida—. ¿Dónde estás tú?

Gray le dijo en qué terminal se encontraba, y Sylvia dijo que ella estaba en el internacional, para recoger a Emily. Era Nochebuena.

—¿Pasa algo?

Sí. No. Había pasado, pero ya estaba todo bien. No estaba bien, nunca lo había estado, pero él sí. Se sentía sano por primera vez en su vida.

—¿Y qué haces en el aeropuerto? —preguntó Sylvia.

Empezaba a preocuparse, pensando que a lo mejor Gray se iba a algún sitio. Su relación estaba destrozada.

—He venido a despedir a mi hermano.

—¿Cómo que a tu hermano? Si no tienes hermanos...

Y de repente lo recordó, y le pareció una locura, como en realidad lo era.

—Boy. Ya te lo contaré. ¿Dónde estás?

Sylvia se lo repitió, y Gray colgó.

Sylvia lo vio cruzando la terminal. El pobre iba hecho un asco, con unos vaqueros y un jersey viejos y una chaqueta que tendría que haber tirado hacía años. Boy se había llevado su abrigo, y Gray se alegraba de haber podido darle algo. Gray parecía un loco, o un artista, con aquellos pelos de punta, como si llevara días sin peinarse. Y de pronto estrechó a Sylvia entre sus brazos, los dos se echaron a llorar y él le dijo que la quería. Seguían abrazados cuando Emily salió de la aduana y al ver a su madre puso una sonrisa de oreja a oreja.

Sylvia los presentó y, aunque Gray estaba un poco nervioso, le estrechó la mano a Emily con una sonrisa. Le preguntó qué tal le había ido el viaje y le cogió la maleta. Echaron a andar por el aeropuerto, Gray con un brazo sobre los hombros de Sylvia y Emily de la mano de su madre. Fueron a casa de Sylvia; Gray saludó a Gilbert, y Sylvia preparó la comida. Por la noche, Gray la ayudó a hacer la cena, y después le contó lo de Boy, ya en la cama. Se pasaron muchas horas hablando, y a la mañana siguiente se dieron los regalos. Gray no le había comprado nada a Sylvia, pero a ella no le importó. Los chicos pensaron que Gray era un poco rarito, pero les cayó bien. Y, lo más sorprendente, a Gray también le cayeron bien. Boy tenía razón.

Un amigo de Boy llamó a Gray la noche de Navidad. Boy había muerto, y aquel amigo quería enviarle su diario y algunas cosas. A la mañana siguiente Sylvia y sus hijos se fueron a Vermont, y Gray los acompañó. Un día, al atardecer, Gray salió a ver la nieve y se puso a contemplar las montañas. Sintió la cercana presencia de Boy, e incluso oyó su voz. Después volvió lentamente a la casa en la que Sylvia lo estaba esperando. Al verlo, en el porche, Sylvia sonrió. Y aquella noche, contemplando el cielo y las estrellas junto a Sylvia, Gray pensó en Boy y en el Principito.

—Está ahí arriba, no sé dónde —dijo con tristeza.

Sylvia asintió y volvieron a la casa abrazados.

24

Carole, Maggie y Adam fueron a San Bartolomé en el avión de este. Ni Maggie ni Adam conocían a Carole, y al principio resultó un poco embarazoso, pero cuando aterrizaron en San Bartolomé las dos mujeres se habían hecho muy amigas. No podían ser más distintas, pero mientras Adam dormía, Carole habló del centro infantil y de los niños, y Maggie de su vida anterior, la época que había pasado en hogares de acogida, las clases de preparación para la facultad de derecho y la suerte que tenía por estar con Adam. Carole empezó a quererla incluso antes de bajar del avión. Era honrada y auténtica, cariñosa e increíblemente inteligente. Era imposible que no te gustara, y Maggie pensaba lo mismo de Carole. Incluso se rieron con complicidad al hablar de lo furiosas que se habían puesto las dos cuando Charlie y Adam querían irse solos de vacaciones y de lo mucho que agradecían que no lo hubieran hecho.

—Yo estaba cabreada de verdad —confesó Maggie en susurros, y Carole se rió.

—Yo también... Bueno, más bien dolida. Charlie dice que no celebra las Navidades, y es muy triste.

Hablaron de la familia que Charlie había perdido, y de lo unidos que estaban los tres hombres. Maggie se alegraba de que Charlie y Carole hubieran vuelto a estar juntos. Sabía que habían roto durante una temporada, pero no se lo dijo a Carole, y después le contó la Navidad con los hijos de Adam, que había sido estupenda. Iban a llevarlos a esquiar en enero, durante un puente. Habían hablado de todos los temas cuando Adam se despertó, justo antes de aterrizar.

—¿Qué habéis estado tramando? —preguntó Adam, bostezando.

—Nada —contestó Maggie con una sonrisita culpable, y añadió que esperaba no marearse.

Nunca había estado en un barco. Carole sí, en muchos, aunque casi todos eran veleros. A Maggie le sorprendía lo práctica y realista que era Carole, porque Adam, impresionado por su belleza, su amabilidad y su dulzura, le había contado quién era. Era una persona tan normal... Charlie había acertado en esta ocasión, y Adam esperaba que no la pifiara ni se rajara. Iba a ser divertido que estuvieran dos parejas, para variar. Suponía una gran diferencia en sus vidas.

Gray lo había llamado justo antes de marcharse. Iba de camino a Vermont, y le contó que había conocido a los hijos de Sylvia. Todo iba bien. Adam no tenía ni idea de cómo había ocurrido, y Gray le dijo que ya se lo explicaría a la vuelta, cuando se vieran un día para comer.

Charlie los esperaba en el aeropuerto, con dos miembros de la tripulación y el capitán, y ya estaba bronceado. Parecía feliz y relajado, y entusiasmado de ver a Carole.

Cuando llegaron al barco, Maggie no daba crédito a sus ojos. Fue de un extremo a otro, mirándolo todo, hablando con la tripulación, preguntando cosas, y al ver su camarote dijo que se sentía como Cenicienta otra vez, que iba a ser como una luna de miel. Adam le dirigió una mirada asesina.

—Venga, tranquilo —le dijo Maggie, burlona—. No quiero casarme, pero sí me gustaría quedarme en este barco para siempre. A lo mejor debería casarme con Charlie —añadió, en broma.

—Es demasiado viejo para ti —replicó Adam, y la llevó a la cama.

No volvieron a cubierta hasta varias horas después, y Charlie y Carole estaban allí, descansando. Carole daba la impresión de estar como pez en el agua. Se había llevado el vestuario perfecto, a base de vaqueros y pantalones cortos blancos, faldas y blusas de algodón e incluso zapatos náuticos, que impresionaron mucho a Maggie. Ella se había llevado un montón de ropa muy vistosa, además de biquinis y pantalones cortos, pero Carole le aseguró que todo le quedaba estupendamente. Era tan joven y guapa y tenía tan buen tipo que le habría quedado bien incluso una bolsa de basura. Su estilo era completamente distinto del de Carole, pero resultaba exótica y sexy a su manera, y se había pulido considerablemente durante los meses que llevaba con Adam. Lo que se había comprado no era caro, pero lo había pagado de su bolsillo.

Se fueron a sus respectivos camarotes antes de la cena, tras nadar un ratito, y después volvieron a popa a tomar una copa, como de costumbre. Adam tomó tequila, Charlie un martini y las chicas vino. Zarparían al día siguiente, rumbo a San Cristóbal, pero no antes de que las chicas fueran de compras por el puerto, como había prometido Charlie. Aquella noche fueron a bailar. Todos volvieron felices y agotados, y durmieron hasta tarde el día siguiente.

Desayunaron juntos y después Charlie y Adam se fueron a hacer windsurf y Maggie y Carole de compras. Maggie no compró gran cosa, y Carole unos cuantos pareos de Hermès. Le dijo a Maggie que podía prestárselos. Cuando zarparon, a última hora de la tarde, los cuatro tenían la sensación de llevar toda una vida viajando juntos. La única nube negra fue que Maggie se mareó durante la travesía, y Charlie le recomendó que se tumbara en cubierta. Estaba todavía un poco verdosa cuando fondearon en San Cristóbal, pero a la hora de la cena ya se encontraba bien, y contemplaron la puesta de sol juntos. Todo discurrió a la perfección, un día tras otro, y de lo único que se quejaban era de lo rápido que pasaba el tiempo, como ocurría siempre. Sin darse cuenta, llegó el final del viaje, el último día, la última noche, el último chapuzón en el mar, el último baile. Pasaron la última noche en el barco, y Charlie bromeó con Maggie sobre su mareo, pero llevaba dos días mucho mejor. Adam incluso le había enseñado a navegar. Charlie le había enseñado a Carole a hacer windsurf; ella tenía suficiente fuerza, pero Maggie no. A ninguno le gustaba la idea de que el viaje fuera a acabarse.

Carole solo podía quedarse una semana, y Adam y Maggie también tenían que volver: Adam porque sus clientes empezaban a quejarse, y Maggie porque tenía que trabajar. A todos les pasaba lo mismo, salvo a Charlie, que iba a quedarse en el barco. Llevaba dos días muy callado, y Carole se había dado cuenta, pero no dijo nada hasta la última noche, después de que Maggie y Adam se fueron a la cama.

—¿Estás bien? —le preguntó en voz baja.

Estaban sentados en unas hamacas a la luz de la luna, y Charlie fumaba un puro. Habían anclado fuera del puerto, porque a Charlie le gustaba más. Era preferible estar en mitad del agua que ver pasar gente continuamente por el muelle, y Carole también lo prefería. Lo había pasado estupendamente con Charlie y los demás.

—Sí, muy bien —contestó Charlie, contemplando el mar, como dueño y señor de sus dominios. Carole entendía por qué le gustaba tanto estar en el barco. Todo en el *Blue Moon* era perfecto, desde los camarotes hasta la comida, pasando por la exquisita tripulación. Era una vida a la cual resultaba fácil adaptarse, a miles de kilómetros de distancia de la vida real y todos sus problemas. Era una vida entre algodones.

—Lo he pasado muy bien —dijo Carole, sonriendo perezosamente.

No pasaba una semana tan relajada desde hacía años, y le encantaba estar con Charlie, incluso más de lo que se esperaba. Charlie era el perfecto compañero, amante y amigo. La miró por entre el humo del puro, de una forma extraña que volvió a preocupar a Carole. Le dio la impresión de que algo lo obsesionaba.

—Me alegro de que te guste el barco —repuso Charlie con expresión pensativa.

—¿Y a quién no le gustaría?

—Pues mira, a la pobre Maggie, con lo que se ha mareado...

—Al final se ha acostumbrado.

Carole quería defender a su nueva amiga. Estaba deseando volver a verla, y sabía que así sería. Maggie quería ir al centro de acogida, a ver lo que hacían. Le había asegurado que quería defender a los niños cuando acabara de estudiar derecho, para lo que aún le faltaban muchos años.

—Tú sabes navegar, y se te da muy bien el windsurf —dijo Charlie.

Carole había aprendido rápidamente, y había hecho submarinismo con él varias veces, y buceo con Adam. Todos habían disfrutado de las comodidades y los placeres del barco.

—De pequeña me encantaba navegar —dijo Carole con nostalgia.

No le apetecía nada tener que dejar a Charlie al día siguiente. Había sido tan bonito compartir el camarote con él, despertarse a su lado y dormirse abrazados por la noche... Lo iba a echar en falta cuando volviera a Nueva York. Para ella era una de las grandes ventajas de la vida conyugal. No le gustaba nada dormir sola, y en los buenos tiempos disfrutaba plenamente de la compañía de su pareja. Pensaba que a Charlie también le gustaba dormir con ella, y que no le importaba aquella intrusión en su camarote.

—¿Cuándo piensas volver? —preguntó, sonriéndole. Ella pensaba que se iba a quedar otra semana en el barco.

—No lo sé —respondió Charlie con incertidumbre.

Parecía preocupado, y volvió a mirar a Carole. Llevaba toda la semana pensando en ellos dos. Era perfecta en muchos aspectos: buena educación, buena familia, inteligente, divertida, elegante, seria, amable con sus amigos, y encima lo hacía reír. Le encantaba hacer el amor con ella. En realidad no había nada que no le gustara de Carole, y era precisamente eso lo que le daba miedo. Lo más terrible era que no tenía ningún defecto imperdonable. Siempre acababa encontrándolo, y le servía de escotilla de salvamento; pero en esta ocasión no era así. Le angustiaba que al final no quisiera sentar la cabeza, y entonces todo el mundo se sentiría herido, como pasaba siempre. Al fin había conocido a una mujer a la que no quería hacer daño, ni que ella se lo hiciera a él, pero parecía que no había forma de evitarlo en cuanto la relación llegaba a la intimidad. No sabía qué decisión tomar.

—Algo te tiene preocupado —dijo Carole con dulzura, deseosa de saber qué ocurría.

Charlie titubeó unos momentos, y al final asintió con la cabeza. Siempre era honrado con ella.

—He estado pensando en nosotros.

Sonó como una sentencia de muerte, y Carole se asustó al mirarlo a la cara. Parecía atormentado.

—¿Sobre qué?

Charlie sonrió por entre el humo del puro. No quería inquietarla sin motivo, pero estaba preocupado.

—No paro de plantearme qué hacen juntas dos personas con fobia al compromiso como nosotros. A lo mejor llega a hacernos daño.

—No si tenemos cuidado con las heridas y las cicatrices de cada uno.

Ella sí tenía cuidado. Ya sabía qué era lo que afectaba a Charlie. A veces simplemente necesitaba su propio espacio. Llevaba solo toda la vida. A veces Carole se daba cuenta de que quería estar solo, y entonces salía del camarote, o lo dejaba a solas en cubierta. Intentaba ser sensible a sus necesidades.

—¿Y si no quisiera casarme? —le preguntó Charlie con toda sinceridad.

No lo tenía muy claro. Quizá fuera demasiado tarde. Tenía casi cuarenta y siete años, y no sabía si podría adaptarse a aquellas alturas. Tras toda una vida de buscar a la mujer perfecta, ahora que creía haberla encontrado, no sabía si él era el hombre adecuado. Quizá no, o a esa conclusión estaba llegando.

—Yo he estado casada, y no fue para tirar cohetes —dijo Carole, sonriendo con tristeza.

—Algún día querrás tener hijos.

—A lo mejor sí o a lo mejor no. Ya tengo niños en mi trabajo, y a veces me parece que es suficiente. Cuando me divorcié aseguré que no volvería a casarme. No estoy empeñada en casarme, Charlie. Soy feliz con las cosas tal y como están.

—Pues no deberías. Necesitas algo más —replicó Charlie, sintiéndose culpable. No sabía si él sería el hombre que pudiera ofrecérselo, y si no lo era, pensaba que debía dejarla marchar. Llevaba tiempo dándole vueltas al asunto. La gran evasión. De una u otra forma, al final siempre ocurría lo mismo.

—¿Por qué no dejas que sea yo quien decida lo que necesito? Si tengo algún problema, ya te lo diré, pero de momento no lo tengo.

—Y después, ¿qué? ¿Nos destrozamos el uno al otro? Es peligroso dejar que las cosas sigan su curso sin más.

—Pero ¿qué dices, Charlie?

Solo de escucharlo le entraba pánico. Se sentía cada día más unida a él, sobre todo tras aquella semana de vivir juntos. Podía convertirse en una costumbre, muy fácilmente, y lo que le estaba diciendo la asustaba de verdad. Daba la impresión de estar a punto de echar a correr.

—No lo sé —contestó Charlie, apagando el puro en el cenicero—. No sé ni lo que digo. Vamos a la cama.

Hicieron el amor y los dos se quedaron dormidos sin volver a hablar sobre el asunto.

La mañana siguiente llegó demasiado pronto. Tenían que levantarse a las seis, y Charlie aún dormía cuando Carole saltó de la cama. Se duchó y ya estaba vestida cuando él se despertó. Se quedó en la cama, mirándola. Carole tuvo la terrible sensación de que lo veía por última vez. No había hecho nada mal durante el viaje, ni se había puesto demasiado pegajosa. Sencillamente había dejado que la vida siguiera su curso, pero la mirada de temor, culpabilidad y pesar de Charlie era inconfundible. Mal presagio.

Charlie se levantó para despedirlos. Se puso unos pantalones cortos y una camiseta y se quedó en cubierta, observando cómo bajaban la lancha para llevarlos al puerto. Él se iba a Anguilla aquel mismo día. Besó a Carole antes de que subiera a la lancha y la miró a los ojos. A ella le dio la impresión de que le estaba diciendo algo más que adiós. No lo había presionado para saber cuándo pensaba volver. Creía que era mejor no hacerlo y tenía razón. Le parecía que Charlie se sentía como si se encontrase al borde de un terrible abismo.

Charlie le dio unas palmaditas en la espalda y un abrazo a Adam, y un beso en ambas mejillas a Maggie. Ella se disculpó por los mareos, y Charlie los despidió con la mano.

Carole se volvió a mirarlo desde la lancha. Tenía el terrible presentimiento de que no iba a volver a verlo. Se puso las gafas oscuras cuando llegaron al puerto para que no la vieran llorar.

25

La vida empezó a ir a toda velocidad para Adam y Maggie en cuanto volvieron a Nueva York. Adam tenía tres clientes nuevos, sus hijos dijeron que querían verlo con más frecuencia, especialmente tras haber conocido a Maggie, y su padre sufrió un ataque al corazón. Salió del hospital al cabo de una semana, y su madre lo llamaba por teléfono no menos de diez veces al día. ¿Por qué no iba a verlos más a menudo? ¿Acaso no le importaba nada su padre? ¿Qué le pasaba? Su hermano iba allí todos los días. Desesperado, Adam le recordó que su hermano vivía a cuatro manzanas de distancia.

Maggie estaba igualmente enloquecida. Se acercaban los exámenes finales, tenía que preparar dos trabajos para las clases y trabajaba como una posesa en el Pier 92. Adam le decía que buscara un empleo mejor, pero las propinas que sacaba allí eran estupendas. Y, encima, durante las dos primeras semanas después de la vuelta del viaje tuvo la gripe.

No lograba quitársela de encima pero no podía faltar más días al bar o la despedirían. Se hallaba trabajando una tarde cuando Adam volvió a casa y se encontró una nota, en la que decía que la mujer de la limpieza había dejado el trabajo. El apartamento estaba hecho un asco. Sabía lo cansada que regresaría Maggie, así que decidió sacar la basura y recoger los cacharros antes de que ella volviera. Vació la papelera del cuarto de baño de Maggie en una bolsa de plástico grande, y cuando iba a atarla con un nudo algo le llamó la atención. Era una varilla de un azul muy vivo. Ya las había visto antes, pero hacía tiempo que no. Mucho tiempo. La sacó con cuidado y se quedó mirándola, incrédulo. Se sentó en el retrete y siguió mirándola. Volvió a tirarla a la bolsa de basura y la ató, con expresión sombría. Cuando Maggie volvió a casa, estaba hecho un basilisco. Ella se fue directamente a la cama, diciendo que se encontraba fatal.

—No me extraña —contestó Adam entre dientes. Había limpiado el apartamento de arriba abajo, y en esos momentos pasaba la aspiradora.

—Pero ¿qué haces? —preguntó Maggie, y Adam siguió zascandileando por la habitación.

—La mujer de la limpieza lo ha dejado.

—No tienes por qué hacerlo tú. Ya lo haré yo.

—¿Ah, sí? ¿Cuándo?

—Dentro de un rato. Acabo de volver a casa. Por Dios, Adam, ¿qué pasa? ¿Por qué vas por ahí como si te hubieran puesto un cohete en el culo?

—¡Estoy limpiando la casa! —gritó Adam.

—¿Por qué?

Adam se volvió bruscamente hacia ella, rabioso.

—Porque si no, podría matar a alguien, y no me gustaría que fueras tú.

—¿Por qué estás tan cabreado?

Maggie había pasado un día terrible en el trabajo y se sentía enferma.

—Estoy cabreado contigo. Por eso estoy cabreado.

—Pero ¿qué demonios he hecho yo? Yo no le he dicho a la mujer que se fuera.

—¿Cuándo pensabas decirme que estás embarazada? ¿Por qué te callabas esa bonita noticia? Por Dios, Maggie, he encontrado tu prueba del embarazo en la basura, y es positiva, ¡maldita sea! —Estaba fuera de sí—. ¿Cuándo fue?

—En Yom Kipur, creo —respondió Maggie en voz baja.

Desde aquel día habían tenido cuidado. Fue la única vez que no lo habían tenido. A partir de entonces tomaban precauciones, cuando ya era demasiado tarde.

—Estupendo —dijo Adam, tirando la aspiradora—. En Yom Kipur. No, si tenía razón mi madre. Tendría que haber ido a la sinagoga y no haberte llamado.

Se desplomó en un sillón, y Maggie se echó a llorar.

—Qué egoísta eres.

—Peor es que estés embarazada y no me lo hayas dicho. ¿Se puede saber cuándo pensabas contármelo?

—Me he enterado esta mañana, y no quería que te enfadaras. Iba a decírtelo esta noche.

Y de pronto Adam la miró y cayó en la cuenta de lo que había dicho.

—¿Cómo que en Yom Kipur? ¿Lo dices en broma? Yom Kipur fue en septiembre. Estamos en enero. ¿No querrás decir Janucá?

Maggie no era judía, y evidentemente se había equivocado de fecha.

—No, Yom Kipur. Tuvo que ser el primer fin de semana que vine aquí. Fue la única vez que no tuvimos cuidado.

—Maravilloso. ¿Y no te has dado cuenta de que no tenías la regla durante los últimos tres meses?

—Pensaba que era por los nervios. Me pasa muchas veces. Una vez no me vino durante seis meses.

—¿Y estabas embarazada?

—No. Hasta ahora nunca había estado embarazada.

Maggie parecía destrozada.

—Todavía mejor. El primero. Mira, Maggie, es lo que nos hacía falta. Y encima, cuando abortes, te pasarás seis meses llorando y hecha polvo. —Ya había pasado por aquello, demasiadas veces, y no quería pasar por lo mismo, ni con ella, ni con nadie. La miró con recelo—. ¿Qué es esto? ¿Me estás tendiendo una trampa para que me case contigo? Pues te aviso que no va a funcionar.

Maggie saltó de la cama y casi lo fulminó con la mirada.

—¡No te estoy tendiendo ninguna trampa! ¡Nunca te he pedido que te casaras conmigo, ni te lo pienso pedir! Me he quedado embarazada, y tú tienes tanta culpa como yo.

—¿Cómo demonios puedes llevar tres meses sin saber que estás embarazada? —Parecía increíble—. Ya ni siquiera puedes abortar, o no fácilmente. Es un lío tremendo después de los tres meses.

—Pues ya me encargaré yo sola. ¡Y no quiero casarme contigo!

—¡Mejor, porque yo tampoco! —le gritó Adam.

Maggie entró furiosa en el cuarto de baño y le dio con la puerta en las narices. Estuvo allí encerrada dos horas y, cuando salió, Adam estaba en la cama, viendo la televisión, y no le dirigió la palabra. Ninguno de los dos había cenado. Maggie había vomitado, llorando.

—¿Por eso te mareaste en el barco? —le preguntó Adam, sin mirarla.

—A lo mejor. Pensé que podía ser por eso, y también cuando volvimos. Por eso me he hecho la prueba.

—Al menos no has esperado otros seis meses. Quiero que vayas a un médico —dijo Adam, mirándola al fin. La pobre estaba hecha un asco. Notó que había llorado; tenía los ojos enrojecidos y la cara muy pálida—. ¿Tienes médico?

—Una chica del trabajo me ha dado un teléfono —contestó Maggie, sollozando.

—No quiero que vayas a cualquier matasanos. Mañana me enteraré de alguien.

—Y entonces, ¿qué? —preguntó Maggie. Parecía asustada.

—Ya veremos qué dice.

—¿Y si es demasiado tarde para abortar?

—Entonces ya hablaremos. En ese caso, a lo mejor tengo que matarte. —Lo decía en broma; se había calmado un poco, pero Maggie volvió a estallar en llanto—. Vamos, Maggie, por favor... Claro que no voy a matarte, pero estoy muy disgustado.

—Y yo —repuso Maggie, sollozando—. También es mi niño.

Adam soltó un gruñido y se dejó caer en la cama.

—Maggie, por favor, no es un niño. Es un embarazo, y nada más, de momento.

No quería pronunciar la palabra «feto», y mucho menos la palabra «niño».

—¿Y adónde nos lleva esto? —preguntó Maggie, sonándose la nariz con un pañuelo de papel.

—Sé adónde nos lleva, y por eso estoy tan disgustado. Vamos, duerme un poco. Ya hablaremos mañana —dijo, apagando el televisor y la lámpara de su mesilla de noche. Era temprano, pero quería dormir. Necesitaba evadirse. Lo que le faltaba. Esas cosas les pasaban a sus clientes, no a él.

—Adam —dijo Maggie en voz baja.

—¿Qué?

—¿Me odias?

—Pues claro que no. Te quiero. Es solo que estoy disgustado, porque no ha sido buena idea.

—¿Qué?

—Quedarte embarazada.

—Ya lo sé. Lo siento. ¿Quieres que me marche?

Adam la miró y sintió lástima. También a ella le iba a resultar difícil, especialmente teniendo en cuenta que eran más de tres meses. Sabía que algunos médicos accedían a hacerlo, pero era mucho más complicado que si se pillaba a tiempo.

—No quiero que te marches. Solo quiero que lo solucionemos, lo antes posible.

Maggie asintió con la cabeza.

—¿De verdad crees que estaré hecha polvo durante seis meses?

Parecía preocupada. A ella también le daba miedo, más que a él. A Adam le parecía algo de lo más inoportuno, pero ella tenía que enfrentarse al asunto, de una u otra forma, por traumático que le resultara.

—Espero que no —respondió Adam—. Vamos, duerme un poco.

Maggie se pasó la noche dando vueltas en la cama, y cuando Adam se despertó, la oyó vomitar en el cuarto de baño. Se quedó en la puerta, crispado. Parecía que la cosa iba mal.

—Joder —dijo en voz alta, y entró a ducharse y afeitarse en el otro baño, dejando la puerta abierta para ver a Maggie. Ella apareció al cabo de diez minutos. Estaba verde—. ¿Te encuentras bien?

—Sí, estupendamente.

Adam le preparó té y tostadas cuando se vistió, le dijo que la llamaría desde el bufete, le dio un beso y se marchó. Y de repente, cuando se dirigía al trabajo, se le pasó por la cabeza una idea espantosa: que Maggie era católica. ¿Y si se negaba a abortar? Eso sí que sería un auténtico lío. ¿Qué iba a decirles a sus hijos? ¿Y a sus padres? No quería ni pensarlo. Hizo todas las llamadas necesarias en cuanto llegó al bufete, y por la tarde llamó a Maggie al bar. Le dio los nombres de dos médicos, por si acaso uno de ellos tenía demasiadas pacientes y no podía atenderla, y le dijo que intentara que le dieran hora lo antes posible.

Maggie llamó a los dos médicos aquel mismo día, diciendo que llamaba de parte de Adam, como él le había indicado, y le dieron hora para el día siguiente por la tarde. Adam se ofreció a acompañarla, pero ella prefirió ir sola. Al menos parecía llevarlo bien, pero apenas se hablaron aquella noche. Estaban los dos demasiado tensos.

La noche siguiente, tras la consulta, Maggie había vuelto ya a casa cuando llegó Adam. Era su día libre, y estaba estudiando.

—¿Qué tal ha ido?

—Bien.

No levantó la vista.

—¿Bien? ¿Qué ha dicho?

—Que es un poco tarde, pero que pueden decir que está en juego mi salud mental, por si amenazo con suicidarme o algo por el estilo.

—Entonces, ¿cuándo vas a hacerlo?

Adam parecía aliviado, y Maggie guardó silencio mientras lo

miraba con unos ojos enormes y la cara pálida. No tenía buen aspecto.

—No voy a hacerlo.

Adam tardó un buen rato en comprender y se quedó mirándola estupefacto.

—¿Cómo dices?

—Que no voy a abortar —dijo Maggie lentamente, y Adam vio en su expresión que hablaba en serio.

—¿Y qué vas a hacer? ¿Darlo en adopción?

Era mucho más complicado y requería más explicaciones, pero Adam estaba dispuesto, si era lo que ella prefería. Al fin y al cabo era católica.

—Voy a tener el niño y a quedármelo. Te quiero, y quiero a tu hijo. Lo he visto en la ecografía. Se mueve, y se estaba chupando el dedo. El embarazo es de tres meses y medio. Dieciséis semanas, calcula el médico, y no voy a deshacerme de él.

—Oh, Dios mío —dijo Adam, desplomándose en el primer sillón que encontró—. Es una locura. ¿Y lo vas a cuidar tú? No voy a casarme contigo, y lo sabes, ¿no? Si crees que es eso lo que va a pasar, lo llevas claro. No pienso volver a casarme, ni contigo ni con nadie, ni con niño ni sin él.

—De todas maneras yo no querría casarme contigo —replicó Maggie, irguiéndose en la silla—. No me hace falta que te cases conmigo. Puedo valerme por mí misma.

Siempre lo había hecho. Estaba aterrorizada, pero no pensaba reconocerlo ante Adam. Había pasado toda la tarde calculando el precio que iba a pagar. No iba a aceptar nada de Adam. Tenía que hacerlo ella sola, incluso si eso significaba dejar el trabajo y las clases nocturnas y acogerse a la seguridad social.

—¿Qué van a pensar mis hijos? —preguntó Adam con expresión de horror—. ¿Cómo se lo vamos a explicar?

—No lo sé. Tendríamos que haberlo pensado en Yom Kipur.

—Por lo que más quieras, en lo único que pensaba yo en Yom Kipur era en lo mucho que odio a mi madre, no en un niño.

—A lo mejor tenía que ocurrir —dijo Maggie, intentando tomárselo con filosofía, pero Adam no quería ni hablar de ello.

—No tendría por qué haber ocurrido. Nos ha pasado por imbéciles.

—Quizá. Pero yo te quiero y, aunque me dejes ahora mismo, voy a tener el niño.

Se había cerrado en banda y no estaba dispuesta a ceder ni un ápice. Tras la ecografía, no quería matar a su hijo.

—Yo no quiero un bebé, Maggie —insistió Adam, intentando razonar con ella.

—Yo no estoy muy segura de quererlo, pero es lo que tenemos. O lo que yo tengo.

Parecía tranquila, pero también desdichada. Era un grave problema, para ambos.

—Me voy a Las Vegas este fin de semana —dijo Adam con tristeza—. Hablaremos cuando vuelva. Dejémoslo pasar hasta entonces. Vamos a pensar un poco más, y a lo mejor cambias de opinión.

—No voy a cambiar de opinión.

Era como una leona defendiendo a su cachorro.

—No seas cabezota.

—Y tú no seas egoísta.

—No soy egoísta. Estoy intentando tomármelo bien, pero tú no me pones las cosas fáciles. No estoy preparado para tener un hijo, eso es todo, Maggie. No quiero volver a casarme, ni tener un hijo. Soy demasiado viejo.

—Eres demasiado egoísta. Preferirías matarlo —dijo Maggie, estallando en llanto.

También Adam sentía deseos de llorar.

—¡No soy egoísta! —gritó Adam, y Maggie volvió corriendo al baño, para huir de él y para vomitar.

Las cosas no fueron mejor durante el resto de la semana. Evitaron hablar del asunto, pero se cernía sobre ellos como una bomba a punto de estallar. Adam sintió alivio al marcharse a Las Vegas el jueves. Necesitaba salir de allí. Pasó en Las Vegas la noche del domingo, y cuando Maggie volvió del trabajo el lunes la estaba esperando, sentado en un sillón, con cara de resignación.

—¿Qué tal el fin de semana? —preguntó Maggie, pero no se acercó a darle un beso.

Ella no había salido de casa, y se había quedado dormida llorando todas las noches, pensando que Adam la odiaba, que la dejaría, se quedaría sola con su hijo y no volvería a verlo.

—Bien. He pensado mucho. —A Maggie estuvo a punto de parársele el corazón, esperando el momento en que Adam le dijera que tenía que marcharse de allí. Se avergonzaba de ella—. Creo que deberíamos casarnos. Podrías venir conmigo a Las Vegas la semana que viene. Yo tengo que ir, de todos modos. Nos casamos sin grandes historias y se acabó.

Maggie lo miró con incredulidad.

—¿Cómo que «y se acabó»? ¿Que yo me marcho pero el niño es legítimo?

Ella había pensado en cientos de posibilidades, sin encontrar ninguna buena. Él sí la había encontrado.

—No. Entonces estamos casados, tenemos el niño, y vivimos nuestra vida. Juntos, y con el niño. ¿Vale? ¿Contenta? —Él no parecía muy contento, pero estaba intentando hacer lo más conveniente—. Además, te quiero.

—«Además» yo también te quiero, pero no pienso casarme contigo.

Pronunció aquellas palabras con tranquilidad y decisión.

—¿Que no? ¿Y por qué? —Estaba perplejo—. Creía que eso era lo que querías.

—Yo nunca he dicho eso. Lo que he dicho es que voy a tener el niño, no que quiera casarme —declaró Maggie con firmeza, mientras Adam la miraba atónito.

—¿No quieres casarte?

—No.

—Pero ¿y el niño? ¿Por qué no quieres casarte?

—Adam, no voy a obligarte a que te cases conmigo. Y no

quiero casarme «sin grandes historias». Cuando me case, quiero que se entere todo el mundo, y casarme con alguien que quiera casarse conmigo porque sí, no porque tenga que hacerlo. Muchas gracias, pero la respuesta es no.

—Dime que estás de broma, por favor —dijo Adam, escondiendo la cara entre las manos.

—No estoy de broma. No voy a pedirte dinero ni a casarme contigo. Sé cuidar de mí misma.

—¿Vas a dejarme?

La idea parecía horrorizarlo de verdad.

—Claro que no. Te quiero. ¿Por qué iba a dejarte?

—Porque la semana pasada dijiste que era un egoísta.

—Eres egoísta si quieres matar a nuestro bebé, pero no lo eres si me pides que me case contigo. Gracias, pero no quiero, y tú tampoco.

—¡Yo sí quiero! —gritó Adam—. ¡Te quiero y quiero casarme contigo! —Parecía desesperado, mientras que Maggie parecía cada vez más tranquila. Había tomado una decisión, y Adam lo vio en sus ojos—. Eres la mujer más cabezota que he conocido en mi vida. —Maggie le sonrió, y él se echó a reír—. Menudo cumplido, Maggie. —La estrechó entre sus brazos y la besó, por primera vez desde hacía una semana—. Te quiero. Cásate conmigo, Maggie, por favor. Vamos a casarnos, a tener el niño y a intentar hacer las cosas como es debido.

—Si hubiéramos hecho las cosas como es debido, primero nos habríamos casado y después habríamos tenido el niño. Pero si entonces no querías casarte conmigo, ¿por qué ahora sí?

—Porque vas a tener un hijo —contestó Adam, casi a gritos.

—Pues olvídate. No voy a casarme.

—¡Joder! —exclamó Adam, y se sirvió un chupito de tequila que se bebió de un trago.

—No puedes beber. Estamos embarazados —dijo Maggie con afectación, y Adam le lanzó una mirada asesina.

—Muy graciosa. A lo mejor soy alcohólico antes de que acabe todo esto.

—No, todo irá bien, Adam —dijo Maggie con dulzura—. Ya lo arreglaremos. Y no tienes que casarte conmigo. Nunca.

—¿Y si quiero casarme contigo algún día?

Parecía preocupado.

—Entonces nos casaremos, pero ahora mismo no quieres. Lo sabes tan bien como yo, y un día también lo sabría el niño.

—No voy a decírselo.

—A lo mejor sí.

La gente hacía cosas así a veces. «Tuve que casarme con tu madre...» Maggie no quería eso para su hijo. Y tampoco quería aprovecharse de Adam, aunque estuviera dispuesto a cumplir con su deber.

—¿Por qué tienes que ser tan honrada, joder? Todas las demás mujeres que conozco quieren que les pague las facturas, que me case con ellas, que les encuentre trabajo y que haga montones de cosas por ellas. Tú no quieres nada.

—Exacto. Solo a tu hijo. A nuestro hijo —dijo Maggie con orgullo.

—¿Ya se sabe qué es? —preguntó Adam con repentino interés. No quería esa criatura, pero si iban a tenerla, estaría bien saber qué era.

—Tengo que volver dentro de dos semanas a hacerme otra ecografía. Entonces me lo dirán.

—¿Puedo ir contigo?

—¿Quieres?

—A lo mejor. Ya veremos.

Se había pasado todo el fin de semana pensando que iba a casarse con ella, y de repente casi se sentía decepcionado. Todo en la vida de los dos era muy raro.

—¿Qué le vas a contar a tu madre? —le preguntó Maggie después de cenar, y Adam movió la cabeza.

—Sabe Dios. Al menos ahora tendrá un buen motivo para refunfuñar. Supongo que le diré que te llevé a la cama el primer día que salimos, y como eres católica, no querrá que me case contigo.

—Qué bonito.
Adam se inclinó, la besó y le sonrió.
—Maggie O'Malley, estás loca. Vas a tener a mi hijo y no quieres casarte conmigo. Pero te quiero, o sea que se vaya todo a tomar por saco. ¡Ya verás cuando se lo cuente a Charlie y Gray!
Volvió a sonreírle y ella se echó a reír. Al terminar la cena hablaron de las vueltas que daba la vida, como la suya, pero los dos parecían felices cuando se acostaron después de recoger los platos. No era lo que querían ni lo que tenían planeado, pero iban a solucionarlo lo mejor posible, a toda costa.

26

Charlie no llamó a Carole después de que ella se marchara de San Bartolomé. Ella le envió un fax al barco, dándole las gracias, pero no le pareció oportuno llamarlo por teléfono tras las cosas que había dicho la noche antes de su partida. No tenía ni idea de a qué conclusiones estaría llegando Charlie; lo único que sabía, con absoluta certeza, era que necesitaba espacio, y también que lo único que ella podía hacer era evitarlo. Cada día tenía más miedo. Pasaron dos semanas enteras hasta que Charlie la llamó. Ella estaba en su despacho cuando sonó el teléfono. Charlie le dijo que había vuelto, pero con una voz extraña. Le preguntó si podían verse para comer al día siguiente.

—Sería estupendo —contestó Carole, intentando fingir alegría, pero no podía engañar a nadie, ni siquiera a sí misma.

Charlie parecía profundamente preocupado, y tan frío y serio que, después de haber acordado la hora a la que se verían, Carole pensó si no debería cancelar la cita. Sabía lo que se le venía encima. No la había invitado a cenar, ni le había dicho que quería verla aquella noche. Quería verla para comer, al día siguiente. Distancia. Espacio. Solo podía significar una cosa: que quería verla por cortesía, para decirle que todo había acabado. Las palabras estaban escritas en la pared con tal claridad que parecían una pintada. Lo único que podía hacer era esperar.

Ni siquiera se molestó en maquillarse a la mañana siguiente.

Para qué. A él ya le daba igual. Si la quisiera y la deseara, la habría llamado desde el barco durante las dos últimas semanas, o la habría visto la noche anterior, pero no lo había hecho. A lo mejor la quería, pero no la deseaba. Lo único que tenía que hacer ella era aguantar el dolor de oírselo decir. Estaba destrozada cuando Charlie apareció en el centro de acogida.

—Hola —dijo un tanto violento en el umbral del despacho—. ¿Cómo te ha ido? Estás estupendamente.

Pero era él quien estaba estupendamente, muy bronceado y con traje gris. Tras haber pasado la noche entera en vela, preocupándose por él y pensando en él, Carole estaba hecha un asco, y así se sentía.

—¿Dónde quieres que vayamos? —Carole quería quitárselo de encima lo antes posible, y lamentaba no haber llamado a Charlie para cancelar la cita. Consideraba que tenía que decírselo cara a cara, que iba a dejarla, pero también podría haberla llamado por teléfono—. ¿De verdad quieres ir a comer? —preguntó con desánimo—. ¿No prefieres que hablemos aquí?

Pero sabía tan bien como Charlie que los interrumpirían constantemente, los niños, los voluntarios, los orientadores. Por su despacho pasaba todo el mundo, porque era el eje de la rueda.

—Vamos fuera. —Charlie era demasiado cortés y parecía tenso. Carole cogió su abrigo y salió del edificio detrás de él—. ¿Mo o Sally? —le preguntó.

A Carole le daba igual. De todos modos, no tenía ganas de comer.

—Lo que quieras.

Charlie se decidió por el restaurante de Mo, que estaba más cerca, y fueron hasta allí en silencio. Mo saludó a Carole con la mano cuando entraron, y Carole intentó sonreír. Sentía la cara como acartonada, las piernas como de cemento y tenía una bola en el estómago. No veía la hora de acabar con aquello y volver a su despacho para llorar en paz.

Se sentaron en un rincón y los dos pidieron ensalada. Charlie tampoco tenía mucha hambre.

—¿Qué tal el resto del viaje? —preguntó Carole cortésmente, y pasaron la siguiente media hora picoteando las ensaladas, sin comer gran cosa. Carole se sentía como si estuviera a punto de subir al patíbulo.

—Perdona si te molestó lo que te dije antes de que te fueras del barco. Después he estado pensando mucho en nosotros dos —dijo Charlie. Carole asintió, a la espera. Quería decirle que se diera prisa, pero se quedó allí, mirando al infinito, fingiendo que escuchaba. No quería oír lo que Charlie iba a decirle, solo tragárselo y marcharse—. Hay muchas razones para que esto funcione, y otras tantas para que no funcione. —Carole volvió a asentir, y sintió deseos de gritar—. Tenemos la misma educación, compartimos muchas inquietudes, los dos tenemos inclinaciones filantrópicas. Tú también detestas mi forma de vida, y quieres una vida mucho más sencilla —le sonrió—, aunque tu casa no es más sencilla que la mía. Creo que te gusta mi barco, y sabes navegar. Ninguno de los dos anda tras el dinero del otro. Los dos fuimos a Princeton.

Charlie siguió con aquella cantinela hasta que Carole pensó que le iba a dar algo. Lo miró, deseosa de poner fin a aquel tormento para los dos. Ya había durado suficiente.

—Vamos, Charlie, suéltalo. Puedo soportarlo. Ya soy mayorcita. Incluso me he divorciado. Acaba de una vez, por lo que más quieras.

Charlie se quedó perplejo.

—Pero ¿de qué crees que estoy hablando?

—De que se ha acabado. Lo entiendo. No tienes que adornarlo para que quede más mono. Ni siquiera hacía falta que me invitaras a comer, y ojalá no lo hubieras hecho. Podrías haberme llamado por teléfono o haberme enviado un correo electrónico. «Que te zurzan.» «Que te den por saco.» Cualquier cosa. A buen entendedor, con pocas palabras bastan, y llevas tres semanas lanzando indirectas. Así que, si me vas a dejar, hazlo, y ya está.

Sintió alivio tras haberlo soltado de aquella manera. Charlie la miraba de una forma rara, como si no supiera qué decir. Ella lo había dicho todo.

—¿Para ti se ha acabado?

Charlie se quedó esperando la respuesta de Carole con una expresión de profunda tristeza. Ella vaciló unos momentos, pero decidió contarle la verdad. Ya no tenía nada que perder.

—No, para mí no se ha acabado —respondió al fin—. Te quiero. Me gustas. Creo que eres maravilloso. Lo paso bien contigo. Me gusta hablar contigo. Me encanta compartir mi trabajo contigo. Me encantó estar en el barco contigo. Me gustan tus amigos. Incluso me gusta el olor de los puros que fumas. Me encanta acostarme contigo. Esos son *mis* sentimientos, pero no los tuyos, o eso parece. Si es así, dejémoslo correr. Desde luego, no voy a intentar convencerte de algo que tú no quieres.

Charlie se quedó mirándola fijamente a los ojos un buen rato y después sonrió.

—¿Eso es lo que creías? ¿Que he venido a decirte que se ha acabado?

—Pues sí. ¿Qué iba a pensar si no? Antes de marcharme del barco me dijiste un montón de bobadas, que si estabas preocupado por nosotros y no sé qué. Después he estado dos semanas sin saber nada de ti. Me llamas ayer, con voz de verdugo, y me invitas a comer, no a cenar. Así que creo que está todo muy claro. Vamos, Charlie, si vas a hacerlo, hazlo de una vez por todas.

Ya ni siquiera tenía miedo. Podía enfrentarse a ello. Había sobrevivido a peores situaciones, como llevaba diciéndose todo el día.

—Es la misma conclusión a la que yo he llegado en el barco: si vas a hacerlo, hazlo de una vez por todas. Deja de hacer el tonto. No esperes a que las ranas críen pelo. Al diablo con el defecto imperdonable, con que si te van a hacer daño y con preocuparte por si la persona a la que quieres se muere, te deja o resulta ser una cretina. Si vas a hacerlo, hazlo ya. Y si resulta un desastre, ya nos recuperaremos. Juntos. Carole, ¿quieres casarte conmigo?

Lo dijo mirándola a los ojos, y Carole se quedó boquiabierta, atónita.

—¿Cómo?

—Que si te quieres casar conmigo.

Charlie sonrió, y a Carole se le llenaron los ojos de lágrimas.

—¿Y me lo pides aquí, en el restaurante de Mo? ¿Ahora? ¿Por qué?

—Porque te quiero. A lo mejor eso es lo único que importa, y lo demás es pura apariencia.

—Quiero decir que por qué aquí, en Mo. ¿Por qué no me has llevado a cenar, o viniste a verme anoche o algo? ¿Cómo me puedes pedir una cosa así precisamente aquí?

Carole se estaba riendo entre lágrimas, y Charlie entrelazó las manos con las suyas sobre la mesa.

—Anoche tenía que ver a los abogados de la fundación para cerrar el año fiscal. No podía verte, y no quería esperar hasta esta noche. Pero aparte de eso, ¿quieres?

Carole siguió mirándolo largo rato con una amplia sonrisa. Charlie estaba un poco loco, pero era una locura agradable. De todos modos, locura era. Había llegado a aterrorizarla, a convencerla de que todo había acabado. Y lo que quería era casarse con ella. Se inclinó sobre la mesa y lo besó.

—Poco ha faltado para que me saliera una úlcera de estómago. Y sí, quiero casarme contigo, me encantaría. ¿Cuándo?

Fue directamente al grano, sonriendo de oreja a oreja.

—¿Qué te parece junio? Podríamos pasar la luna de miel en el barco. O en cualquier otra fecha que tú elijas. Tenía tanto miedo de que dijeras que no...

—Claro que no. Junio me parece estupendo.

Carole aún no podía creer que se lo hubiera pedido. Parecía un sueño, a los dos se lo parecía.

—No queda mucho tiempo para preparar una boda —dijo Charlie, como disculpándose, pero ya que lo había decidido no quería esperar demasiado. Había llegado el momento.

—Ya lo arreglaré —dijo Carole mientras Charlie pagaba la

cuenta, y volvieron al centro andando lentamente. No se esperaba en absoluto que las cosas fueran a acabar así.

—Te quiero —le dijo Charlie y la besó ante la puerta. La gente que pasaba les sonreía. Tygue, que volvía de comer, les preguntó burlón:

—¿Qué? ¿Qué tal el día?

—Estupendo —contestó Carole sonriente y volvió a besar a su futuro marido antes de que él volviera a la ciudad. Misión cumplida.

27

La vida fue adquiriendo un ritmo cotidiano y normal para Adam y Maggie. Decidieron no contárselo a los niños hasta que a Maggie se le notara el bebé, para lo que aún faltaban al menos dos meses. Y no se lo iban a contar a la madre de Adam hasta que lo supieran sus hijos. Adam quería concederles el honor de contárselo a ellos primero. Aun así, iba a resultar difícil de explicar, y Adam estaba seguro de que Rachel tendría mucho que decir.

Adam tenía mucho trabajo con sus clientes, pero pudo acompañar a Maggie a hacerse la ecografía dos semanas más tarde. El bebé estaba sano, todo parecía ir bien, y era un niño. Cuando lo vieron moverse, los dos lloraron. Maggie estaba de cuatro meses.

Adam tenía que ir a Las Vegas a la semana siguiente, y le preguntó a Maggie si le apetecía ir con él. Daba la casualidad de que tenía dos días libres, y accedió. Para la tensión que soportaba en la vida, Adam gozaba de un humor excelente, y se estaba tomando muy bien lo del bebé. Maggie dormía mucho y vomitaba casi todos los días, pero intentaba no quejarse. Era por una buena causa.

La noche que fueron a Las Vegas se sentía un poquito mejor. Una de las grandes estrellas que representaba Adam iba a actuar allí dos días, pero Adam solo podía quedarse dos noches, y además Maggie tenía que volver al trabajo.

Fueron en el avión de Adam y se alojaron en el Bellagio,

que a Maggie le encantó. Y, encima, Adam le dijo que les habían dado la suite presidencial, que constaba de comedor, salón, sala de reuniones y dormitorio, con la cama más grande que Maggie había visto en su vida. En el salón había un piano de cola. La actuación que habían ido a ver no empezaba hasta medianoche, y llegaron a tiempo de pasar un rato en la cama. Justo antes de bajar a cenar, Adam dijo que tenía que resolver unos asuntos en la sala de reuniones y cerró las puertas. Llegaron dos hombres trajeados y, como le había pedido Adam, Maggie los acompañó a la habitación. Cuando les abrió las puertas de la sala de reuniones, vio un enorme ramo de rosas rojas y una botella de champán Cristal enfriándose en la mesa, y Adam le sonrió.

—Entra, Maggie.

Hizo una seña a los dos hombres, que también sonreían.

—¿Qué haces? —Pasaba algo raro y ella no sabía qué. Todos menos ella parecían saberlo—. ¿Qué está pasando aquí?

Miró a su alrededor con recelo. Se había arreglado para la cena, y llevaba un vestido rosa y zapatos de tacón. Adam le había dicho que se pusiera algo bonito. Todo empezaba a quedarle ajustado, pero aún no se le notaba la tripita. Tenía el buen tipo de siempre, solo que estaba más llenita, y la parte de arriba del vestido parecía a punto de reventar.

—Que vamos a casarnos. Eso es lo que pasa —le dijo Adam—. No te lo estoy pidiendo, sino diciendo. Y como te pongas pesada, Mary Margaret O'Malley, no pienso dejarte salir de esta habitación hasta que te cases conmigo.

—¿Me tomas el pelo? —preguntó ella, sonriente y atónita.

—No había hablado tan en serio en mi vida —repuso Adam, y se colocó orgulloso junto a Maggie—. No vas a tener ese niño sin mí. Te presento al juez Rosenstein, y a su ayudante, Walter. Van a celebrar la ceremonia. Walter será nuestro testigo.

—¿Que vamos a casarnos?

Maggie lo miró con lágrimas en los ojos.

—Pues sí.

—¿Lo sabe tu madre?

—Lo sabrá mañana. Quiero contárselo primero a los chicos.

Adam había pensado en todo, haciendo caso omiso de las objeciones de Maggie, que siempre había querido casarse con él, pero no porque Adam pensara que era su obligación. El asunto ya no estaba en sus manos, y saltaba a la vista que también él quería casarse.

El juez celebró la ceremonia, y Maggie lloró al responderle. Adam le colocó un delgado anillo de oro que había comprado en Tiffany el día anterior. Había comprado otro para él. Y Walter firmó el acta de matrimonio en calidad de testigo. Todo había acabado antes de las ocho. Una vez solos en la habitación, Adam la besó. Maggie solo tomó un sorbito de champán, porque no debía beber.

—Te quiero, señora Weiss —dijo Adam, sonriendo—. De todas maneras me habría casado contigo, tarde o temprano, aunque no estuvieras embarazada. Esto ha acelerado las cosas.

—¿En serio?

—En serio —le aseguró Adam. Maggie aún no acababa de creerlo.

Cenaron en Picasso's y después fueron al espectáculo. Maggie miró su anillo unas mil veces. También le encantaba ver el de Adam.

Adam se estaba quedando dormido, después de haber hecho el amor, cuando Maggie le dio un golpecito en el hombro. Adam se movió un poco, pero no llegó a despertarse del todo.

—¿Eh?... Te quiero... —farfulló.

—Yo también te quiero... Se me acaba de ocurrir una cosa.

—... Ahora no... Estoy cansado... Mañana.

—Creo que debería hacerme judía. Quiero convertirme.

Estaba completamente despierta, y Adam, ya casi frito, logró asentir con la cabeza.

—... Ya hablamos mañana... Te quiero... noches.

Y se quedó profundamente dormido. Ella siguió a su lado, pensando en lo que había ocurrido. Había sido la noche más maravillosa de su vida.

28

Al día siguiente, cuando Adam llamó a su madre, se oyeron los gritos desde Long Island hasta el puente de Brooklyn.

—¿O'Malley? ¿Es católica? ¿Qué quieres, matarme? ¡Eres un psicópata! ¡Vas a conseguir que a tu padre le dé otro ataque!

Tocó todos los registros posibles para acusarlo de todo.

—Piensa convertirse.

La mujer apenas dejó de chillar el tiempo suficiente para oír lo que decía Adam. Le dijo que era una vergüenza para la familia.

—¿Era allí donde ibas cuando te marchaste el día de Acción de Gracias? —le preguntó en tono acusador, y en esa ocasión Adam se echó a reír. No iba a consentir más dolores de cabeza por culpa de su madre. Tenía a Maggie, su amante, su aliada, su mejor amiga.

—Pues sí, precisamente. Fue la mejor decisión que he tomado en mi vida.

—Eres un demente. Con todas las buenas chicas judías que hay en el mundo y tienes que casarte con una católica. Supongo que tendría que agradecerte que no te vayas a casar con una de esas cantantes *schwarze* que representas. Podría ser todavía peor.

Por aquel comentario y por su falta de respeto a Maggie, Adam decidió comunicarle que, efectivamente, era todavía peor. Se lo tenía merecido, desde hacía cuarenta y dos años.

—Ah, mamá, antes de que se me olvide. Vamos a tener un hijo en junio.

—¡Ay, Dios mío! —En esa ocasión los gritos debieron de oírse en Nebraska.

—Pensaba que te gustaría conocer la buena noticia. Te volveré a llamar dentro de poco.

—No tengo valor para decírselo a tu padre, Adam. Esto lo matará.

—Lo dudo, mamá —contestó Adam tranquilamente—. Pero, si se lo dices, despiértalo primero. Te llamaré pronto.

Y acto seguido colgó.

—¿Qué ha dicho? —preguntó Maggie con expresión preocupada al entrar en la habitación. Acababan de volver a Nueva York. Adam había llamado a sus hijos antes que a su madre, y a ellos les pareció estupendo. Le dijeron que Maggie les caía muy bien y que se alegraban por él.

—Está encantada —contestó Adam con una amplia sonrisa de triunfo—. Le he dicho que te vas a convertir.

—Bien.

Las tres parejas fueron a cenar a Le Cirque una semana más tarde. Charlie los había invitado y les había dicho que tenía importantes noticias que darles.

Todos llegaron puntuales y los acomodaron en una mesa muy bien situada. Las tres mujeres estaban preciosas, y los seis de excelente humor. Pidieron unas copas y charlaron unos minutos, y entonces Charlie les dijo que Carole y él estaban prometidos y se iban a casar en junio. Todos se alegraron, y Adam miró a Maggie con sonrisa cómplice.

—¿Qué os traéis vosotros entre manos? —preguntó Charlie al ver el intercambio de miraditas.

—Nos casamos la semana pasada —contestó Adam, dirigiéndole una radiante sonrisa a su esposa—. Y vamos a tener un hijo en junio.

Estalló un leve clamor de admiración.

—¡Nos habéis robado el protagonismo! —exclamó Charlie, riendo encantado por ellos.

Carole y Maggie hablaron inmediatamente de la fecha del parto. La boda iba a celebrarse dos semanas antes, de modo que Maggie dijo que iría, aunque estuviera gorda.

—¿Y nuestro viaje de agosto en el *Blue Moon*? —preguntó Gray preocupado, y todos se rieron.

—Por nosotros, bien —contestó Charlie mirando al resto del grupo, y todos asintieron con la cabeza.

—¿Podemos llevar al niño? —preguntó Maggie con cierta cautela.

—Al niño y una niñera —le aseguró Charlie—. Bueno, parece que todo el mundo se apunta. Espero que tú también, Sylvia.

Los seis coincidieron en que formarían un grupo muy familiar, con las señoras incluidas, pero de todos modos un grupo divertido.

—Ah, por cierto —intervino Gray, sonriendo—. Me he mudado de casa, hace una semana. Estoy viviendo con Sylvia, no solo quedándome en su casa. Tengo mi armario, una llave y mi nombre en el timbre. Y también contesto al teléfono.

—Recuerdo esas reglas —replicó Maggie, riendo—. ¿Y las vacaciones? No es una relación hasta que no se pasan las vacaciones juntos.

Miró a Adam, y él se estremeció.

—Acabamos de pasarlas —contestó Gray.

Dijo que había ido a Vermont con Sylvia y sus hijos y había celebrado la Navidad con ellos. Se había puesto un poco nervioso un par de veces, pero por lo demás, bien. Emily y Gilbert habían vuelto a Europa hacía una semana, y les había prometido pasar una semana con ellos en Italia antes de que Sylvia y él fueran al *Blue Moon.* Daba por sentado que Charlie invitaría a Sylvia, puesto que Maggie y Carole habían estado en el barco en Nochevieja.

Estaba trabajando mucho en el retrato de Boy, y preparando

a toda máquina la exposición de abril. Quería que el retrato de Boy fuera la obra más importante, aunque no iba a ponerla a la venta. Pensaba colgarla en casa de Sylvia, y se refirió a ella como un retrato de familia. En la muerte, más de lo que lo había sido en vida, Boy era su hermano. Se habían reencontrado en el último momento, gracias a Boy.

—¿Y vosotros, pareja? —preguntó Adam burlonamente, ya que todo el mundo se estaba casando—. ¿Para cuándo el casorio?

—¡Jamás! —replicaron Sylvia y Gray al unísono, y hubo una carcajada general.

—Deberíais hacerlo el verano que viene en Portofino, donde os conocisteis.

—Ya somos demasiado mayores para casarnos —dijo Sylvia con convicción. Acababa de cumplir los cincuenta, tres días después que Gray los cincuenta y uno—. Y no queremos niños.

—Eso creía yo también —terció Adam sonriendo con expresión avergonzada y una mirada cariñosa a Maggie, que se encontraba mejor desde hacía unos días.

—No me extraña que te marearas en el barco —dijo Charlie, cayendo en la cuenta.

—Ya —repuso Maggie con timidez—. Entonces no lo sabía.

El simpático grupo siguió brindando toda la noche. Como de costumbre, los hombres bebieron demasiado; pero, dada la ocasión, las mujeres no intentaron controlarlos. Todos se divirtieron y bebieron una cantidad impresionante de excelente vino francés.

Antes de despedirse al final de la velada trazaron planes y fijaron fechas. Todos tomaron buena nota de la fecha de la boda de Carole y Charlie, Maggie comunicó cuándo esperaba la llegada del bebé, y pensaban ir al *Blue Moon* el primero de agosto, como siempre. La vida era agradable, y los mejores tiempos estaban por llegar.

29

Tras mucho discutir, y a pesar de que era la segunda boda de Carole y la primera de Charlie, ella accedió a los deseos de sus padres y se casaron en Saint James. Fue una ceremonia elegante, breve y seria. Charlie iba de frac. Carole les había pedido a Sylvia y a Maggie que fueran sus damas de honor. La novia llevaba un vestido sencillo pero elegante de un malva muy pálido, lirios del valle en el pelo y un ramo de orquídeas y rosas blancas. Tenía un porte majestuoso cuando se dirigió al altar del brazo de su padre. Gray y Adam fueron los testigos de Charlie. Tras la ceremonia, los doscientos invitados acudieron a una recepción en el Club Náutico de Nueva York.

La boda fue de lo más tradicional, salvo por el tropel de niños del centro de acogida que asistieron, además de Tygue y unos cuantos voluntarios para mantenerlos a raya. Fueron también Gabby y Zorro, naturalmente, y Carole había contratado a un grupo de gospel de Harlem fabuloso. La banda de música estuvo tocando hasta las tres de la madrugada.

Carole se encargó personalmente de la distribución de los asientos, e incluso sus padres dieron la impresión de pasarlo bien. Charlie bailó con la señora Van Horn después de hacerlo con la novia, y Carole con su padre. A diferencia de la mayoría de las bodas, en aquella no había una legión de parientes pesados. Aún más; ninguno, aparte de los padres de Carole. Estuvieron rodeados por sus amigos.

Sylvia estaba preciosa con un vestido de color lila que habían elegido Carole y ella en Barney's. Llevaba un ramo de lilas y diminutas rosas blancas. Resultó más complicado encontrar algo para Maggie. Finalmente se decidieron por un traje de noche de un color entre el lila del de Sylvia y el malva pálido, un lavanda, con un ramo de florecitas del mismo color. El día de la boda el vestido le quedaba tan ajustado que casi no podía ni respirar.

Después, Carole dijo que lo había pasado divinamente en su boda, y eso parecía. Bailó con Charlie, Adam, Gray, Tygue y algunos viejos amigos, pero sobre todo con su flamante marido. Todos coincidieron en que jamás habían visto una pareja tan feliz. Bailaron, rieron y comieron hasta las tantas. La música era tan buena que ni siquiera los Van Horn podían alejarse de la pista de baile. Sylvia y Gray se marcaron un tango que dejó a todos poco menos que en ridículo. Y Adam no fue capaz de obligar a Maggie a que se sentara ni un momento. Cada vez que se daba la vuelta, ya estaba bailando con alguien, muy separados, por supuesto. Para no perderla de vista acabó por llevársela él mismo a la pista. Lo pasó muy bien y no paró de bailar. Y cuando al fin se sentó, le dijo a Adam que no sabía qué le dolía más, si la espalda o los pies.

—Ya te dije que no te pasaras —la reprendió Adam.

—Estoy bien. —Le sonrió—. No espero al niño hasta dentro de dos semanas.

—Como sigas bailando así, no te fíes. No sé cómo una mujer embarazada de ocho meses y medio puede estar sexy, pero tú lo estás.

Fueron de los últimos en marcharse.

Carole ya había lanzado el ramo, que Sylvia recogió con un gruñido. Charlie y Carole iban a dormir en casa de ella aquella noche, y a salir hacia Montecarlo a la mañana siguiente. Pensaban ir hasta Venecia en el barco, para pasar tres semanas de luna de miel. A Carole le preocupaba dejar el centro infantil, pero Tygue le aseguró que él se encargaría de todo durante su ausencia.

Los últimos invitados lanzaron pétalos de rosa a los recién casados cuando subieron al coche, y Adam ayudó a Maggie a entrar en la limusina que había alquilado. Ya no podía entrar y salir del Ferrari.

Maggie subió en el ascensor bostezando, y por primera vez se quedó dormida antes que Adam. Estaba completamente agotada, y parecía una montañita acostada junto al hombre. Él la besó en la mejilla y en el vientre y apagó la luz. Abrazarla a aquellas alturas del embarazo resultaba mucho más complicado. Se durmió inmediatamente, pensando en la boda de sus amigos, y estaba profundamente dormido cuando dos horas más tarde, a las cinco de la mañana, Maggie le dio un golpecito.

—... ¿Sí?... ¿Qué pasa?

—Que ya viene el niño —susurró Maggie, con un dejo de pánico. Adam estaba demasiado cansado y no se despertó. Como todos en la boda, había disfrutado sin límites del excelente vino—. Adam, cielo... despierta. —Intentó incorporarse en la cama, pero tenía demasiadas contracciones. Le dio otro golpecito con la mano, mientras se sujetaba la enorme tripa con la otra.

—... Vamos... Estoy dormido... Vuelve a dormirte —dijo Adam, dándose la vuelta.

Maggie intentó seguir su consejo, pero apenas podía respirar. Empezó a asustarse, y aquello iba muy rápido.

Eran casi las seis cuando no solo le dio un golpecito, sino que lo sacudió por un brazo, jadeando. Le dolía terriblemente, y ningún truco funcionaba.

—Tienes que despertarte, Adam...

No podía bajarse de la cama, e intentó mover a Adam, pero él le lanzó un beso al aire y siguió durmiendo.

Eran las seis y media cuando le dio un golpetazo y gritó su nombre. En esa ocasión Adam se despertó, sobresaltado.

—¿Qué? ¿Qué pasa? —Se apretó la cabeza con las manos y la dejó caer sobre la cama—. Joder, mi cabeza... —Y entonces miró a Maggie, que tenía la cara contraída en un gesto de dolor, y se despertó de golpe—. ¿Estás bien?

—No... —Estaba llorando y apenas podía pronunciar palabra—. Adam, el niño ya viene, y tengo miedo.

Antes de terminar la frase tuvo otra contracción. Los dolores eran incontenibles y constantes.

—Vale. Un momento. Voy a levantarme. No te asustes. Todo va bien.

Sabía que tenía que saltar de la cama y ponerse los pantalones, pero tenía la cabeza como un bombo.

—No va bien... El niño viene... ¡ya!

—¿Ya?

Adam se incorporó de golpe y la miró.

—¡Ya! —gritó.

—No puedes tenerlo ya. Lo esperas para dentro de dos semanas... Maldita sea, Maggie... Te dije que no bailaras tanto.

Pero Maggie no podía oírlo. Lo miró, desencajada, y Adam saltó de la cama.

—¡Llama al 911! —dijo Maggie sin aliento, entre dos contracciones.

—Joder... Sí, vale.

Adam llamó, y le dijeron que enviarían enfermeros inmediatamente, que dejara abierta la puerta, se quedara junto a ella y le dijera que no empujara, sino que soplara.

Se lo dijo a Maggie, que no empujara, que soplara, y ella le gritaba entre una contracción y otra, que ya eran prácticamente seguidas.

—Maggie... cielo... por favor, sopla. ¡Sopla! ¡No empujes!

—Yo no estoy empujando. Es el niño —dijo, haciendo una terrible mueca, y de repente soltó un chillido espeluznante—. ¡Adam! Ya sale...

Adam le mantuvo abiertas las piernas y vio cómo su hijo llegaba al mundo justo cuando aparecieron los enfermeros. El niño había nacido sin ayuda, y Maggie se quedó apoyada en las almohadas, exhausta, mientras Adam lo sujetaba. Al mirar al niño, los dos lloraron.

—¡Buen trabajo! —exclamó el enfermero jefe, ocupando el lugar de Adam mientras otro enfermero limpiaba al bebé y lo dejaba sobre el vientre de Maggie. Adam los miró a los dos, atónito, sin poder dejar de llorar. Maggie sonrió, tranquila, como si no hubiera pasado nada, mientras la tapaban. Después cortaron el cordón umbilical, y el niño miró a Adam como si ya se hubieran visto en alguna parte.

—¿Ya tiene nombre el jovencito? —preguntó el segundo enfermero.

—Charles Gray Weiss —contestó Adam, mirando a su esposa con adoración—. Has estado maravillosa —le susurró, arrodillándose en el suelo, junto a su cabeza.

—Estaba tan asustada... —dijo ella en voz baja.

—Y yo tan borracho —contestó Adam, riéndose—. ¿Por qué no me has despertado antes?

—Pero ¡si lo he intentado!

Le sonrió, con su hijo en brazos.

—La próxima vez que me hables cuando me estoy quedando dormido, te prometo que te haré caso.

La ambulancia esperaba abajo, pero antes de marcharse llamaron a Carole y Charlie. Los despertaron y les contaron que había nacido el niño, y ellos se alegraron enormemente. De todos modos tenían que levantarse pronto para ir a Mónaco.

Adam llamó a Jacob y Amanda desde el hospital, y el médico dio de alta a Maggie y el niño esa misma noche. Estaban los dos bien, y ella quería estar en casa con Adam. Dijo que había sido el día más bonito de su vida. El bebé era perfecto.

Adam casi se había quedado dormido, con el niño en el moisés, al lado de la cama, cuando Maggie le dio un golpecito. Se incorporó inmediatamente, sobresaltado, y miró a su mujer.

—¿Qué pasa? ¿Estás bien?

Había cumplido su promesa. Estaba completamente despierto.

—Sí, bien. Solo quería decirte que te quiero.

—Y yo también te quiero —repuso él. Volvió a tumbarse y la estrechó entre sus brazos—. Te quiero mucho, Maggie Weiss.

Y los dos se quedaron dormidos, sonriendo.

30

Todos subieron a bordo del *Blue Moon* el primero de agosto, como tenían previsto. Maggie y Adam fueron con el niño y una niñera, como Charlie los había invitado a hacer. Empezaron en Montecarlo, como siempre, jugaron una noche, siguieron hasta Saint Tropez y, cuando se hartaron, fueron a Portofino. Las chicas fueron de compras, los hombres bebieron, todos nadaron y pasearon por la plaza por la noche, tomando helado. Bailaron en las discotecas, y, entre salida y salida y comida y comida, Maggie cuidaba al niño. El día que salieron de Nueva York había cumplido dos meses. Tenía unos ojos grandes y brillantes, y un cuerpecito robusto. Era rubio, como Maggie.

La mañana después de su llegada a Portofino, Sylvia y Gray subieron hasta la iglesia de San Giorgio, y por la noche cenaron todos en el restaurante en el que se habían conocido. Acababan de volver de un viaje con los hijos de Sylvia, y en esta ocasión Gray estaba más relajado. Había hablado con Emily de técnicas pictóricas, y Gilbert y él se habían hecho muy amigos. Reconoció ante Charlie que Sylvia tenía razón: sus hijos eran estupendos. «Tenía razón en muchas cosas», le confesó a su amigo.

Los demás brindaron por la pareja aquella noche. Hacía justo un año que se habían conocido.

—Yo sigo pensando que deberíais casaros —dijo Adam mientras abrían otra botella de vino.

Oficialmente llevaban viviendo juntos siete meses. Sylvia dijo que no le parecía suficiente tiempo, que solo se conocían desde hacía un año. Los demás silbaron, riéndose: Charlie y Carole habían salido ocho meses antes de casarse, Adam y Maggie cuatro, y les iba bien. Mejor que bien. Los cuatro no podían ser más felices.

—No hace falta que nos casemos —insistió Sylvia, y Gray le dijo, riéndose, que parecía él cuando le daba miedo conocer a sus hijos.

—No quiero fastidiar una buena relación —dijo Sylvia con dulzura.

—No la vas a estropear —replicó Charlie—. Y Gray es un buen hombre.

—No me lo plantearía ni dentro de un año —aseguró Sylvia, risueña.

—Vale —terció Adam—. Volveremos el año que viene, el mismo mes, y ya veremos qué hacéis entonces.

Los demás volvieron a brindar a la salud de Sylvia y Gray.

31

Aquel día hacía un calor increíble y el cielo estaba completamente azul, sin una sola nube. Si nadie hablaba, se oían los insectos y los pájaros, y el variopinto grupo subía por la colina. Hacía demasiado calor hasta para moverse, y solo eran las once de la mañana.

La primera era una mujer con falda blanca con bordado de ojales y blusa de amplias mangas, también blanca, y sandalias rojas, como el ramo de rosas que llevaba, con un enorme sombrero de paja y un montón de pulseras de turquesa. Junto a ella iba un hombre de melena blanca, con pantalones blancos y camisa azul. Y detrás de ellos dos parejas, las dos mujeres en avanzado estado de gestación.

Los seis entraron en la iglesia de San Giorgio de Portofino. Los esperaba el sacerdote. Era el segundo matrimonio de la novia, pero antes no se había casado por la iglesia, y el novio nunca se había casado.

Hicieron los votos de matrimonio con toda solemnidad, observados por sus cuatro amigos. Cuando el sacerdote le dijo al novio que podía besar a la novia, él se echó a llorar.

Sylvia y Gray se volvieron hacia sus amigos. Maggie y Carole estaban embarazadas. Charlie y Adam parecían orgullosos, no solo de las mujeres con las que se habían casado, sino de que aquella pareja amiga se hubiera decidido al fin. Se quedaron un buen rato en la iglesia, encendieron velas, volvieron a bajar lentamente la colina y se pararon en la plaza. Sylvia y Gray iban de la mano.

Celebraron el enlace en el restaurante en el que se habían conocido hacía dos años, tal día como aquel. Los seis habían recorrido un largo camino. Todos habían llegado lejos, con bien, y tenían la suerte de haberse conocido.

—¡Por Sylvia y Gray y una vida de felicidad! —dijo Charlie, brindando, y miró a su esposa. Su hijo nacería en diciembre, y era el primero. Maggie y Adam esperaban el segundo en octubre, tras dos años de vida en común.

Los dos últimos años habían sido plenos y felices para todos ellos, con nacimientos y bodas, y a sus otros hijos también les había ido bien. Sus respectivas carreras iban viento en popa, Maggie estaba estudiando para acceder a la facultad de derecho, y el centro infantil de Carole había crecido, como sus corazones. Se habían librado de un pesado equipaje y empezaban a viajar más ligeros gracias al cariño que se profesaban mutuamente.

Volvieron al barco por la tarde y nadaron. Después cenaron allí mismo. A Sylvia y Gray les encantaba compartir la luna de miel con sus amigos. A todos les gustaba estar juntos. Y cuando zarparon de Portofino, rumbo a otros puertos, los solteros dejaron finalmente de serlo.

Primer capítulo del próximo libro de

DANIELLE STEEL

LA CASA

que Plaza & Janés publicará en primavera de 2008

1

Sarah Anderson salió de su despacho a las nueve y media de la mañana de un martes de junio para acudir a su cita de las diez con Stanley Perlman. Cruzó con paso presto la puerta del edificio de One Market Plaza, se apeó del bordillo y detuvo un taxi. Como siempre, se le pasó por la cabeza que uno de esos días, cuando se vieran, sería realmente por última vez. Stanley siempre se lo decía. Sarah había empezado a creer que viviría eternamente, pese a las protestas de él y al paso implacable del tiempo. Su bufete de abogados llevaba más de medio siglo ocupándose de los asuntos de Stanley. Sarah era su abogada en temas patrimoniales y fiscales desde hacía tres años. Con treinta y ocho, hacía dos que era socia del bufete y había heredado a Stanley como cliente cuando su anterior abogado falleció.

Stanley los había sobrevivido a todos. Tenía noventa y ocho años. A veces costaba creerlo. Conservaba la mente tan despierta como siempre, leía con voracidad y estaba al corriente de todos los cambios en las leyes tributarias. Era un cliente estimulante y ameno. Stanley Perlman había sido un genio de los negocios durante toda su vida. Lo único que había cambiado con los años era que su cuerpo había empezado a fallarle, pero no su mente. Llevaba cerca de siete postrado en la cama, atendido por cinco enfermeras, tres fijas repartidas en turnos de ocho horas y dos suplentes. Estaba a gusto la mayor parte del tiempo y hacía años que no salía de casa. Aunque otras personas lo encontraban irascible y cascarrabias, Sarah lo apreciaba y admiraba. Pensaba que era un hombre excepcional. Tras darle al taxista la dirección de la calle Scott, procedieron a cruzar el tráfico del distrito financiero de San Franscisco hacia el oeste, en dirección a Pacific Heights y la casa donde Stanley vivía desde hacía setenta y seis años.

El sol brillaba cuando subían por la calle California hacia Nob Hill, pero Sarah sabía que la situación podía cambiar una vez arriba. Era habitual que la niebla se asentara en la zona residencial de la ciudad mientras abajo brillaba el sol y hacía calor. Los turistas, colgados felizmente de los tranvías, miraban con una sonrisa a su alrededor. Sarah llevaba unos documentos para que Stanley los firmara, nada extraordinario. El anciano siempre estaba retocando y añadiendo cosas a su testamento. Llevaba años preparándose para morir, desde antes de conocer a Sarah, pero cada vez que empeoraba o enfermaba lograba reponerse, para su gran disgusto. Esa misma mañana, sin ir más lejos, cuando Sarah le telefoneó para confirmar la hora, Stanley le había dicho que llevaba unas semanas pachucho y que el final estaba cerca.

—Deja de amenazarme, Stanley —había protestado Sarah mientras guardaba los documentos en la cartera—. Nos sobrevivirás a todos.

A veces le daba pena, aunque Stanley no tenía nada de deprimente y raras veces se compadecía de sí mismo. Todavía ladraba órdenes a las enfermeras, todos los días leía el *New York Times* y el *Wall Street Journal*, además de la prensa local, adoraba las hamburguesas y los sándwiches de pastrami y hablaba de su infancia en el Lower East Side de Nueva York con pasmosa minuciosidad y precisión histórica. Se había mudado a San Francisco en 1924, cuando tenía dieciséis años, y dio muestras de una sorprendente astucia para encontrar empleo, hacer tratos, trabajar con las personas adecuadas, aprovechar oportunidades y ahorrar dinero. Había comprado propiedades, siempre en circunstancias especiales, aprovechándose a veces de la mala fortuna de otros, algo que no tenía inconveniente en reconocer, realizando trueques y utilizando cualquier crédito que pudiera obtener. Durante la Gran Depresión se las había ingeniado para ganar dinero mientras otros lo perdían. Era el arquetipo del hombre hecho a sí mismo.

Le gustaba contar que había comprado la casa en la que vivía por «unas monedas» en 1930. Y mucho después había sido de los primeros en construir centros comerciales en el sur de California. Stanley había obtenido la mayor parte de sus ingresos iniciales con el negocio inmobiliario, unas veces cambiando un edificio por otro, otras comprando terrenos que nadie quería y esperando el momento oportuno para venderlos o construir en ellos edificios de oficinas y centros comerciales. Más tarde volvió a demostrar su buen ojo para los negocios invirtiendo en pozos de petróleo. Actualmente la fortuna que había amasado era literalmente asombrosa. Stanley Perlman había sido un genio de los negocios, pero a eso se había reducido su vida. No tenía hijos, no se había casado y sólo se relacionaba con abogados y enfermeras. Nadie se interesaba por él salvo su joven abogada, Sarah Anderson, y nadie iba a echarle de menos cuando muriera salvo sus enfermeras. Los diecinueve herederos que figuraban en el testamento que Sarah estaba actualizando una vez más (en esta ocasión para añadir unos pozos de petróleo que Stanley acababa de comprar en el condado de Orange después de vender otros pocos, como siempre en el momento idóneo) eran sobrinos nietos a los que no conocía o con los que no mantenía contacto alguno, y dos primos casi tan ancianos como él a los que no veía desde los años cuarenta pero por los que sentía, según explicaba, cierto apego. En realidad Stanley no sentía apego por nadie y tampoco intentaba ocultarlo. Su misión en la vida había sido una y sólo una: ganar dinero. Y lo había conseguido. Contaba que en su juventud se había enamorado de dos mujeres, pero que nunca les propuso matrimonio, y que dejó de saber de ellas cuando se cansaron de esperar y se casaron con otro. De eso hacía más de sesenta años.

Lo único que lamentaba era no haber tenido hijos. Stanley

veía en Sarah a la nieta que podría haber tenido si se hubiera tomado la molestia de casarse. Sarah era la clase de nieta que le habría gustado tener. Era inteligente, divertida, interesante, aguda, guapa y buena en su trabajo. A veces, cuando le traía documentos para firmar, charlaban durante horas mientras él la miraba embobado. Y hasta le sostenía la mano, algo que nunca hacía con sus enfermeras. Las enfermeras lo sacaban de quicio, lo irritaban y fastidiaban, y lo mimaban de una forma que detestaba. Sarah no. Sarah era joven y guapa y le hablaba de cosas interesantes. Siempre estaba al corriente de las nuevas leyes tributarias. Le encantaba que le propusiera nuevas ideas para ahorrarle dinero. Al principio Stanley había tenido sus recelos, por su juventud, pero Sarah había conseguido ganarse poco a poco su confianza durante las visitas al pequeño cuartucho del ático. Subía con su cartera por la escalera de servicio, entraba en la habitación con sigilo, tomaba asiento junto a la cama y conversaban hasta que lo notaba cansado. Cada vez que Sarah venía a verlo, temía que pudiera ser la última. Entonces él le telefoneaba con una idea nueva, o con un plan nuevo, como algo que comprar, vender, adquirir o liquidar. Y fuera lo que fuese, su fortuna crecía. A sus noventa y ocho años, Stanley Perlman todavía convertía en oro todo lo que tocaba. Y pese a la enorme diferencia de edad, a lo largo de los años que Sarah llevaba trabajando con él se habían hecho amigos.

Sarah miró por la ventanilla del taxi cuando pasaron por delante de la catedral Grace, en lo alto de Nob Hill, y se recostó de nuevo pensando en Stanley. Se preguntó si estaría seriamente enfermo y si ese sería su último encuentro. La última primavera había sufrido dos neumonías y en ambas ocasiones había salido milagrosamente airoso. Tal vez esa vez fuera diferente. Las enfermeras lo cuidaban con esmero, pero, dada su edad, tarde o temprano algo conseguiría llevárselo. A Sarah le horrorizaba esa posibilidad, pero sabía que era inevitable. Sabía que iba a echarlo de menos mucho cuando ya no estuviera.

Sarah llevaba su larga melena castaña echada cuidadosamente hacia atrás, y sus ojos eran grandes y de un azul casi aciano. El día que se conocieron, Stanley había reparado en ese detalle y le preguntó si llevaba lentillas de color. Sarah se echó a reír y le aseguró que no. Su piel, por lo general clara, estaba bronceada tras varios fines de semana en el lago Tahoe. A Sarah le gustaba hacer senderismo, nadar y montar en bicicleta de montaña. Sus escapadas de los fines de semana constituían un excelente respiro después de las largas horas que pasaba en el despacho. Se había ganado a pulso su nombramiento como socia del bufete. Oriunda de San Francisco, se había licenciado cum laude por la facultad de derecho de Stanford. Con excepción de sus cuatro años en Harvard, siempre había vivido en San Francisco. Sus referencias y su entrega al trabajo habían impresionado a Stanley y a los socios del bufete. El día que se conocieron, Stanley la acribilló a preguntas y comentó que más que una abogada parecía una modelo. Sarah era alta, delgada, de complexión atlética, y poseía unas piernas increíblemente largas que Stanley admiraba en secreto. Ese día vestía un traje azul marino, la clase de atuendo con el que siempre iba a verlo. Como único adorno, unos pendientes de brillantes que Stanley le había regalado por Navidad. Los había encargado personalmente por teléfono a Neiman Marcus. Por lo general no era un hombre espléndido, prefería dar dinero a sus enfermeras por Navidad, pero sentía debilidad por Sarah, y esa debilidad era mutua. Sarah le había regalado varias mantas de cachemir. La casa siempre estaba fría y húmeda. Stanley reñía a las enfermeras cuando encendían la calefacción. Prefería cubrirse con una manta a ser, en su opinión, descuidado con el dinero.

A Sarah le intrigaba el hecho de que Stanley hubiera vivido siempre en el ático, en las dependencias del servicio, en lugar de hacerlo en la zona principal de la casa. Él explicaba que había comprado la casa como inversión, que su intención siempre había sido venderla pero que al final no lo hizo. La conservaba más por pereza que por una cuestión de cariño. Suntuosa en su día, era una casa grande y bonita, construida en los años veinte.

Stanley le había contado que la familia que la mandó construir se había arruinado en el crac de 1929 y que él la había comprado en 1930. A renglón seguido, se instaló en uno de los cuartos de las antiguas criadas con una vieja cama de bronce, una cómoda dejada allí por los antiguos propietarios y una butaca con los muelles, a estas alturas, tan reventados que sentarse en ella era como sentarse en un bloque de cemento. Diez años atrás la cama de bronce había sido reemplazada por una cama de hospital. De la pared pendía una vieja fotografía del incendio tras el terremoto, pero en toda la habitación no había una sola fotografía de una persona. En la vida de Stanley no había habido personas, sólo inversiones y abogados. En la casa no había un solo objeto personal. Los propietarios originales había vendido los muebles por otro lado, en una subasta, también por unas pocas monedas, y Stanley nunca se molestó en reamueblarla. Las estancias, elegantes en su día, eran espaciosas. De algunas ventanas pendían cortinas hechas jirones, mientras que otras estaban tapadas con tablones para que los curiosos no pudieran fisgonear. Y aunque Sarah no lo había visto, le habían contado que había un salón de baile. En realidad no conocía la casa. Siempre entraba por la puerta de atrás y subía directamente al ático por la escalera de servicio. Su único propósito cuando iba a esa casa era ver a Stanley. No tenía motivos para pasearse por ella, aunque era consciente de que algún día, cuando él ya no estuviera, probablemente tendría que ponerla a la venta. Todos sus herederos vivían en Florida, Nueva York o el Medio Oeste, y a ninguno le interesaría poseer semejante mansión en California. Por muy bella que hubiera sido en otros tiempos, ninguno sabría, como le había sucedido a Stanley, qué hacer con ella. Costaba creer que llevara setenta y seis años en la casa y que jamás la hubiera amueblado ni hubiera abandonado el ático. Pero así era Stanley. Algo excéntrico quizá, modesto y sin pretensiones, y un cliente leal y respetado. Sarah Anderson era su única amiga. El resto del mundo se había olvidado de su existencia. Y los pocos amigos que había tenido en otros tiempo estaban muertos.

El taxista se detuvo en el número de la calle Scott que Sarah le había indicado. Pagó, cogió la cartera, se apeó del taxi y pulsó el timbre de la puerta de servicio. Como había imaginado, allí arriba el aire era más frío y brumoso, y tiritó bajo la delgada tela de su chaqueta. Debajo del traje azul marino llevaba un fino jersey de color blanco, y su aspecto era, como siempre, serio y profesional cuando la enfermera le abrió la puerta y sonrió. Sarah sabía que la casa tenía cuatro plantas y un sótano, y las enfermeras mayores que cuidaban de Stanely se movían despacio. La enfermera que le abrió era relativamente nueva, pero había visto a Sarah en otra ocasión.

—El señor Perlman le está esperando —dijo educadamente, haciéndose a un lado para dejar pasar a Sarah antes de cerrar la puerta tras de sí.

Siempre utilizaban la puerta de servicio, pues quedaba más cerca de la escalera que conducía al ático. Nadie había tocado en años la puerta principal, que permanecía cerrada con llave y cerrojo. Las luces de la zona principal de la casa nunca se encendían. Desde hacía años, las únicas luces que brillaban en la casa eran las del ático. Las enfermeras preparaban la comida en una pequeña cocina situada en la misma planta, que en otros tiempos había hecho de despensa. La cocina principal, actualmente una pieza de museo, estaba en el sótano. Tenía una fresquera, y neveras que antiguamente el vendedor de hielo llenaba con grandes bloques. Los fogones eran una reliquia de los años veinte y Stanley no los había encendido desde los años cuarenta. La cocina estaba diseñada para albergar a un gran número de cocineros y sirvientes supervisados por un ama de llaves y un mayordomo, un estilo de vida que nada tenía que ver con Stanley. Durante años había llegado a casa con sándwiches y comida preparada que compraba en cafeterías y restaurantes modestos. Nunca cocinaba, y siempre salía a desayunar, hasta el día que quedó postrado en la cama. La casa no era más que el lugar donde dormía, se duchaba y se afeitaba por las mañanas. Después se iba a su despacho, situado en el centro de la ciudad, para seguir generando dinero. Raras veces regresaba a casa antes de las diez de la noche. A veces incluso pasada la medianoche. No tenía razones para darse prisa en llegar a casa.

Cartera en mano, Sarah siguió a la enfermera a un ritmo solemne. La escalera, iluminada por unas pocas bombillas peladas, siempre estaba en penumbra. Era la escalera que había utilizado el servicio en los tiempos gloriosos. Los escalones, de acero, estaban cubiertos por una estrecha franja de moqueta desgastada. Las puertas que conducían a las diferentes plantas permanecían siempre cerradas y Sarah no divisó la luz del día hasta que alcanzó el ático. La habitación de Stanley se hallaba al final de un largo pasillo, invadida en su mayor parte por la cama de hospital. Había sido preciso trasladar la estrecha y siniestra cómoda al pasillo para hacerle sitio. La cama tenía como única compañía la desvencijada butaca y una mesita de noche. Cuando Sarah entró en el cuarto, el anciano abrió los ojos y la miró. Tardó unos instantes en reaccionar y eso la inquietó. Luego, poco a poco, una sonrisa se abrió paso en sus ojos y alcanzó finalmente los labios. Parecía cansado y Sarah temió que esta vez Stanley no estuviera equivocado. Por primera vez aparentaba los noventa y ocho años que tenía.

—Hola, Sarah —le saludó con voz queda, aspirando la frescura de su juventud y belleza. Para él, treinta y ocho años eran como el primer rubor de la infancia. Se echaba a reír cada vez que Sarah le decía que se sentía mayor—. ¿Sigues trabajando demasiado? —preguntó cuando ella se acercó a la cama. Verla siempre lo reanimaba. Sarah era como una ráfaga de brisa fresca, como una lluvia primaveral sobre un macizo de flores.

—Por supuesto. —Sarah sonrió al tiempo que él le tendía la mano. A Stanley le encantaba el contacto de su piel, su suavidad, su calor.

—¿No te tengo dicho que no lo hagas? Si trabajas tanto acabarás como yo, sola en un ático y rodeada de fastidiosas enfermeras.

Solía decirle que debía casarse y tener hijos, y la regañaba cuando ella contestaba que no quería ni una cosa ni otra. No haber tenido hijos era lo único que Stanley lamentaba con respecto a su vida. No se cansaba de decirle a Sarah que no cometiera los mismos errores que él. Las acciones, los bonos, los centros comerciales y los pozos de petróleo no podían reemplazar a los hijos. Él había aprendido la lección demasiado tarde. Sarah era ahora su único consuelo y alegría en la vida. Le encantaba añadir codicilos a su testamento, algo que hacía con asiduidad porque le proporcionaba un pretexto para verla.

—¿Cómo te encuentras? —preguntó Sarah, más como un familiar preocupado que como una abogada.

Estaba preocupada por Stanley, y siempre encontraba una excusa para enviarle libros o artículos, en su mayoría relacionados con nuevas leyes tributarias o con temas que pensaba que podían interesarle. Él siempre le enviaba notas escritas a mano dándole las gracias y haciendo comentarios. Conservaba intacta su agudeza.

—Estoy cansado —reconoció, sosteniendo la mano de Sarah con sus frágiles dedos—. A mi edad no puedo esperar encontrarme mejor. Hace años que el cuerpo no me responde. Solo me queda el cerebro. —Que mantenía completamente lúcido. Esta vez, no obstante, Sarah advirtió que tenía la mirada apagada. Normalmente había una chispa en ella, pero como una lámpara que va perdiendo intensidad, se dio cuenta de que algo había cambiado. Lamentaba no poder encontrar la forma de sacarlo de casa para que le diera el aire, porque exceptuando las visitas al hospital en la ambulancia, Stanley llevaba años sin salir de casa. El ático de la calle Scott se había convertido en el útero donde estaba condenado a terminar sus días—. Siéntate —le dijo al fin—. Tienes buen aspecto, Sarah. Tú siempre lo tienes. —Le parecía tan fresca y llena de vida, tan guapa, ahí de pie, alta, joven y esbelta—. Me alegro mucho de verte —añadió en un tono más ferviente de lo habitual, y Sarah notó una punzada en el corazón.

—Yo también. Hace dos semanas que quería venir, pero estaba muy ocupada —se disculpó.

—Tienes pinta de haber estado fuera. ¿De dónde has sacado ese bronceado? —Stanley se dijo que estaba más bonita que nunca.

—He pasado algunos fines de semana en Tahoe. Es un lugar muy agradable. —Sarah sonrió mientras tomaba asiento en la incómoda butaca y dejaba la cartera en el suelo.

—Yo nunca salía de la ciudad los fines de semana, y tampoco hacía vacaciones. Creo que he ido vacaciones dos veces en mi vida, una a un rancho en Wyoming y la otra a México. Y detesté las dos. Lo viví como una pérdida de tiempo. No podía dejar de pensar en lo que podía estar ocurriendo en mi oficina y lo que me estaba perdiendo.

Sarah se lo imaginó removiéndose en su asiento a la espera de noticias de su oficina y regresando a casa antes de lo previsto. Ella hacía eso mismo cuando tenía demasiado trabajo, o se llevaba carpetas a casa. Detestaba dejar cosas pendientes. Stanley no estaba tan equivocado con respecto a ella. A su manera, Sarah era tan adicta al trabajo como él. El apartamento donde vivía no era mejor que la habitación del ático, sólo más grande. El aspecto que tuviera su hogar le interesaba casi tan poco como a él. La única diferencia estaba en que ella era más joven y menos extremista. Sus demonios internos tenían muchas cosas en común, como él llevaba tiempo conjeturando.

Charlaron durante unos minutos y ella le entregó los documentos que había traído. Stanley les echó una ojeada, aunque ya los había leído. Sarah le había enviado por mensajería varios borradores para que diera su visto bueno. Stanley no tenía fax ni ordenador. Le gustaba ver los documentos originales y no tenía paciencia con los inventos modernos. Nunca había tenido móvil y tampoco lo necesitaba.

Junto a su cuarto había una sala de estar diminuta para las enfermeras, que nunca se alejaban demasiado de él. Cuando no estaban en la salita o vigilándole desde la incómoda butaca, estaban en la cocina preparándole comidas sencillas. Al otro lado del pasillo había otros cuartos pequeños donde las enfermeras, si lo deseaban, podían dormir al terminar su turno o descansar si había otra enfermera presente. No vivían en la casa, sólo trabajaban en ella. Stanley era el único residente fijo. Su existencia y su reducido mundo constituían un pequeño microcosmos en el piso superior de una casa en otros tiempos majestuosa que, como él, se estaba deteriorando de forma implacable y silenciosa.

—Me gustan los cambios que has introducido —le felicitó—. Tienen más sentido que el borrador que me enviaste la semana pasada. Este documento es más nítido, permite menos capacidad de maniobra.

Le preocupaba lo que sus herederos pudieran hacer con sus diversos bienes. Puesto que no conocía a la mayoría, y a los que conocía ya estaban viejos, era difícil saber cómo iban a tratar su patrimonio. Stanley daba por sentado que lo venderían todo, lo cual, en algunos casos, era una estupidez. Pero tenía que dividir el pastel en diecinueve partes. Era un pastel inmenso, y cada uno recibiría un pedazo imponente, mucho mayor de lo que podían imaginar. Pero estaba decidido a dejar todo lo que tenía a sus familiares en lugar de a organizaciones benéficas. Aunque había hecho generosas donaciones a lo largo de su vida, creía firmemente en que la sangre era más espesa que el agua. Y como no tenía herederos directos, lo dejaba todo a sus primos y a los hijos de sus primos, quienesquiera que fuesen. Había indagado sobre el paradero de todos, pero solo conocía a unos cuantos. Confiaba en que la vida de algunos mejorara cuando recibieran el inesperado legado. Empezaba a intuir que su momento estaba cerca. Más cerca de lo que Sarah quería creer mientras lo observaba detenidamente.

—Me alegro —dijo complacida, tratando de no reparar en el brillo apagado de sus ojos para que no se le saltaran las lágrimas. El último acceso de neumonía lo había dejado agotado y avejentado—. ¿Quieres que añada algo? —preguntó, y Stanley negó con la cabeza. Sarah estaba sentada en la butaca, mirándole con serenidad.

—¿Qué piensas hacer este verano, Sarah? —preguntó Stanley, cambiando de tema.

—No he planeado nada especial. Más fines de semana en Tahoe, supongo. —Pensaba que Stanley temía que se ausentara demasiado y quiso tranquilizarle.

—Pues deberías planear algo. No puedes ser una esclava toda tu vida, Sarah. Acabarás convirtiéndote en una solterona.

Sarah se echó a reír. Le había confesado que salía con alguien, pero siempre decía que no era nada serio ni permanente. Se trataba de una relación informal que ya duraba cuatro años, algo que Stanley calificaba de insensatez. No se tienen relaciones «informales» durante cuatro años, decía. Y lo mismo le decía su madre. Pero Sarah no quería otra cosa. Se decía a sí misma y a los demás que por el momento estaba demasiado absorta en su trabajo para desear algo más serio. El trabajo era su principal prioridad y siempre lo había sido. Y también para él.

—Las «solteronas» ya no existen, Stanley. Ahora hay mujeres independientes que tienen una profesión y otras prioridades y necesidades que las mujeres de antes —repuso.

Stanley no se lo tragó. Conocía bien a Sarah y sabía de la vida más que ella.

—Lo que dices son bobadas y lo sabes —espetó severamente—. La gente no ha cambiado en dos mil años. Los listos todavía sientan la cabeza, se casan y tienen hijos. O terminan como yo.

Stanley había terminado muy, muy rico, algo que a Sarah no le parecía tan malo. Lamentaba que el hombre no tuviera hijos ni parientes que vivieran cerca, pero era normal que la gente longeva como él acabara sola. Stanley había sobrevivido a todas las personas que había conocido en su vida. Puede que, de haber tenido hijos, ya los hubiera perdido y sólo le quedaran sus nietos y bisnietos como único consuelo. Al final, se dijo Sarah, por mucha gente que tengamos cerca nos vamos de este mundo solos. Como Stanley, solo que su caso era más obvio. Ella sabía, por la vida que habían compartido sus padres, que una podía sentirse igual de sola aunque tuviera marido e hijos. No tenía prisa por crearse esa carga. Los matrimonios que conocía no le parecían muy felices, la verdad, y si alguna vez se casaba y la cosa no funcionaba, lo último que necesitaba era un ex marido que la odiara y atormentara. Conocía demasiados casos de ese tipo. Era mucho más feliz así, con su trabajo, su casa y un novio a tiempo parcial que por el momento satisfacía sus necesidades. Jamás se le pasaba por la cabeza la idea de casarse, y tampoco a él. Los dos habían coincidido desde el principio en que ambos deseaban una relación sencilla. Sencilla y fácil. Sobre todo porque los dos adoraban sus respectivos trabajos.

Sarah advirtió que Stanley estaba verdaderamente cansado y decidió acortar su visita. Le había firmado los documentos, que era cuanto necesitaba. Parecía que estuviera a punto de dormirse.

—Volveremos a vernos pronto, Stanley. Si necesitas algo, llámame. Puedo venir a verte siempre que quieras —dijo con dulzura, dando unas suaves palmaditas a la frágil mano después de levantarse. Sarah guardó los documentos en la cartera mientras él la contemplaba con una sonrisa nostálgica. Le encantaba mirarla, contemplar la relajada elegancia de sus gestos cuando conversaba con él o hacía otras cosas.

—Puede que para entonces ya no esté aquí —dijo sin el menor atisbo de autocompasión. Era, sencillamente, la exposición de algo que ambos sabían que podía ocurrir en cualquier momento, pero de lo que Sarah no quería ni oír hablar.

—No digas tonterías —le reprendió—. Estarás aquí. Cuento con que me sobrevivas.

—Gracias, pero no —repuso severamente Stanley—. Y la próxima vez que te vea, quiero que me hables de tus vacaciones. Haz un crucero. Ve a tumbarte a una playa. Lígate a un tío, emborráchate, vete a bailar, suéltate. Recuerda mis palabras, Sarah, si no lo haces, un día lo lamentarás. —Sarah rió mientras se imaginaba en una playa ligando con desconocidos—. ¡Hablo en serio!

—Lo sé. Tú lo que quieres es que me detengan y me inhabiliten como abogada. —Sarah esbozó una amplia sonrisa y le besó en la mejilla. Era un gesto muy poco profesional, pero entre ellos existía un cariño especial.

—Y qué si te inhabilitan. Probablemente te sentaría de maravilla. Disfruta de la vida, Sarah. Deja de trabajar tanto.

Stanley siempre le decía las mismas cosas y ella siempre las tomaba con pinzas. Le gustaba lo que hacía. Su trabajo era como una droga a la que era adicta. No tenía el más mínimo deseo de abandonar su adicción, ni ahora ni probablemente en muchos años, pero sabía que las advertencias de Stanley eran sinceras y bien intencionadas.

—Lo intentaré —mintió con una sonrisa. Realmente era como un abuelo para ella.

—Inténtalo con más ahínco.

Stanley frunció el entrecejo y sonrió al recibir otro beso en la mejilla. Adoraba sentir la piel aterciopelada de Sarah en el rostro, su respiración suave y cercana. Le hacía sentirse otra vez joven, pese a saber que en su juventud habría sido demasiado idiota y habría estado demasiado absorto en su trabajo para fijarse en ella, por muy bella que fuera. Las dos mujeres que había perdido —por estúpido, comprendía ahora— habían sido tan bellas y sensuales como Sarah, algo que solo últimamente había sido capaz de reconocer.

—Cuídate mucho —dijo cuando ella se detuvo en el umbral y se volvió para mirarle.

—Tú también. Y pórtate bien. No persigas a las enfermeras por la habitación. Podrían despedirse.

Stanley soltó una risita ahogada.

—¿Las has visto bien? —preguntó con una sonora carcajada, y Sarah le secundó—. No pienso bajarme de la cama por ellas y aún menos con estas viejas rodillas. Que esté postrado, querida, no quiere decir que esté ciego. Envíame enfermeras nuevas y veremos si tienen alguna queja.

—Estoy segura de que no —dijo Sarah, y con un gesto de despedida, se obligó a marcharse. Stanley seguía sonriendo cuando desapareció, y le dijo a la enfermera que podía encontrar sola la salida.

Sarah tomó nuevamente la escalera de acero, y el estruendo

de sus pasos, que la vieja moqueta apenas conseguía sofocar, retumbó en el estrecho pasillo. Se sintió aliviada al cruzar la puerta de servicio y salir al sol del mediodía que finalmente había dado alcance a la zona alta de la ciudad. Caminó lentamente por la calle Unión pensando en Stanley y detuvo un taxi. Dio la dirección de su despacho al taxista y durante el trayecto siguió pensando en él. Temía que no le quedara mucho tiempo. Se diría que finalmente había empezado la cuesta abajo. Stanley pareció animarse con su visita, pero la propia Sarah se daba cuenta de que el final estaba cerca. Casi era esperar demasiado que pudiera celebrar su noventa y nueve cumpleaños en octubre. Además, ¿para qué? Stanley tenía muy poco por lo que vivir y estaba muy solo. Su vida transcurría entre las cuatro paredes de su habitación, una celda en la que estaría atrapado hasta el final de sus días. Había tenido una buena vida, o por lo menos una vida productiva, y las vidas de sus diecinueve herederos iban a cambiar para siempre cuando él muriera. A Sarah le entristecía pensar en ello. Sabía que cuando Stanley se fuera le echaría mucho de menos. Trataba de no pensar en sus muchas advertencias. Todavía disponía de algunos años para pensar en el matrimonio y los hijos. Y aunque agradecía su preocupación, por el momento tenía una carrera que lo significaba todo para ella y una mesa repleta de trabajo esperándola en el despacho. Tenía exactamente la vida que quería.

Eran poco más de las doce cuando llegó a la oficina. Tenía una reunión de socios a la una, reuniones con tres clientes por la tarde y cincuenta páginas para leer por la noche con las nuevas leyes tributarias, leyes que afectaban, en parte o en su totalidad, a sus clientes. En su mesa había una pila de mensajes que logró atender, con excepción de dos, antes de la reunión con sus socios. Respondería a esos dos, y a los nuevos que llegaran, durante los huecos entre las reuniones con sus clientes de la tarde. No disponía de tiempo para comer... como tampoco disponía de tiempo para los hijos o el matrimonio. Stanley había hecho elecciones y cometido errores a lo largo de su vida. También ella tenía derecho a cometer los suyos.